Susanne Wittpennig
Maya und Domenico:
Liebe zwischen zwei Welten

Für Aline und Julia,
meine beiden Schwestern.
Und für Jashnika.
Und für meine Mutter.

Infos über die Autorin und
«Maya und Domenico»
gibt es auf:
www.schreibegern.ch

Susanne Wittpennig

Maya und Domenico:

Liebe zwischen zwei Welten

BRUNNEN

VERLAG BASEL·GIESSEN

Bibliografische Information der Deutschen Bibliothek
Die Deutsche Bibliothek verzeichnet diese Publikation in der Deutschen Nationalbibliografie; detaillierte bibliografische Daten sind im Internet über http://dnb.ddb.de abrufbar.

7. Auflage 2010
© 2006 by Brunnen Verlag Basel

Umschlag: Susanne Wittpennig, Basel
Satz: Bertschi & Messmer AG, Basel
Druck: Bercker, D-Kevelaer
Printed in Germany

ISBN 978-3-7655-3903-9

Inhaltsverzeichnis

1. Mayas Tagebuch..................... 7
2. Der Junge mit den Narben 13
3. Leon..................... 23
4. Überraschende Folgen 31
5. Mikes Deal 48
6. Die Stadt auf dem Berg 62
7. Weiter nach Catania 79
8. Das Mädchen mit den roten Haaren 90
9. Scherbenhaufen 106
10. Jennys Geburtstagsfeier 112
11. Mit dir bis ans Ende der Welt 135
12. Pechsträhne 149
13. Domenicos Geständnis 159
14. Ausflug ans Meer 171
15. Bittere Enttäuschung 189
16. Ein böser Verdacht 200
17. Mingos Geschichte 206
18. Die Wahrheit 239
19. Hinter dem Vorhang 264
20. Zurück in Deutschland 272
21. Grüße aus Taormina 280
22. Das Leben geht weiter 286

1. Mayas Tagebuch

Es war der totale Vertrauensbruch. Jedenfalls empfand ich das zuerst so. Ich hatte keine Ahnung, dass es geschah, und ich habe es hier aufgeschrieben, wie Paps es mir nachträglich erzählt hat. Denn als ich abends nach Hause kam und ins Bett ging, deutete außer dem leicht verschobenen Nachtschränkchen nichts mehr auf das hin, was ein paar Stunden zuvor in meinem Zimmer stattgefunden hatte. Aber aufgrund des schiefen Nachtschränkchens schloss ich darauf, dass Mama vielleicht beim Bettenmachen etwas verrutscht hatte.

Ich muss zugeben, dass ich meine Eltern im Nachhinein verstehen konnte. Ich meine, es ging nun schon wochenlang so. Ich hatte keinen Appetit mehr, war nervig und gereizt und wahrscheinlich ziemlich ungenießbar für meine Umwelt. In der Schule brachte ich null Leistung, meine Noten wurden immer miserabler und meine Motivation war total im Keller. Ich hatte einfach keinen Bock mehr auf die Schule. Das waren meine Eltern ja nicht gewohnt von mir; ich war immer eine fleißige und aufmerksame Schülerin gewesen. Aber es war, als hätte sich in den letzten Wochen etwas in mir verwandelt. Ich konnte also verstehen, dass meine Eltern sich extreme Sorgen um mich machten. Aber dass Paps dann gleich mein Zimmer durchwühlte! …

Tatsache war jedenfalls, dass mein Vater an jenem Tag, als ich bei Patrik zum Abendessen eingeladen war, die Treppe zu meinem Zimmer hochstieg, während Mama in der Küche Wache schob, um mich abzufangen, falls ich unverhofft früher nach Hause käme. Mama macht ja solche Sachen normalerweise nicht, aber sie sorgte sich wirklich um mich. Und Paps, ihm war auch nicht wohl bei der Sache. Schließlich ist er Arzt und kein Kriminalkommissar. Aber er öffnete die Tür zu meinem Zimmer und schaute hinein, und es sah ja auch alles so aus wie immer. Dann ging er langsam rein und begann, jede Ecke zu untersuchen. Er wollte Dinge finden, Hinweise, die Mama und ihm einen Wink geben konnten, was mit mir konkret los war. Die Bücher waren ja noch das Harmloseste. Er stutzte, als er «Wir Kinder vom Bahnhof Zoo» fand, ein Buch, das mir meine Eltern nie geschenkt hätten, sondern das ich mir letzten Winter selbst gekauft hatte, weil ich mehr darüber wissen wollte, was es bedeutete, drogenabhängig zu sein. Er durchsuchte meine CD-Hüllen, fand dort jedoch nichts außer Céline Dion und diversen Chart-Mix, die Delia mir gebrannt hatte; na ja, alles Musik zum Träumen halt. Er öffnete meine Schreibtischschubladen und wühlte unter meinen Heften und Briefen. Schließlich fand er die Schachtel, in die ich Domenicos Sachen gelegt hatte: seine Briefe, die Bilder, die er gemalt hatte, seine Lederkette mit dem metallenen Dornenanhänger und das Poster mit dem rothaarigen Sportler.

Aber aus all diesen Sachen konnte Paps keine neuen Hinweise entnehmen, also räumte er die Schachtel wieder weg. Dann schaltete er meinen Computer ein und startete den Internetbrowser. Und tatsächlich, ich hatte mehrere Links zu sizilianischen Telefonbüchern und Landkarten eingespeichert. Sizilien ... Moment mal, roch das nicht verdächtig nach ...? Je weiter Paps herumforschte, umso mulmiger wurde ihm zumute, denn einerseits wusste er, dass er damit in mein geheimstes Territorium eindrang, andererseits setzte sich das, was er hier fand, zu einem Bild zusammen, von dem er gehofft hatte, dass es nicht mehr existieren würde. Er schaltete den Computer wieder aus und ging hinüber zu meinem Bett, wo er stehen blieb und sich das Bild an der Wand anschaute. Das Bild, das Domenico für mich gemalt hatte, sein letztes Lebenszeichen aus Sizilien. Es zeigte die leuchtende Laterne und ein weißes Kreuz vor dem Meer mit dem Sonnenuntergang, ein grandioses Kunstwerk, das mir noch heute Tränen in die Augen treibt, wenn ich es anschaue.

Paps holte tief Luft und ging zu meinem Nachtschränkchen. Er zog die Schublade heraus, doch außer der Bibel, einer Tube Handcreme und meinem Discman fand er nichts weiter darin. Er nahm die Bibel in die Hände und schlug sie auf. Sie war ziemlich neu; ich hatte sie mir gekauft, nachdem ich mein altes Exemplar Domenico mitgegeben hatte. Diese alte Bibel mit den zerrissenen und geklebten Seiten war mittlerweile in einem ziemlich argen Zustand gewesen. Aber ich hatte sie besessen, seit ich ein kleines Mädchen war, und ich hatte sie immer mit mir herumgeschleppt. So wie andere Kinder ihren Teddy herumtragen. Vielleicht war ich ein bisschen verrückt. Aber ich war nun mal überzeugt davon, dass Gott da war und dass man mit ihm reden konnte. Das hatte Mama mir von klein auf beigebracht.

Paps blätterte durch die Seiten, und ein kleiner Zettel fiel heraus, auf dem ich vor einiger Zeit eine Liste erstellt hatte mit allen Jungs, die Mike hießen und in unserer Stadt lebten. Ich hatte mir das alles aus dem Internet zusammengesucht. Dass ich den Zettel gerade als Buchzeichen verwendete, war eher dummer Zufall. Voll peinlich jedenfalls. Aber Paps wusste, dass es noch mehr geben musste. Er drehte das Kopfkissen um, schaute unters Bett, verschob das Nachtschränkchen und ging schließlich zu der Truhe mit dem Bettzeug. Und dort fand er es, ganz zuunterst zwischen den alten Bettlaken, die nie verwendet wurden. Mein geliebtes Tagebuch, das keinen außer mich was anging! Paps sagte mir später selbst, wie schäbig er sich dabei gefühlt hatte, aber er hätte einfach nicht anders gekonnt, als es rauszuholen und aufzuschlagen. Er überflog die Zeilen, blätterte vorwärts, bis ihm ins Auge sprang, was ich an jenem Nachmittag geschrieben hatte: «*Nicki, ich kann Dich einfach nicht vergessen. Eigentlich bin ich mehr bei Dir als irgendwo sonst. Bitte komm doch wieder zurück zu mir, ich vermisse Dich so!*»

Paps wusste, dass er nicht hätte weiterlesen sollen. Keine einzige Zeile war für ihn geschrieben worden, keine war je für seine Augen gedacht gewesen. Aber er konnte es nicht lassen, nicht jetzt, wo er dabei war, das Rätsel zu lüften. Er setzte sich auf die Truhe und vertiefte sich in die Seiten, während Mama unruhig in der Küche wartete.

Donnerstag, den 27. April

Ich bin mega nervös, weil wir morgen diese Mathearbeit zurückbekommen. Ich hab sie total vermasselt. Es ist eine einzige Katastrophe! Paps wird außer sich sein. Er wünscht sich nun mal, dass ich Klassenbeste bin und lauter Einsen schreibe, ja, dass ich eines Tages die beste Ärztin Deutschlands werde und seine Praxis übernehme. Dabei weiß ich ja gar nicht, ob ich überhaupt Ärztin werden will. Ich hab überhaupt keinen Bock mehr auf die Schule und muss mich richtig zusammenreißen. Ich würde am liebsten auswandern. Irgendwohin. Am liebsten nach Sizilien. Zu Domenico.

Ach, Nicki! Ich sehe Dich noch immer vor mir, Dein megahübsches Gesicht und Deine stechenden, blaugrauen Augen, die so tief in mich hineinblicken, aber auch gefährlich vor Zorn blitzen konnten. Dein kupferbraunes Haar, das in der Sonne rötlich leuchtete, und die langen Haarsträhnen, die Dir ins Gesicht fielen und hinter denen Du oft Deine Augen verbargst, wenn niemand sehen sollte, was wirklich in Dir vorging. Deine Augenbrauen, die ein wenig dunkler als Deine Haare waren und Deine italienische Herkunft verrieten, wenn es auch fast das Einzige war außer Deinem Namen. Dein Lächeln, das zwei nette Grübchen auf Deinen Wangen erscheinen ließ, die aber verschwanden, wenn Du Dein obercooles Mister-Universum-Grinsen aufsetztest. Deine Zähne, die vorne zu weit auseinander standen und eine Lücke bildeten und denen man ansah, dass Du zu viel rauchtest, wie auch Deinen Fingerspitzen, die ganz gelb vom Nikotin waren – tja, das war das Einzige, was nicht so hübsch war an Dir, aber ich hab Dich eben trotzdem geliebt. Dann Deine Lederketten um den Hals mit dem Raubtierzahn und dem dornenförmigen Metallanhänger, den Du nun nicht mehr trägst, weil Du ihn mir gegeben hast. Deine Klamotten, die manchmal so zerlumpt gewesen waren, dass Du Dich selber geschämt hast, obwohl wir alle es cool fanden. Dein Tattoo am Oberarm und die Lederbändchen, die Du um Dein linkes Handgelenk trugst. Eine Unmenge von Lederbändchen. Niemand konnte damals verstehen, dass diese vielen Bändchen Dich im Hochsommer, wenn es heiß war, nicht störten, niemand, der nicht wusste, dass sich darunter Dein traurigstes Geheimnis verbarg.

Ja, Dein Geheimnis ... und ich war die Einzige, die einen Blick hinter Deine Fassade hatte werfen dürfen, die gesehen hatte, was wirklich mit Dir los war. Ich war die Einzige, die bei Dir zu Hause gewesen war und all das gesehen hatte, was niemand sonst sehen durfte: Deine Narben, Deine zerrüttete Kindheit, Deine psychisch kranke Mutter, die verwahrloste Wohnung und Mingo.

Mingo, Dein drogenabhängiger Zwillingsbruder. Das werde ich nie vergessen, Nicki. Ihr beide seht euch so ähnlich, aber irgendwie hat Mingo mir ganz schön Angst gemacht mit seinem Messer und seinen Nietenarmbändern. Doch innerlich war er so weich und verletzlich ... genau wie Du. Wie es ihm wohl geht? Ich habe begonnen, «Wir Kinder vom Bahnhof Zoo» zu lesen, weil ich wissen will, ob es für jemanden wie ihn noch Hoffnung gibt. Ach ja, Paps würde es bestimmt nicht mögen, wenn er wüsste, dass ich so was lese. Er findet solche Dinge zu hart für mich.

Ich könnte immer noch heulen, wenn ich an all das denke, was geschehen ist, und an das, was Frau Galiani mir über Dich erzählt hat. Dabei gibt es immer noch so vieles, was ich über Dich nicht weiß. Ich hätte Dir so gern in all dem zur Seite gestanden. Aber ich konnte nichts tun. Wie gern hätte ich all das Dunkle aus Deinem Leben weggewischt, hätte alle Tränen zusammen mit Dir geweint. Aber Du bist von mir fortgegangen. Du hast mich allein gelassen und jede Spur verwischt.

Ich werde nie verstehen, warum Du den Kontakt zu mir ganz abgebrochen hast. Das bleibt ganz allein Dein Geheimnis ...

Doch jede Nacht, wenn ich unsere Laterne leuchten sehe, denke ich an Dich und an das Versprechen, das wir uns damals gegeben haben. Ich trage Deine Kette mit dem roten Herzanhänger noch heute. So bist Du wenigstens ein bisschen bei mir ...

Nicki, ich kann Dich einfach nicht vergessen, eigentlich bin ich mehr bei Dir als irgendwo sonst! Bitte komm doch wieder zurück zu mir, ich vermisse Dich so! Ich habe große Angst, dass das Bild von Dir in meinen Erinnerungen eines Tages so sehr verblassen wird, dass Du nur noch eine Schattengestalt sein wirst. Es wird immer schwieriger, Dein Gesicht in meinen Träumen hinzukriegen, und irgendwann wird es vielleicht ganz verloren sein. Ich wünschte, ich hätte ein Foto von Dir, ein einziges Bild wenigstens.

Ich hoffe so sehr für Dich, dass Du in Sizilien glücklich bist und Deine zweite Mutter gefunden hast, von der Du immer so viel geträumt hast. Und mir bleibt nichts anderes übrig, als weiter zu hoffen und zu warten, dass Du vielleicht doch eines Tages zu mir zurückkehren wirst ...

2. Der Junge mit den Narben

Ein schlanker Junge stand auf einer Felsenklippe im rotgoldenen Licht der untergehenden Sonne. Der Himmel und die Farben waren so grell, dass sein Körper nur eine dunkle Silhouette war. Ringsherum war alles voller Lavagestein, und das Meer sah aus wie geschmolzenes Gold.

Der Junge war aus Porzellan, und ich hatte Angst, dass er in tausend Splitter zerbrechen würde, wenn ich ihn berühren würde. Wenn ich wenigstens einen Blick auf seinen Körper werfen könnte! Denn wenn ich die Narben sehen würde, wüsste ich sofort Bescheid. Narben an seinem Bauch und an seinem Handgelenk ... Ich saß auf einem Floß und trieb immer näher an ihn heran, und dann sah ich sie. Lange, rote Narben, tiefe Messerschnitte, die ziemlich schlecht verheilt waren.

Doch plötzlich stürzte sich der Junge von der Klippe. Er fiel und fiel, und niemand konnte ihn aufhalten. Ich ruderte verzweifelt näher, doch mein Floß rührte sich nicht von der Stelle. Rings um mich herum war das Meer auf einmal aus Wachs, das immer kälter und härter wurde. Es würde den Jungen einfrieren, und er würde für immer gefangen sein ...

Vor der Sonne tauchte auf einmal das Gesicht einer in Weiß gekleideten Frau auf. Ihre warmen und gütigen Augen blickten auf das gefrorene Meer und ließen es wieder schmelzen. Der Kopf des Jungen tauchte aus dem Wasser auf, und in seinem bisher harten und angespannten Gesicht machte sich große Erleichterung breit.

Die Frau sagte etwas und blickte sich suchend um.

Wo ist der andere Junge?, wunderte sie sich. Wo ist mein zweiter Junge?

Stille war um uns herum. Da war kein zweiter Junge. Der Junge mit den Narben blickte sich um, und Panik stand in seinen Augen. Der zweite Junge, sein Bruder, war nirgendwo. Weg. Für immer ausgelöscht.

Mein Floß trieb unaufhaltsam weiter aufs offene Meer hinaus, obwohl ich gern bei dem Jungen und der weißen Frau geblieben wäre. Doch ich trieb dahin in eine endlose Ewigkeit und fühlte mich leicht wie eine Feder. Auf einmal fing auf meinem Floß eine große Glocke an zu bimmeln, und je weiter mein Floß auf das offene Meer driftete, umso schneller bimmelte die Glocke. Ich schlug um mich, weil ich das lästige Geräusch entfernen wollte. Ich wollte nicht weg. Ich wollte sehen, wie die Narben des Jungen endlich ganz verheilten. Aber die Glocke zog mich fort. Und langsam verschwand das Meer; das Gold verblasste, als würde es jemand ausradieren. Andere Umrisse nahmen Gestalt an, ein dunkler Raum, ein Schreibtisch und ein Bücherregal. Die Glocke wurde lauter, aufdringlicher, sie schrie regelrecht auf mich ein, und mit einem Schlag fuhr ich hoch. Das letzte bisschen Gold wurde verschluckt von der Dunkelheit meines Zimmers.

Die Glocke war in Wahrheit mein Wecker.

Meine Augen, mein Nacken und mein Hals schmerzten. Hatte ich mich vorher wie eine Feder gefühlt, so fühlte ich mich nun wie Blei. Was für ein verrückter Traum! Ich brachte meinen schreienden Wecker zum Schweigen und rutschte aus dem Bett. Sanftes Licht erhellte das Zimmer, als ich die Vorhänge zur Seite schob. Die Blätter des Apfelbaumes vor meinem Fenster waren ganz feucht; es hatte in der Nacht geregnet. Frühlingsregen. Draußen roch alles nach hellgrünem, frischem Gras. Das Geschirrgeklapper in der Küche vertrieb die letzten Fetzen meines Traumes und erinnerte mich an das, was heute war: an den missratenen Mathetest. Hoffentlich würde Paps mich nicht darauf ansprechen! Das brauchte ich nun echt nicht am frühen Morgen. Schnell tappte ich in mein Badezimmer und wusch mich, dann schlüpfte ich in meine Klamotten, presste ein schwaches Lächeln auf meine Lippen und gesellte mich zu meinen Eltern hinunter in die Küche.

«Guten Morgen, Maya. Na, gut geschlafen?», lächelte Mama. *Sie* war immer fit und munter. Wie machte sie das bloß, meine Supermama? Ich drückte ihr einen verschlafenen Kuss auf die Wange und warf meinem Vater ein Kusshändchen zu. «Morgen, Paps!»

Mein Vater lächelte mich gütig an und blätterte in seinen Arztberichten. Seine Patienten waren immer um ihn herum. Überall und allgegenwärtig. Neben ihm auf dem Tisch lag sein neuster Artikel, den er für den «Gesundheitsratgeber» verfasst hatte. Paps war nicht umsonst einer der bekanntesten Ärzte in Deutschland.

«Bekommt ihr heute nicht die Mathearbeit zurück?»

Bingo! Da war es ja schon! Dabei hatte ich dieses Thema seit einer Woche tunlichst vermieden. Genau genommen bedeutete das, dass Paps meinen Stundenplan auswendig kennen musste. Na ja, mein Vater arbeitete mindestens sechzig Stunden die Woche und hatte nicht viel Verständnis dafür, wenn jemand nur das Minimum leistete. Vielleicht hätte ich doch meine Schulbücher mit zum Frühstück nehmen sollen.

«Ja-ha!», seufzte ich und schmierte eine dicke Schicht Marmelade auf mein Brot. Der Horrortest.

«Nun, ich hoffe, du hast gut abgeschnitten, oder?»

Ich biss in die Schnitte, um nicht antworten zu müssen. Paps hasste es, wenn ich mit vollem Mund redete. Vielleicht geschah ja ein Wunder. Vielleicht hatte Herr Lenz sich verschrieben. Vielleicht hatte er mein Blatt verloren. Vielleicht hatte ich die Aufgaben zufällig richtig gelöst. Papas Augen nahmen mich fest in Beschlag. Die Marmelade tropfte auf meine Hand.

«Maya ...»

«Tut mir leid, Paps.» Die Marmelade klebte an meinen Fingern, und ich leckte sie ab.

«Also, dafür gibt es doch Servietten! Wirklich, Maya ...»

«Entschuldige, Paps!»

Ich stand rasch auf und trug mein Geschirr in die Spüle, bevor Paps wieder mit seiner Leier anfing. Ich wollte es nicht schon wieder hören. Er meinte es nicht böse, aber das

Problem mit Paps war, dass er einfach nicht verstehen konnte, was ich letztes Jahr durchgemacht hatte. Er war so froh, dass dieser verrückte Domenico aus meinem Leben verschwunden war!

«Ich kann nichts dafür, aber ich mache mir Sorgen, dass du den Notendurchschnitt fürs Gymnasium nicht erreichen wirst, wenn du so weitermachst, Maya! Auch Frau Galiani ist beunruhigt, das weißt du!»

«Ja-ha, Paps! Ich werde mich ja bessern!» Oh Nicki ... verflixt und zugenäht!

«Martin, nun lass sie doch!», kam Mama mir zu Hilfe. «Die Pubertät ist nun mal ein schwieriges Alter. Du kannst doch nicht immer erwarten, dass sie alles perfekt macht.»

Mama begriff trotz ihrer Sorge immerhin, dass Druck alles nur noch schlimmer machte. Paps seufzte und rückte seine Brille zurecht. «Das erwarte ich ja nicht, Esther. Nun, ich möchte ja nicht ständig an ihr herumnörgeln, aber ...!» Abrupt verstummte er und warf Mama einen Blick zu. Täuschte ich mich, oder ging da hinter meinem Rücken was ab?

«Ich muss los!», sagte ich hastig, ehe die Diskussion endgültig losbrach. Die würde noch früh genug einsetzen, wenn ich am Nachmittag mit der miesen Note nach Hause kam.

«Aber du hast doch noch gar nicht fertig gegessen!»

«Hab keinen Hunger ...!» Ich ließ meine kopfschüttelnden Eltern stehen und raste hoch in mein Badezimmer. Meine Güte, mein Spiegelbild war ja eine einzige Katastrophe! Ich sah aus, als hätte ich irgendwelche Drogen genommen ... Seufzend kleisterte ich eine dicke Schicht getönter Tagescreme auf meine blasse Haut. Dann putzte ich die Zähne, band meine Haare zu einem langen Pferdeschwanz zusammen und steckte die silbernen Ohrringe an. So langsam sah ich annehmbar aus.

Paps' besorgter Blick war das Letzte, was ich auffing, als ich meinen Eltern *Tschüss* zurief. Ich versuchte die letzten

Reste meines goldenen Traumes festzuhalten, bevor er sich ganz auflöste und das Gold zu einem trüben Grau wurde. Man müsste Träume irgendwie aus seinen Gedanken filtern und für alle Zeiten in einer Dose aufbewahren können.

Delia und Manuela warteten wie immer beim Brunnen auf mich und tippten eifrig auf ihren Handys. Meine Eltern hatten mir zu Weihnachten endlich auch ein eigenes Handy geschenkt, nachdem ich das von Domenico bei der Polizei abgegeben hatte. Er hatte es mir damals hinterlassen, aber in Wahrheit war es geklaut gewesen. Wie leider so manches.

Delia und Manuela winkten mir stürmisch. «So früh? Klasse!»

«Ja, mein Vater hat voll genervt heute Morgen! Ich hab die Flucht ergriffen!»

«Kenn ich!» Delia verdrehte mitleidig die Augen. «Aber bei mir ist es eher Mama. Die ist so was von überempfindlich. ‹Delia, stell die Musik leiser, das macht mir Kopfschmerzen. Delia, räum dein Zimmer auf. Delia, nimm dieses hässliche Poster von der Wand!› Aaaarghhh!» Sie machte einen gespielten Würgegriff um ihren Hals. «Und immer krieg ich alles ab, Linda ist ja soooo was von brav!»

«Bei mir geht's manchmal ähnlich, nur dass meine Mutter dann noch mein Zimmer aufräumt und mir alles wegschmeißt!», sagte Manuela. «Und dass Frederik dauernd in meinen Sachen rumschnüffelt!»

«Mann, das könnte ich nun echt nicht ab!», schnaubte Delia. «Einen Bruder, der in meiner Bude rumschnüffelt!»

«Ja, das ist voll ätzend! Aber wehe, wenn *ich* mal an seine Sachen gehe!» Manuela bändigte eine losgelöste Haarsträhne. Sie hatte sich ihre Mähne letzte Woche mahagonirot gefärbt und trug sie neuerdings mit Hunderten von winzigen Klammern hochgesteckt. Ich wollte nicht wissen, wie lange sie morgens dafür brauchte.

«Kenn ich, kenn ich!» Delia rang ihre Hände, so dass ihre vielen silbrigen Armreifen klimperten. «Linda ist so mega zickig. Sie tut immer wie 'n Unschuldslamm, dabei ist sie so was von hinterlistig, diese freche Göre!»

«Kannst froh sein, dass du keine Geschwister hast, Maya», sagte Manuela, nachdem sie ihre Frisur repariert hatte. «Keiner, der in deinen Sachen rumschnüffelt!»

«Also, ehrlich gesagt hätte ich schon gern einen Bruder», sagte ich.

Manuela fasste sich an die Stirn. «Oh stimmt, dein Bruder ist ja als Baby gestorben! Sorry, hab ich voll vergessen! Sorry, sorry, sorry!»

«Macht ja nichts!» Man musste mich deswegen nicht mit Samthandschuhen anfassen.

«Na ja, dafür hast du's ganz schön heavy mit deinem Vater», sagte Delia mitfühlend. «Meiner ist zwar auch mühsam, aber wenigstens darf ich noch zu Partys gehen.»

«Ach, es ist ja schon viel besser als damals», meinte ich. «Früher durfte ich nicht mal Ohrringe tragen. Aber Paps versteht manchmal einfach nicht, dass es auch noch eine andere Welt gibt als nur seine Praxis ...»

Delia zupfte an den blonden Haarkringeln rum, die ihr aus ihrer hochgesteckten Frisur ins Gesicht fielen. Doch da dudelte ihr Handy und lenkte ihre Aufmerksamkeit ab. Sie lehnte sich an mich und hielt mir das Telefon unter die Nase. «Oh nein, guck mal! Ronny. So ein Depp, echt!»

«Ach, Deli, der ist halt in dich verknallt», sagte Manuela.

Wirklich bescheuert. Das Bild zeigte einen Affen, der sich unter dem Arm und am Kopf kratzte. Für einen, der über beide Ohren verliebt war, besaß Ronny nicht gerade sehr viel Stil.

«Voll der Kindskopf!», meinte Delia ärgerlich. «Ich steh sowieso auf Leon. Seine blauen Augen sind einfach der Hammer!» Sie schaute verträumt zur Schultür, als ob Leon jeden Augenblick herausspazieren würde.

Was mich dazu veranlasste, gleich wieder in meinen Traum abzudriften, den ich in dieser Nacht gehabt hatte. Delia und Manuela sprachen nicht mehr so oft von Domenico, obwohl er hier in unserer Schule immer noch eine Legende war. Schließlich hatte er André, den stärksten Jungen der Schule, im Zweikampf besiegt, hatte den Schulrekord im Weitsprung aufgestellt und war mit einem waghalsigen Doppelsalto im Schwimmbad vom Zehner gesprungen. Ein paar Jungs hatten sich sogar seinen Stil mit den zerrissenen Klamotten abgekupfert. Das alles hatte ihn zu einer Berühmtheit gemacht. Doch nicht auch zuletzt die schlimme Auseinandersetzung mit Delia, als er sie im Zorn krankenhausreif geprügelt hatte. Das Paradoxe war, dass Delia dadurch meine Freundin geworden war. Domenico, der Superheld ... Ich erinnerte mich an die Zeit, als ich ihn noch Mister Universum genannt hatte.

In dem Moment klingelte die Schulglocke.

«Erdkunde kann mich mal!», murmelte Manuela.

Delia, Manuela und ich setzten uns auf unsere Plätze in der hintersten Reihe. Vor drei Wochen hatten wir eine nagelneue Zimmereinrichtung bekommen. Tische, Stühle, Wandtafel und auch der alte Katheder waren gegen moderne Möbel ausgetauscht worden. Das Klassenzimmer roch jetzt noch nach der fabrikneuen Wandtafel und dem frischen Lack, mit dem die Tische gebeizt worden waren. Sogar eine zeitgemäße Schulglocke mit melodischem Klang war anstelle der alten Klapperschelle installiert worden. Zu diesem Anlass hatten wir auch die Sitzordnung umgestellt, und Delia, Manuela, Patrik und ich saßen nun in der hintersten Viererreihe. Doch Patriks Platz war noch leer, weil er immer erst auf den allerletzten Drücker eintrudelte. Das war seine Angewohnheit aus der Zeit, als André, Dani und Ronny ihn noch mehr gehänselt hatten als jetzt. So vieles hatte sich im letzten Jahr dank Domenico verändert ...

Auch an diesem Tag erschien Patrik erst nach dem zweiten Klingeln. Er schlüpfte unter Ronny hindurch, der gerade damit beschäftigt war, sich via Wandtafel zum neuen Kartenhalter hochzuhangeln. Eine der Klemmen fiel runter und traf haargenau Andrés kurzgeschorenen Schädel.

«Au, du Oberidiot, was soll denn der Schrott wieder?»

Patrik wandte sich um wie ein gehetztes Reh, doch als er sah, dass nicht er gemeint war, konnte er befreit aufatmen. André hatte andere Sorgen!

«H-hallo!» Über Patriks rundes Gesicht glitt ein sanftes Lächeln, als er sich auf seinen Platz neben mich setzte. Delia reckte sich hinter meinem Rücken zu ihm rüber, so dass ihr Stuhl bedrohlich ins Wanken kam. Ihre Halskette kitzelte meinen Nacken.

«Hey, Patrik, hast du Erdkunde gelernt?»

Patrik nickte wortlos. Etwas anderes war nicht zu erwarten gewesen. Er war ein absolutes Genie und vergrub sich wie ein Wurm in seine Bücher. Er saugte regelrecht alles auf, was er lernen konnte, und war deswegen bei vielen als Streber verschrien.

Ronny hing noch immer halbwegs am Kartenhalter und machte ein ziemlich belämmertes Gesicht, als Frau Galiani plötzlich unter ihm stand. Die zweite Klemme wackelte beängstigend. Alle anderen flüchteten schnell auf ihre Plätze.

«Es hat bereits zum zweiten Mal geklingelt, Herrschaften!», tadelte Frau Galiani und nahm Ronny ins Visier. «Und du kommst auf der Stelle da runter, Spiderman! Den Kartenhalter wirst du selbstverständlich in Ordnung bringen!»

Ronny grinste zerknirscht und versuchte sich mit seinen Füßen auf dem kleinen Sims an der Wandtafel abzustützen, nicht ohne ein paar Kreidestückchen zu zertreten und seinen Schuh in den nassen Schwamm zu drücken.

«Igitt!»

«Das kommt eben davon, wenn man nur seine Spinnereien im Kopf hat», bemerkte Frau Galiani trocken. «Wir befinden uns auf dem Planeten Erde in unserem stinknormalen Klassenzimmer, falls du das noch nicht bemerkt haben solltest. Und nun schlagt bitte eure Bücher auf Seite hundertzwei auf!»

Die Worte, die sie an Ronny gerichtet hatte, schienen auch mir zu gelten. Das stinknormale Klassenzimmer mit seinen stinknormalen Gerüchen und Geräuschen wurde an diesem Vormittag nur schwer Realität für mich. Außerdem interessierte mich Südostasien überhaupt nicht. Ich begann im Erdkundebuch zu blättern und schlug vorsichtig die Seite von Sizilien auf. Das heißt, sie schlug sich beinahe von selbst auf, weil der Falz hier durch das viele Aufschlagen schon ziemlich geglättet war.

Die Farbe der Landkarte war goldgelb, fast wie in meinem Traum. Sizilien lag recht nahe bei Tunesien. Irgendwie fast eine andere Welt ... Ich strich mit dem Finger über die glänzenden Seiten. Ob Domenico nun auch in der Schule war? Ich bezweifelte es. Wo er doch so oft geschwänzt hatte! Mingo, sein durchgeknallter Zwillingsbruder, hatte die Schule sogar ganz aufgegeben. Kein Wunder, der war Legastheniker und konnte kaum lesen. Vielleicht saßen sie beide jetzt irgendwo unter der Sonne am Meer oder sprangen von Felsklippen in saphirblaues Wasser, Nicki natürlich in seinem T-Shirt, damit niemand seine Narben sah. Wenn ich die Augen schloss, konnte ich beinahe den Salzgeruch des Meeres riechen. Aber vielleicht schliefen sie ja auch noch, es war ja erst viertel vor acht ...

«Maya?»

Das Meer, die Felsenklippen und die Sonne verschwanden vor meinen Augen, und das stinknormale Klassenzimmer nahm wieder seine Umrisse an. Außerdem dreiundzwanzig kichernde Gesichter und Frau Galiani, die mit aufgestützten Händen und scharf auf mich gerichteten Augen vor mir stand. Ich zuckte zusammen.

«Du hast dein Buch auf der falschen Seite aufgeschlagen, Maya», sagte sie sanft.

«Sorry!» Ich blätterte hastig weiter vor zu Südostasien.

Ein paar warfen mir verständnisvolle Blicke zu. Nur Isabelle, die in der Bankreihe neben uns saß, legte den Kopf in den Nacken und lachte gellend. Seit sie ihr Haar schwarz gefärbt hatte, sah sie noch hinterhältiger aus. Mit den eiskalten Augen, dem vorstehenden, scharfen Kinn und dem herzförmigen Stirnansatz glich sie einer boshaften Göttin aus einem Fantasy-Film. Meine Gesichtszüge waren viel zu sanft und rund, um ihren giftigen Blick erwidern zu können, also ließ ich es bleiben. Das war die Sache eh nicht wert.

Frau Galiani nickte mir zu und ging wieder nach vorne zum Overhead-Projektor. Patrik stupste mich an und hielt mir unauffällig eine Tüte mit Erdbeer-Bonbons unter die Nase. Er hatte immer einen ganzen Vorrat unter seinem Pult. Das Knistern der Tüte veranlasste Frau Galiani, sich nochmals umzudrehen, doch sie gab keinen Kommentar ab. Ich riss mich zusammen. Südostasien. Mathetest.

3. Leon

Das erhoffte Wunder traf nicht ein. Die Realität war sogar noch knüppeldicker als befürchtet und erwies sich in Form einer fetten, roten Fünf: mangelhaft! Das Schlimmste war, dass sogar Delia eine halbe Note besser war als ich. Das war etwas noch nie Dagewesenes! Wenn sogar Delia mich in Mathe überrundete, war die absolute Talsohle erreicht.

Schnell verstaute ich das schreckliche Blatt in meiner Mappe, damit ich den Anblick nicht noch länger ertragen musste. Patrik hingegen konnte seiner Einser-Sammlung eine weitere Trophäe hinzufügen. Er lächelte mich traurig an. Er konnte ja nichts dafür, dass ihm das Rechnen so leicht fiel.

In der Großen Pause gingen wir zu viert in den Hof runter und stellten uns unter die alte Linde. Die Sonne hatte immer noch nicht vor, sich zu zeigen. Ich blickte zum Himmel und fragte mich, was meine Zukunft wohl bringen mochte. Die Lust aufs Gymnasium schrumpfte von Tag zu Tag mehr.

Patrik verteilte Schokoladenriegel. Aber Delia schüttelte den Kopf. «Nein, danke, ich muss auf meine Figur achten!»

«Ja, gerade du!», spottete Manuela, und damit hatte sie völlig Recht: Delia war für meinen Geschmack eine Spur zu dünn. Sie wollte später unbedingt Model werden, und ich war überzeugt, dass sie die besten Chancen hatte mit ihrem bildhübschen Gesicht und den langen, goldblonden Haaren. Aber manchmal übertrieb sie es mit ihrem Schlankheitsfimmel und Fitness-Wahn. Doch es war nicht besonders feinfühlig, in Patriks Gegenwart über solche Themen zu reden, denn Patrik wurde wegen seiner kleinen und übergewichtigen Statur oft gehänselt. Ich suchte nach einem Thema, das sowohl von Figurproblemen als auch vom Mathetest ablenkte (über *den* hatte ich noch weniger Lust zu reden!), als ein blonder, schlanker und groß gewachsener Junge aus der Tür trat. Unter dem Arm trug er eine prall gefüllte Mappe mit gepressten Pflanzen.

Delia knuffte mich in die Seite. «Leon!», hauchte sie hingerissen.

Ich senkte meinen Blick. Leon sah aus, als wäre er direkt einem Modekatalog entsprungen, und er ging seit einem halben Jahr in die Klasse 10c. Die Gymnasiasten befanden sich im hinteren Trakt und verirrten sich eigentlich eher selten in den vorderen Bereich, wo wir Realschüler waren. Doch Leon gab öfters Nachhilfestunden und war deswegen häufig hier anzutreffen. Er kam von weit aus dem Norden, Hamburg oder so, und seine Eltern waren Ärzte, genau wie meine. Er selbst hatte ebenfalls vor, Medizin zu studieren. Wir hatten also eine ganze Menge gemeinsam, außer dass ich noch auf die Realschule ging. Er war sechzehn, ging aber eher für achtzehn durch, vielleicht wegen seiner Größe und seines gewandten Auftretens. Er war, obwohl er neu war, gleich zum Klassensprecher gewählt worden. Seit Domenico weg war, war Leon derjenige, der den Mädchen mit seinen stahlblauen Augen den Kopf verdrehte, aber anscheinend hatte er keine feste Freundin.

Delia stellte sich sofort in ihre berühmte Model-Pose und himmelte ihn schmachtend an, doch Leon steuerte zu meiner größten Überraschung direkt auf mich zu.

«He, du bist doch Maya Fischer, nicht wahr?»

Ich konnte es kaum glauben. Er blieb vor mir stehen und strahlte mich an, als hätte ich den ersten Preis in einem Schönheitswettbewerb gewonnen, und das vertrieb meine Weltuntergangsstimmung für einen Moment. Wie kam ich bloß zu der Ehre? Delia verschluckte sich beinahe an ihrem Apfel. Patrik wandte sich diskret ab und stellte sich ein wenig hinter Manuela. Leons Lächeln wurde noch breiter. Seine blitzblanken Zähne waren beinahe weißer als sein Hemd und geradezu prädestiniert für Zahnpasta-Werbespots.

«Wie ihr andern heißt, weiß ich leider nicht», entschuldigte er sich mit einer galanten Geste. «Doch, du da, du bist auch ziemlich bekannt! Mit deiner Schwester habe ich schon geredet.» Er nickte Delia zu, doch bevor die ihren Mund aufkriegte, hatte er sich bereits wieder mir zugewandt.

«Ich wollte jetzt endlich mal die Tochter des berühmten Doktor Fischer ansprechen!», sagte er und stützte sich am Baumstamm ab. «Von dir hört man ja so einiges.»

«Oh!» Ich versuchte cool zu bleiben, doch das war gar nicht meine Stärke. Durch meine Freundschaft mit Domenico war auch ich ungewollt zu einer Art Berühmtheit geworden.

«Du weißt ja, mein Dad ist dieses Jahr Organisator des Ärztekongresses in Berlin», sagte Leon und sah mich erwartungsvoll an. «Geht ihr auch hin?»

«Äh ... ich denke schon», erwiderte ich zerstreut.

«Du warst die Freundin dieses berüchtigten ... na, wie hieß er denn? Der Junge, über den man sich so viele Geschichten erzählt.»

«Domenico di Loreno!» Mit einem Schlag waren meine sämtlichen Nackenhaare aufgerichtet.

«Genau ... der, der dem Biedermann damals die Kasse geklaut hat!»

Ich schnappte nach Luft. Über diese Geschichte wussten eigentlich nur Frau Galiani, Patrik und ich Bescheid, und sie ging keinen etwas an. Dass das Gerücht trotzdem durchgesickert war, war sicher Isabelles Werk, die mit ihren Luchsaugen überall herumlauerte. Ich wusste nicht, was ich darauf erwidern sollte, und zum Glück erwartete Leon auch keine Antwort.

«Schöne Kette trägst du übrigens», sagte er unvermittelt und zeigte auf meinen roten Herzanhänger. Er hatte natürlich keine Ahnung, wer ihn mir geschenkt hatte ...

«Danke!», erwiderte ich hastig und ärgerte mich, dass meine Stimme so furchtbar kratzig klang. Leon lächelte und nickte mir zu, ehe er sich von uns entfernte. Delia trat mir kräftig auf den Fuß. «Au!», schrie ich.

«Du bist so ein elendes Glückskind, Maya!», zischte sie mir

ins Ohr. «Das sieht doch ein Blinder, dass der Interesse an dir hat!»

Ich wollte ihr schon eine gesalzene Antwort verpassen, als Manuela auf einmal sagte: «Das mit dem Geld stimmt doch gar nicht, oder?»

«Was denn?» Ich sah sie verständnislos an.

«Dass Nico die Kasse geklaut hat. Das ist doch nur ein Gerücht, oder etwa nicht?»

Ich tauschte einen heimlichen Blick mit Patrik, der immer noch hinter Manuela stand. Wir hatten eisern den Mund gehalten, selbst Delia und Manuela gegenüber.

«Ach, das trau ich dem schon zu», giftete Delia. «Der war doch so was von durchgeknallt.»

«Wie kannst du es wagen!», schrie ich unverhältnismäßig laut. Ich wollte mich eigentlich nicht mit Delia streiten. Wenn sie eifersüchtig war, wurde sie zur Furie und sagte Dinge, die sie gar nicht so meinte. Ich wusste das. Aber wenn es um Domenico ging, war mit mir nicht zu spaßen.

«Ist doch wahr! Ich war richtig froh, dass du ihn schlussendlich abgekriegt hast! Seine dauernde Qualmerei war so was von ätzend. Der ist ja richtig durchgedreht, wenn er nichts zum Rauchen hatte!» Sie presste schmollend ihre herzförmigen Lippen zusammen.

In Wahrheit war Delia am Boden zerstört gewesen, als Domenico sich in mich verliebt hatte, aber jetzt, wo ich scheinbar im Begriff war, ihr auch Leon wegzuschnappen, konnte ihr Stolz das nicht zugeben.

«Deli, du bist megafies», schimpfte Manuela. «Nico hat's voll nicht leicht gehabt, deswegen war er so verrückt.»

«Verrückt und gewalttätig!», zischte Delia wütend. «Seinetwegen wäre ich beinahe für immer behindert gewesen!» Sie machte ihre Haarklammer ab und schüttelte ihre blonde Mähne.

Ich hatte feuchte Augen, wie immer, wenn ich mich aufregte. Klar, Delias Narbe am Hinterkopf war keine Kleinigkeit. Es war eine sehr schlimme Sache gewesen. Domenico war ausgerastet, weil Delia sich mir gegenüber gemein benommen hatte, und hatte sie im Zorn schwer verletzt. Dass Delia Domenico diese Geschichte schließlich recht großmütig verziehen hatte, war sicherlich einerseits Frau Galianis gutem Zureden zu verdanken gewesen, und andererseits auch der Tatsache, dass Delia im Grunde wusste, dass sie an der Sache nicht ganz unschuldig gewesen war. Dass sie schließlich sogar meine Freundin wurde, war eines der besten Dinge, die mir letztes Jahr widerfahren waren. Ein sagenhaftes Wunder sozusagen. Aber manchmal war Delia einfach zum Davonlaufen launisch: im einen Moment voll überschäumendem Mitgefühl, und im nächsten Moment wie ein lavaspeiender Vulkan. So wie jetzt. Ich konnte doch nichts dafür, dass Leon sich offenbar für mich interessierte!

Wir schauten uns in die Augen. Delias bildhübsches Gesicht, ihr wunderschönes Haar, ihre Traumfigur ... Auch ich hatte hin und wieder mit Anflügen von Neid und Eifersucht zu kämpfen, wenn ich sie ansah! Aber man konnte eben nicht alles haben.

Manuela seufzte und trat sachte zur Seite, um Patrik, der immer noch abseits stand und düster zu Boden blickte, wieder in den Kreis aufzunehmen. War ihm nun auch etwas über die Leber gekrochen? Warum waren hier alle so verstimmt? War daran jetzt nur Leon schuld?

Patrik begleitete mich nach Hause. Jeden Mittwoch und Freitag traf er sich mit seiner Mutter im Supermarkt zum Essen, wenn sie arbeiten musste. Dieser Supermarkt war ganz in der Nähe, wo ich wohnte. Patriks Mutter hatte dort seit kurzem eine neue Stelle. Manchmal kam Patrik auch zu uns zum Essen. Er war mein bester Freund. Ja, mehr noch, er war wie ein Bruder für mich. Den Bruder, den ich immer vermisst und in ihm gefunden hatte. Wie ich hatte auch er keine Geschwister. Seinen Vater hatte er bei einem Flugzeugabsturz verloren. Er lebte also allein mit seiner Mutter. Sein größter Traum war, den Fußstapfen seines Vaters zu folgen und Pilot zu werden. Es war eine ganz andere Freundschaft, als ich sie mit Delia und Manuela pflegte. Wir verstanden uns ohne viele Worte. Patrik war jemand, der fast zu allem Ja sagte. Aber er war ein guter Freund. Er war immer ein stiller Junge gewesen, beinahe unsichtbar, bis Domenico ihn schließlich aus seinem Loch herausgeholt hatte.

Obwohl Patriks Schweigen nichts Ungewöhnliches an sich hatte, spürte ich, dass er immer noch bedrückt war, als wir zusammen nach Hause gingen.

«Was ist eigentlich los mit dir?», fragte ich.

«N-nichts ...» Seine Stimme zitterte.

Ich wollte ihn nicht verletzen. Alles andere als das. Das hatte er nicht verdient. Er war schließlich auch immer geduldig mit mir, wenn ich schlechte Laune oder meine Tage hatte. Ich nahm deshalb seine Hand.

«Hey, Patrik! Bin ich nicht wie deine Schwester?»

Er sah zu mir hoch. Seine hellblauen Augen sahen traurig aus, mild und fast durchsichtig. Ich hätte ihn am liebsten umarmt und ihm durch das blonde Haar gewuschelt. In dem Moment fand ich ihn richtig schön, obwohl er dick war und einen halben Kopf kleiner als ich.

«I-ich will es n-nicht sagen!»

Ja, richtig schön, obwohl er sogar stotterte!

«Ach, Patrik!»

Ich konnte es mir ungefähr vorstellen. Patrik war traurig, weil er seiner Meinung nach nicht gut genug aussah, um je eine Chance bei einem Mädchen zu haben. Selbst ich konnte mich nicht in ihn verlieben, aber wir waren ja auch zu sehr wie Geschwister.

«E-es ist nur, w-wenn du mit Leon zusammenkommst, h-hast du gar keine Z-zeit mehr für mich», murmelte er betrübt.

«Ach was, ich komm doch gar nicht mit Leon zusammen!», rief ich. Ich hatte nicht vor, auch nur im Entferntesten daran zu glauben. «Und selbst wenn, ich würde dich doch nicht vergessen!»

Das schien Patrik immerhin ein bisschen zu trösten. Er lächelte schüchtern und trocknete seine Augen. Ich verabschiedete mich mit zwei Küsschen von ihm und ging durch das Gartentor. Schock! Die Katastrophe wegen der Mathearbeit stand nun kurz bevor!

Ich saß mit meinen Eltern am Esstisch und stocherte in meinem Gurkensalat rum. Das Unglückspapier lag zwischen uns auf dem Tisch.

«Eine Fünf!» Paps murmelte die vermaledeite Zahl fassungslos vor sich hin und schüttelte den Kopf. Ich starrte meinen Gurkensalat an, als sähe ich darin die große Erleuchtung. Maya, die einzige Tochter des bekannten Doktor Fischer, hatte eine Fünf in Mathe geschrieben. Fast schon eine Schlagzeile wert. Mama tätschelte tröstend meine Hand, doch in ihrem Gesicht regten sich trübe Schatten. Paps atmete tief ein und polierte seine Brille mit der Serviette. Ich schlug die Augen nieder. Es war mir lieber, Paps würde endlich anfangen zu wettern und aufhören, an seiner Brille rumzuputzen.

«Nun, nach all dem würde ich meinen, dass das Maß endgültig voll ist und wir uns endlich mal über einige Dinge unterhalten müssen, Maya.»

Er setzte seine Brille wieder auf und beugte sich zu mir vor. «Entweder bessert sich dieser Zustand, oder ich muss dich zur Schulpsychologin schicken. Am Sonntagnachmittag, wenn ich frei habe, werden wir uns alle zusammen ins Wohnzimmer setzen und mal Klartext reden. So kann das nicht weitergehen!»

Seine Stimme klang nicht böse, eher verzweifelt, doch genau das war es, was mich zum Heulen brachte. Mir war es lieber, aufbrausende Wut in seiner Stimme zu hören als diese bittere, schleichende Resignation, die mir das Gefühl gab, als seine Tochter versagt zu haben. Ich schluckte meine Gurken runter, als wären sie aus Blei, und war froh, dass ich endlich in mein Zimmer verschwinden durfte.

In jener Nacht vor dem Einschlafen griff ich in die Truhe und suchte nach meinem Tagebuch, doch es lag nicht darin. Wo hatte ich es denn gelassen? Ich schob meine Decke zur Seite und spähte durch den Spalt zwischen Wand und Bett, doch dann war ich es leid, danach zu suchen. Vermutlich hatte ich es in mein Schreibpult unter all die Hefte gestopft. Ich kletterte ins Bett und holte die neue Bibel mit dem knallbunten Umschlag hervor. Ich las ein paar Zeilen im Markus-Evangelium, dann legte ich sie zur Seite und starrte an die Decke, bis meine Augen bei Domenicos Bild an der Wand haften blieben. Ich konnte die Gebete, die ich für ihn und Mingo zu Gott geschickt hatte, längst nicht mehr zählen.

Schließlich lag ich die halbe Nacht wach. Ich versuchte nicht an die blöde Fünf in Mathe zu denken und an den blöden Krach mit Delia und gab mir alle Mühe, mir stattdessen Domenicos Gesicht vorzustellen. Ich hörte, wie meine Eltern den Fernseher ausschalteten, zu Bett gingen und es still wurde im Haus. Ich hörte den dumpfen Rhythmus von Paps' Schnarchen. Ich sah Domenicos Gesicht vor mir, sein Lächeln, die Grübchen in seinen Wangen und die manchmal etwas ausgelaugten Schatten um seine Augen. Ich sah ihn, wie er sich mit einem verlegenen Grinsen die Haare aus dem Gesicht strich, und dann, wie er sich eine Zigarette anzündete und sie cool in den Mundwinkel steckte. Sein Bild vermischte sich mit dem Wirrwarr des Alltags, und langsam schlummerte ich ein. Seltsamerweise verwandelte sich das Gesicht in meinen Träumen auf einmal in das von Leon ...

4. Überraschende Folgen

Sonntagnachmittag. Meine Eltern erwarteten mich wie ausgemacht im Wohnzimmer. Mama hatte Mozart aufgelegt, weil sie wusste, dass klassische Musik Papas Nerven beruhigte. Ich drückte mich an Paps vorbei und setzte mich neben Mama aufs Sofa. Warum waren diese Elterngespräche bloß immer wie ein Verhör? Ich war doch keine Patientin!

Auf dem Couchtisch lag ein blaues Heft. Zuerst beachtete ich es kaum, weil ich glaubte, dass es Paps' Notizen waren. Doch als ich genauer hinsah, hätte ich schreien können: Es war mein Tagebuch!

Bevor ich Luft holen konnte, ergriff Paps das Wort.

«Ich weiß, Maya, du bist nicht sehr glücklich über die Tatsache, dass wir dein Tagebuch hier bei uns haben. Es ist ja nicht meine Art, in deinen Sachen zu wühlen, aber ich habe es vorgestern Abend in deiner Truhe gefunden.»

Er sprach sehr ruhig, aber mir war, als hätte mich jemand mit einem Kübel Pech überschüttet. Ich saß da und konnte mich kaum bewegen, es fühlte sich an, als wäre in meinem Bauch ein riesiger Mixer, der alles durcheinander rührte. Dieses Tagebuch gehörte mir! Mir ganz allein!

«Es tut mir sehr leid, Maya», sagte Mama mit belegter Stimme. «Aber es musste einfach etwas geschehen. Du isst seit Wochen nicht mehr richtig, bist dauernd abwesend, hast keinen Elan mehr für die Schule … Es musste da etwas geben, das dich sehr beschäftigt!» Sie legte mir ihre kühle Hand auf den Arm. «Ich habe es mir schon lange gedacht, aber ich wollte dich nicht drängen.»

«Aus diesem Text hier geht hervor, dass dir dieser Junge scheinbar ziemlich den Kopf verdreht hat», sagte Paps und öffnete das Tagebuch bei dem letzten Eintrag, den ich gemacht hatte. Mein Gesicht glühte wie ein Feuerball.

«Hast du alles gelesen?», fragte ich mit zugeschnürtem Hals.

«Den letzten Eintrag, ja.» Paps räusperte sich. «Es tut mir wirklich leid, Maya. Aber ehrlich gesagt hat es mir bestätigt, was ich von Anfang an befürchtet hatte. Ich habe es immer gewusst: Dieser Junge war gefährlich für dich.»

Paps hatte Domenico nie gemocht. Aus seiner Sicht waren seine Bedenken mehr als verständlich. Ein Junge mit so versifften Klamotten, der dauernd die Schule schwänzte, wie ein Schlot rauchte und bodenlos frech zu den Lehrern war, war der Alptraum eines jeden Vaters. Aber Paps hatte nie den Jungen mit den Narben gesehen, den Menschen mit den Wunden in seiner Seele. Er hatte nie die zarte und behutsame Freundschaft gesehen, die zwischen Domenico und mir gewachsen war.

«Martin», mahnte Mama leise. «Sei doch nicht so grob. Er war ihre erste Liebe. Das ist nun mal was Besonderes!»

«Aber das ist doch jetzt vorbei. Dieser Junge ist nun weg... Ich dachte, diese Geschichte sei längst abgeschlossen!»

Nein, das war sie nicht. Das würde sie nie sein. Die Frage, was aus ihm und Mingo geworden war, konnte ich einfach nicht abschütteln, selbst dann nicht, wenn ich es gewollt hätte.

Mama beobachtete mich. «Ja, Maya, Paps hat Recht. Wir glaubten, du hättest wirklich damit abgeschlossen. Am Anfang schien es doch so. Es lief sehr gut für dich in der Schule, du warst viel mit deinen neuen Freunden zusammen, hast Delia beim Lernen geholfen ... Weswegen ist das mit Domenico wieder hochgekommen?»

Ich konnte diese Frage nicht beantworten. Ich wusste nicht mal, ob es überhaupt einen Auslöser dafür gegeben hatte. Es war einfach, als ob in mir die ganze Zeit ein unterdrücktes Flämmchen geflackert hatte, das sich auf einmal wieder in einen ausgewachsenen Brand verwandelt hatte.

Mama wandte sich an Paps.

«Vielleicht würde es wirklich helfen, wenn wir zumindest wüssten, wie es den Jungs dort auf Sizilien geht?»

Paps hob die Hände und ließ sie wieder sinken.

«Esther, nicht schon wieder! Ich verstehe ja, dass das eine traurige Geschichte war. Natürlich waren es arme Kinder. Aber wir können doch da nichts machen!»

«Weiß denn Frau Galiani nichts über die beiden?» Mama sah mich an. «Immerhin könntest du sie mal fragen!»

Frau Galiani fragen? Nie im Leben hätte ich das gewagt! Da gab es eine stumme Vereinbarung zwischen ihr und mir, nicht mehr über die Sache zu reden.

«Aber Esther, die Geschichte muss man doch endlich mal vergessen können ...»

«Martin, hast du nicht kürzlich gesagt, dass du gern wüsstest, wie es der Frau heute geht, die vor drei Jahren in deiner Praxis war und Lymphdrüsenkrebs hatte?»

Paps stieß die Luft durch die Nase aus, wie er es oft tat, wenn Mama ihn mit ihrer Antwort verblüffte.

«Was willst du damit sagen, Esther?»

«Tja, dass es unserer Tochter wohl ähnlich geht wie dir.»

«Ja, aber das ist doch was anderes!»

«Nein, das ist es nicht!»

«Ich wäre ja auch dafür zu wissen, dass mit dem Jungen alles in Ordnung ist, wenn es Maya helfen würde. Aber wenn das nun mal nicht geht, muss man die Sache hinter sich lassen!»

«Aber vielleicht könnten wir trotzdem etwas über ihn erfahren?»

Paps setzte seine Brille ab. «Wie denn?»

Ich hörte für einen Moment auf zu atmen.

«Wir könnten Nachforschungen anstellen.»

Paps polierte aufgebracht seine Brille mit einem Vliestuch.

«Und wozu soll das gut sein?»

«Um endlich Gewissheit zu haben.» Mama verlieh ihrer Stimme einen gewissen Nachdruck. Paps schnaubte verdrießlich.

«Also, ich habe wirklich so schon genug zu tun ... Ich kann

mich jetzt nicht noch um einen oder zwei verwahrloste Jungen kümmern», sagte er. «Außerdem haben wir doch so viel getan, damit unsere Tochter zufrieden ist! Wir haben ihr neue Klamotten gekauft, damit sie in der Schule mithalten kann. Wir haben ihr ein Handy geschenkt. Und einen Computer. Wir haben doch alles getan, damit es ihr an nichts fehlt. Ich will ja wirklich nicht, dass sie leidet, aber diese eine Sache hier, das ist ein bisschen viel verlangt!»

«Also, um ehrlich zu sein, ich denke da über etwas nach ...», murmelte Mama.

«Was denn?», fragte Paps unwirsch, während ich vorsichtig Luft holte, damit der Mixer in meinem Bauch nicht ganz durchdrehte.

«Dass wir unsere Ferien dieses Jahr mal anderswo verbringen könnten.»

Ich erstarrte zu einer Salzsäule, weil ich ahnte, worauf Mama hinauswollte, und Paps setzte seine Brille wieder auf. «Was hat das jetzt damit zu tun, Esther?»

«Oh Martin!» Mama seufzte. «Das liegt doch wirklich auf der Hand: Wir könnten Urlaub auf Sizilien machen!»

«Auf Sizilien?»

«Ja. Ich wollte schon längst mal dorthin. Auch um meine Italienisch-Kenntnisse wieder ein bisschen aufzupolieren. Und nebenbei könnten wir nach diesen beiden Jungs Ausschau halten.»

«Hmm ... Sizilien ... also Esther, ich weiß nicht. Ich halte das für keine gute Lösung.»

«Warum nicht?»

«Das wird Maya doch noch viel mehr ablenken. Ich möchte die Geschichte eigentlich lieber abschließen.»

Ich saß immer noch da wie aus Blei gegossen, während Mama weiterkämpfte: «Ja, aber ein Leben lang ohne die Gewissheit zu verbringen, was aus den Jungs geworden ist, das ist doch fast nicht zumutbar!»

Allerdings ...

«Aber wer sagt denn, dass wir sie dort wirklich finden?» Paps zog skeptisch seine rechte Augenbraue hoch.

«Na, und wenn? Dann haben wir's wenigstens versucht. Sizilien ist kulturell ein sehr interessantes Gebiet, wir werden auf alle Fälle schöne Ferien dort verbringen.»

«Mag sein, aber Sizilien ist sehr korrupt. Ich habe keine Lust, ständig mit der Hand auf meiner Hosentasche herumgehen zu müssen aus Angst, dass mich jemand beklaut!»

«Also, so schlimm ist es nun auch wieder nicht ...»

Ich bewunderte Mamas Engelsgeduld. Ich meinerseits stand kurz vor dem Durchdrehen.

«Es würde mir wirklich helfen, Paps!», hauchte ich gepresst.

«Nun gut, Maya, ich werde es mir durch den Kopf gehen lassen. Heute möchte ich nichts mehr entscheiden. Ich habe viel zu tun und möchte noch eine Nacht darüber schlafen. Können wir so verbleiben?» Paps sah mir fest in die Augen.

Ich nickte brav und blieb mit Mama allein im Wohnzimmer zurück, während Paps sich in sein Büro verzog.

«Es tut mir wirklich leid wegen deinem Tagebuch, Maya», sagte sie. Sie nahm das Heft vom Tisch und legte es mir in den Schoß. «Paps hat es nicht böse gemeint. Übrigens hat er nur die letzte Seite gelesen, mehr wirklich nicht! Ich war ja auch nicht ganz einverstanden, als er mir sagte, was er vorhatte, aber die Sorge um dich war einfach zu groß. Und du hättest uns von dir aus ja kaum was erzählt ...»

Ich wollte protestieren, doch sie ließ mich nicht zu Wort kommen. «Ich weiß, dass es nicht immer leicht ist, mit Paps über solche Sachen zu reden. Aber sei nicht böse auf ihn. Er will doch nur, dass es dir gut geht.»

«Er will immer nur, dass ich für die Schule da bin!»

«Nein, das ist nicht wahr. Er will, dass du glücklich bist. Er kann es nur nicht immer so ausdrücken. Du musst verstehen: Domenico hat sich da schon ein paar heftige Dinge geleistet! Die Sache mit Delia und der Einbruch bei eurem Hausmeister zum Beispiel. Man muss ihn schon in einem gewissen Sinne als gewalttätig und kriminell bezeichnen. Natürlich weiß ich, dass er eine unglückliche Kindheit hatte, aber alles lässt sich auch nicht entschuldigen!»

«Ich weiß, Mama, aber es hat ihm ja selber so leidgetan ...»

«Er hatte einen guten Kern, ich weiß. Er war mir ja auch auf Anhieb sympathisch. Warum, kann ich selbst nicht erklären.» Sie lächelte. «Ich muss gestehen, dass ich auch ein bisschen in deinem Text geblättert habe. Du schreibst das alles sehr schön, Maya. Ich wusste ja gar nicht, dass du so viel Talent hast!»

«Oh ... ich schreibe schon Tagebuch, seit ich elf Jahre alt bin. Und ... auch Geschichten!», gestand ich und errötete. Es war das erste Mal, dass ich das meiner Mutter anvertraute. Domenico war bisher der Einzige gewesen, der davon gewusst hatte. Mama sah mich nachdenklich an.

«Vielleicht hast du da ein bisschen was von deinem Vater geerbt. Er schreibt ja wirklich sehr eindrückliche Artikel für den Gesundheitsratgeber.»

Daran hatte ich noch nie gedacht.

«Mama, glaubst du, Paps wird es erlauben?»

Mama biss sich auf die Lippe und schaute mit angespanntem Gesicht zum Fenster hinaus. Einen Moment lang schien sie mich ganz vergessen zu haben. Doch dann glättete sich ihre Stirn, und sie wandte sich mir wieder zu: «Nun warte es mal ab, Maya, ja?»

An diesem Abend geschah etwas sehr Seltsames: Als ich im Bett lag, hörte ich Mama unten Klavier spielen. Ich wusste, dass sie ganz früher mal regelmäßig gespielt hatte, aber seit ich denken konnte, stand das Klavier unberührt im Nebenzimmer. Sie hatte einfach irgendwann damit aufgehört; warum, wusste ich auch nicht. Vielleicht, weil sie wieder mehr arbeitete als früher. Sie war ja auch Ärztin und half Paps oft in der Praxis. Jedenfalls war das Nebenzimmer jetzt meistens geschlossen.

Aber an diesem Abend ... ich konnte es kaum fassen. Mama spielte tatsächlich Klavier! Die wehmütige Melodie trieb mir Tränen in die Augen. Ich lag mit einem Lächeln auf den Lippen da und lauschte. Und schließlich schlief ich ein.

Das Lächeln wich auch am nächsten Morgen nicht von meinen Lippen, als ich zur Schule ging. Die Fünf in Mathe hatte ich irgendwo in die hinterste Kammer meines Gehirns verbannt. Ich betrat wie auf Wolken den Schulhof, fast so, als würde Domenico dort auf mich warten, als würde er wie damals plötzlich wieder hinter den Fahrradständern hervortreten und mich mit «Hey, Maya!», begrüßen ...

«Hey, Maya!»

Mein Herz setzte einen Schlag lang aus. Hörte ich nun schon Gespenster? Eine freundliche Jungenstimme hatte meinen Namen gerufen. Ich drehte mich nach allen Seiten um und entdeckte Leon, der mir heiter zuwinkte und dabei war, sein Fahrrad abzuschließen. Mir schoss die Röte ins Gesicht. Leon trug ein beigefarbenes Lacoste-Hemd und kam mit federndem Gang auf mich zu. Hätten seine Augen nicht etwas eng zusammengestanden, wäre er fast so hübsch gewesen wie Domenico. Er hatte ähnlich hohe Wangenknochen, nur war sein Gesicht einiges länglicher. Seine blonden Haare waren natürlich viel kürzer als die von Domenico. Er schenkte mir sein schneeweißes Lächeln, und ich wurde noch röter, falls das überhaupt möglich war.

«Was hast du denn da Schönes?», fragte er mit einem Blick auf meine zusammengeballten Fäuste.

«Oh!» Ich hatte die schlechte Angewohnheit, auf dem Schulweg Blätter von den Hecken zu zupfen. Meistens kam ich mit einer Hand voll kleiner Blättchen im Schulhof an. Das war mir jetzt ein bisschen peinlich vor Leon. Er lächelte amüsiert, als ich die Faust öffnete und die Blätter schnell zu Boden rieseln ließ.

«Na, du bist ja witzig. Willst du hier eine Hecke anpflanzen?» Doch er wartete keine Antwort ab und fuhr gleich mit etwas fort, was ihm offenbar ziemlich auf den Lippen brannte: «Du, falls ihr auch zu dem Kongress fahrt im Herbst, dann könnten wir uns vielleicht zusammen an einen Tisch setzen?»

«Äh ... Kongress, ja klar!» Das lag alles noch in so ferner Zukunft, schließlich hatten wir ja jetzt erst Ende April, doch ich kapierte natürlich, dass Leon dies nur als Vorwand benutzte, um mit mir zu quatschen. Eigentlich hasste ich diese Kongress-Veranstaltungen. Sie waren immer so furchtbar langweilig und vornehm. Dass alles, was im Medizinbereich Rang und Namen hatte, dort vertreten war, interessierte mich herzlich wenig, obwohl Delia mich um diese Dinge beneidete.

«Oder möchtest du dich vorher schon mal mit mir treffen?», fuhr Leon fort und zog seine Schultern hoch, um die herunterrutschende Schultasche wieder zurückzuschieben.

«Oh ... äh ... na klar!», piepste ich mit hoher Stimme, weil meine Stimmbänder plötzlich ihren Geist aufgaben.

«Maya!» Delia und Manuela rannten auf uns zu. Als sie Leon erkannten, machten sie eine Vollbremsung und glotzten ihn mit offenem Mund an. Es fehlte gerade noch, dass sie vor ihm einen Kniefall gemacht hätten!

Leon lächelte ihnen zu. «Na, dann wünsche ich euch einen schönen Tag!» Ich sah ihm hinterher. Seine sportliche Figur ließ ihn schon fast wie einen Mann aussehen. Eins war klar: Wer seine Freundin werden würde, wäre die Königin der Mädchen.

«Oh wow, Maya, der ist in dich verknallt!», keifte Delia aufgeregt, als Leon außer Hörweite war. «Das ist echt der Hammer. Ich fass es einfach nicht!»

Ich lächelte nur still vor mich hin. Leon in mich verknallt? Das war schon irgendwie Balsam für mein angeschlagenes Seelenleben.

Beim Abendbrot kam Paps von sich aus wieder auf das Thema Sizilien zu sprechen.

«Nun, Maya, ich habe mir diese Sache nochmals durch den Kopf gehen lassen. Und wenn ich ehrlich bin, gefällt mir die Idee immer noch nicht.»

Ein Fausthieb in die Magengegend, der das Lächeln in meinem Gesicht zu Eis erstarren ließ. Ich suchte Mamas Blick, doch ihr Gesicht wirkte genauso versteinert.

«Wa-warum nicht?»

«Nun, wie stellst du dir so eine Suche vor, wenn du gar nicht weißt, wo sich dieser Junge aufhält?»

«Ich nehme mal an, er ist irgendwo in Palermo», sagte ich steif. «Er kommt ja von dort!»

«Palermo hat ungefähr siebenhunderttausend Einwohner. Hast du schon mal überprüft, ob er vielleicht in einem Telefonverzeichnis steht? Ach ja, natürlich hast du das ...»

Zum Glück schaltete sich nun Mama ein, denn ich wollte Paps nicht sagen, dass ich nicht mal potenzielle Verwandte von Domenico gefunden hatte: «Gibt es außer Frau Galiani niemanden, der Bescheid wissen könnte?»

«Doch», sagte ich. «Es gibt da noch einen Kumpel von Domenico. Weißt du, das ist der, der mir damals dieses Bild gebracht hat, das jetzt über meinem Bett hängt. Er hat Domenico in den Sommerferien auf Sizilien besucht. Er *muss* es wissen!»

«Und wer ist dieser Kumpel?», fragte Paps.

«Er heißt Mike, aber sonst weiß ich nichts über ihn.» Das war nicht die ganze Wahrheit. Ich kannte zwar seinen Familiennamen nicht, aber zumindest wusste ich, wie er aussah: kahlgeschorener Kopf und Tattoos am Hals. Aber *das* erwähnte ich lieber nicht in Paps' Gegenwart.

«Mike, so-so ...», murmelte mein Vater in einem komischen Tonfall. «Tja, das nützt uns nicht viel, sicherlich gibt es in unserer Stadt ja mehrere Jungen mit dem Namen Mike ...»

«Na ja ... außer Frau Galiani wüsste vielleicht doch noch was ...», sagte ich, obwohl ich nicht wusste, wie ich je den Mut dafür aufbringen sollte, sie zu fragen.

«Dann erkundige dich doch!», brummte Paps. «Ansonsten

sehe ich diese Reise als zwecklos an. Wie sollen wir einen Jungen finden, wenn wir nicht mal wissen, wo wir nach ihm suchen müssen?» Paps erhob sich, er war fertig mit Essen. «Ich glaube, es wäre wirklich das Vernünftigste, wir versuchen über die Geschichte hinwegzukommen, nicht wahr, Maya?» In seiner Stimme lag eine sanfte Gewalt, die ausdrückte, dass ich eigentlich gar keine andere Wahl hatte.

Mama blieb bei mir sitzen.

«Maya, weißt du, es wird dieses Jahr sehr schwierig werden mit dem Urlaub. Paps hat ein paar schwerwiegende Fälle zu behandeln, und wir wissen nicht mal, ob wir die Praxis überhaupt schließen können. Unter Umständen müssen wir den Urlaub ganz ins Wasser fallen lassen. Das ist sicher einer der Mitgründe, warum es deinem Vater so schwer fällt!»

Ich schwieg und stocherte in meinen Nudeln rum.

«Und da ist noch etwas.» Mamas Stimme klang, als hätte sie ein Kratzen im Hals.

«Mal angenommen, es ginge deinem Freund schlecht. Ich meine, das kannst du ja nicht wissen. Wovon sollen die zwei Jungen leben, so ganz allein auf sich gestellt? Was ist, wenn Domenico auch in den Drogensumpf reingeraten ist wie sein Bruder? Eine gewisse Labilität war ja bei ihm vorhanden. Wie kämst du damit klar? Wäre das nicht schrecklich für dich?»

Das war die andere Seite. Es war die Finsternis in Domenicos Leben, über die ich so wenig wie möglich nachdenken wollte.

Mama stand auf. «Nun rede erst mal mit Frau Galiani», sagte sie. «Du musst Paps klarmachen, dass sich die Reise lohnen wird, wenn du willst, dass er zustimmt.»

«Mann, Maya, was hast du denn dauernd Wichtiges zu tun, was ich nicht wissen darf?», schmollte Delia beleidigt, als ich sie ohne Erklärung im Pausenhof stehen ließ und Richtung

Lehrerzimmer steuerte. Wenn ich mit Frau Galiani reden wollte, musste ich es jetzt in der Großen Pause tun!

«Erklär ich dir später, Deli», sagte ich. «Ich kann jetzt noch nicht darüber reden!»

«Oh Mensch ...» Delia drehte sich brüsk um und rauschte davon. Mann, war die manchmal schwierig! Warum konnte sie nicht ein bisschen mehr Geduld aufbringen, bis eine Sache reif genug war, dass sie eingeweiht werden konnte?

Meine Aufregung wuchs ins Unermessliche, als ich vor dem Lehrerzimmer stand und anklopfte. Obwohl ich unsere Klassenlehrerin sehr schätzte – nicht zuletzt, weil sie unheimlich viel Verständnis für Domenico und mich gehabt hatte –, hatte ich unheimlichen Respekt vor ihren Röntgenaugen, die stets so präzise auf den Grund meines Herzens sahen.

Als ich eine Menge Lehrerstimmen im Raum hörte, überflutete mich noch mehr Panik, doch es war zu spät, ich hatte ja bereits angeklopft. Unwillkürlich zog ich meine Schultern ein, als Frau Galiani mit gestresstem Gesichtsausdruck vor mir stand. Ihre Stirnfalte war ungewöhnlich tief.

«Wir haben gerade eine wichtige Besprechung, Maya. Was gibt es denn so Dringendes?»

Ich war natürlich prompt in eine Lehrersitzung geplatzt!

«Entschuldigen Sie ... ich komme ein anderes Mal ...» Doch sie fasste mich am Arm. «Bleib hier!»

Sie wandte sich an die anderen Lehrer, die alle in einer Runde versammelt waren: Frau Lindner, Herr Lenz, Frau Schmiedle, Herr Reuter und Frau Wilde; alles Lehrer, die in unserer Klasse unterrichteten.

«Tja, wir hatten es gerade von dir, Maya», sagte Frau Galiani ernst. «Hast du was Wichtiges auf dem Herzen?»

«Nein ... ich ... nein ...», stotterte ich, weil ich angesichts der sechs Paar Lehreraugen, die durchdringend auf mich gerichtet waren, völlig aus der Fassung geriet.

«Ich denke, aus irgendeinem Grund bist du hier?» Frau Galiani lächelte mich milde an. «Nun, ich glaube, wir sind eh mit der Besprechung fertig, nicht wahr?» Sie warf einen Blick in die Runde. Die anderen Lehrer murmelten bestätigend und erhoben sich.

Mein Hals fühlte sich an wie eine ausgedörrte Wüste, als Frau Galiani mich ins Nebenzimmer schob. Man redete also über mich? Die Lehrerin setzte sich hinter den Schreibtisch und bot mir den kleinen Stuhl davor an.

«Also, was gibt es? Ich habe nicht sehr viel Zeit.»

Alle Worte, die ich mir zurechtgelegt hatte, verhielten sich auf einmal wie Staub, der in alle Himmelsrichtungen wehte. Ich brachte nur noch ein unverständliches Gestammel raus.

«Ich ... ich soll Sie fragen, ob Sie etwas über Domenico wissen. Nein, ich meine eigentlich über seinen Kumpel, der seine Adresse kennt!»

Das für Frau Galiani so typische spöttische Lächeln erschien auf ihren Lippen. Ich hatte befürchtet, dass der Name Domenico viel mehr auslösen würde, einen entrüsteten Ausruf zum Beispiel oder ein ungläubiges Kopfschütteln, aber sie blieb ruhig und gefasst.

«*Wer* möchte *wessen* Adresse wissen? Du?»

«Ja, ich und meine Eltern ... die Adresse von Domenicos Freund ... oder Kumpel ...»

Sie beugte sich interessiert vor, während sie dabei war, meine seltsamen Satzfetzen zu entwirren. In dem Moment trällerte die melodiöse Schulglocke. Ich seufzte und wollte aufstehen.

«Bleib ruhig da. Herr Lenz weiß ja, dass du bei mir bist, und ich habe jetzt eine Freistunde. Ich möchte das gern mit dir besprechen. Es geht also um Domenico? Bitte erklär mir das, Maya.»

Ich verknotete nervös meine Finger zu einem Klumpen, als ich ihr von den Gesprächen mit meinen Eltern erzählte und von Mamas Plan, nach Sizilien zu reisen, um etwas über Domenico herauszufinden. Frau Galiani hörte mir aufmerksam zu und machte sich ein paar Notizen auf einem Blatt Papier. Schließlich nickte sie bedächtig.

«Ich habe mir das irgendwie schon gedacht, als ich dich öfters beobachtet habe, wie du heimlich in deinem Erdkundebuch die Seite bei Sizilien aufgeschlagen hast», sagte sie mit einem leichten Schmunzeln. Ich zuckte richtig zusammen. Öfters, sagte sie? Sie hatte also alles gesehen?

«Nun, ich bin ja nicht blind», sagte sie, als würde sie meine Gedanken erraten. «Mädchen in der Pubertät haben ihre Tagträume. Und wenn sie an einen bestimmten Jungen denken, bauen sie ganze Luftschlösser um ihn herum!» Ihr zynischer Unterton traf mich ein wenig. Sie bückte sich und öffnete eine Schublade, um unter mehreren Schichten Schulheften und Papier etwas zu suchen, was sie offensichtlich nicht fand.

«Ich dachte, ich hätte hier noch ...», murmelte sie, schüttelte dann aber den Kopf und wandte sich wieder mir zu.

«Ein ... ein Freund von Domenico hat ihn auf Sizilien besucht. Er müsste wissen, wo er sich aufhält», sagte ich schüchtern. Wenn nun diese Hoffnung platzte, wusste ich auch nicht mehr weiter ...

«Tja, das kann schon sein, Domenico trieb sich mit vielen Leuten rum. Er war ziemlich bekannt.» Sie schloss die Schublade wieder. «Wie heißt denn dieser Freund?»

«Mike. Aber ich kenne seinen Familiennamen nicht!»

«Mike ... warte mal – ja, ich glaube, ich weiß, wen du meinst. Michele Castello heißt er in Wirklichkeit und hat mit Domenico vorher die Schule besucht. Er stammt auch aus Sizilien. Allerdings ist er ein paar Jahre älter und hatte nicht immer den besten Einfluss auf ihn. Nun, es kann schon sein, dass der etwas weiß, was wir nicht wissen ...»

Mein Stimme zitterte heftig, als ich sie bat: «K-können Sie mir seinen Namen aufschreiben?»

«Möchtest du denn mit ihm Kontakt aufnehmen?» Sie wirkte nicht sehr begeistert. Ich hatte es geahnt!

«Hm, ja, vielleicht!»

«Aber bitte nicht ohne die Erlaubnis deiner Eltern, Maya, ja?» Sie tippte etwas in ihren Computer und druckte dann ein Blatt aus. «Mike Castello war zweimal in der Jugendstrafanstalt wegen diverser Ladendiebstähle. Nun, du weißt ja ein bisschen über Domenicos Umfeld Bescheid. Hier!» Sie reichte mir das Blatt mit der ausgedruckten Adresse. «Aber ich möchte dir nochmals ans Herz legen, dass ...»

«Meine Mutter hat mich gebeten, Sie zu fragen!», schnitt ich ihr ziemlich vorlaut das Wort ab. Sie nickte, ohne es mir übel zu nehmen.

«Gut. Ich kann dies nicht genug betonen. Ich möchte keineswegs, dass du wieder in solche Geschichten gerätst wie damals. Aber ehrlicherweise muss ich zugeben, dass es mich auch brennend interessiert, was aus Domenico geworden ist.»

«Ich dachte, Sie wüssten bestimmt eine Menge!»

«Nein, leider nicht. Man hat ja die Suche nach ihm und Mingo bis auf weiteres eingestellt. Man nimmt an, dass die beiden ihre kleine Halbschwester Bianca entführt und mit nach Sizilien genommen haben, und die Kleine gilt nach wie vor als vermisst. Biancas Vater hatte mal eine Suchaktion in Palermo gestartet, aber mehr weiß ich leider auch nicht. Unter uns gesagt glaube ich, dass er sich mittlerweile ganz gut damit abgefunden hat, dass er nicht mehr für die Tochter seiner Ex-Frau sorgen muss!»

«Das heißt, Bianca bedeutet ihrem Vater gar nichts?», fragte ich bestürzt.

«Ach, Maya, das weiß ich nicht, das sind alles so traurige Geschichten. Ich kenne diesen Mann nicht. Ich weiß nur, dass er von Beruf Kranführer ist und seine Ex-Frau und die Zwillinge oft geprügelt hat. Aber das habe ich dir ja erzählt.»

«Ja ...», murmelte ich nachdenklich.

«Nun, nachdem Domenico und Mingo weg waren, haben mein Mann und ich ihrer Mutter geholfen, in eine betreute Wohngemeinschaft umzuziehen und einen Alkoholentzug zu machen. Sie hatte es nicht leicht mit den beiden Jungs, und ich denke, dass es ihr nun besser geht.»

«*Sie* wollte ja ihre Kinder nicht!», platzte ich empört

heraus. Die Geschichte, die mir Janet Bonaventura, Domenicos Ex-Freundin, erzählt hatte, bewegte mich noch heute.

«Das ist Vergangenheit!», sagte Frau Galiani streng. «Jede Geschichte hat auch eine Kehrseite. Die Mutter leidet noch heute schrecklich unter dem, was sie bei der Geburt getan hat.»

Ich schwieg. Ich hatte Domenicos richtige Mutter außer auf einem Foto nie leibhaftig gesehen und oft versucht, mir vorzustellen, was für eine Person sie war. Domenico und Mingo waren ja angeblich die ersten sieben Jahre ihres Lebens auf Sizilien bei einer Nonne aufgewachsen, weil ihre Mutter sich nicht um sie kümmern konnte. So hatte es mir Frau Galiani jedenfalls erzählt. Das Ganze war wahnsinnig kompliziert und undurchsichtig, und die Frage, warum Domenico und Mingo schließlich von der Nonne weggegangen und mit ihrer richtigen Mutter hierher nach Deutschland gekommen waren, blieb bis heute unbeantwortet.

Frau Galiani fuhr fort: «Ich nehme schon an, dass die Zwillinge den Ort aufgesucht haben, wo sie ihre Kindheit verbracht haben. Aber ich kann dir nicht genau sagen, wo das ist. Vielleicht ein Kloster oder eine Schule in der Nähe von Palermo. Die Mutter stammte jedenfalls von dort.»

«Wissen Sie, ich ... ich hab mich schon gefragt, ob Domenico jemals wieder hierher zurückkehren wird.»

«Tja, das wäre sicherlich wünschenswert, denn ich denke nicht, dass das Leben auf Sizilien einfacher ist. Halt mich auf dem Laufenden, wenn du etwas unternimmst, ja?» Sie blickte auf ihre Uhr. «Du solltest langsam in den Unterricht. Nur noch eine kurze Sache!» Ihre Augen veränderten sich, drangen durch mich hindurch, bis sie da waren, wo ich sie eigentlich nicht haben wollte. «Wir haben uns vorhin kurz ein wenig über dich unterhalten, Maya. Es wäre schade, wenn deine Noten noch mehr absacken würden. Deshalb haben wir uns überlegt, dir ein Nachhilfeprogramm anzubieten. Nicht, weil du nicht intelligent genug wärst, aber du hast ja noch Großes vor mit deinem bevorstehenden Wechsel aufs Gymnasium und deinem Medizinstudium.» Sie schenkte mir wieder ein Lächeln. «Das letzte Schuljahr wird sehr hart werden, und du weißt, dass du fürs Gymnasium einen gewissen Notendurchschnitt benötigst! Und in Mathematik bist du leider schon ziemlich schwach ...»

Ich wusste zuerst nicht, wie ich darauf reagieren sollte. Der Gedanke an Nachhilfeunterricht war neu für mich.

«Überleg es dir. Ich werde auch noch mit deinen Eltern darüber reden. Aber nun solltest du langsam zurück in den Unterricht, Maya!»

Am späteren Abend fand ich Mama wieder im Nebenzimmer am Klavier. Sie saß über ein Notenheft gebeugt da. Ihre braunen Haare, die im Gegensatz zu meinen gelockt waren, hatte sie mit einer Klammer hochgesteckt. Für einen Moment sah sie nicht aus wie achtundvierzig, sondern wie fünfzehn, und ich versuchte mir vorzustellen, wovon sie damals, als sie in meinem Alter gewesen war, geträumt hatte.

«Mama?»

Ich sah, wie ihre Schultern leicht zusammenzuckten, bevor sie sich zu mir umwandte.

«Maya?»

«Du hast ewig nicht mehr Klavier gespielt», sagte ich. «Vorgestern habe ich dich gehört, als ich im Bett lag.»

Ein zarter Hauch färbte ihre Wangen. «Ja, ich weiß. Es gab mal eine Zeit, wo ich fast jeden Abend gespielt habe ... Aber irgendwann habe ich leider damit aufgehört.» Sie klappte das Heft zu. «Genau genommen, seit dein Bruder gestorben ist.» Sie kniff die Lippen zusammen. Das war ein Thema, über das sie nicht gerne sprach.

«Du solltest öfters spielen!», sagte ich.

«Hmm, ich habe mir überlegt, wieder Stunden zu nehmen ...» Ihr Gesicht sah aus, als wäre sie mit ihren Gedanken irgendwo ganz weit weg. Zum ersten Mal in meinem Leben kam mir der vage Anflug einer Vermutung, dass für Mama das Leben vielleicht auch nicht immer so war, wie sie es sich als junge Frau vorgestellt hatte. Die Sache mit meinem verstorbenen Bruder war ein schwerer Schicksalsschlag für sie gewesen. Außerdem hatte sie ja bestimmt noch viel öfter mit Papas verkorksten Ansichten zu kämpfen als ich.

«Mama, Frau Galiani hat mir Mikes Adresse gegeben!»

Mama nahm den Zettel, den ich ihr reichte, und studierte ihn.

«Das ist auf der anderen Seite vom Park, nicht wahr?»

Ich nickte zaghaft. Die andere Seite vom Park ... Die düstere Seite. Domenicos immer noch so verhüllte Vergangenheit.

«Also gut, ich rede mit deinem Vater!»

Mehr sprachen wir nicht, und mir blieb nur zu hoffen, dass Mike sich in der Zwischenzeit Haare zugelegt hatte und einen dicken Rollkragenpullover trug.

5. Mikes Deal

Es war Abend, und es nieselte ungemütlich, als ich mich mit Paps auf den Weg machte. Er hatte eingewilligt, mit mir zusammen diesen Mike aufzusuchen, aber mir war klar, dass seine Hoffnung mehr darauf beruhte, dass ich anschließend ein für allemal von der Idee befreit war, Domenico wieder treffen zu wollen.

Paps war ziemlich still auf dem Weg durch den Park. Er ging nicht gern weiter als bis zum See-Restaurant. Auf unserer Seite war der Park sauber und gepflegt, aber ab einem gewissen Punkt hinter dem See-Restaurant kümmerte sich niemand mehr groß um die Anlagen, weil dort Dealer und Junkies alles verwüsteten. Dort, auf der anderen Seite, lebten wegen der niedrigen Mieten viele Ausländer, Asylanten und Arbeiterfamilien, und dort befand sich auch die größte Drogenszene der Stadt. Und dort hatten auch Domenico und Mingo gewohnt. Allein der Umstand, dass Paps mich überhaupt dorthin begleitete, grenzte an ein Wunder, das ich selber nicht begreifen konnte. Ich glaube, vor einem Jahr wäre es noch undenkbar gewesen, dass Paps auch nur einen Fuß in diese verrufene Gegend gesetzt hätte.

Meine Erinnerungen wurden lebendiger, je mehr wir uns dem Ausgangstor näherten. Es hatte sich kaum was verändert, seit ich vor fast einem Jahr hier gewesen war. Der Abfall lag noch immer haufenweise herum: leere Bierdosen, Zigarettenkippen, Essensreste, Alufolien, Hundekot und sogar weggeworfene Spritzen. In den Zeitungen las man häufig vom «Schandfleck der Stadt». Die Polizei kam hier nicht klar. Die Kriminalitätsrate lag eindeutig über dem Durchschnitt. Was mir noch immer Gänsehaut machte, war die bittere Realität, dass Domenico und Mingo in dieser Gegend ziemlich bekannt gewesen waren. Ich ahnte mehr als je zuvor, dass ich nur einen Bruchteil von ihrem Leben gekannt hatte. Wenn ich all dies sah, konnte ich Paps wirklich verstehen ...

Paps sagte keinen Mucks, einfach gar nichts, aber jeder seiner Schritte hallte wie ein stummer Vorwurf. *Ich verstehe dich nicht, Maya. Ich verstehe nicht, was du an diesem Jungen findest. Warum kannst du nicht endlich vernünftig sein?*

Vor dem Ausgangstor war eine riesige, trübe Pfütze, die nach Kanalisation stank. Nacheinander balancierten wir um die matschige Soße herum. Paps fasste mich am Arm und zog mich schnell durch das Tor. Wir quetschten uns an den viel zu dicht geparkten Autos vorbei. Durch den bedeckten Himmel wirkte alles noch viel trostloser als damals an dem heißen, klaren Sommertag. Wir überquerten die Straße. Eine kleine Seitengasse wurde durch die flackernden Neonröhren eines schmuddeligen Erotikladens erhellt. Wie von einer unsichtbaren Kraft angezogen blieb ich stehen. In dieser Straße hatten Domenico und Mingo gewohnt, in der Kellerwohnung dieses miesen Erotikshops. Und hier in diesem Schaufenster hatte ich auch das Foto von ihrer Mutter gesehen; halbnackt, mit traurigen, schwarz geschminkten Augen, die von ihrer ruinierten Vergangenheit und zu viel Alkohol zeugten. Doch sie hatte ein makelloses Gesicht: hohe Wangenknochen und schön geschwungene Augenbrauen, die sie an ihre Söhne weitervererbt hatte. Ich hätte sie gerne kennen gelernt. Ich hätte zu gern gewusst, wer sie in Wirklichkeit war.

«Kommst du, Maya?»

Mein Vater stand da, sein Gesicht unter dem grauen Regenschirm verborgen. Schnell setzte ich mich in Bewegung.

Die Straße, in der Mike Castello wohnte, war nicht weit entfernt und eine ähnlich schmale Seitengasse. Nur die Häuser sahen um einiges besser aus; es waren gewöhnliche graue Betonbauten mit schachtelförmigen Balkonen, doch außer den hier üblichen Graffiti an den Wänden wirkten sie einigermaßen wohnlich.

Mike wohnte im vierten Haus. Ich blickte zu den Fenstern hoch. Fast überall brannte Licht, nur im dritten Stock waren die Jalousien runtergelassen. Ich lief voraus zum Eingang und las die Namensschilder. *Castello* stand auf dem zweitobersten – natürlich genau dort, wo die Jalousien geschlossen waren! Schon fast ohne Hoffnung drückte ich auf den Klingelknopf. Vermutlich hatten wir uns den denkbar schlechtesten Zeitpunkt ausgesucht.

Sekunden vergingen, vielleicht sogar Minuten. Paps wartete kommentarlos mit tropfendem Regenschirm neben mir, während ich gebannt zum Fenster hochstarrte. Flimmerte da nicht das Licht eines Fernsehers durch die Ritzen der Jalousien? Es war also doch jemand zu Hause, jemand, der uns anscheinend nicht öffnen wollte! Ich ging zurück zum Eingang mit den Klingeln, und diesmal drückte ich wesentlich länger und unverschämter auf den Knopf.

Es wirkte! Endlich wurde die Jalousie so weit hochgezogen, dass wir einen kahlgeschorenen Kopf und eine Zigarettenrauchwolke erkennen konnten.

«Yo?», rief eine Stimme auf uns runter.

«Wir suchen Mike Castello!», rief ich mutig, obwohl ich die Glatze da oben sofort wiedererkannt hatte. «Wir haben nur eine Frage! Es geht um einen ehemaligen Freund von dir!»

«Einen Freund?» Mike schnippte gelangweilt seine Kippe über unsere Köpfe hinweg auf die Straße. Ein zweiter Kopf tauchte neben ihm auf, eine Frau mit glatten platinblonden Haaren, die wie eine Perücke aussahen.

«Es wäre freundlich, wenn Sie die Güte hätten, herunterzukommen, damit wir uns vernünftig unterhalten können!», kam Paps mir unerwartet zu Hilfe. Er stand stramm da wie ein Offizier und hob energisch sein Kinn zu Mike empor, der sich nun im Fenster aufrichtete.

«Seid ihr irgendwelche Typen vom Sozialamt oder 'ner Kirche oder so? Ich lass mich jedenfalls nicht bekehren!»

Ich blickte beschämt an mir runter. Sahen wir so aus? Na ja, Paps vielleicht mit seinem grauen Mantel ...

«Nein, sind wir nicht!», protestierte ich hitzig. «Kannst du dich an Domenico und Mingo di Loreno erinnern?»

«Die Zwillinge?» Mikes Gesichtsausdruck verwandelte sich in eine erstaunliche Ernsthaftigkeit. «Die wohnen doch schon lange nicht mehr hier!»

«Ich weiß! Bitte, kannst du nicht schnell runterkommen oder uns rauflassen?»

Mike murmelte etwas zu der blonden Frau und zog seinen Kopf zurück, während sie die Jalousie wieder runterkurbelte.

«Was für ein ungehobelter Kerl!», brummte Paps. «Der lässt uns nun bestimmt hier stehen.»

Bloß nicht!, dachte ich bange und umklammerte meinen Regenschirm. Doch dann ging das Licht im Treppenhaus an, und eine halbe Minute später tauchte Mikes glattrasierter Schädel im Flurlicht auf. Trotz des kühlen Wetters stand er doch tatsächlich im bloßen Unterhemd da, so dass wir seine ganze Tattoo-Pracht bewundern konnten. Ein riesiger Drache schlängelte sich über seinen linken Arm und kroch den Nacken hinauf, während auf dem rechten Arm ein Adler seine Schwingen ausgebreitet hatte. Und als hätte Mike sich vorgenommen, Paps besonders zu schocken, hielt er in seiner rechten Hand demonstrativ eine Bierdose.

«Yo, und nun?», fragte er und wippte ungeduldig mit dem Fuß. Er hatte dunkle, buschige Augenbrauen und war beinahe kleiner als ich, aber sehr stämmig und durchtrainiert.

Ich sammelte meinen ganzen Mut zusammen. «Hallo. Ich bin Maya Fischer, und das ist mein Vater. Ich bin die Freundin von Domenico di Loreno und ...»

Doch da unterbrach mich Mike mit dröhnendem Gelächter. Ich wich empört zurück. Paps hatte vollkommen Recht, der Typ war ja wirklich die Härte!

«Freundin? Ich krieg mich nicht mehr ein! Als ob man dem seine Weiber noch zählen könnte. Nico hat doch mit jeder gepennt, die er auf der Straße auflesen konnte.»

«Das ist nicht wahr!», hauchte ich. Mikes Bemerkung traf mich wie eine Stahlkette, und Paps' missbilligender Blick folgte wie eine Rute. Obwohl mein Herz einen mörderischen

Trommelwirbel veranstaltete, schluckte ich meine Nervosität und meine verwirrten Gefühle runter.

«Ich möchte ihn trotzdem gern besuchen, und ich weiß, dass du seine Adresse kennst.»

«Und woher willst du das wissen?» Mike ließ die leere Dose zu Boden fallen und trat mit seinem Fuß darauf.

«Weil du ihn auf Sizilien besucht und mir das Bild gebracht hast.»

Er kratzte sich nachdenklich an seinem kahlen Schädel, und ich glaubte schon, er würde sich die ganze Kopfhaut wegkratzen, bevor er endlich mit einer Antwort rausrückte: «Also, wenn ich's mir recht überlege – du bist doch nicht etwa diese Tussi, die er zum Schluss ... tja, wegen der er diese Laterne zertrümmert hat?»

«Doch, genau die bin ich!», sagte ich, so fest ich konnte.

«Wow!» Mike pfiff durch die Zähne. Von Paps kam ein klagendes Räuspern. Er stand noch strammer da als vorhin und ließ mich reden, aber ich wusste, dass er jede Kleinigkeit in seinem Kopf zusammenaddierte.

«Tja-ja, das war echt die Härte», brummte Mike. «So hab ich Nico noch nie erlebt, Mann! Hat geheult wie ein Schlosshund. Dachte, ich seh nicht recht ... hat das doch mit den Mädels immer so locker genommen!» Er wippte gedankenverloren mit den Füßen und kramte eine Zigarette hervor, ehe er weiterredete: «Und dann verlangt dieser Penner auch noch, dass ich dir dieses Bild in den Briefkasten schiebe, und gibt mir dazu noch so blöde Anweisungen!» Er verdrehte die Augen. «*Erst wenn sie die Laterne wieder repariert haben, keinen Tag früher oder später!*», lispelte er mit verstellter Stimme. «Als ob ich nix anderes zu tun hätte, als jeden Abend in den Park zu rennen und nachzusehen, ob sie diese bekloppte Glühbirne endlich wieder reingeschraubt haben!»

Ich starrte Mike verblüfft an. Trotzdem hatte er anscheinend genau das getan. Es gab schon merkwürdige Typen ...

«Und weißt du nun etwas über die Zwillinge?», fragte ich. «Weißt du, wie es ihnen geht und wo sie sich aufhalten?»

Mike zog lange und ausgiebig an seiner Zigarette und pustete mir den Rauch mitten ins Gesicht. Ich wedelte den stinkenden Qualm mit angehaltenem Atem von mir weg.

«Tja, wann war ich denn dort?» Mike kratzte sich wieder am Kopf, anscheinend war das eine lästige Marotte von ihm. «Schätze, das war letzten Herbst.»

«Du weißt also, wo sie sind? Du kennst ihre Adresse?»

«Yo, Babe. Wir haben sie ja sogar über alle Grenzen nach Italien geschmuggelt. Mann, das war vielleicht ein Affentheater. Ganz schön schwieriges Unternehmen. Die hatten mal wieder Ärger mit den Bullen. Und ihre Schwester haben sie auch noch mitgenommen!»

«Und ... wo sind sie nun?», fragte ich so zurückhaltend wie möglich, obwohl alles in mir nach dieser Information lechzte.

«Schätze, das darf ich dir nicht sagen.»

«Warum nicht?» Meine so bedachtsam zur Schau gestellte coole Haltung geriet völlig außer Kontrolle.

«Ich hab 'nen Deal mit ihnen gemacht.»

«Was für einen Deal?»

«Sie haben mir 'nen Gefallen getan, und ich hab dafür versprochen dichtzuhalten. Und ich bin ein Mann, der sein Wort hält!» Er reckte stolz die Brust.

Jetzt mischte sich Paps ein. «Also, nun reden Sie bitte nicht um den heißen Brei herum. Sagen Sie uns jetzt klipp und klar ...»

«Yo, Mann, easy!» Mike starrte Paps ganz verdonnert an. «Ich kann der Puppe leider die Adresse nicht geben, sorry!»

Paps sah Mike mit einem Blick an, als würde er ihm am liebsten die Ohren langziehen.

«Das ist nicht eine Puppe, sondern meine Tochter, und sie hat Sie etwas gefragt!»

Boah! Das saß! So schlagfertig kannte ich Paps ja gar nicht! Mike lehnte sich an den Türrahmen und nuckelte nachdenklich an seiner Zigarette, auf einmal wieder erstaunlich ernst.

«Sorry, ich muss dichthalten. Nico und Mingo wollen nicht mehr zurückkommen. Die wollen den Kram hier hinter sich lassen!» Sein Blick ruhte durchdringend und ein wenig mitleidig auf mir. «Warst echt in Nico verknallt, was, Puppe?»

Bevor ich antworten konnte, holte Paps empört Luft und baute sich vor Mike auf.

«Okay, okay, hey, easy, Alter. Ich sag's nicht wieder, okay?» Mike duckte sich mit abwehrend erhobenen Händen. «Also, hört mal, ich will ja nicht, dass die Pu…, dass das Mädel hier vergeht vor Liebeskummer. Scheinbar hatte Nico wirklich 'ne Schwäche für sie. Tja, was machen wir nun?» Er kratzte sich in gespielter Einfalt hinter dem Ohr.

«Ich werde die Adresse nicht verraten!», sagte ich schnell. «Aber ich wäre dir so dankbar, wenn ich Kontakt zu ihm aufnehmen könnte.»

«Genau genommen …» Mike wechselte die Hand und kratzte sich hinter dem anderen Ohr weiter. «Eigentlich hat er ja nichts von dir gesagt. Er hat nur gesagt, dass ich vor den Bullen und Sozialfritzen und seinem Stiefvater dichthalten soll. Das heißt also, ich könnte …» Er ließ seine Hand sinken. «Aber dafür, dass ich die zwei Liebenden zusammenbringe, muss ich schon was verlangen!»

«Was verlangen?», fragten Paps und ich gleichzeitig.

«Tja, solche exklusiven Infos sind natürlich nicht gratis. Das kostet dreihundert Mäuse, würde ich sagen.»

«Wie bitte?!» Papas Stimme überschlug sich fast vor Entrüstung.

Mike machte eine eindeutige Geste. «Sorry, das ist mein Angebot!»

Es war, als hätte man mir ein Stück Lunge rausgeschnitten.

«Das ist ein schmutziges Geschäft!», wetterte Paps los. «Was sind Sie eigentlich für ein Mensch? Herrschen denn heute überhaupt keine Sitte und Anstand mehr?»

«Tut mir leid!» Mike lehnte sich gähnend an den Türrahmen. «Sitte und Anstand sind vorbei. Umsonst gibt's hier nix!»

«Nein, das lassen wir uns nicht bieten! Dreihundert Euro! Das ist die ganze Sache nicht wert! Nicht wahr, Maya?» Paps drehte sich erwartungsvoll zu mir um.

Ich sagte nichts. Dreihundert Euro, das war jenseits von Gut und Böse. Das war kriminell. Ich war so wütend, dass ich Mike am liebsten die zerstampfte Bierdose in den Rachen gestopft hätte. Doch andererseits ... ich hätte alles darum gegeben, selbst meine ganzen Ersparnisse ... Ich schickte ein stummes Stoßgebet zu Gott.

«Ich werde Sie anzeigen!», schimpfte Paps und nahm mich am Arm. «Lass uns gehen, Maya!»

Ich hielt meinen Kopf gesenkt und blickte auf meine Gummistiefel runter. Mike blieb im Türrahmen stehen und wippte mit den Füßen. Die Sohlen seiner Schuhe quietschten auf dem feuchten Boden. Paps verstärkte seinen Griff um meinen Arm.

«Ey, wartet mal!», rief Mike plötzlich. «Tut mir leid, Puppe. Tut mir wirklich leid!»

Ich löste mich aus Paps' Griff und wandte mich um. Einen Augenblick starrte ich Mike wortlos in die Augen.

«Hey, vielleicht solltest du wirklich mal dorthin fahren. Nico ging's ziemlich übel. Grippe oder so! Hat schwer gehustet.»

«Gehustet?» Ich fühlte einen schmerzhaften Stich im Herzen. «War er denn nicht beim Arzt?»

Mike zuckte die Schultern. «Keine Ahnung, Puppe! Bin doch nicht sein Kindermädchen.»

«Ist dir denn alles schnurzpiepegal?!», schrie ich. Mike glotzte mich ziemlich verdattert an. Wahrscheinlich war er es nicht gewohnt, von einem Mädchen so runtergeputzt zu werden.

«Hey, easy, Kleine! Mann, ich mach mir ja auch Sorgen um die beiden. Aber ich kann doch auch nix dafür, wenn die nix mehr von sich hören lassen!»

Mein Puls raste nur noch. Domenico war krank? War sein schwerer Husten immer noch nicht besser?

Paps' Augen nahmen Mike streng ins Visier. «Du erzählst hier keine Märchen, oder?»

«Nee, Mann. Dem ging's echt ziemlich mies. Müsste wirklich mal zum Arzt, glaub ich. Er lag mit Fieber im Bett und hat mir dann dieses Bild gegeben!»

Wollte Mike mir etwa sagen, dass es Domenico bereits so schlecht gegangen war, als er dieses wunderschöne Bild für mich gemalt hatte? Ich war den Tränen nahe.

Paps seufzte und zog seinen Geldbeutel hervor.

«Na schön. Wie viel?»

Meine Kinnlade klappte runter. Paps wartete.

«O-okay ... sagen wir hundertfünfzig Mäuse. Aber ihr müsst mir echt schwören, dass ihr dichthaltet, verstanden? Keine Bullen, keine Behörden, keine Jugendämter. Ich hab's den Jungs echt versprochen!»

Paps nickte, zückte seinen Notizblock und zog abwartend seine rechte Augenbraue hoch.

«Erst die Kohle!» Mike hielt ihm dreist die offene Hand hin.

«Die kriegst du, sobald wir die Adresse haben!» Paps war wirklich unschlagbar!

«Okay, okay. Also, Mann, wie heißt das Kaff schon wieder? Monreale. Da müsst ihr hin!»

«Monreale? Das ist bei Palermo», stellte ich fest. Ich wusste über Sizilien inzwischen ziemlich gut Bescheid.

«Yo, bei Palermo. Liegt auf dem Hügel.»

«Und wo genau wohnen sie denn in Monreale?»

«Ach, die haben nirgends so richtig gewohnt. Mal hier, mal dort ... Als ich sie besuchte, pennten sie bei einem Kumpel in der Wohnung. Der Typ gehörte zu 'ner Pizzeria ... trug so 'ne stockhässliche Kette mit 'nem bescheuerten Medaillon um den Hals. Weiß seinen Namen nicht mehr. War ja auch nur kurz dort. Hab eigentlich meine Alten in Palermo besucht!»

«Wie hieß denn die Pizzeria?», fragte ich beharrlich.

«Oh, Baby, das weiß ich doch nicht mehr!»

«Dann nützt uns das ja alles gar nichts ...», murmelte ich bedröselt. Ich sah Paps an, doch er erwiderte meinen Blick nur mit einem tadelnden Vorwurf.

«Also, ihr könnt ja mal bei der Schule fragen. Dort haben sie sich anscheinend ständig rumgetrieben. Haben 'ne Nonne gesucht oder so.» Mike schlug sich an den Schädel, als könne er seine Erinnerungen dadurch zurückklopfen. «Die Pizzeria war auch gleich um die Ecke!»

«Und wie heißt diese Schule?», fragte ich matt. Wenn er das nun auch vergessen hatte ...

«Phh, gibt nur eine, glaub ich! Liegt da halt irgendwo recht weit oben. Ist 'n großes Gebäude mit runden Fenstern und so hässlichen Statuen von der heiligen Dingsbums ...»

«Na gut.» Paps holte die Scheine aus seinem Portemonnaie und überreichte sie Mike. Und zu mir gewandt brummte er mit zusammengebissenen Zähnen: «Das ist wirklich das erste und letzte Mal, dass ich so was mit dir mache, Maya!»

«Na, dann viel Glück!», sagte Mike. «Richtet ihnen dann aber schöne Grüße von mir aus, falls sie nicht inzwischen abgekratzt sind!»

Ich starrte Mike entsetzt an, doch er feixte nur. «Easy, Puppe. Ich mach doch nur Spaß! Nico kommt schon durch. Ist 'ne Kämpfernatur! Sein bescheuerter Bruder ist viel übler drauf!»

Mir war überhaupt nicht zum Lachen.

Auf dem Heimweg drang die Sonne durch. Trotzdem heiterte das die engen und trostlosen Straßen kein bisschen auf. Ich war froh, als wir im Park waren und die Abfallgegend hinter uns gelassen hatten. Als wir in unsere Straße einbogen, sah ich über unseren Dächern einen schwachen Regenbogen.

«Mama wird die Praxis hüten müssen», sagte Paps plötzlich.

«Wieso?»

«Nun, ich kann sie dieses Jahr unmöglich schließen. Und ich kann euch beide nicht allein nach Sizilien reisen lassen!»

Ich wirbelte herum und sah Paps an. Meine Füße hoben beinahe vom Boden ab. «Heißt das, wir fahren hin?»

«Nun, ich halte es zwar immer noch für ein ziemlich vergebliches Unterfangen, aber du sollst deinen Willen haben. Wir werden reisen, aber nur unter einer Bedingung: Du musst mir versprechen, dass du jeden Tag in den Ferien mindestens eine Stunde für die Schule lernen wirst!»

Ich stieß voller Erleichterung die angestaute Luft aus. Ich hätte Paps jede Bedingung erfüllt, auch wenn er von mir verlangt hätte, dass ich jeden Tag fünf Stunden lerne!

Zu Hause raste ich sofort zum Telefon in die Diele, um nacheinander Patrik, Delia und Manuela anzurufen und ihnen endlich des Rätsels Lösung für mein komisches Verhalten in den letzten Tagen zu liefern.

Die Zeit bis zu den Sommerferien kam mir wie eine Ewigkeit vor. Es waren ja auch noch ganze acht Wochen bis dahin. Während dieser Zeit riss ich mich wirklich zusammen in der Schule. Ich wollte Paps keinesfalls enttäuschen. Doch immer wieder wurde ich von einer reißenden Flut turbulenter Gedanken und Ängste heimgesucht. Oft schreckte ich mitten in der Nacht aus furchtbaren Träumen hoch. Dann stand ich meistens auf, stellte mich ans Fenster und weinte ein bisschen, blickte lange, lange rüber zur Laterne, bis sich die Wogen in mir wieder geglättet hatten. Manchmal waren das zehn Minuten, manchmal war's aber auch bis zu einer Stunde. Die Gedanken waren wie eine quälende Last.

Was ist, wenn Nicki schwer krank geworden ist? Wenn ich ihn vielleicht nie mehr wiedersehen werde, weil es ihn gar nicht mehr gibt ...?

Weiter wagte ich nicht zu denken. Dann schüttelte mich alles wie in einem Fiebertraum.

Von einer Grippe kann man sich erholen. Mike sagte doch, Nicki sei eine Kämpfernatur. Und ich habe immer wieder gebetet, dass Gott auf ihn aufpasst!

Wenn meine Gedanken endlich an dem Punkt angelangt

waren, konnte ich meistens wieder einschlafen. Was allerdings passieren würde, wenn wir Domenico wirklich nicht finden würden, darüber wollte ich lieber gar nicht nachdenken.

Und dann, zwei Tage vor den Sommerferien, als es Zeugnisse gab, bat mich Frau Galiani nach Schulschluss rasch zu sich. Auf dem Weg zum Lehrerzimmer rannte ich beinahe Herrn Biedermann um, der mir eine Ladung Schimpfwörter hinterherbrummte. Frau Galiani öffnete mir mit einer Tasse Tee in der Hand und einem Keks im Mund.

«Nicht so stürmisch!», sagte sie mit einem verschmitzten Augenzwinkern. Vor den Sommerferien waren die Lehrer meistens viel lockerer. Wie immer fasste sie sich sehr kurz, doch sie hielt eine Riesenüberraschung für mich bereit.

«Ich habe hier etwas für dich, Maya.»

Sie drückte mir ein schwarzweißes Foto in die Hand. Ich starrte das Bild ein paar Sekunden an, bis ich wirklich realisierte, wer das war.

«Domenico!», hauchte ich und hielt es hoch, als wäre es aus Porzellan. «Oh, Frau Galiani …»

«Ich dachte, du freust dich vielleicht darüber! Es wurde in seiner alten Schule aufgenommen, kurz bevor er hierher gekommen ist.»

Wie sehr hatte ich mir gewünscht, wenigstens ein einziges Foto von ihm zu besitzen, damit ich sein Gesicht nie vergessen würde. Ich versank regelrecht in das Bild. Seine Augen wirkten, als wären sie an einen Ort gerichtet, der gar nicht existierte. Sie waren leicht zur Seite geneigt, fast so, als ob er sich gerade wünschte, ganz woanders zu sein. Was mochte wohl in diesem Moment in ihm vorgegangen sein? Obwohl das Foto an den Rändern einige dunkle Tintenflecken hatte, konnte das Bild noch nicht so alt sein, denn er hatte die Haare ungefähr so gestylt, wie ich es an ihm gekannt hatte.

«Das Foto wurde für die Schülerzeitung aufgenommen. Es war an dem Tag, als er den Kunstwettbewerb in seiner Schule gewonnen hatte. Und am selben Tag ist leider rausgekommen, dass er ... nun ja, von der Schule verwiesen werden musste», sagte Frau Galiani, die meine Gedanken wie so oft erriet. Sie sah mich sehr ernst an. «Du musst mir aber eines versprechen, Maya!»

«Was denn?»

Ihre meist eher herbe Stimme war auf einmal sehr sanft und ganz anders als sonst, als sie weitersprach. «Interessanterweise verliert der angehimmelte Junge bald seinen Glanz, wenn er in greifbare Nähe rückt! Sei dir über deine Gefühle im Klaren. Setz nicht seinetwegen deine Zukunft aufs Spiel. Die Realität sieht meistens nicht so rosig aus! Du weißt, was mit Domenico los ist. Er mag sehr nett sein, aber seine Vergangenheit hat eine Menge Spuren an ihm hinterlassen. Ziemlich tiefe Spuren. Ich hoffe nicht, dass die Reise zu einer Enttäuschung wird für dich. Und noch was ...»

Ich hob überrascht meine Augen.

«Was immer passiert ... vertrau deinen Eltern! Sie meinen es wirklich gut mit dir.»

Ich wusste nicht, warum sie das sagte. Das war wohl die seltsamste Bitte, die sie jemals an mich gerichtet hatte. Verwirrt nickte ich, während sie mich mit einem wissenden Lächeln entließ.

Draußen im Flur blieb ich nochmals stehen und betrachtete das Foto. Schüler gingen rechts und links an mir vorbei, streiften mich, warfen mir neugierige Blicke zu, doch ich nahm sie nur wie durch Nebel wahr. Nicki ... wenn ich ihn nie finden würde, so würde mir zumindest dieses Bild von ihm bleiben!

«Hey!» Eine Hand legte sich auf meine Schulter. Ich wirbelte herum und blickte direkt in Leons himmelblaue Augen.

«Fährst du in den Sommerferien weg?», fragte er.

«Äh, ja, nach Sizilien», stammelte ich und ließ Domenicos Bild schnell in meine Jackentasche gleiten.

«Familienurlaub?» Er legte lächelnd den Kopf schief.

Ich verneinte erst und nickte dann. «Ja ... Urlaub mit meinem Vater!»

«Na, dann wünsch ich dir 'ne superschöne Zeit!» Sein sonst so weißes Vorzeige-Lächeln wirkte fast ein bisschen melancholisch. «Bei uns fällt der Urlaub leider ganz ins Wasser. Mein Dad hat zu viele wichtige Termine, die er nicht verschieben kann. Tja, was soll's, vertreibe ich mir die Zeit eben mit meinen Pflanzen und mit Reiten, wie schon so oft ...»

«Viel Spaß», sagte ich vorsichtig, weil Leon nicht unbedingt aussah, als würde er sich besonders auf die Ferien freuen.

6. Die Stadt auf dem Berg

Ich konnte es immer noch nicht wirklich fassen, auch dann nicht, als ich bereits mit Paps im Flieger nach Sizilien saß. Ich schaute die meiste Zeit aus dem Fenster, während Paps die Tageszeitung las. Wir hatten Glück, dass wir ziemlich weit vorne saßen, so versperrten mir keine lästigen Flügel und Triebwerke die Sicht. Über Deutschland lag eine Wolkendecke, die sich langsam auflöste, als wir uns der Schweiz näherten. Ich sah die Alpen unter mir durchziehen, die Seen, und schließlich die trockene, verwinkelte Landschaft Italiens. Ich sah Rom und etwas später Kalabrien, bis wir über dem offenen Meer waren.

Ein leichter Dunst schwebte über dem Wasser, so dass es aussah, als spiegelte sich die Sonne in den Wolken. Als wir uns im Landeanflug auf Palermo befanden, zog sich der Himmel wieder ganz zu, so dass ich außer Grau nichts mehr sehen konnte. Die Zukunft lag vernebelt unter dieser Wolkendecke. Auf dem Schoß hatte ich mein italienisches Wörterbuch und mein Notizheft, in dem ich mir die wichtigsten Wörter und Sätze notiert hatte, die Mama mir beigebracht hatte.

>Zwillinge – *gemelli*
>Kleine Schwester – *sorella piccola*
>Rötliche Haare – *capelli rossi*
>Wo sind sie? – *Dove sono loro?*
>Wo leben sie? – *Dove vivano?*
>Adresse – *indirizzo*
>Deutschland – *Germania*
>Entschuldigen Sie – *Scusi*

Da weder Paps noch ich Italienisch konnten, würden wir uns irgendwie durchschlagen müssen. Ehrlich gesagt hatte ich ein bisschen Bammel, weil ich noch nie zwei Wochen lang mit Paps allein unterwegs gewesen war. Ich wusste jetzt schon, dass ich Mama ziemlich vermissen würde. Ich verstaute das Notizheft wieder in meiner roten Handtasche, die Mama mir extra für diese Reise geschenkt hatte. Ich versuchte durch das Fenster die ersten Umrisse von Palermo zu erkennen. Und dann durchstießen wir die Wolken.

Die Hitze war mörderisch, obwohl ein milder Wind wehte. Die Wolken waren verschwunden. Ich zog meine rötliche Jeansjacke aus. In Deutschland war es natürlich viel kühler gewesen. Aber jetzt, wo wir vom Flugzeug aus in einen vollgestopften Bus umstiegen, fühlte ich mich wie in einem stickigen Treibhaus. Der Schweiß lief mir aus allen Poren. Um uns herum wimmelte es von aufgeregten Stimmen, quengelnden Kindern und klingelnden Handys. Ich konzentrierte mich ganz auf die Stimmen. So hörten sich die Sizilianer also an. Ich hatte Domenico auch schon in seiner Muttersprache reden hören, aber ich hatte den Klang und den Akzent längst wieder vergessen.

Die Passkontrolle war eine nervenaufreibende Geduldsprobe, weil die Menschenschlange sich kaum zu bewegen schien. Als wir endlich mit allem durch waren und unser Gepäck abgeholt hatten, warteten vor dem Flughafengebäude ein Bus und eine Reiseleiterin auf uns, die uns zu unserem Hotel bringen sollten. Paps hatte für zwei Wochen ein Doppelzimmer mit Frühstück gebucht. In der Zeit mussten wir Domenico finden!

Der Bus fuhr los, und ich drückte meine Nase am Fenster platt, damit mir ja nichts entging. Immer wenn ich etwas über Palermo gehört oder gelesen hatte, war vor meinen Augen das Bild einer hektischen, verlotterten Großstadt entstanden, einer grauen und nicht sehr attraktiven Gegend. Aber dieser Stadtteil mit seinen mehrstöckigen, gelbbraunen Bauten wirkte ziemlich gepflegt, ja, richtig hell und freundlich.

Doch je weiter wir ins Zentrum fuhren, desto mehr wechselte die Stadt ihr Bild, und teilweise fand ich nun das bestätigt, was ich gehört hatte. Der Straßenbelag wurde dunkler, die Wege wurden enger. Der Bus kam nur noch ruckelartig vorwärts, so dass ich genug Zeit hatte, alles genau zu betrachten. Ich war noch nie in einer Großstadt außerhalb Deutschlands gewesen; Paps reiste ja äußerst ungern in Städte. Aber das Zentrum von Palermo erinnerte mich immer mehr an das Viertel auf der anderen Seite vom Park. Bei einigen Häusern war der Verputz in so einem miesen Zustand, dass ich mir kaum vorstellen konnte, dass da drin noch jemand wohnte.

Unser Hotel lag direkt bei einer großen Parkanlage. Ich war heilfroh, das viele Gepäck endlich loswerden zu können. Die Dame am Empfang konnte Englisch und übergab uns die Schlüssel. Wir fuhren mit dem Lift in den vierten Stock und bugsierten unser Gepäck durch den langen, engen Flur.

Das Zimmer war abgedunkelt, weil Läden und Vorhang zugezogen waren. Ich ließ meinen Koffer stehen und ging geradewegs zum Fenster, um das Licht hereinzulassen. Freudig stellte ich fest, dass wir direkt auf den Park mit den Palmen sehen konnten. Ich streckte mich und schnupperte. Ich wollte unbedingt das Meer riechen, doch eigentlich roch es nur nach staubigem Asphalt und Autoabgasen. Paps ächzte und hievte unsere Koffer aufs Bett. Meiner war wegen der Schulbücher ganz schön schwer. Ich ging zu Paps, um zu helfen.

Nach einer erfrischenden Dusche hätte ich mich am liebsten sofort auf die Suche gemacht, doch Paps bestand auf einem anständigen Abendbrot. Für heute hatten wir seiner Meinung nach genug unternommen. Und so fügte ich mich, da ich seine Nerven nicht unnötig strapazieren wollte. Die würden wohl noch einige Proben überstehen müssen! ...

Vor dem Zubettgehen telefonierten wir mit Mama, um ihr mitzuteilen, dass wir gut angekommen waren.

Es war ungewohnt für mich, mit Paps im selben Zimmer zu schlafen. Ich war nachts lieber für mich allein. Ich las gerne vor dem Einschlafen noch ein bisschen was oder plauderte mit Gott, wenn mir danach war. Aber das ging nun nicht. Außerdem schnarchte Paps wie eine Baumsäge.

Ich schlief dementsprechend unruhig und hielt mir das Kissen aufs Ohr. Das war ja grauenhaft! Wie Mama das bloß aushielt! Dazu kam die schwüle Hitze, trotz des offenen Fensters. Ich schlief ohne Decke, im bloßen T-Shirt, und hatte dennoch das Gefühl, an meinem Bett zu kleben. Wahrscheinlich würde ich die nächsten zwei Wochen kaum ein Auge zudrücken können.

Irgendwann schlief ich doch ein und wurde plötzlich von einem besonders lauten Geräusch aufgeweckt. Draußen war es bereits taghell. Meine Uhr zeigte erst sieben, aber das war mir egal. Das alles war viel zu aufregend, um noch länger zu schlafen. Ich streckte mich ausgiebig und sprang aus dem Bett. Ich wollte duschen und frühstücken und mich schnellstmöglich auf die Suche machen. Aber mein Herr Papa sägte noch immer einen ganzen Wald nieder und machte keine Anstalten aufzuwachen.

Behutsam öffnete ich die Balkontür und trat an die frische Luft. Der Morgen war mild und angenehm. Die aufgehende Sonne streichelte sanft meine Haut. Ich stützte mich auf das Geländer. Der Balkon war so eng, dass ich neben einem Tisch und zwei Stühlen gerade noch Platz für meine Füße hatte.

Die Straßen waren bereits voller Hektik; stinkende Lastwagen, hupende Autos, knatternde Motorräder und ihre Lenker befanden sich auf dem Weg zur Arbeit. Schließlich war es Montagmorgen. Das war also Palermo. Domenicos Heimat. Hier irgendwo lebte er, zusammen mit Mingo und Bianca. Hoffentlich.

Ich blieb auf dem Balkon, bis die Sonne über den Palmen stand. Als ich wieder reinging, war Paps bereits im Bad.

Ich zog mein neues hellgelbes Oberteil an, das ich mir noch vor den Ferien zusammen mit Delia und Manuela gekauft hatte. Meine Haare band ich zu einem Pferdeschwanz zusammen und schmückte meine Ohren mit den silbernen Kreolen. Ich wollte doch so hübsch wie möglich aussehen, wenn ich Domenico zum ersten Mal begegnete! Der Herzanhänger funkelte wie eine rote Perle an meinem Hals.

Paps bereitete inzwischen seine Kamera und seinen Koffer vor. Er hatte seine Erste-Hilfe-Utensilien auf Reisen immer dabei: Verbandmaterial, Schmerzmittel, Pinzetten, Desinfektionsspray, Instrumente und all das Zeug. Paps und sein Beruf waren eben unzertrennlich. Ich hingegen konnte mir kaum vorstellen, nur dafür zu leben, die Wehwehchen anderer Leute zu behandeln. Natürlich tat Paps weitaus mehr. Es war seine Berufung. Aber ob es auch meine war? ...

Doch erst mal galt es herauszufinden, wie wir zu einer Busstation und nach Monreale kamen. Die Dame am Empfang erklärte uns den Weg zum Busbahnhof. Das Hotel war so zentral gelegen, dass wir zu Fuß gehen konnten. Doch Paps ließ sich Zeit, ständig blieb er stehen und studierte die Sehenswürdigkeiten, von denen es hier reichlich gab. Aber mich interessierten weder der Normannenpalast noch die Kathedralen, und ich hätte Paps am liebsten am Arm mit mir weitergezerrt. Ich war froh, als wir endlich im klimatisierten Bus saßen. Die Hitze war bereits wieder unerträglich. Paps vertiefte sich in seinen dicken Reiseführer, den er sich extra gekauft hatte.

Während der Fahrt döste ich ein wenig ein, da ich ja in der Nacht nur wenig Schlaf abgekriegt hatte. Als ich meine Augen wieder öffnete, fuhr der Bus gerade in einen großen Parkplatz ein. Endstation. Wir waren da.

Stahlblauer, wolkenloser Himmel erhob sich über uns, als wir ausstiegen. Monreale lag so hoch, dass wir weit über ganz Palermo blicken konnten. Die gelben Wolkenkratzer der Stadt leuchteten wie kleine Würfel im Sonnenlicht. Palermo lag an einer halbmondförmigen Bucht und war von einer oliv- und ockerfarbenen Hügelkette umgeben.

Davor erstreckte sich das azurblaue Meer, dessen feinstufige Farbverläufe von Lila ins Türkisblau verliefen. Ich hielt die Hand vor die Augen, weil das Licht mich blendete. Hatte Domenico wirklich seine Kindheit hier oben verbracht? Hatte er all das jeden Tag angeschaut?

«Der Dom von Monreale wird als ein Wunderwerk der Romanik bezeichnet!», schwärmte Paps, als wir die Treppen und Gassen zum Städtchen hinaufstiegen. «Monreale bedeutet übrigens königlicher Berg. Du kannst hier auf dieser Reise eine Menge lernen, Maya!»

Typisch Paps. Geschichtsunterricht in den Ferien. Da konnte ich mich ja auf einiges gefasst machen. Als wir das Städtchen erreicht hatten, wurden meine Befürchtungen auch sogleich wahr: Paps steuerte sofort zielstrebig auf den Dom zu. Ich redete mir Geduld zu. Mir war klar, dass ich Paps nicht stressen durfte, obwohl ich auf allerschnellstem Weg zu dieser Schule gehen wollte. Während er dabei war, seine Kamera aufzubauen, holte ich meinen eigenen kleinen Fotoapparat aus der Tasche und begann die Gegend rund um den Dom zu knipsen; die Straßen, die Häuser, die Menschen, die Motorräder, die Palmen und die vielen Laternen. Ich wollte mich an alles, an wirklich alles erinnern.

«Sieh mal, Maya, man kann sogar in den Dom reingehen. Würde es dich nicht auch interessieren?», fragte Paps, als ich wieder bei ihm stand.

«Also ... ich möchte am liebsten gleich zu dieser Schule!»

«Nun, ob wir da überhaupt während der Ferienzeit reinkommen, ist eine andere Frage!»

Ich stutzte. Das hatte ich noch nie in Erwägung gezogen! Aber dann gab es ja immer noch diese Pizzeria, von der Mike erzählt hatte und die ja dort in der Nähe sein musste.

Paps packte seine Kamera wieder ein und hievte sich die Tasche über die Schulter. Wie gerufen fanden wir in der Nähe des Doms sogar einen Standortplan, auf dem auch die Schule eingezeichnet war. Ich hatte es mir oft in allen

Facetten ausgemalt, aber jetzt, wo wir so nah am Ziel waren, wuchs meine Aufregung beinahe ins Unerträgliche.

Wie mochte es sein, Domenico nach all der Zeit wieder zu begegnen? Hatte er sich stark verändert? Wie würde er reagieren, wenn ich plötzlich vor ihm stand? Würde er sich freuen? Oder war ich hier unerwünscht? Oder hatte er mich sogar längst vergessen? Ich blickte hinauf in den unendlich blauen Himmel, als würde ich dort oben die Antwort finden. Und es war kein Zufall, dass sich ausgerechnet über meinem Kopf an einer Hausmauer eine Laterne befand. Hier gab es sehr viele Laternen, nicht diese langweiligen Neonlichter, sondern richtig schöne, die alle fast so aussahen wie *meine* Laterne im Park.

Hatte ich die ganzen letzten Wochen immer wieder Zweifel daran gehegt, ob Mike uns wirklich die Wahrheit gesagt hatte, durfte ich beruhigt aufatmen, als wir am Ziel waren. Die Schule war ein lachsfarbenes Gebäude mit runden Torbögen und Madonnenfiguren links und rechts vom Eingang, neben denen wiederum zwei Laternen hingen. Eigentlich sah es gar nicht wirklich wie eine Schule aus, denn ich erblickte weder einen Pausenhof noch eine Turnhalle noch sonst etwas, was mich an eine typische Schule erinnerte. Paps ging voraus und stieß das Tor auf, das entgegen unseren Befürchtungen gar nicht verschlossen war.

Das Innere wirkte noch viel weniger wie eine Schule, sondern eher wie eine Kirche. Unsere Schritte hallten durch die kühlen Gänge, die nur von schwachem Licht beleuchtet waren. Vor uns auf einer Kommode brannten eine ganze Menge kleiner Kerzen, und darüber blickten mich die sanften, gütigen Augen der Madonna an, die mit gefalteten Händen über den Lichtern zu wachen schien. Alles war von einer ehrfürchtigen Stille umgeben.

Links von der Kommode befand sich eine Tür. Während ich mich fragte, was sich wohl dahinter verbarg, wurde die Klinke hinuntergedrückt, und wir vernahmen Geklapper und leise Frauenstimmen. Ein vollbeladener Putzwagen wurde herausgeschoben. Die kleine, rundliche Frau, die dahinter zum Vorschein kam, stieß einen erstickten Schrei aus, als sie uns erblickte. Offensichtlich war sie fremde Besucher nicht gewohnt.

«S-scusi ...», stammelte ich, als der Putzwagen beinahe über meine Füße rollte. Die Frau knurrte mich mit ihrem zahnlosen Mund unwirsch an und fuchtelte mit der Hand. In ihrem Gesicht spross ein Schnurrbart.

Hinter ihr trat eine jüngere, wesentlich freundlicher aussehende Frau aus der Tür. Mit ihrem blonden Haar, das sie straff im Nacken zusammengebunden hatte, erinnerte sie mich an Frau Lindner, unsere Englischlehrerin. Sie trug ein dunkelblaues Kostüm und hielt einen Stapel Karten und Broschüren in den Händen. Sie hob eine ihrer fein nachgezeichneten Augenbrauen und sah uns fragend an.

«Äh ... Entschuldigung ... Scusi ...», sagte Paps händeringend und fasste mich am Arm. Es sah wirklich nicht so aus, als wären unerwartete Besucher hier besonders erwünscht.

«Sie kommen aus Deutschland?», fragte die blonde Frau.

«Ja!», sagten Paps und ich gleichzeitig. «Entschuldigen Sie, dass wir ...»

«Nun, es kommt nicht oft vor, dass sich Touristen hier in dieses Gebäude verirren», sagte sie in etwas amüsiertem Tonfall nach einem Blick auf Paps' Kamera. «Unsere Signora Rossi hat sich wohl ziemlich erschreckt. Bitte verzeihen Sie ihre ruppige Art, sie ist nur etwas menschenscheu. Dachten Sie vielleicht, das hier sei eine Kirche?»

«Nein, wir suchen jemand Bestimmtes», entgegnete Paps.

«Ich suche diesen Jungen!» Schnell reichte ich der Frau das Foto von Domenico. Sie nahm es in die Hände und begutachtete es interessiert. «Hübscher Junge», stellte sie fest. «Ist das dein Freund?»

Ich nickte stolz.

«Und wieso sind Sie ausgerechnet hier gelandet?»

«Weil er anscheinend hier gewesen sein muss», erklärte ich und fragte mich gleichzeitig, wie verrückt sich das für diese Frau anhören musste. Sie ließ sich jedoch nichts anmerken.

«Nun, ich fürchte, da kann ich Ihnen nicht weiterhelfen. Ich kenne keinen Jungen, der so aussieht. Ging er hier zur Schule?»

«Nein, nicht wirklich. Er hat hier nach seiner Pflegemutter gesucht, genau gesagt: nach einer Nonne!»

«Nonnen gibt es hier, ja. Sie unterrichten an der Schule. Ich arbeite hier ebenfalls als Lehrerin. Mein Name ist übrigens Castiglione. Professoressa Castiglione. Ich bin eigentlich Deutsche, lebe aber mit meinem Mann hier auf Sizilien.» Sie reichte Paps die Hand. «Und Sie sind –»

«Fischer», sagte Paps. «Doktor Fischer, ich bin Arzt. Und das ist meine Tochter Maya.»

«Ah, ein Arzt, sehr erfreut!» Ich hatte mich längst daran gewöhnt, dass dieses Wort eine Art Zauberwirkung auf die Leute hatte. «Nun, es tut mir leid, dass wir so unfreundlich waren, aber wir dachten wirklich, Sie hätten sich hierher verirrt. Ich wollte eigentlich nur schnell ein paar Reiseprospekte aus meinem Büro holen. Ich arbeite während der Sommerferien nämlich als Reiseleiterin. Aber zurück zu Ihrem Anliegen. Sie suchen also einen Jungen?»

«Zwei Jungen», ergänzte ich. «Es sind Zwillingsbrüder!»

«Zwillingsbrüder, die nach einer Nonne suchen – Moment mal! Da fällt mir etwas ein.» Sie fasste sich einen Augenblick gedankenvoll an die Stirn, während mein Herz einen Salto schlug. Sollten wir gleich bei unserer ersten Anlaufstelle solches Glück haben?

«Waren das etwa die beiden Jungen, die hier ständig in der Schule rumgeisterten?», fragte sie. «Ich habe das nur am Rande mitbekommen. Das muss eine schlimme Geschichte gewesen sein. Sie sind mehrmals durchs Fenster eingebrochen und haben sich in den Gängen herumgetrieben. Sie haben sogar unseren Pförtner zusammengeschlagen und ihm die Schlüssel geklaut. Es war wirklich seltsam, niemand wusste so recht, was sie hier überhaupt suchten. Eines Tages sind sie einfach auf Nimmerwiedersehen verschwunden ...»

Ich stand da wie eine ausgelöschte Kerze und bekam kein Wort mehr raus. Die Lehrerin sah mich skeptisch an. «Ich weiß allerdings nicht, ob diese Geschichte etwas mit den Jungs zu tun hat, die du suchst ...»

«Da-das hoffe ich nicht!», stammelte ich entsetzt. «Wissen Sie noch mehr darüber?»

«Nein, wie gesagt, ich habe diese Geschichte nur am Rande mitbekommen. Ich bin erst seit November hier. Aber es waren in der Tat wohl *zwei* Jungs. Doch ich kann unseren Pförtner natürlich noch fragen. Er weiß bestimmt, wie die Jungen ausgesehen haben», sagte die Professoressa.

Paps' Miene sah aus, als hätte er auf eine saure Gurke gebissen. «Nun, wir möchten Sie natürlich nicht mit der Geschichte belä...»

«Ich wäre froh, wenn Sie den Pförtner fragen könnten», sprudelte es aus mir raus. «Ich bin dankbar für jeden Hinweis!» Genauer gesagt für jeden Hinweis, der mir belegte, dass diese hässliche Sache nichts mit Domenico zu tun hatte.

«Das mache ich», versprach die Professoressa, während Paps mich mit einem tadelnden Blick bedachte. «Kommen Sie morgen am besten um dieselbe Zeit wieder vorbei.» Ihr zustimmendes Lächeln glomm wie ein schwaches Licht in den kühlen Gängen auf.

«Das ... das ist supernett von Ihnen», bedankte ich mich.

«Also, wir möchten Ihnen *wirklich* keine Umstände machen!», betonte Paps.

«Oh, das geht schon in Ordnung. Morgen um dieselbe Zeit! Warten Sie am besten draußen vor der Pforte.»

Mit diesem winzigen Hoffnungsschimmer durchlebte ich den Rest des Tages. Ich hätte zu gerne noch am selben Tag die Pizzeria aufgesucht, aber mein Gefühl sagte mir, dass Paps nach dem Gehörten noch weniger gut auf Domenico zu sprechen war. Um ihn versöhnlicher zu stimmen, knöpfte ich mir am Abend die Schulbücher vor. Aber meine Gedanken rasten in allen Himmelsrichtungen umher, und als ich zwei Stunden später das Buch zuklappte, hatte ich gerade mal eine einzige Seite gelesen. Zum Glück war Paps mit seinem Reiseführer beschäftigt und kam nicht auf die Idee, mich abzufragen.

Um zehn Uhr ging ich zu Bett, damit ich die Gelegenheit hatte einzuschlafen, bevor Paps sein Sägewerk einschaltete. Aber das klappte nicht. Das, was die Professoressa erwähnt hatte, ließ mich nicht los, und ich suchte tausend Gründe dafür, dass es sich bei diesen beiden Jungs nicht um Domenico und Mingo handeln konnte. Ich kam mir vor, als würde ich an einem Seil in der Luft hängen.

Und so standen wir am nächsten Tag um genau dieselbe Zeit wieder vor der Schulpforte. Signora Castiglione war pünktlich auf die Minute. Auf ihren Lippen lag ein vielversprechendes Lächeln, und sie winkte uns mit einem zusammengerollten Blatt Papier in der Hand herein.

«Ich habe etwas für Sie! Folgen Sie mir bitte in mein Büro!»

Das Büro war beinahe winzig und mit einer Unmenge von Büchern vollgestopft. Sie rollte das Papier auf einer freien Fläche ihres kleinen Schreibtisches aus und legte es vor mich hin. Mir blieb beinahe die Spucke weg, als ich erkannte, dass es eine Zeichnung war ... eine sagenhafte Zeichnung! Und es gab nicht die geringste Spur eines Zweifels, wer sie gemalt hatte. Ich kannte nur einen einzigen Menschen, der so schön und ausdrucksstark malen konnte!

Das Bild zeigte eine Nonne, von der ich im ersten Moment geglaubt hatte, dass sie ein Abbild meiner Mutter war, so verblüffend war die Ähnlichkeit. Aber als ich genauer hinsah, entdeckte ich, dass die Frau um einiges älter wirkte als Mama und viel dunklere Augen hatte.

«Der Pförtner hat mir das hier gegeben. Es wurde auf dem Fußboden gefunden. Er kann sich nicht mehr genau an die

Gesichter der Jungen erinnern, meint aber, dass sie sich tatsächlich sehr ähnlich gesehen haben. Sie hätten anscheinend nach der Frau auf diesem Bild gesucht. Mir ist das Ganze ehrlich gesagt ein Rätsel, aber so hat man es mir erzählt. Hilft dir das was?»

Ich fühlte mich, als würde man in mir einen Lichtschalter an- und ausknipsen. Licht und Dunkelheit wechselten sich wie Blitze in mir ab, und ich wusste nicht, was ich sagen sollte.

«Sie können das Bild haben, wenn Sie wollen», sagte die Professoressa, um das Schweigen zu brechen. Ich nahm es vorsichtig in die Hände, während meine Gedanken nur noch um zwei Sachen rotierten: Wer von beiden hatte den Pförtner zusammengeschlagen? Domenico oder Mingo? Hoffentlich nicht Domenico ...

Und was bedeutete dieses «auf Nimmerwiedersehen verschwunden», das die Professoressa gestern erwähnt hatte?

Ich musste mich richtig anstrengen, um wieder Luft zu holen. Signora Castiglione sah mich nachdenklich an.

«Es gibt hier in der Nähe offenbar eine Pizzeria, wo die Jungen manchmal übernachtet haben», sagte ich mit stockender Stimme. «Wissen Sie etwas davon?»

«Nein, aber Sie können ja dort fragen. Eine Pizzeria ist gleich um die Ecke! Pizzeria Rigatori heißt sie», gab sie Auskunft.

Ich nahm das Bild an mich und rollte es vorsichtig zusammen. Mein Inneres fühlte sich so kühl und verlassen an wie die Gänge dieser Schule, als wir uns bei der Professoressa bedankten und uns verabschiedeten. Die ersten Klumpen begannen sich in meinem Magen zu formen. Trotz Frau Galianis Warnung hatte ich so was Krasses nicht erwartet!

Ein Laster mit verschiedenen Waren versperrte den Eingang zur Pizzeria Rigatori. Es war ein Uhr, so dass wir beschlossen, dort gleich zum Mittagessen einzukehren.

Drinnen waren kaum Gäste. Nur ein einsamer, alter Mann saß mit einem Glas Bier da und starrte an die Decke zu dem kleinen Fernseher, der gerade die Aufzeichnung eines Fußballspiels übertrug. Paps und ich setzten uns an einen der schmuddeligen Tische und suchten uns eine Pizza aus. Die Speisekarte war ganz vergilbt, so dass die Schrift nur noch als schwacher Hauch zu erkennen war. Zwei gutgelaunte Kellner erschienen, ein Mann und ein Junge. Der Junge grinste mich sofort an. Er sah recht nett aus, hatte blonde Strähnchen im Haar, ein wenig abstehende Ohren und trug eine Kette mit einem großen, schweren Medaillon um den Hals. Ich grinste verkniffen zurück.

Der Mann, vermutlich der Chef des Hauses und der Vater des Jungen (wie ich an denselben abstehenden Ohren erkennen konnte), wartete mit einem Notizblock und einem freundlichen Lächeln im Gesicht darauf, unsere Wünsche entgegenzunehmen. Ich beschloss, mir erst mal eine Pizza zu bestellen und zu essen, bevor ich die Leute hier drin mit Fragen bestürmte. Ich spürte nämlich, dass Papas Nerven extrem angespannt waren.

Doch meine ganze Strategie wurde total über den Haufen geworfen, als der Junge beschloss, mich anzumachen. Mit einem koketten Grinsen servierte er mir meine Pizza und eine große Flasche Mineralwasser und setzte sich auf den freien Stuhl neben mich. Ich kam also nicht mal zum Essen.

«Come ti chiami?», flötete er und brachte mich damit in ziemliche Verlegenheit, weil ich auf einmal eine gähnende Leere in meinem Hirn vorfand, was Italienisch betraf.

«Germania», erklärte ich in der Hoffnung, er hätte mich gefragt, woher ich komme. Der Junge lachte von einem Ohr zum anderen. So ein blöder Typ!

«Mi chiamo Salvatore», sagte er und zeigte auf sich. Mein Gesicht überlief wohl mit einer zartrosa Farbe, als mir klar wurde, dass ich ihn komplett falsch verstanden hatte. Wie peinlich! Dabei hatte ich doch extra mit Mama geübt!

Ich bückte mich, um meine Handtasche und die Zeichnung vom Boden aufzuheben. Direkt vor meinem Gesicht baumelte das silberne Medaillon des Jungen, und auf einmal fiel es mir wie Schuppen von den Augen. Na klar! Mike hatte doch von einem Jungen mit einem «bescheuerten» Medaillon um den Hals geredet. Warum fiel mir das erst jetzt auf?

Vor Aufregung schlug ich meinen Ellbogen an der Tischkante auf, als ich mich wieder gerade hinsetzte. Es tat furchtbar weh, aber das war nicht das Schlimmste. Schlimmer war, dass ich dabei mein Mineralwasser umgestoßen hatte! Es kippte direkt auf meine Pizza und durchtränkte sie wie einen Schwamm. Auch mein Glas war umgefallen und lag jetzt auf dem Fußboden. Salvatore bemerkte offensichtlich meine Nervosität und kicherte amüsiert. Paps knallte entrüstet sein Besteck auf den Tisch und stand auf.

«Maya, was soll das?»

Ich war ganz hektisch vor Aufregung. «Paps, das ist er! Das ist der Junge!»

«Ja, aber deswegen musst du doch nicht gleich dein Getränk umschmeißen ...» Paps stand seufzend auf und verschwand Richtung Küche.

Ich klaubte das Foto von Domenico aus der Tasche und zeigte es Salvatore. Er riss es mir förmlich aus der Hand und hielt es in die Höhe, um es im Licht besser betrachten zu können. Ich rollte auch die Zeichnung von der Nonne vor ihm auf. Er sah sich beides genau an und war auf einmal ganz still und ernst. Ich wollte irgendwas sagen, doch mir fiel kein einziges italienisches Wort ein. Es war einfach alles leergefegt in mir.

Inzwischen kamen unsere beiden Väter mit einem riesigen Putzlappen zurück und begannen, das Malheur zu beseitigen. Salvatore winkte seinen Vater heran und zeigte ihm das Foto. Sein Vater stutzte und überließ Paps den Putzlappen. Laut diskutierend und wild gestikulierend betrachteten sie das Bild. Ich zappelte vor Aufregung und versuchte angestrengt, ein Wort zu verstehen, doch es gelang mir kaum, denn sie sprachen so schnell und in einem offensichtlich ziemlich starken sizilianischen Dialekt. Auch Paps sah ratlos aus.

«Domenico di Loreno?», fragte ich schließlich.

Die beiden Sizilianer verstummten und starrten mich verständnislos an.

«Domenico?» Ich streckte die Hand nach meinem Foto aus. Salvatore gab es mir wortlos zurück, doch er gab mir nicht die Antwort, die ich wünschte. Stattdessen starrte er mich einfach an. Seine Augen fühlten sich an wie Saugnäpfe. Er sagte irgendwas. Wieso um alles in der Welt gaffte der mich bloß so an? Hatte ich einen schwarzen Fleck auf der Nase?

Er wiederholte seinen Satz, und ich kramte verzweifelt nach meinem Wörterbuch. Verflixt ...

«Nico? Gemelli? Mingo?», fragte ich schließlich matt.

Und da nickte Salvatore endlich. Ich hätte ihn am liebsten vor Freude geschüttelt.

«Dove sono loro?», fragte ich. Salvatore schwieg. Sein Vater stieß ihn in die Seite und sagte etwas, und es entstand wieder eine kleine Diskussion. Salvatore murmelte etwas, sein Vater wurde lauter, Salvatore wies auf mich und erklärte etwas, und endlich wurden sie beide ruhig und sahen mich wieder an.

«Gemelli – dove vivano?», versuchte ich mein Glück noch ein weiteres Mal.

«Catania», erwiderte Salvatore.

«Catania?»

«Si, si. Catania!»

Stille. Eigentlich war es nicht still, denn der Laster draußen brummte immer noch. Salvatores Vater verschwand in der Küche und kam mit einer Visitenkarte zurück, die er vor mich hinlegte.

«Catania», murmelte ich bedröselt. Catania war die zweitgrößte Stadt auf Sizilien, und sie lag ganz auf der anderen Seite, an der Ostküste, unterhalb des Ätna. Salvatore legte seinen Zeigefinger auf die Visitenkarte.

«Paolo. Mio cugino!»

Ich las: *Paolo Rigatori. Banca Nazionale. Corso Sicilia. Catania.* Cugino? Ich blätterte im Wörterbuch. Sollte das heißen, dass dieser Paolo mir eventuell weiterhelfen konnte?

«Nico, Mingo, Gemelli – Catania – Paolo Rigatori?», fasste ich zusammen.

Salvatore nickte ernst. War das wirklich wahr? Aber ich hatte sonst nichts, keinen anderen Hinweis, keine andere Hoffnung, absolut nichts, an das ich mich sonst klammern konnte.

Salvatore nickte immer noch.

Ich klappte das Wörterbuch zu und verstaute es wieder in meiner Tasche.

Da meine Pizza im Eimer war und Paps mir in der Zwischenzeit eine neue bestellt hatte, war ich mit dem Essen nun ziemlich im Rückstand.

«Nur damit du es weißt, das nächste Mal bestelle ich dir keine zweite Pizza mehr! Wenn du nicht aufpassen kannst, dann ist das dein Problem!», schimpfte Paps. Ich nickte kläglich und betrachtete die Visitenkarte, doch da kriegte Paps endgültig einen Koller.

«Kannst du damit denn nicht warten, bis wir fertig gegessen haben?», rügte er mich. «Man könnte ja wirklich meinen, es gäbe nichts anderes mehr auf der Welt als diesen Jungen!»

Ich nickte gehorsam und fügte mich, doch meine Gedanken purzelten durcheinander wie von einem Wirbelwind aufgescheuchtes Laub. Wir hatten eine Spur, aber ich wusste nicht, ob ich darüber glücklich oder traurig sein sollte. Catania! Das war so weit weg!

«Und jetzt willst du also nach Catania?», fragte Paps ziemlich aufgebracht.

Ich nickte kleinlaut.

«Also, erstens ... ist dir eigentlich klar, wie viel wir für die Reise bezahlt haben? Sollen wir nun unsere Unterkunft verlassen und ein neues Hotel in Catania suchen? Wir werden die Buchung trotzdem bezahlen müssen. Zweitens, bist du wirklich sicher, dass du die Suche fortsetzen willst? Nach all dem, was ich da über die beiden gehört habe, kann ich das fast nicht mehr verantworten. Das sind ja wirklich kriminelle Schlägertypen! Und drittens möchte ich auch gerne mal ein bisschen Urlaub machen. Ich kann dir diese Jungen nicht herbeizaubern!»

Manchmal brauchte es echt nicht viel, um mich zum Heulen zu bringen. Ich glaube, an diesem Tag hätte mich selbst eine tote Fliege zum Weinen gebracht. Ich hatte mich bis jetzt zusammengerissen, aber nun öffneten sich sämtliche Schleusen in mir, und ich hatte natürlich kein Taschentuch dabei.

Tja, das war's wohl gewesen. Ich hatte einen klitzekleinen Hauch von Domenicos Leben hier auf Sizilien berührt, aber mehr nicht. Und zurück blieb dieses düstere Bild, das lauter quälende Fragen offen ließ.

«Und nun?», fragte ich leise.

«Nun, was wohl? Wir brechen das Ganze hier ab und fahren nach Catania! Eher habe ich ja doch keine Ruhe!»

7. Weiter nach Catania

«Ich hoffe, wir kommen nicht zu sehr in den Stau», bemerkte Paps. Er hatte mir keine weiteren Vorwürfe mehr gemacht, sondern noch am selben Nachmittag unser Hotel umgebucht, was natürlich eine Menge Unkosten verursacht hatte. Ich war beinahe explodiert vor Anspannung, ob es auch so schnell möglich sein würde, weil ich keinen einzigen Tag verlieren wollte. Aber es hatte geklappt, Gott sei Dank! So befanden wir uns nun einen Tag später mit einem Mietwagen auf dem Weg nach Catania.

Ich schwieg fast die ganze Zeit, weil es eine ungeschriebene Regel war, Paps beim Autofahren nicht zu stören. Aber so hatte ich viel Muße, um aus dem Fenster zu schauen und das Land zu betrachten. Wir fuhren die Küstenstraße entlang, über Cefalù und Messina. Es war die längere Strecke, aber Paps wollte einen Zwischenhalt in Cefalù einlegen, um die Kathedrale zu besichtigen. «Wenn wir schon mal hier sind!», meinte er.

Cefalù war schön, doch mich interessierten die mittelalterlichen Gassen mit den sonnengelben Häusern weitaus mehr als das Kirchengebäude. Aber als ich geduldig im Inneren der Kathedrale neben Paps wartete, der mit seinem Reiseführer auf und ab ging, traf mich plötzlich eine Erkenntnis, die einige der dunklen Wolken in mir mit einem Schlag beiseite fegte. Wenn die Zwillinge wirklich nach Catania aufgebrochen waren, dann bedeutete das, dass Domenico immerhin nicht todkrank sein konnte! Nach diesem Gedanken ging es mir viel besser, und meine ganze Hoffnung richtete sich nun auf diesen Paolo.

Nach ungefähr einer Stunde setzten wir unsere Fahrt fort, um noch vor Sonnenuntergang in Catania anzukommen. Je weiter wir nach Osten fuhren, desto mehr wechselte das Meer seine Farbe. Das leuchtende Türkisblau verwandelte sich in ein sattes Dunkelblau. Das Land an der Küste war von

Palmen und Oleandersträuchern bewachsen, aber die Hügelketten im Landesinnern waren braun und karg. Struppiges, dürres Gras wuchs büschelweise aus der trockenen Erde, genauso verdorrt wie die Häuserruinen, die man hier und da antraf.

Später nickte ich ein wenig ein und erwachte erst wieder, als sich Paps neben mir regte.

«Da!» Er zeigte mit dem Finger in eine bestimmte Richtung. Es war fast das Einzige, das er während der Fahrt sagte. Ich hob meinen Blick und sah eine Hügelkette, und dahinter, unscheinbar wie eine Fata Morgana, die schwachen Umrisse eines Berges, dessen Spitze in Wolken gehüllt war.

«Der Ätna!»

Ich hätte Paps mit einer ganzen Menge an Wissen über den Ätna bombardieren können, all das, was ich heimlich in Erdkunde anstelle von Südostasien gelesen hatte. Doch ich ließ es bleiben. Da wir tatsächlich gegen Ende der Fahrt in einen massiven Stau gerieten, kamen wir erst bei Anbruch der Dunkelheit in Catania an. Ein weißes Ortsschild wies uns den Weg nach Catania Centro.

«Such mir doch bitte mal die Straße raus und lotse mich ein wenig, Maya», bat Paps. «Die Unterlagen liegen im Handschuhfach.»

Ich öffnete die Klappe und wühlte in den Unterlagen herum. Paps hatte noch in Deutschland ein ganzes Kartenset von Sizilien gekauft. Er wollte immer für alle möglichen Fälle gerüstet sein, und in diesem Fall war es wirklich gut. Die Adresse des neuen Hotels hatte er auf den Reiseunterlagen notiert. Das Problem war nur, dass ich leider nicht besonders gut war im Kartenlesen. Und dass Paps deswegen ziemlich nervös und ungeduldig wurde.

«Moment ...», murmelte ich.

«Aber Maya, das ist doch logisch. Wir fahren von Norden in die Stadt rein!»

«Die Autobahn ist aber nirgends eingezeichnet.»

«Muss sie aber! Himmel, es kann doch nicht so schwer sein!»

«Ist es aber!»

«Nun, du hättest dich vorher darum kümmern können. Du weißt doch, dass ich mich aufs Fahren konzentrieren muss. Du könntest ruhig ein wenig mitdenken, Maya!»

«Du hättest mir ja was sagen können!»

«Ja, muss ich dir denn alles vorkauen? Du bist doch kein kleines Kind mehr!»

Ich schluckte. Paps konnte wirklich eklig sein, wenn er in Hektik geriet.

«Sorry ... ich hab einfach nicht dran gedacht ...»

«Ja, weil du nur diesen komischen Jungen im Kopf hast!»

Ich schloss die Augen. Paps hielt entnervt in einer Seitenstraße an und nahm mir die Karte aus den Händen. Er fuhr mit dem Finger über den Plan, startete den Motor wieder und brauste weiter. Ich schluckte einen dicken Kloß runter und schüttelte den Kopf. Mama fehlte mir.

Das Hotel befand sich in einer schmalen Seitenstraße im Stadtzentrum. Von außen sah es ziemlich baufällig aus, aber drinnen empfingen uns warmes Licht und eine moderne Rezeption. Es war schon weit nach zehn Uhr, und ich sehnte mich danach, in ein weiches Bett zu sinken.

Unser Zimmer war so eng, dass wir kaum Platz hatten für beide Koffer. Das Hotel in Palermo war wesentlich gemütlicher gewesen, doch ich wollte mich nicht beklagen. Mein Bett lag direkt am Fenster, und ich blickte in den mittlerweile völlig dunklen Himmel. Es war schwül, und der Lärm von Motorrädern und Menschen drang herauf.

Oh Gott, flehte ich, bitte lass uns diesen Paolo finden!

Noch bevor Paps am nächsten Morgen wach war, tat ich das, was ich am Vortag unterlassen hatte: Ich versuchte mitzudenken. Ich hatte echt keinen Bock mehr, Paps noch mehr zu verärgern. Also suchte ich auf der Karte die Corso Sicilia. Sie war dick und fett eingezeichnet und gar nicht weit von uns entfernt. Nach einem ausgiebigen Frühstück war Paps bereit, sofort mit mir loszuziehen.

Die Via Etnea schien eine der Hauptmeilen des Zentrums zu sein. Hier gab es offensichtlich auch die meisten Geschäfte und Straßencafés. Das Zentrum wirkte, ähnlich wie in Palermo, durch den dunklen Straßenbelag eher verkommen und schmutzig, und die verlotterten Hausfassaden gehörten mittlerweile längst zum Stadtbild.

Die Via Etnea weitete sich zu einer großzügigen Piazza, die ich auf der Karte als Piazza Stesicoro eingekreist hatte. Von hier aus war es nicht mehr weit. Auf der Piazza verweilten wir kurz und sahen uns um. Eisleckende und kartenstudierende Touristen ruhten sich auf den Steinbänken unter den Palmen aus. Vermutlich würde hier am Abend nach der Siesta-Zeit einiges los sein. Hinter dem Platz begann ein Straßenmarkt, dessen Größe ich von hier aus schlecht abschätzen konnte.

Die Corso Sicilia, die offensichtlich das Bankenzentrum bildete und sich mit der Via Etnea kreuzte, wirkte breiter und gepflegter als die meisten anderen Straßen hier. Es war nicht schwer, die richtige Adresse zu finden. Nun brauchten wir nur noch in die Bank reinzuspazieren und nach diesem Paolo zu fragen, und schon bald würde ich Domenico wiedersehen ... Bei dem Gedanken zersprang ich beinahe.

Doch tausend Ängste fraßen sich wie Würmer durch meinen Verstand. Würde es wirklich so einfach werden? Was, wenn Paolo gerade im Urlaub wäre? Oder gar nicht mehr hier arbeitete? Wenn er die Zwillinge nun doch nicht kannte? Ich war froh, dass das Innere des Gebäudes mit Klimaanlagen ausgestattet war, denn die Hitze und all diese unerträglichen Gedanken formten in meinem Magen einen klumpendicken Staudamm, hinter dem sich eine geballte Ladung Tränen ansammelte für den Fall, dass wir hier wieder nichts erfahren würden.

Am Empfang saß eine blonde Tussi mit eiskalten Gesichtszügen und hochmütig nach unten verzogenen Mundwinkeln, aber Paps sah mit seinem Arztkoffer einem Finanzberater so zum Verwechseln ähnlich, dass sie uns, ohne eine Miene zu verziehen, bei Paolo Rigatori anmeldete. Danach durften wir sogar in der Lounge mit den teuren braunen Ledersofas Platz nehmen. Meine Lungen fühlten sich sehr eng an, während wir warteten und die Leute beobachteten, die hier ein und aus gingen, fast alles Geschäftsleute mit Laptop-Taschen und geschniegelten Anzügen. Die Vorstellung, dass Domenico und Mingo in ihren versifften Klamotten hier reinspaziert waren, war allerdings ein bisschen abstrakt! Ich hoffte, Salvatore hatte uns kein Märchen erzählt.

Paolo Rigatori ließ unverschämt lange auf sich warten. Ich hatte das Gefühl, demnächst zu sterben. Wenn er nicht kommen würde, wusste ich nicht, was ich tun würde. Er war meine einzige und letzte Hoffnung. Aber mittlerweile waren zwanzig Minuten vergangen, und ich sah Paps' Gesicht an, dass er im Begriff war, diese Sache demnächst abzubrechen.

Ein kleiner Mann mit Krawatte und streng mit Gel zurückgestrichenem Haar trat aus einem Aufzug. Er war noch jung; ich schätzte ihn um die Mitte zwanzig. Er blickte suchend umher, und sein stechender Blick blieb schließlich bei Paps und mir haften.

Ich sprang auf, doch Paps war schneller.

«Signore Rigatori?»

Der Mann nickte. Er roch streng nach After Shave. «Sie kommen aus Deutschland, sehe ich das richtig?», fragte er in einwandfreiem Deutsch. Vermutlich war er als Gastarbeitersohn in Deutschland aufgewachsen, hatte dort die Schule besucht und war später hierher in seine Heimat ausgewandert, wie es viele Sizilianer taten. Er sah seinem Cousin Salvatore überhaupt nicht ähnlich.

«So ist es», bestätigte Paps und spielte sofort seinen Trumpf aus, indem er sich als Doktor Fischer vorstellte. Doch das schien auf den kühlen Paolo keinen Eindruck zu machen.

«Ich nehme an, Sie haben einen Grund, warum Sie hier sind?» Sein Gesicht war ohne jeden Ausdruck, seine Stimme hatte einen unangenehm näselnden Beiklang. Er hob seinen Arm und warf einen gestressten Blick auf seine teure Designer-Uhr.

«Nun, wir werden Sie nicht lange aufhalten», sagte Paps, der Paolos Ungeduld sehr wohl bemerkte. «Wir hätten da nur eine Frage. Meine Tochter sucht ihren Freund und denkt, dass Sie ihn kennen müssten.»

Ich war natürlich sofort mit dem Foto zur Stelle und zeigte es Paolo, dessen Gesichtsausdruck noch frostiger wurde.

«Ein Verwandter von Ihnen in Monreale hat uns Ihre Adresse gegeben. Es geht um Zwillingsbrüder, die er zu Ihnen geschickt hat», doppelte Paps nach.

Etwas in Paolos Blick verwandelte sich, als er das Bild betrachtete. Ich konnte nicht genau sagen, was es war, aber ich war sehr begabt darin, Leute und ihre Gesichtsausdrücke zu beobachten. Und die Regung, die sich da auf Paolos Gesicht abspielte, konnte man eigentlich nicht haben, wenn man die Person auf dem Foto nicht kannte. Jede einzelne Faser meines Körpers war zum Zerreißen gespannt.

«Es tut mir leid, aber diesen Jungen habe ich nie gesehen», sagte Paolo bestimmt und gab mir das Foto zurück.

«Sind Sie sicher?», fragte ich, während sich ein Feuerball in meiner Kehle bildete, der bereit war, alles niederzubrennen. An Paolos Schläfe trat eine pochende Ader zum Vorschein.

«Nun, wenn ich es dir doch sage!», wiederholte er streng. Der unheilschwangere Ton in seiner Stimme hätte mich endgültig aufhorchen lassen müssen, doch der Feuerball loderte so heftig in mir, dass ich weit über meine Grenzen schritt.

«Das kann nicht sein, Sie müssen ihn kennen!», brauste ich auf, und Paps fasste mich derb am Arm.

«Ich kenne ihn nicht!», betonte Paolo mit noch stärker pulsierender Ader. «Und nun entschuldigen Sie mich bitte, ich habe einen wichtigen Termin!»

Und ehe ich mich's versah, hörte ich nur noch das kühle Echo seiner davoneilenden Schritte durch das Foyer hallen.

«Aber ...»

«Maya, wenn der Mann sagt, dass er ihn nicht kennt, müssen wir das akzeptieren», wies mich Paps streng zurecht. Er seufzte und legte mir die Hand auf die Schulter. «Also, dann lass uns gehen!»

«Er lügt, Paps!», rief ich mit aufwallender Wut in meiner Stimme und stampfte heftig mit dem Fuß. «Er lügt!»

«Pssst, Maya, bitte ... wir können es nun mal nicht ändern.»

«Hast du nicht seinen Blick gesehen, Paps? Er hat Domenico erkannt! Aber er gibt es nicht zu. Wetten, der Typ gehört zur Mafia!»

«Maya, darüber redet man hier nicht!», schimpfte Paps.

Aber der Staudamm war nun gebrochen; als wir draußen waren, schwappten meine angestauten Tränen vollends über. Ich wusste, dass es blöd war zu weinen. Ich hatte ja gewusst, dass ich mir im Prinzip nicht das geringste Gramm Hoffnung hätte machen dürfen, und trotzdem hatte ich genau das getan. Ich hatte auf ein Wunder gehofft, ich war im tiefsten Innern fest überzeugt gewesen, dass Gott meine Gebete erhören und mich Domenico finden lassen würde. Diese hohle Enttäuschung schmeckte wie bittere Galle.

«Komm, lass uns irgendwo ein Eis essen!», wagte Paps den schwachen Versuch, mich damit zu trösten. «Beim Domplatz gibt es bestimmt Eisdielen.»

Ich trottete Paps schniefend hinterher, und mir war vollkommen egal, was wir nun unternahmen. Ich hatte weder Hunger noch Durst, noch fühlte ich sonst etwas anderes als nur diese abgrundtiefe Trauer. Wenn meine Gebete eh nur bis zur Zimmerdecke kamen ... War die Sache, dass es einen Gott gab, der einem zuhörte, am Ende nur ein schönes Märchen?

Meine Laune wurde noch übler, als kein Schattenplatz in der Gelateria mehr frei war und uns nichts anderes übrig blieb, als uns in die pralle Sonne zu setzen. Immerhin hatte ein kühlender Wind eingesetzt, der jedoch im Begriff war, sämtliche Servietten vom Tisch zu wehen.

«Tja, so ist das Leben manchmal. Man bekommt eben nicht immer, was man will», sagte Paps, als wir unser Eis löffelten. Er versuchte immer noch, mich aufzumuntern, aber diese abgedroschene Floskel war so ziemlich das Letzte, was ich hören wollte. Zum Glück hatte ich meine Sonnenbrille aufgesetzt, so dass Paps meinen wütend funkelnden Blick nicht sehen konnte. Das Stracciatella-Eis, das ich bestellt hatte, schmeckte wie Pappe.

«Also, wenn du willst, können wir nach der Siesta-Zeit noch zur Polizeiwache gehen und uns dort nach dem Jungen erkundigen», sagte Paps unvermittelt. «Wenn der ja eh alle naselang mit der Polizei in Konflikt kommt, werden die dort bestimmt etwas wissen!», fügte er grimmig hinzu.

Ich starrte Paps durch meine Sonnenbrille hindurch an. Obwohl in seinen Worten eine deutliche Prise Sarkasmus lag, fühlte ich, wie die Wut in mir langsam verrauchte. Da war eine dünne Hoffnung, so dünn wie ein Seidenfaden – doch es war immerhin noch *eine einzige Hoffnung*.

Es war fünf Uhr, als wir aufbrachen. Die Wache lag ganz in der Nähe der Piazza Stesicoro. Das Gebäude war ziemlich groß, und der Haupteingang bestand praktisch nur aus Glasfenstern. Ein hellblaues Schild mit der Aufschrift POLIZIA hob sich von der rotbraunen Hausfassade über dem Eingang ab. Wir gingen durch die Tür und sahen uns in dem neonbeleuchteten Inneren nach einem Empfangsschalter um. Ein Polizist in voller Dienstmontur winkte uns aus einer Glaskapelle, und wir traten zu ihm. Ich hielt das Foto von Domenico in meinen schwitzenden Händen bereit und schickte eine neue Serie Stoßgebete zum Himmel. Bitte, Gott, lass uns diesmal Glück haben, dieses eine Mal!

Doch der Polizist warf nur einen flüchtigen Blick auf das Foto, hob nichtssagend seine Schultern und deutete auf ein paar Stühle hinter einer Glaswand. Schon wieder ein Warteraum! Bestand der ganze Tag nur aus Warten?

Also setzten wir uns auf die unbequemen Stühle. Das Gebläse der Klimaanlage fegte einen kalten Luftstrom über unsere Köpfe hinweg. Ich hatte keine Jacke dabei und zog mich fröstelnd zusammen. Paps vertiefte sich wortlos in seinen Reiseführer und ließ mich mit meinen nagenden Gedanken ganz allein. Was geschah nun? Der Polizist am Empfang telefonierte kurz und knallte dann den Hörer auf die Gabel. Ich kaute auf meinen Lippen herum und starrte dabei auf die weiße Wand neben mir und auf das hässliche Kunstwerk, das da hing. Es war ein abstraktes Bild von einem Geigenspieler, der mit einem sauertöpfischen Gesicht auf seiner Violine fiedelte. Irgendein Witzbold hatte ihm sogar mit einem dicken Filzstift einen Schnurrbart gemalt. Mir wurde immer kälter, während scheinbar Ewigkeiten an mir vorbeizogen.

Endlich erschien in der Tür schräg gegenüber von uns ein gewaltiger Koloss von einem Polizisten mit einem gutmütigen Gesicht. Er winkte uns mit einem Nicken heran und führte uns durch einen langen Flur in sein Büro, in dem es roch, als sei schon seit Tagen nicht mehr gelüftet worden. Mit einem freundlichen «Prego!» wies der dicke Beamte auf die beiden Stühle vor seinem Schreibtisch, auf dem sich Berge von Akten und Papieren türmten. Auf einem verschmierten Namensschild, das halb unter einem Ordner begraben lag, las ich den Namen Carlo Bonti.

Bonti biss in ein Stück Pizza, das er neben sich auf einem Teller liegen hatte, fegte die Krümel beiseite und wischte sich die Hände an seiner Hose ab.

«Prego?», wiederholte er.

Ich reichte ihm wortlos das mittlerweile etwas zerknitterte Foto von Domenico über den Tisch und hätte gleich darauf am liebsten protestiert, als sich seine speckigen Finger darumlegten. Pizza-Abdrücke auf Domenicos Gesicht, das hatte mir gerade noch gefehlt!

Bonti verlor nicht viele Worte. Er betrachtete das Foto, und seine kleinen Augen verschwanden dabei beinahe hinter den Fettpolstern seiner dicken Bäckchen. Dann stand er auf und ging hinüber zum Regal, das vor lauter Aktenordnern beinahe aus den Nähten platzte. Er zog einen grauen Ordner heraus und brachte ihn zum Schreibtisch. Während er sich Zeit nahm und in den Unterlagen blätterte, verschlang er ein weiteres Pizza-Stück. War es möglich, dass dieser Mann uns wirklich weiterhelfen konnte? Ich wagte kaum zu hoffen ...

Umso überraschter war ich, als er mir ein kleines schwarzweißes Passfoto vor die Nase schob. Auf dem Foto war ein gut aussehendes, gepierctes Jungengesicht mit finster dreinblickenden Augen und hohen Wangenknochen zu erkennen, und mein Herz machte einen dreifachen Überschlag. Ohne jeden Zweifel ... das war Mingo! Ich musste mich gewaltig beherrschen, um nicht vor Freude an die Decke zu springen.

«Na also ...», murmelte Paps, und an Bonti gewandt: «Indirizzo? Telefono?»

Doch Carlo Bonti schüttelte bedauernd den Kopf.

«Non esiste il numero di telefono né l'indirizzo», sagte er, und es brauchte nicht viel, um das zu verstehen. Meine Hände sanken enttäuscht in den Schoß.

Bonti erhob sich wortlos von seinem Stuhl, schlurfte aus dem Büro und kam schließlich mit einem seiner Kollegen zurück, der ein wenig Deutsch sprach.

Und dann bekam ich zu hören, was ich nicht hören wollte:

Ja, dieser Junge auf dem Foto war ein paar Mal auf der Wache gewesen. Verdacht auf illegalen Drogenbesitz. Ja, vermutlich Zwillingsbrüder. Nein, Adresse existiert nicht. Straßenkinder. Niemand weiß, wo sie wohnen.

Ich starrte Bonti und den anderen Polizisten lange an. Die Uhr an der Wand tickte leise. Wellen der Enttäuschung bauten sich langsam in meinem Körper auf und schwappten über mich hinweg, und ich kippte vornüber und fing einfach an zu heulen. Ich verlor jegliche Hemmung.

Paps stützte mich. Mein Magen krampfte sich schmerzhaft zusammen. Nicht schon wieder! Nicht schon wieder eine bittere Pille. Ich ertrug es nicht mehr. Ich heulte einfach, und Paps tröstete mich. Carlo Bonti brachte mir irgendwann eine Tasse Kakao. Ich wusste nicht, wie viel Zeit verging. Die Zeit existierte gar nicht mehr.

Es war aber nur eine Stunde später, als wir die Wache verließen, und ich fühlte mich, als hätte ich meine Seele irgendwo verloren.

Die Spur war verwischt und verlief sich langsam, aber sicher immer mehr im Sand.

8. Das Mädchen mit den roten Haaren

Ich konnte nicht schlafen. Paps' Sägewerk hielt mich auch diese Nacht wieder ganz schön wach. Außerdem schienen die Sizilianer nie müde zu werden; durch die Straßen hallten Gelächter, Musik und Motorradlärm. Ich stand schließlich auf und zog sachte den Vorhang beiseite. Das helle Licht einer Straßenlaterne fiel schräg ins Zimmer rein. Paps murmelte und drehte sich auf die andere Seite.

Auf Zehenspitzen tappte ich auf den kleinen Balkon. Ein lauer Wind kühlte mein heißes Gesicht. Auf der Terrasse des gegenüberstehenden Hauses funkelten bunte Lampions. Ich schloss meine Augen und gab mich eine Weile einfach diesen lebhaften Geräuschen hin. Mochte vielleicht auch Domenico unter all diesen vielen Stimmen sein? Gott allein wusste, wo Nicki jetzt in diesem Augenblick war …

Ich vergrub mein Gesicht in meinen Händen. Ich hatte schon von Menschen gehört, die eine Art übernatürliche Eingebung gehabt hatten, ein inneres Bild oder eine Vision. Vielleicht war das ein verrückter Gedanke, aber was, wenn das bei mir auch funktionieren würde? Im Grunde hatte ich ja überhaupt keine andere Hoffnung mehr. Alles andere konnte ich mir aus dem Kopf schlagen, nachdem ich mir an diesem Abend an der Hotelrezeption ein Telefonbuch ausgeliehen hatte, nur um mich zu vergewissern, dass Domenicos Name tatsächlich nirgendwo zu finden war.

Also schloss ich die Augen und begann mit aller Feuersglut zu beten. Ich bestürmte den Himmel geradezu. Ich hatte den Eindruck, dass Gott mir wirklich zuhörte, ja, ich glaubte sogar zu fühlen, wie er mir zulächelte. Dann horchte ich ganz tief in mich hinein. Ich suchte alles in mir ab, jeden Winkel, jede Faser, ob da nicht irgendwo ein verborgenes inneres Wissen war, eine Eingebung, eine Wahrnehmung.

Aber ich fand nichts, nicht die geringste Spur. Kein inneres Bild und keine Stimme ... Nur ein einziges, großes, leeres Fragezeichen. Ich schüttelte traurig den Kopf. Meine Euphorie, die vorher für kurze Zeit aufgekeimt war, war bereits wieder verschwunden. Irgendwie funktionierte das bei mir nicht richtig.

Geschlagen und zutiefst enttäuscht legte ich mich wieder ins Bett. Die Suche war zu Ende, definitiv. Vielleicht wollte Gott ja gar nicht, dass ich Domenico fand. Vielleicht wollte er mich ja vor etwas bewahren. So musste es wohl sein, doch das tröstete mich nicht im Geringsten. Im Gegenteil, um mein Herz krallte sich eine bittere Wurzel und ließ mich in einen unruhigen Halbschlaf fallen, der von wirren Träumen durchdrungen war.

«Guten Morgen, Maya!», begrüßte Paps mich am nächsten Tag betont fröhlich, und sein Gesicht wirkte so entspannt wie noch nie zuvor in diesem Urlaub. Na ja, schließlich hatte er seine Pflicht nun erfüllt, und dass wir Domenico nicht gefunden hatten, war ihm bestimmt nur mehr als recht!

«Na, was meinst du, wollen wir heute etwas Schönes unternehmen? Wir könnten uns den Park ansehen oder ein bisschen über den Straßenmarkt schlendern.»

Ich vergrub wütend und verzweifelt meinen Kopf unter dem Kissen. Ich wollte am liebsten gar nicht aufstehen und erst recht nicht Papas heiteres Gesicht sehen.

«Na, Maya?» Ich spürte, dass Paps neben meinem Bett stand und irritiert auf mich runtersah, und wühlte mich noch mehr ins Kissen. Schließlich hörte ich, wie er sich leise davonstahl und im Bad verschwand. Ich kroch vorsichtig unter dem Kissen hervor und blinzelte ins Tageslicht. Mein Blick blieb an den Schulbüchern auf dem Nachtschränkchen neben meinem Bett haften. In diesem Moment hasste ich diese Bücher wie noch nie zuvor.

Schließlich kam Paps wieder heraus. Sein Blick fiel sofort auf mich. Dieser traurige und enttäuschte Blick, der mir durch Mark und Bein ging und meine Seele fast zermarterte. Er versuchte zu lächeln, doch es wirkte wie eine aufgesetzte steife Maske. Überhaupt nicht so, wie Gott mir am Vorabend zugelächelt hatte.

Paps' Augen ruhten fest auf mir. Er wartete immer noch auf eine Antwort. Was wollte er denn hören? Er wollte natürlich, dass ich mich fügte. Ich drehte meinen Kopf weg.

«Hör mal, Maya, wenn ich könnte, würde ich dir ja den Jungen gerne ausfindig machen. Aber das kann ich nun mal nicht!» Er rang hilflos die Hände. «Willst du nun die beleidigte Leberwurst spielen? Ich kann dir wirklich nicht mehr helfen! Oder willst du, dass ich mit dir bete?»

Er setzte sich zu mir auf die Bettkante.

«Hab ich schon gemacht!», murmelte ich bitter.

«Na also. Komm, lass uns in den Park und zum Straßenmarkt gehen. Ich möchte wahnsinnig gerne dahin. Du nicht?»

Es kam selten vor, dass Paps in diesem bittenden Tonfall mit mir redete. Dieses Mal lag nichts Forderndes in seiner Stimme. Ich drehte mich wieder zu ihm um und wagte es, ihm in die Augen zu blicken. Auf einmal schämte ich mich abgrundtief für mein Verhalten. Paps konnte ja wirklich nichts dafür ...

«Na gut, Paps ... tut mir leid ...»

Sofort zeigte Paps' Gesicht wieder ein echtes Lächeln. Und einen klitzekleinen Moment hatte ich das Gefühl, dass auch Gott schmunzelte.

Ich ging ins Badezimmer und duschte mich. Dann schlüpfte ich in ein frisches Sommertop und Jeansshorts. Meine Haare sahen schrecklich plattgedrückt aus. Ich knetete eine ordentliche Portion Gel rein, so dass sie in sanften Wellen über meine Schultern fielen. Als ich rauskam, stand Paps abmarschbereit da, in seinen gestreiften dunkelgrauen Hosen und mit Koffer, Kamera und Sonnenbrille bewaffnet.

«Willst du wirklich schon wieder den Koffer mitschleppen?», fragte ich entsetzt.

«Natürlich! Was ist, wenn wir einem Unfall begegnen und Erste Hilfe leisten müssen?»

Na, ob Paps nicht auch ein bisschen verrückt war? …

Auch heute brannte die Sonne mit aller Kraft. Kein Wunder, dass das Land so ausgedörrt war. Ob es hier eigentlich auch mal regnete? Unterwegs zum Bellini-Park fotografierte ich ein paar Seitenstraßen und Laternen. Paps konnte das nicht verstehen: «Aber Maya, spar dir doch den Film lieber für Sehenswürdigkeiten auf! Wozu willst du denn diese gewöhnlichen Straßen da fotografieren?»

Ich erklärte Paps, dass ich mich später lieber an die Straßen und das Leben hier erinnern wollte als an Monumente und Kirchen. Er sah mich an mit einem «Na, *du* musst es ja wissen»-Gesicht.

Gleich hinter dem Eingangstor des Parks erstreckte sich ein weiter Vorplatz, mit Palmen und einem großen Springbrunnen, der seine Fontänen in die Luft jagte. Paps spendierte mir ein Eis, und ich setzte mich an den Brunnenrand und ließ mich von den kühlen feuchten Schauern erfrischen. Die Sonne zeichnete interessante Reflexe auf das grüne Wasser. Paps stellte sich ein paar Meter vor mir auf und schoss ein Foto von mir und meinem Rieseneis, das fast schneller über meine Hand tropfte, als ich es essen konnte.

Hinter dem Brunnen schlängelten sich links und rechts zwei Wege den Hügel zu einem schmucken Pavillon hinauf. Die Blumenrabatten waren zu Zahlen und Buchstaben geformt, die das heutige Datum zeigten. Schon fünf Tage dieses Urlaubs waren verflossen … Ich schluckte den schweren Kloß runter, während ich Paps den gepflasterten Weg hinauf folgte.

Der kunstvoll verschnörkelte Pavillon zog Papas Aufmerksamkeit sofort auf sich und entlockte selbst mir mehr als nur einen flüchtigen Blick. Zudem hatte man hier oben einen fantastischen Ausblick auf den Ätna. Ich dachte an das, was ich gelesen hatte: nämlich dass Catania sieben Mal durch einen Vulkanausbruch oder ein Erdbeben zerstört und wieder neu aufgebaut worden war. Musste man hier nicht ständig mit dieser Angst leben? Wie wurden die Leute damit fertig? Wie wurde Domenico damit fertig? Verflixt, meine Gedanken waren schon wieder bei ihm ...

«Stell dich doch mal vor diesen Pavillon, Maya. Ich will ein Bild von dir machen!», rief Paps munter. Na gut ... wieder ein Bild mehr fürs Familienalbum ...

Während Papas Foto-Shooting überfielen mich wieder Trübsalswehen. Wohin ich auch ging und blickte, ich stellte mir überall vor, dass Domenico auch schon an diesem Ort gewesen war. Vielleicht sollte ich mich einfach die nächsten Tage irgendwohin setzen und mich nicht von der Stelle rühren, bis er bei mir auftauchte ...

Später, gegen Mittag, schlenderten wir gemächlich durch die Via Etnea zurück zur Piazza Stesicoro und zum Straßenmarkt, den wir am Vortag entdeckt hatten. Das war eher nach meinem Geschmack als die öden Statuen im Park. Aber die vielen Leute! Je mehr wir uns in das Getümmel wagten, desto enger zusammengepfercht standen die Menschen und die Marktbuden.

Hier gab es wirklich alles zu kaufen: Schmuck, Ramsch, Souvenirs, Küchengeräte, Spielsachen, Klamotten, CDs, Schuhe, Bettwäsche, aber auch Obst, Gemüse, Fleisch und Fisch. Ich kaufte mir eine Haarspange mit einer roten Blume, die ich mir gleich ins Haar steckte, außerdem ein dunkelblaues T-Shirt und eine Muschelkette. Paps erstand einen Ledergürtel für Mama. Ein junger Markthändler pfiff mir *Ciao Bella* hinterher. Ich verdrehte die Augen und ging weiter.

«Ick hab det aba bezahlt, und damit basta!»

Ich wandte mich um, um zu sehen, woher dieser starke Berliner Akzent kam. Ein kleingewachsenes Mädchen mit tomatenrotem Haar stritt sich heftig mit einem Schmuckverkäufer. Ich quetschte mich durch die Leute und hielt meine Handtasche fest. Paps hatte mir energisch eingeschärft, gut auf meine Sachen aufzupassen. Der Mann und das Mädchen schrien sich immer heißblütiger an (mit Worten, die man sicher in keinem Wörterbuch nachschlagen kann), und schließlich stampfte das Mädchen schmollend davon. Ich blieb stehen und betrachtete die Schmuckauslage, während der Verkäufer sich genervt den Schweiß von der Stirn wischte. Da entdeckte ich zwei wunderschöne Glasperlenketten, von denen ich wusste, dass sie Delia und Manuela gefallen würden.

«Ciao Bella, ti piccano i gioielli?»

«Äh ... h-hallo!» Nicht schon wieder jemand, der mich auf Italienisch anquatschte!

«Sorry, non parlare Italiano», sagte ich etwas ungeschickt. «Ich spreche Deutsch!»

«Oh, Deutschland?»

«Ja», sagte ich gelangweilt. Eigentlich hatte ich gar keinen Bock, mich mit ihm zu unterhalten. Der Typ wollte mich ja doch nur anmachen.

«Pelle bianca!» Er zeigte auf meine recht blassen Arme. «Come ti chiami?»

«Maya!» Derselbe Fehler wie bei Salvatore würde mir hier jedenfalls nicht mehr unterlaufen!

«Maya? Sehr schöne Name! Isch mir nenne Pasquale. Misch in Deutschlanden geboren. Papa Deutsch, Mama Sicilia!»

Mit einem Schlag hatte Pasquale meine ganze Aufmerksamkeit gewonnen. «Genau wie mein Freund!», entfuhr es mir.

«Deine Freund? Er auch seine Name nenne Pasquale?»

«Nein, das meine ich nicht. Ich meine nur, dass mein Freund auch einen deutschen Vater und eine sizilianische Mutter hat.»

«Ah, oh, capito!» Pasquale nickte gewichtig. «Aber warum du bist so alleine? So eine hübsche Ragazza! Wo iste deine Freund?»

«Nicht hier ... Ich habe ihn verloren!»

«Verloren? Povera carusa! Das mir mache sehr traurige. Kann isch helfe?»

«Helfen ... nein ... oder doch! Warte!» Na klar! Warum fragte ich nicht einfach die Leute hier am Stand? Ich wühlte in meiner Handtasche und brachte das Foto zum Vorschein. «Hier, so sieht er aus!»

Pasquale beugte sich vor und kniff die Augen zusammen, um das Bild besser sehen zu können. «Nico? Nico iste deine Freund? Tute le ragazze sonno innamorate di lui! Veramente carino ... hubsche Gesischt ... Er hat viele Freundin!»

Alle Menschen um mich herum bewegten sich auf einmal wie in Zeitlupe, und die Geräusche waren verstummt, als hätte ich Watte in den Ohren.

«W-was hast du gesagt?» Mein Mund redete zwar, aber ich hörte meine Stimme nicht. So fühlte es sich an, wenn man drauf und dran war, aus einem schönen Traum zu erwachen. Ich sah Pasquales Lippen, die eine Antwort formten, ich fühlte alles in mir beben und hatte große Angst, dass irgendwo ein Wecker klingeln würde.

«... Piazza. Malen. Schöne Bilder!», hörte ich den letzten Teil von Pasquales Satz. «Quadri fantastici ... beste Maler von allen! Deutsche Ragazza mit rotes Haar ... iste Freundin von ihm.»

Eine Kirchturmglocke läutete. Gott sei Dank kein Wecker. Paps kam auf mich zu und fasste mich am Arm. Ich stand da wie aus Blei gegossen und starrte auf das Foto in meiner Hand und dann auf Pasquale.

«Na, Maya? Hast du etwas gefunden, was dir gefällt?»

«Ja», sagte ich fassungslos. «Nicki!»

Und ich erzählte Paps, was ich soeben erfahren hatte. Langsam bewegte sich die Welt um mich herum wieder normal, und ich hatte erfasst, dass es kein Traum war. Ich wandte mich wieder an Pasquale.

«Das rothaarige Mädchen ... Wo ist sie hin?»

«Musste gehen zu Piazza Stesicoro. McDonald's.»

«McDonald's?» Ich hatte es so eilig, dass ich ganz vergaß,

mich zu bedanken. Ich hätte die Menschenmenge am liebsten niedergeboxt, um so schnell wie möglich wieder zur Piazza Stesicoro zu gelangen. Ich blickte mich nicht mehr nach Paps um und versuchte mit aller Kraft, mir einen Weg durch die Leute zu bahnen. Auf der Piazza Stesicoro packte mich für einen Moment die Verzweiflung. Wo um alles in der Welt gab es hier einen McDonald's? Doch dann, nach mehrmaligem Hinschauen, entdeckte ich hinter Autos, Palmen und Laternen einen ziemlich unscheinbaren Eingang mit dem typischen gelben «M». Vermutlich war es der Hintereingang.

Ehe Paps neben mir stand, rannte ich auf die andere Straßenseite und stürmte zur Tür rein. Ein langer Flur führte mich an den Donuts vorbei in die große Halle, wo ellenlange Menschenschlangen an der Theke warteten. Doch wohin ich mich auch wandte, ich konnte nirgends diesen tomatenroten Haarschopf erkennen. Ich drehte mich wieder um und raste beinahe in Paps hinein, der mir gefolgt war.

«Maya, was soll ...»

Aber ich hatte es eilig. Ich musste unbedingt jemanden fragen, sonst war das Mädchen womöglich schon wieder über alle Berge. Also knöpfte ich mir den Donut-Verkäufer vor, der einsam an seiner Theke auf Kundschaft wartete.

«Prego?»

«Ragazza ... capelli ... rossi!», keuchte ich. «Dove?»

Das genügte offensichtlich. Der Mann zeigte nickend auf die Tür. Scheinbar war das Mädchen bereits wieder draußen.

«Maya, nun hetz doch nicht so rum!» Paps war mir gefolgt und machte ein ziemlich gereiztes Gesicht. Aber ich wollte das Mädchen auf keinen Fall verpassen! Es war, als ob ich die letzten Meter auf der Zielgerade laufen würde. In freudiger Erregung wischte ich mir die gelverklebten Haare aus der Stirn und öffnete die Tür nach draußen.

Und dann sah ich sie auf der Piazza stehen.

Sie lungerte neben einem Eisstand rum. Ihr Haar leuchtete wirklich in dem himmelschreiendsten Rot, das ich je gesehen hatte. Es war strähnig und so unbändig, dass es dem Mädchen scheinbar nicht gelungen war, die einzelnen Haarbüschel zu einer vernünftigen Frisur zusammenzukratzen. Sie lösten sich aus dem dünnen Knoten, der an ihrem Hinterkopf baumelte, und standen nach allen Seiten hin ab.

Das Mädchen war klein, ja beinahe winzig, und sehr zierlich. Fast wie eine Feder. Ihr bunter Rock, der ihr viel zu lang war, bedeckte ihre Füße und war um die Taille mit einem gelben Häkeltuch festgebunden. Ihr dunkelviolettes T-Shirt war mit Pailletten bestickt und schillerte in der Sonne. Um ihren geschmeidigen Hals zogen sich viel zu schwere Holzperlenketten. Sie sah aus wie ein Hippie aus den Siebzigern, der sich in der Zeit geirrt hatte. An der Hand hielt sie ein anderes Mädchen, das nicht viel kleiner war als sie selbst, aber wesentlich jünger wirkte, zwölf Jahre alt vielleicht.

Sie bemerkte, dass wir sie anstarrten, und wandte uns ihr Gesicht zu. Ihre Augen waren beinahe farblos, doch voll sprühender Lebenskraft.

Das jüngere Mädchen an ihrer Hand hatte im Gegensatz zu ihr ein hartes Gesicht und sehr dunkle, mandelförmige Augen. Dichtes schwarzes Haar fiel wie ein Vorhang um ihr Gesicht. Obwohl sie noch sehr jung war, trug sie schon ein bauchfreies Top und ein Nabelpiercing. Wahrscheinlich waren die Kids hier «frühreifer» als bei uns ...

«Hallo!», sprach ich das rothaarige Mädchen an. «Du sprichst Deutsch, nicht wahr?»

Das Mädchen legte keck den Kopf schief. Nicht nur die Augen, auch ihre Haut wirkte wie Pergament, fast als wäre sie vorzeitig gealtert. Die kaum vorhandenen Augenbrauen waren mit einem dunklen Kajalstift nachgezogen und die Wimpern mit fetter schwarzer Tusche durchtränkt, die leicht verschmiert war. Wie alt mochte das Mädchen sein? Sie war fast einen ganzen Kopf kleiner als ich.

«Ja, ick bin Berlinerin», sagte sie. Ihre Stimme war ungewöhnlich rau und tief und bildete einen seltsamen Gegensatz zu ihrer Zierlichkeit. Das sollte Domenicos Freundin sein? Ich meine, sie konnte ja nichts dafür, aber als hübsch konnte man sie wirklich nicht bezeichnen. Ihre Augen sahen aus wie zu groß geratene Murmeln und musterten mich unverblümt.

«Hey, dich kenn ick doch!», rief sie überrascht aus.

Wie bitte? Langsam wurde das Ganze echt sonderbar. Sie konnte mich doch gar nicht kennen! Ich hatte sie ja noch nie gesehen. Außerdem lag Berlin nicht gerade um die Ecke. Aber langsam hatte ich mich ja daran gewöhnt, dass die Leute mich hier dauernd komisch anstarrten. Vermutlich sah ich einem italienischen Star ähnlich oder so was in der Art.

«Kaum», sagte ich deshalb. «Lebst du hier unten?»

Sie nickte heftig. «Jep! Bin vom Piratenschiff jetürmt!»

«Also …» Bevor ich mit dieser verwirrenden Antwort klarkam, richtete sie ihren Blick auf Paps, der mit seinem Arztkoffer fast reglos neben mir stand, als würde er auf einen Zug warten.

«Boah, der sieht ja aus wie 'n Geheimagent! Seid ihr beede verwandt?»

«Das ist mein Vater», erwiderte ich belustigt und schüttelte insgeheim den Kopf über dieses eigenartige Mädchen.

«Deen Vatta?» Das Mädchen reckte den Hals. Sie hatte eine ziemlich vorstehende Nase, fast wie eine kleine Spitzmaus.

«Er ist Arzt», fügte ich hinzu.

«Boah!» Sie ging um Paps herum und betrachtete ihn wie eine Wachsfigur in einem Museum. Es war mir langsam ziemlich peinlich. Paps äußerte sich mit keinem Mucks.

«Det is stark! Ick will ooch so 'n Vatta! Verkaufste mir den?» Sie wirbelte herum und grinste mich erwartungsvoll an. Das wurde ja immer schlimmer! Das andere Mädchen mit den schwarzen Haaren wippte ungeduldig mit dem Fuß.

«Tschuldije, det war 'n doofer Witz, wa?» Das rothaarige Mädchen hielt sich verlegen die Hand vor den Mund. Ihr anderer Arm baumelte bewegungslos zwischen ihren Rockfalten.

«Schon gut», sagte ich versöhnlich, obwohl ich ihre Art von Humor ein bisschen abartig fand. Paps räusperte sich und nestelte an seinem Koffer. Die Schwarzhaarige bedachte mich mit einem gelangweilten Blick und schob sich einen Kaugummi in den Mund. Ihre Augen ... Ich wusste nicht, was es war, aber in ihrem Blick lag so viel Ablehnung, dass ich mich abwenden musste.

Das rothaarige Mädchen streckte mir ihre Hand hin.

«Ick heeße übrijens Jenny! Kiek ma, sie haben meene Hand abjehackt!»

Ehe ich etwas darauf erwidern konnte, streckte sie mir auch ihren anderen Arm hin. Tatsächlich hatte sie an diesem Arm keine Hand, sondern nur einen traurigen, toten Stumpf. Ich wich entsetzt einen Schritt zurück.

«W-wer hat dir die Hand abgehackt?», stammelte ich.

«Piraten», meinte Jenny gleichmütig.

«Also, das sieht eher angeboren aus», mischte sich Paps ein.

Jenny machte ein langes Gesicht, wie ein Kind, dem man erzählt hat, dass es den Weihnachtsmann in Wahrheit nicht gibt. Doch nur ein paar Sekunden später fing sie sich wieder.

«Und wie heeßt ihr?», fragte sie.

«Ich bin Maya.»

Sie hob ihre spitze Nase Richtung Paps. «Und du?»

«Ich ... nun gut, du kannst Martin zu mir sagen», meinte Paps in versöhnlichem Tonfall.

«Kann ick nich ooch Papa zu dir sagen?» Jenny schaute ihn treuherzig an und tänzelte vor ihm auf und ab.

«Also, nun hör mal ...» Paps holte verlegen Luft.

«Bitte!»

«Na schön ... von mir aus ...», brummte er.

Das schwarzhaarige Mädchen rollte genervt mit den Augen und zog aus seiner Hosentasche ein Päckchen Zigaretten hervor. Jenny reagierte blitzschnell und packte sofort ihre Hand. «Lass det! Du weeßt jenau, dass du det nich darfst! Deen Bruder killt mich sonst!»

Bruder ...? Als ich das dunkle Mädchen nun erneut anblickte, dieses schöne Kindergesicht mit den hohen Wangenknochen und den undurchdringlichen Augen, diese seltsame Mischung aus Abgebrühtheit und kindlicher Unschuld, stockte mir einen Moment lang der Atem, denn ich schaute in ein Gesicht, das ich fast ein Jahr lang in meinem Herzen getragen hatte. Ich wusste nun, wer dieses Mädchen war!

«Die Jöre is erst acht Jahre alt und macht schon eenen uff erwachsen», winkte Jenny verächtlich ab.

Acht Jahre alt? Das war der Hammer! Sie sah aus wie zwölf!

Ich holte aufgeregt das Foto von Domenico hervor.

«Dann kennst du ihn, nicht wahr?»

«Zeig her!» Jenny riss mir das Foto aus der Hand. «Boah, starkes Bild! Kiek ma, Bianca, die hat 'n Foto von Nico!»

Mein Magen purzelte ein paar Mal um die eigene Achse. Wir waren wirklich am Ziel! Das Mädchen war Bianca! Bianca, Domenicos kleine Halbschwester.

Bianca warf einen abschätzigen Blick auf das Foto und wandte sich kaugummikauend ab, als würde sie das gar nichts angehen. Doch ich war viel zu glücklich, um mich darüber zu wundern.

«Wo ist er? Ist er hier in der Nähe?»

«Wieso, willste dich mit ihm treffen?»

«Ehm ... ja ...» Ich musste vorsichtig sein, denn ich wollte auf keinen Fall eine Eifersuchtsszene riskieren. Doch Jenny wirkte weder verärgert noch misstrauisch.

«Der jobbt grad», sagte sie. «Entweder du wartest bis zum Feierabend, oder du jehst beim Da Vincenzo vorbei!»

«Da Vincenzo? Ich dachte ... er malt Bilder?»

«Ach weeßte, det reicht doch nich, der jobbt ma hier und ma da. Von irjendwat müssen wir ja leben, wa? Obwohl, wir zahlen ja keene Miete. Sieben Nasen uff zwee Räume, det is ziemlich eng, aba es jeht. Mann, ick bin froh, dass die mich uffjenommen haben. Sonst müsst ick auffe Straße poofen!»

Natürlich hätte ich gern mehr gewusst, doch ich war so nervös, dass ich kaum noch stillstehen konnte.

«Wie spät isset eijentlich?» Jenny packte meinen Arm und drehte ihn so, dass sie auf meine Armbanduhr schauen konnte. «Wat, schon halb fünfe? Ick muss los! Hab ooch'en Job ... helf Pasquale beim Uffräumen!» Sie zeigte Richtung Markt. «Springen immerhin 'n paar Kröten für mich ab. Is der eenzije Job, den ick kriejen kann. Mich will ja sonst keener. Darum!» Sie hielt uns wieder ihren Armstumpf hin. «Dabei würd ick so gern wieder auffe Schule jehn!»

«Heißt das, du gehst nicht zur Schule?», fragte Paps und beugte sich interessiert zu ihr runter.

«Nee, seit bald zwee Jahrn nich mehr. Seit ick hier unten lebe. Dabei bin ick eijentlich jern hinjejangen. Ick würd jern wat lernen und studieren. Nich so wie die Zwillinge, die sagen dauernd, sie hätten keen Bock mehr auffe Penne!»

Jennys Stupsnase berührte beinahe mein Kinn.

«Du machst sicher Abitur, wa? Du hast bestimmt total jute Noten!»

Volltreffer! Mein Lieblingsthema! Ich spürte Paps' bohrenden Blick im Nacken.

«Ja, ich werde Medizin studieren», sagte ich schnell. Ich hätte gern gewusst, was ein deutsches Mädchen wie Jenny hierher nach Sizilien verschlagen hatte. Sicher nicht Piraten. Das Mädchen hatte einfach eine abgedrehte Fantasie.

«Medizin? Boah, wirste ooch Ärztin?» Jennys weit aufgerissene Augen wanderten weiter zu Paps' Koffer. «Oh, haste da drin Medizin unn so?»

«Ja. Ich habe meine Sachen immer bei mir», sagte Paps mit erstaunlich ruhiger Stimme. Menschen wie Jenny waren ihm normalerweise fremd, aber er gab sich echt Mühe. Dafür war ich umso ungeduldiger. Ich wollte jetzt nicht über Medizin quatschen, sondern endlich Domenico wiedersehen!

Jenny, die offenbar vergessen hatte, dass sie Pasquale am Stand helfen wollte, riss ihre blassen Kulleraugen noch weiter auf. «Darf ick mir det ma ankieken?»

«Von mir aus!» Paps beugte sich über seinen Koffer und öffnete ihn behutsam. Jenny ging in die Hocke, um den Inhalt genau zu untersuchen. Ich trat nervös von einem Bein aufs andere. Die Tatsache, dass ich Domenico vielleicht in den nächsten Minuten sehen würde, brachte mich fast um den Verstand, und ich musste das letzte Restchen Geduld zusammenkratzen, um nicht laut loszuschreien.

Jenny nahm sich genüsslich Zeit. Mit ihren Fingern strich sie behutsam über jedes Utensil.

«Vorsichtig!», mahnte Paps. «Mach mir bitte, bitte ja nichts schmutzig!»

«Oh!» Jenny warf einen schuldbewussten Blick auf ihre nicht sehr sauberen Finger. Schnell wischte sie sich die Hand an ihrem Rock ab und begnügte sich nun damit, alles mit ihren Augen zu inspizieren. Ich seufzte laut. Das hier konnte sich bloß noch um Stunden handeln. Ich drehte mich zu Bianca um. Sie hatte sich inzwischen auf den Boden gesetzt und spielte gelangweilt mit ihrem Perlenarmband. Ihr Gesicht war hinter dem dichten Haarvorhang verborgen. Ob sie mir Antwort gab, wenn ich sie ansprach?

«Hallo, du wohnst mit deinen Brüdern hier, nicht wahr?» Es war wohl keine sehr intelligente Frage, aber mir fiel einfach nichts Besseres ein. Ihr Blick jagte beinahe elektrische Stromstöße durch meinen Körper. Frostig war noch sehr harmlos ausgedrückt. Das Mädchen hatte eindeutig nichts mit mir am Hut. Irgendwie hatte ich den Verdacht, dass meine harmlos gemeinte Frage in ihren Ohren schwerwiegender geklungen hatte als beabsichtigt, doch ich konnte mir nicht vorstellen, warum. Leicht verstört wandte ich mich ab.

Paps erklärte der wissbegierigen Jenny inzwischen jedes einzelne Werkzeug, vom Stethoskop bis zum Skalpell. Mein Geduldsfaden war beängstigend dünn. Ich sah keine andere

Möglichkeit mehr, als mich dreist einzumischen, wenn das Ganze hier nicht bis zum Abend dauern sollte.

«Du, Jenny ...» Ich klopfte ihr vorsichtig auf die Schulter. Sie wandte sich sofort zu mir um. Ihre dünnen Haarsträhnen standen wie ein feiner, elektrisierter Kranz von ihrem Kopf ab.

«Ja, wat denn? Hey, deen Vatta is echt geil!»

Paps räusperte sich verlegen.

«Du, Jenny, was ich dich fragen wollte ... Könntest du mir sagen, wo ich Nico treffen kann?»

«Ah ja, stimmt!» Sie schlug sich an die Stirn. «Sorry, sorry, ick quassle viel zu viel, ick weeß. Nico sacht det ooch imma!» Sie kicherte. «Der is eben am Arbeiten. Is aba janz hier in der Nähe. Musste nur die Via Etnea ruff bis zum Park, und dann rechts. Da Vincenzo heeßt det, Ristorante Da Vincenzo oder so. Na, wirste schon finden! Bist 'ne Freundin von ihm, wa?»

«Hmm, ja, wir gingen in Deutschland zusammen zur Schule», sagte ich vorsichtig.

«Echt? Hat der jar nischt erzählt von! Ach, der erzählt ja eh nie wat! Ick werd nich schlau aus dem. Aba zeichnen kann der, du, det sach ick dir! Bin so froh, dass er da is. Ick kann nämlich nich so jut Italienisch, aba er übersetzt mir immer allet. Hat mir viel jeholfen!» Ihre großen Augen glänzten, als wäre ihr ein grandioser Einfall gekommen. Sie tänzelte ausgelassen vor mir hin und her.

«Wisst ihr wat? Ick hab doch morjen Jeburtstag! Det jibt 'ne Riesenfete! Alle kommen, die Nachbarn vonne Straße und alle Freunde von Nico. Er hat sie alle innjeladen.» Sie lachte glucksend. «Hättet ihr nich ooch Lust? Ihr seid meene Ehrenjäste! Und Nico würd sich bestimmt freuen, wo du doch 'ne Freundin von ihm bist, wa? Wat meent ihr?»

Ich tauschte einen Blick mit Paps. Und ob ich Lust hatte!

«Bitte-bitte, det wär so cool!», drängelte Jenny.

«Tja, also ... warum nicht?» Paps bückte sich und hob seinen Koffer auf. «Du musst uns bloß sagen, wo du wohnst! Oder noch besser, du zeichnest es uns auf der Karte ein!»

Ich holte den Straßenplan aus der Handtasche und reichte ihn Jenny, zusammen mit einem Stift. Nachdem sie eine Weile gesucht hatte, malte sie schließlich einen Punkt auf die winzige Straße, die offensichtlich zu klein war, um sie mit Namen zu bezeichnen. Sie lag im südwestlichen Teil des Stadtzentrums.

«Is janz am Ende vonne Straße, zweetletztes Haus. Müsst eenfach laut rufen, wenn ihr da seid, wir haben keene Klingel. Wir wohnen im Erdjeschoss, ick werd euch denn schon hörn. Also, abjemacht? So etwa um fünfe jeht die Party los!»

«Abgemacht», sagte Paps, und ich schickte gleich darauf ein stürmisches Dankgebet zum Himmel. Was hatte ich gesagt? Ein Märchen? Nein – ein Gott, der tatsächlich Herzenswünsche erfüllte!

9. Scherbenhaufen

Die wenigen Tische im Garten des Ristorante Da Vincenzo waren fast alle besetzt. Ich wäre ohne weiteres geradewegs in die Küche gerannt, aber Paps mahnte mich mal wieder zur Vernunft. Außerdem hatten wir heute abgesehen von einem Eis noch nichts Anständiges gegessen. Wir fanden einen Platz in der Nähe des Eingangs, ziemlich eingepfercht zwischen zwei anderen Tischen.

Ich fühlte mich, als hätte ich brodelnde Lava im Magen, die jeden Augenblick zum Ausbruch kommen würde. Gott, war es wirklich wahr? Würde ich Domenico wirklich in den nächsten Minuten wiedersehen? Wie würde es sein, ihm zu begegnen? Wie sah er wohl jetzt aus? Ich konnte das kaum fassen. Hatte Jenny uns auch keinen Quatsch erzählt? Saßen wir wirklich am richtigen Ort? Mir schwirrte ganz schön der Kopf.

Ein junger Kellner nahm unsere Bestellung auf. Ich zeigte wahllos auf irgendein Tortellini-Gericht. Paps verwickelte mich in ein Gespräch über die sizilianische Küche. Ich hörte ihm kaum zu. Meine Augen waren ständig zur Tür gerichtet. Ich verfolgte jede Person, die hinein- oder hinausging, musterte ihr Haar, ihre Kleidung, ihren Gang, und mit jeder Minute und jeder Person wuchs meine Enttäuschung mehr. Sobald jemand auch nur annähernd eine gewisse Ähnlichkeit mit Domenico aufwies, zuckte ich zusammen, nur um gleich darauf feststellen zu müssen, dass es wieder nichts gewesen war. Ich schluckte leer und stocherte lustlos in meinen Tortellini rum. Mein aufgeregter Magen hätte jeden weiteren Bissen in hohem Bogen wieder rausgeschleudert. *Nicki ... Nicki ... bitte tauch endlich auf!*

Irgendwann stand ich entschlossen auf. «Ich geh rasch aufs Klo!», verkündete ich.

Und ehe Paps etwas entgegnen konnte, verschwand ich durch die Tür ins Innere. Mein Herz hämmerte beinahe schmerzhaft gegen meine Brust, so dass mir richtig schwindlig wurde. Der Flur teilte sich schließlich; der linke Gang führte eine Treppe runter zu den Toiletten, der rechte direkt in die Küche. Die Küche ... Ich schlich ein paar vorsichtige Schritte nach rechts, doch dann verließ mich der Mut. Vor einem prächtigen Gemälde mit dem Ätna blieb ich stehen. Was jetzt?

Die Küchentür ging auf, und mein Herz setzte einen Schlag lang aus. Eine kleine, etwas pummelige Kellnerin erschien mit einem Tablett voller Getränke in der Hand. Ich hatte sie vorhin draußen nicht gesehen. Sie hatte ein hübsches Gesicht mit ausgeprägten Wangenknochen. Ihr schwarzes, auffallend glänzendes Haar war zu einem frechen Pagenschnitt frisiert. Ihre langen Plastikohrringe baumelten fast bis auf ihre Schultern herab. Unter der weißen Schürze trug sie ein knallgrünes T-Shirt. Sie konnte nicht viel älter sein als ich. Unsere Augen trafen sich kurz, ehe sie sich an mir vorbeidrängte. Ich starrte eben noch auf ihren glänzenden Hinterkopf, als sie sich auf einmal umdrehte und ihren Blick fest auf die Küchentür richtete.

«Vieni, Nico!», rief sie.

In dem Moment presste ich mich mit aller Kraft an die Wand, während alles, die ganze Welt, mein Blut, mein Herzschlag und meine Gedanken, für eine Ewigkeit aufhörte zu existieren. Ich registrierte gerade noch, wie groß er geworden war, als er an mir vorbeiging, eine schlanke Gestalt, gewandt und mit totaler Lässigkeit, auf seinen starken Armen ein schwer beladenes Tablett.

Mein Herz fing wieder an zu arbeiten und schien das Blut in doppelter Geschwindigkeit durch meine Venen zu pumpen. Ich nahm den Geruch wahr, den er hinterließ, eine Mischung aus Tabak, Salzwasser und Gewürz; ich fühlte den weichen Luftzug, der seinen raschen Schritten folgte, bevor er um die Ecke bog und meinem Blick entschwand. Ich stand da wie festgeleimt. Ich wollte ihm hinterherrennen, doch meine Beine gehorchten mir einfach nicht mehr. Ich drückte mich in dem dunklen Gang rum wie ein Käfer, der sich vor der Sonne versteckt.

Ein dicker schimpfender Koch kam aus der Küche auf mich zugeschossen und scheuchte mich weg wie eine lästige Fliege. Er wedelte mit seinen Händen Richtung Ausgang. Meine starren Beine gerieten durch den Schock noch mehr außer Kontrolle, und ich raste wie ein gehetztes Reh den Flur zurück zur Ausgangstür.

Vielleicht war der Schock schuld daran, dass ich nicht aufpasste. Oder die große Aufregung. Sehr wahrscheinlich beides zusammen, denn ich fragte mich hinterher oft, wie es eigentlich passiert war. Aber es spielte keine Rolle, jedenfalls passierte es, und ich hatte mir unser erstes Zusammentreffen ganz und gar nicht so vorgestellt.

Ich rannte geradewegs in die Tür rein, die mit Wucht aufgestoßen wurde. Der Schlag war so hart, dass ich ein paar Sekunden lang beinahe ohnmächtig durch Raum und Zeit glitt, ohne zu wissen, was überhaupt geschehen war. Dann taumelte ich zu Boden, und er stolperte über mich, mitsamt seinem vollbeladenen Tablett. Teller, Tassen und Besteck regneten auf uns herab und zerschellten auf dem kühlen Steinboden. Er hob schützend seine Hand und zog den Kopf ein. Ich kam langsam wieder zu mir, und obwohl mein Schädel brummte, hatte ich nur noch Augen für *ihn*.

Sein Gesicht war unverkennbar dasselbe, aber das eine Jahr, das zwischen uns lag, hatte Spuren hinterlassen. Seine Wangenknochen traten schärfer und härter hervor als damals, und sein Haar war länger und sah aus wie dunkles, verblasstes Kupfer. Es hing ihm tief in die Stirn und über die Ohren. Seine Haut war von der Sonne braungebrannt, und seine blaugrauen Augen blickten wie eh und je durch mich hindurch wie Pfeile, die auf mein Herz gerichtet waren. Er sah hübscher aus als je zuvor. Ich atmete gepresst, weil ich mich nicht rühren wollte, aus lauter Angst, dass sich sein Gesicht vor mir auf einmal in Luft auflösen würde, so wie es in meinen Träumen immer geschah.

Doch das hier war kein Traum. Ich konnte alles genau sehen, auch die dunklen Schatten unter seinen Augen und die kleine Narbe an seiner Schläfe, und ich musste schließlich meinen Blick senken, denn wenn ich ihn länger angeschaut hätte, wäre alles in mir verglüht wie brennende Kohlen. Meine Augen wanderten verstohlen zu seinem Hals. Das Lederband mit dem Zahn trug er nicht mehr, dafür eine ziemlich coole Kette mit Muscheln und Holzperlen. Ich betrachtete sein Tattoo am Oberarm und seine vielen Lederbändchen am linken Handgelenk. Dann erst konnte ich sprechen.

«Hi, Nicki!» Meine Stimme war nur noch ein Hauch.

Er bewegte seine Lippen, doch es kamen keine Worte raus. Seine Augen brannten Löcher in mein Herz, als würden sie jeden Gedanken, jede Sehnsucht und jeden Traum aus mir herausholen. Als er seine Hand hob, sah ich, wie Blut seinen Arm entlangfloss und auf den Boden tropfte. Er hatte sich an einer der Scherben geschnitten.

«Oh Nicki ...»

Wütende italienische Schimpftiraden zerstörten den zarten, magischen Moment mit solcher Wucht, dass ich nicht mehr weitersprechen konnte. Der dicke Koch von vorhin stampfte auf uns zu und bellte in allen Tonlagen. Vorsichtig befreiten wir uns aus dem Scherbenhaufen und rappelten uns auf. Domenico presste seine verletzte Hand gegen seine Schürze, doch das Blut sickerte durch den ganzen Stoff. Der schnaubende Küchenchef packte ihn am Arm und zog ihn mit sich fort. Bevor Domenico ganz um die Ecke verschwand, wandte er sich nochmals nach mir um und sah mich an. Ich stand nun da wie zu einem Häufchen Asche verbrannt, so lange, bis Paps neben mir auftauchte.

«Maya, was ist denn hier passiert? Ich habe dich überall gesucht!» Sein Blick fiel auf den Scherbenhaufen am Boden.

«Schon wieder! Manchmal bist du wirklich ungeschickt!»

Ich vermochte nicht zu antworten. Im selben Moment

entdeckte Paps die Blutstropfen, die von den Scherben weg um die Ecke führten.

«Hat sich jemand verletzt?»

«Ja, Domenico! Seine Hand blutet ziemlich stark!»

Paps nahm ohne ein weiteres Wort seinen Koffer auf und folgte zielstrebig den Blutspuren. Ich blieb ihm dicht auf den Fersen. Bevor wir um die Ecke bogen, hörten wir schon das ganze Gezeter: den mittlerweile vor Rage brüllenden Koch, Domenicos heisere Stimme und eine aufgeregte Mädchenstimme, die vor Mitleid richtig triefte.

Domenico hatte sich ein Geschirrtuch um die Hand gewickelt, das schon blutdurchtränkt war, und lehnte sich cool gegen die Küchentür, während der Koch nicht aufhörte, ihn runterzuputzen. Ich hatte noch nie so einen aufbrausenden Menschen gesehen, und Domenico tat mir richtig leid. Doch er wirkte nicht sonderlich beeindruckt davon, im Gegenteil, er stand mit reserviertem Blick da, als ginge ihn das Ganze gar nichts an. Zwischen den Fingern seiner unverletzten Hand stieg Zigarettenqualm auf. Die junge Kellnerin mit dem glänzenden Pagenschnitt wuselte aufgeregt um ihn herum und wischte ihm fürsorglich mit einem Lappen ein paar Blutspuren aus dem Gesicht.

Paps ging mit entschlossenen Schritten auf die kleine Gruppe zu, stellte seinen Koffer auf den Boden und packte Domenicos verletzte Hand. Domenico entzog sie ihm jedoch blitzschnell und ließ dabei seine Zigarette zu Boden fallen, was den Küchenchef noch mehr zum Toben brachte.

Paps ließ sich jedoch nicht beirren. Wenn es darum ging, einen Patienten zu verarzten, wäre er sogar in einen Thronsaal geplatzt. Er öffnete seelenruhig den Koffer und holte Verbandzeug heraus. Die junge Kellnerin zupfte Domenico am Ärmel und deutete auf Paps, und schließlich streckte Domenico ziemlich widerwillig den Arm aus und ließ Paps seine Hand verbinden.

Ich beobachtete das alles aus der Ferne, und jede Faser in mir wollte Domenicos Namen rufen, doch ich brachte keinen Ton heraus, und er schaute mich auch nicht mehr an. Irgendwas funktionierte nicht mehr richtig, mein Körper gehorchte mir einfach nicht. Es tobte und kämpfte in mir, und eigentlich wollte ich auf Domenico zueilen, wollte ihn anfassen und ihn berühren und ihn umarmen. Doch ich konnte nicht. Ich klebte fest. Etwas ging von ihm aus und baute sich zwischen uns auf. Eine dicke Mauer, unberechenbar und undurchdringlich, an der ich völlig abprallte. Ich wusste, es würde sein wie damals: *Er* würde die Spielregeln bestimmen!

Kaum war Paps mit seinem Verband fertig, zog Domenico seine Hand sofort wieder zurück. Ich hörte, wie flach sein Atem ging und wie er ein bisschen hustete, als er sich umwandte und ohne ein weiteres Wort in der Küche verschwand, fast als würde er vor uns fliehen. Die pummelige Kellnerin folgte ihm. Der Küchenchef ging als Letzter und knallte die Tür zu.

«So ein ungehobelter Mensch!», knurrte Paps.

«Aber Paps ... er war doch selber schockiert und so», sagte ich, weil ich dachte, Paps meine den Umstand, dass Domenico sich gar nicht für seine Hilfe bedankt hatte.

«Ich meine nicht den Jungen. Ich meine diesen Küchenchef», sagte Paps. «So einen unfreundlichen Menschen habe ich in meinem ganzen Leben noch nie gesehen!»

«Ich auch nicht», sagte ich und schaute taub und leer auf die verschlossene Tür.

10. Jennys Geburtstagsfeier

Ich machte mich ganz besonders hübsch für Jennys Feier. Genau genommen belegte ich das Bad eine ganze Stunde lang und hörte, wie Paps nervös vor der Tür auf und ab ging. Schließlich war ich mit meinem Werk ganz zufrieden. Ich hatte die rote Blume ins Haar gesteckt, die ich auf dem Markt gekauft hatte und von der ich glaubte, dass Domenico sie mögen würde. Außerdem trug ich ein rotes Top und einen hellen Rock, dessen zarter Stoff im Sonnenlicht wie Perlmutt schimmerte.

Den Vormittag verbrachten wir auf dem Markt, um ein Geschenk für Jenny zu finden. Es war nicht schwer; ich kaufte ihr eine Kette mit bunt gefärbten Korallen, weil ich vermutete, dass sie alles mochte, was irgendwie schrill aussah. Nun hielt ich das Päckchen sorgfältig auf meinem Schoß, als wir im Auto saßen.

Paps hatte den Mietwagen gleich für den Rest unserer Ferien gebucht. Diesmal hatte ich keine Mühe, Paps zu lotsen, denn ich hatte am Vorabend die Karte ausgiebig studiert. Außerdem war es nicht sehr weit. Paps parkte den Wagen direkt vor einer Gaststube mit der in riesigen grünen Neonlettern prangenden Aufschrift *Trattoria Da Luigi*; mitten zwischen anderen Autos und Motorrädern, die beinahe den Eingang zu der kleinen Gasse verstopften, die laut Stadtplan unser Ziel war.

Während Paps die Karte zusammenfaltete, kletterte ich aus dem Wagen und inspizierte die Gegend. Die Häuserfassaden waren in einem miserablen Zustand, aber das gehörte ja schon beinahe zum normalen Straßenbild. Auf allen Hausdächern wucherten Fernsehantennen und Satellitenschüsseln. Die Gegend sah nicht besser und nicht schlechter aus als alles andere hier. Ich schlenderte langsam durch die eng verwinkelte Gasse, bis es nicht mehr weiterging. Paps folgte mir. Alles wirkte so seltsam ausgestorben, die meisten

Häuser schienen verlassen zu sein und kurz vor dem Abbruch zu stehen.

Vor dem zweitletzten Haus hielt ich an; das musste es laut Jennys Angaben sein. Es war nicht viel mehr als eine Ruine, das Dach war abgerissen, und die Fenster waren allesamt verrammelt. Nur auf dem Balkon im Erdgeschoss flatterte Wäsche an einer Leine. Es war das einzige Anzeichen, dass hier jemand wohnte.

Ich formte mit den Händen einen Trichter um meinen Mund und rief laut Jennys Namen. Es dauerte nicht lange, da wurden die untersten Läden mit einem lauten Knarren geöffnet, und Jennys knallroter Haarschopf tauchte im Fenster auf.

«Ahoi!» Sie winkte stürmisch. «Wartet, ick komm gleech runter!» Ihr Kopf verschwand wieder, und zehn Sekunden später stand sie mit strahlendem Gesicht vor uns. Ich war regelrecht baff, als ich sie sah. Das war doch nicht ihr Ernst!

Sie war geschminkt wie ein bunter Papagei. Ihre Augen waren ein einziges Gemälde aus blau, grün und gelb. Es sah zwar absolut scheußlich aus, doch die Schminke war perfekt und kunstvoll aufgetragen. Wie um alles in der Welt schaffte Jenny so was mit nur einer Hand? Zudem hatte sie ihr Haar mit einem Lockenstab zu Ringellocken gezwirbelt und mit Gel und Spray in alle Himmelsrichtungen gedreht.

«Was gibt das denn, eine Halloween-Party oder eine Geburtstagsparty?», fragte ich amüsiert. Sie lachte schallend.

«Nico hat mich vorhin ooch jefragt, ob ick denn vorhätte, die Leute zu erschrecken!», kicherte sie. «Er hat mir die Oogen anjemalt und die Haare jemacht! Sieht jut aus, wa?»

«Er ... hat das gemacht?» Mir blieben beinahe die Worte im Hals stecken. Domenico litt doch nicht etwa an Geschmacksverwirrung?

«Ja, hab ihm janz jenau jesacht, wie ick et haben will», sagte sie zu meiner grenzenlosen Erleichterung.

«Wirklich lustig, Jenny!», hörte ich Paps neben mir sagen.

«He, nu kommt aba rinn in die jute Stube!» Sie zerrte mich

am Ärmel mit sich in den dunklen Hausflur. Am Boden lag eine Menge Schrott herum, alte Motorradteile, Glasscherben und kaputte Reifen.

«Passt uff wejen den Scherben!», warnte Jenny und stieß die Wohnungstür auf. Eine dicke Wolke Zigarettenqualm und ein ziemlich hoher Lärmpegel an Radio-, Fernseh- und Stimmengewirr hätten uns beinahe zu Boden gedrückt.

Paps kräuselte angewidert die Nase.

«Kiekt bloß nich uff den Saustall hier», winkte Jenny ab. «Die Jungs können eenfach keene Ordnung halten! Besonders Nicos bescheuerter Bruder ...» Sie kickte mit dem Fuß verächtlich ein paar weitere Schrottteile zur Seite. Diese Unordnung war wirklich abstoßend. Motoröl war bis an die Wände verschmiert, Zigarettenkippen und Abfälle lagen überall rum. Paps hob mit angestrengt verzogenem Gesicht seine Füße, als würde er durch Schlamm waten. Mit seinen perfekt gebügelten Hosen wirkte er wie ein Fremdkörper in diesem Chaos.

In der Küche begegneten wir einer Gruppe Mädchen, alle ungefähr in meinem Alter. Unter ihnen war auch ein bekanntes Gesicht, nämlich die schwarzhaarige Kellnerin vom Da Vincenzo. Sie trug ein gelbes T-Shirt mit der Aufschrift *Angel*. Obwohl die Küche genauso schmutzig aussah wie der Flur, hockten die Mädchen auf dem Boden und rauchten oder tranken Kaffee. Scheinbar störten sie sich nicht an der Unordnung. Nebenbei dröhnte das Radio und flimmerte der Fernseher. Eines der Mädchen saß mit ausgestreckten Beinen auf einem blauen Motorrad, das mitten in der Küche stand und ziemlich abgetakelt aussah.

Die Küche war außer dem Motorrad vollgestopft mit Kartonkisten, einem wackeligen Tisch und ein paar Stühlen. In einer Ecke hinter den Kisten sah ich einen alten Kühlschrank und einen Gaskocher. Offenbar war das alles, was sie zum Kochen hatten, denn dort, wo normalerweise der Herd gestanden hätte, klaffte ein richtiges Loch in der Wand. Was hatte Jenny gesagt, wie viele Leute hier lebten? Sieben?

«Was für eine Unordnung!», brummte Paps fassungslos.
Jenny führte uns an den Mädchen vorbei ins angrenzende Zimmer. Ich blickte mich suchend nach Domenico um, doch er schien zu meiner Enttäuschung nicht hier zu sein.

Das Zimmer war winzig, fast schon eine Kammer. Ein kleines Sofa nahm beinahe die Hälfte des Raumes ein. Doch dann erst sah ich, dass der Raum durch einen Vorhang abgetrennt wurde und das Zimmer in Wirklichkeit größer war. Hinter dem Vorhang zuckte das Licht eines Fernsehers.

«Det is mein Reich!», verkündete Jenny stolz und machte eine weitausholende Handbewegung. Ich sah mich um: Außer dem Sofa, unheimlich viel Ramsch vom Straßenmarkt und ein paar Fußballpostern an der Wand hatte nichts mehr Platz auf dieser winzigen Raumfläche. Jenny hopste barfuß auf das Sofa und begann ein paar verstreute Schminksachen aufzusammeln und in eine Schachtel zu stopfen.

«Schläfst du hier auf diesem Sofa?» Paps beugte sich verwundert zu ihr runter.

«Na klar, kiek doch, ick hab jenau Platz drauf!» Sie streckte sich darauf aus, und tatsächlich, so klein wie sie war, hatte das Sofa genau die richtige Länge für sie.

«Und meene Klamotten sind da drunter!» Sie bückte sich und zog eine Kiste unter dem Sofa hervor. «Passt allet rinn!»

Ich schüttelte den Kopf. So zu leben war für mich unvorstellbar. Aber ich war ja auch in einem blitzblanken Haushalt aufgewachsen, wo sich kaum ein Krümel auf den Fußboden verirrte, ohne dass Mama es bemerkte.

«Und was ist hinter dem Vorhang?» Ich streckte meinen Arm aus und wollte ihn zur Seite schieben, doch da sprang Jenny blitzschnell auf und schlug mir auf die Hand.

«Hey, spinnste! Da darf keener rinn!»

«Oh, entschuldige!» Ich zuckte zusammen und zog meine Hand zurück, als hätte ich sie mir verbrannt.

«Da wohnen die Zwillinge und ihre Schwester», flüsterte Jenny fast ehrfurchtsvoll. «Aber det is absolut tabu. Ick bin da ma rinnjejangen, aber da is Nico voll ausjerastet und hat jedroht mich zu verprüjeln, wenn ick et noch ma mache!»

«Wie bitte?»

«Voll wahr! Vor ihm musste dir janz schön in Acht nehmen. Der is so unglooblich stark! Vor dem haben alle Respekt. Die anderen Jungs wollten mich ja erst hier rauswerfen, aba dann kam Nico und hat jedem, der motzte, eene jescheuert und jemeint, dass wir ja det Zimmer mit 'nem Vorhang abtrennen könnten. Und dank ihm durft ick dann bleiben!»

Ich trat vorsichtig einen Schritt zurück. Domenico zu verärgern war das Letzte, was ich wollte.

Jenny redete schon weiter: «Speedy, Nonno und Chicco teilen sich det Kabuff auffe andere Seite. Aber die sind alle schon draußen im Hinterhof. Wir dürfen nämlich in Luigis Hinterhof feiern. Da kommen jede Menge Leute. Ihr werdet sehen! Nico hat 'ne richtig geile Party orjanisiert. Ick darf aba erst kommen, wenn allet parat is!» Sie kicherte aufgeregt wie ein kleines Kind.

«Ich hab dir ja noch gar nicht zum Geburtstag gratuliert!», fiel es mir ein, und ich holte mein Geschenk aus der Handtasche.

«Hier, für dich! Herzlichen Glückwunsch! Wie alt wirst du eigentlich?»

«Sechzehn!» Jenny nahm das Geschenk strahlend in Empfang, und auch Paps schüttelte ihr die Hand.

«Ick heb mir alle Jeschenke für'n Schluss auf! Wisst ihr, det isset erste Mal, dass ick so 'ne richtije Jeburtstagsfeier krieje!»

«Wirklich?», wollte ich fragen, doch Paps kam mir zuvor.

«Wer sind denn all die Mädchen hier in der Küche?», fragte er. «Sind das alles Freundinnen von dir?»

«Ach nee, die kenn ick nich mal alle. Die sind wejen Nico hier. Der kennt 'ne Menge Leute. Fährt ja ooch ständig nach Acireale inne Disco!»

In diesem Moment hörten wir, wie jemand die Wohnungstür zuschlug.

«Jen, bist du so weit?», rief eine mir bekannte, leicht heisere Stimme durch die Küche, und Domenico tauchte in der Tür auf. Ich starrte ihn an. Als sein Blick auf mich fiel, blieb er abrupt stehen. Seine Haare verdeckten sein rechtes Auge, und er strich sie vorsichtig zur Seite.

«Hi, Nicki!», sagte ich mit fester Stimme und lächelte ihn an, obwohl meine Stimmbänder wie eingerostet waren. Ich merkte, wie der Stoff meines Tops an meiner Haut klebte.

Er lehnte sich an den Türrahmen und musterte mich schweigend. Mein Blick fiel auf die qualmende Zigarette in seiner Hand, die er langsam zum Mund führte, um einen tiefen Zug davon zu nehmen. Sein T-Shirt, schwarz wie immer, war ihm viel zu weit und hing halb aus seiner Hose raus, und obwohl er umwerfend aussah, konnte ich an seinem Ledergürtel sehen, wie dünn er immer noch war.

Paps musterte Domenico mit unverhohlener Skepsis. Domenicos Augen erloschen. Er senkte seinen Kopf und wandte sich wortlos von uns ab. Ich machte einen vorsichtigen Schritt auf ihn zu, doch da verschwand er schon durch die offene Tür in die Küche zurück, wo die anderen Mädchen auf ihn warteten.

«Also wirklich, manchmal spinnt er!», kommentierte Jenny. «Der hat Launen, sag ick euch! Es jibt Tache, da is er eenfach nich ansprechbar!»

Sie packte mich am Arm. «Ist doch ooch ejal! Kommt mit, es jeht los! Die warten alle auf det Monster! Buhuuuu!» Sie machte eine fürchterliche Grimasse und zog mich durch die Küche. «Los, Nico, kommste endlich?»

Domenico wechselte gerade ein paar Worte mit der schwarzhaarigen Kellnerin. Die Zigarette hielt er immer noch zwischen den Fingern. Er blickte hoch und schoss mit seinen Augen einen weiteren Pfeil auf mich ab. Ich winkte ihm schüchtern. Paps folgte uns kopfschüttelnd.

Wir rannten wieder durch die Häuserruinen zurück zur Trattoria, während Paps hinter uns herging. Die Tür stand offen, und wo vorhin Totenstille geherrscht hatte, drang nun auf einmal eine Menge Menschenlärm und Musik bis auf die Straße. Obwohl meine Gedanken immer noch bei Domenico in der Küche steckten, staunte ich nicht schlecht, als wir in den Hinterhof traten.

Irgendjemand hatte sich hier mächtig ins Zeug gelegt. Ein riesiges Buffet mit lauter Köstlichkeiten türmte sich vor unseren Augen auf. Drum herum wimmelte es nur so von Menschen, so dass man hätte meinen können, wir seien auf einer Hochzeitsfeier. Jennys Augen strahlten wie zwei Scheinwerfer, ich musste sie beinahe festhalten, damit sie vor Begeisterung nicht aus den Latschen kippte.

«Boah, is det allet für mich? Det is ja der Wahnsinn!» Sie taumelte vor Freude und hüpfte wie ein Gummiball in die Menge, barfüßig, wie sie war. Paps und ich blickten uns erst vorsichtig um, bevor wir uns weiter unter die Leute wagten. Ein Netz voll bunter Lichterketten hing über unseren Köpfen. Das Buffet sah einfach verlockend aus, da konnten wir uns den Abend durchaus mit Essen vertreiben, wenn wir uns schon wegen unserer mangelnden Italienischkenntnisse nicht mit den Leuten unterhalten konnten.

«Nicht schlecht!», musste Paps feststellen, während meine Gedanken bereits wieder um Domenico kreisten. Ein quälender Stich piekste in meinem Herzen. Wo steckte er bloß? Warum blieb er mit diesen Mädchen in der Küche und kam nicht raus? Und wieso redete er nicht mit mir? Langsam wurde es in meinem Hals immer enger.

Jenny kam wieder auf uns zugestürmt.

«Los, ick stell euch die andern Jungs vor. Kommt mit! Du ooch, Papa!» Paps machte eine abrupte Kehrtwendung und stolperte beinahe über seinen Koffer.

«Oh, den kannste doch hier lassen!», meinte Jenny.

«Nein, ich will nicht, dass ihn mir jemand klaut», sagte Paps.

Jenny blickte sich um. «Ach, solange der Totenschädel nich inne Nähe is, klaut niemand wat!», grinste sie.

«Totenschädel?», brummte Paps kopfschüttelnd. «Wer soll das sein?»

«Na, der andere da. Nicos Zwillingsbruder. Wir nennen ihn nur den *Totenschädel*!» Jenny winkte ab. «Bin janz froh, wenn ick den nich seh! Macht nur Ärjer. Von dem müsst ihr euch unbedingt fernhalten. Der klaut euch sonst nur det Jeld weg! Vor allen Dingen hat er 'n Messer! Alle rejen sich über ihn uff. Vor zwee Wochen hat er eenfach Chiccos Fernseher verscheuert. Braucht halt ständig Kohle für seine Drugs und det janze Zeug. Die andern würden ihn ja am liebsten rausschmeißen, aba da jeht Nico natürlich anne Decke!»

«Totenschädel ...», flüsterte ich fassungslos.

Jenny redete schon weiter: «Nico is ooch janz schön jestresst wejen ihm. Die beeden brüllen sich manchmal richtig an. Dann wird's echt unjemütlich. Nico versucht ja mit Jobben und Malen Kohle ranzuschaffen, damit sein oller Bruder seine Schulden abzahlen kann. Aber ehrlich, ick gloob, an Nicos Stelle würd ick dem endlich ma den Marsch blasen. Nico is viel zu jutmütig. Alle hoffen ja, dass die den Totenschädel ma 'ne Zeit lang innlochen, aba wenn det passiern würd, ick schwör dir, Nico würd sich mit dem innbunkern lassen. Det jeb ick dir schriftlich! Sind halt Zwillinge ... Wat soll's!»

Sie zuckte gleichmütig mit den Schultern. Paps nahm mit besorgtem Blick seinen Koffer wieder auf. Jenny zog uns zu einer Gruppe Jugendlicher in unserem Alter, die im hinteren Teil des Hofes im Kreis am Boden hockten und einen Joint herumreichten. Ich erkannte zwei der Mädchen von vorhin aus der Küche wieder. Dann konnte doch auch Domenico nicht weit sein ... Ich sah mich suchend um.

Jenny begann in einem Deutsch-Italienisch-Mix ihre Vorstellungsrunde. Silvano, der von allen nur Speedy genannt wurde, war eine träge Bohnenstange mit pickeligem Gesicht, verpennten Augen und langem, schütterem Haar, das er hinten zusammengebunden hatte. Als er mir seine schlaffe Hand zur Begrüßung reichte, sah ich eine lange Wunde an seinem Handballen, die aussah wie ein ziemlich frischer Messerschnitt. Chicco war das krasse Gegenteil von Speedy, klein, stämmig und mit durchtrainierten Muskeln. Seine Haare waren mit Gel zu einer öligen Frisur zusammengepappt, und auf seiner platten Nase saß eine teure Armani-Sonnenbrille. Der Dritte, Nonno, war mir mit Abstand am sympathischsten. Er schien etwas älter zu sein und wirkte, als hätte er ein wenig mehr Durchblick als seine Kumpels.

Ich rechnete nach: Speedy, Nonno, Chicco, Domenico, Mingo, Bianca und Jenny – das waren genau sieben Leute. Also hatten wir nun die ganze Truppe kennen gelernt.

«Von den andern hier weiß ick nich mal die Namen, da müsst ihr Nico fragen!» Jenny zeigte auf die Mädchenrunde.

Mit einem Schlag drehte jemand die Musik in Überlautstärke an. Die Lautsprecher quietschten und röhrten, bevor die ersten Töne von *Wind of Change* zu hören waren. Jenny schloss verträumt die Augen und breitete ihre Arme aus.

«Typisch, det is Nicos Lieblingslied», sagte sie. «Det lässt er nun sicher den janzen Abend loofen!»

Ich horchte auf und suchte mit meinen Augen die Musikanlage. Ich vergaß die anderen Mädchen sowie Jenny und Paps und ging langsam Richtung Buffet, den Lautsprecherkabeln folgend. Die Musik kam von der anderen Seite. Doch als ich bei der Anlage stand, war niemand mehr dort. Domenico war schon wieder verschwunden.

Jenny und Paps, die natürlich schnell gemerkt hatten, dass ich mich von ihnen entfernt hatte, waren mir gefolgt. Jenny setzte munter ihre Vorstellungsrunde fort, obwohl sie anscheinend nicht mal die Hälfte aller anwesenden Leute kannte. Aber das spielte offenbar keine Rolle. Und als sie Paps überall als Dottore vorstellte, trat das Unvermeidliche ein: Paps mutierte zum Star des Abends. Innerhalb kurzer Zeit war er der unumstrittene Mittelpunkt, und eine Menge Leute scharten sich um ihn. Ich konnte es kaum glauben. Er selbst wirkte ganz hilflos, weil er von einer Traube älterer Damen beinahe erdrückt wurde. Um mich scherte sich niemand mehr. Jenny stand mit Luigi bei der Musikbox und bestürmte ihn offenbar, die CD zu wechseln, nachdem nun tatsächlich derselbe Song zum dritten Mal lief.

So stand ich nun ganz allein da. Ich beschloss, das zu tun, was in meiner verzweifelten Lage am sinnvollsten war: meinen Hunger zu stillen. Ich pirschte zum Buffet rüber und schnappte mir einen Plastikteller. Dabei drückte ich mich an einem Jungen mit einem schwarzen T-Shirt vorbei, der mir den Rücken zugewandt hatte und sich vorsichtig etwas auf den Teller schaufelte. Als er seinen Kopf hob, sah ich die kupferbraunen Haare und erstarrte. Da war Domenico ja wieder! Mein Herz war fast taub, und ich vermochte nichts anderes zu tun, als ihn einfach nur von hinten anzustarren.

Meine Güte ... er war wirklich erschreckend mager geworden! Erst jetzt fiel mir das so richtig auf. Seine Jeans schienen nur noch von seinem Gürtel zusammengehalten zu werden und schlotterten um seine Beine. Ich stellte mich sehr vorsichtig neben ihn, wobei ich versehentlich seine Schulter berührte. Er murmelte etwas Unverständliches, das ziemlich unfreundlich klang. Sah er mich denn gar nicht an? Enttäuscht wandte ich mich ab und versuchte mich auf das Buffet zu konzentrieren. Er roch stark nach Zigarettenqualm und sogar ein bisschen nach Schweiß.

Er hatte die Hand genau bei den süßen Plätzchen, von denen ich mir auch eins nehmen wollte. Seine Finger waren voller Schmieröl, und während ich auf seine Hand schaute, bemerkte ich, dass sie leicht zitterte ... Und dann gefror mir beinahe das Blut in den Adern, als ich das Messer sah, das unter seinem Nietenarmband steckte. Ich hob meinen Kopf und starrte ihm direkt ins Gesicht. Das war nicht Domenico ...

Die Sonne, die schräg über den Häusern stand, spiegelte sich in seinen fünf Piercings am Ohr und dem silbernen Totenkopfanhänger, der an einem Lederbändel um seinen

Hals baumelte. Wir blickten uns ein paar Sekunden lang in die Augen. Seine Pupillen waren glasig wie Eiszapfen.

«Hi, Mingo!», lächelte ich scheu.

Offenbar erkannte er mich gar nicht. Sein wildes Haar fiel ihm tief ins Gesicht und war im Nacken ziemlich lang. Über seinem linken Auge hatte er sich sogar ein neues Piercing stechen lassen. Eine ganze Serie Metallkrallen funkelte an einem zweiten Lederhalsband. Mein Blick fiel auf das schaurige Totenkopf-Bild auf seinem T-Shirt. *Totenschädel ...*

Er brummte etwas auf Italienisch und beugte sich zu mir rüber, um nach der Tiramisu-Schüssel zu greifen. Ich wollte sie ihm rüberreichen. Und prompt passierte es wieder: Ich stieß mit meiner anderen Hand mein volles Sprite-Glas um. Die Flüssigkeit ergoss sich über den halben Tisch und tropfte über den Rand auf Mingos Klamotten. Ich hielt entsetzt die Hand vor den Mund. Nicht schon wieder! Paps hatte Recht, ich war manchmal wirklich tollpatschig!

«Entschuldige! Das wollte ich nicht», stammelte ich.

Mingo hob seinen Kopf und sah zum ersten Mal aus, als würde er aus seiner Trance erwachen. Sein Mund verzog sich zu einem schlappen Grinsen.

«Ach, easy. Passiert mir auch immer!»

Ich lächelte zurück und angelte mir ein paar Servietten, um die Bescherung aufzuwischen. Dabei spürte ich, dass er mich verstohlen musterte.

«Ey, ich kenn dich doch von irgendwoher? Du sprichst ja Deutsch!» Seine Stimme war unverkennbar tiefer und dunkler als die von Domenico und hörte sich ziemlich schleppend an. Ich hielt mit dem Aufwischen inne und richtete mich wieder zu ihm auf. Sein hübsches Gesicht wurde durch eine Narbe an seiner linken Wange verunstaltet. Ich kannte diese Narbe bereits; er hatte sie sich vor einem Jahr offenbar bei einer Messerstecherei zugezogen. Seine Ähnlichkeit mit Domenico war wirklich faszinierend.

«Ja, ich bin Maya. Du solltest dich erinnern ... Wir haben uns vor einem Jahr kennen gelernt!»

«Maya? Wart mal ... ich glaub ...»

«Tja, ich bin die, die damals im Schlafanzug aus dem Fenster geklettert ist!», konnte ich es mir nicht verkneifen, und daran schien Mingo sich zu erinnern.

«Ich schnall ja ab ...», murmelte er. «Nic hat mir ja gar nich erzählt, dass du hier bist ...»

Er wirkte auf einmal ganz aufgeregt, so dass er versehentlich seinen Teller kippte, als er ihn in die Hände nahm. Das Tiramisu rann über sein T-Shirt. Er fluchte leise.

«Siehste mal, ich bin genauso bescheuert ...»

Ich lachte und reichte ihm eine der Servietten. Der Bann war gebrochen. Er nahm die Serviette und rubbelte damit auf dem Fleck rum, mit dem Resultat, dass er alles noch mehr verschmierte. Ich beschloss, dass ich nun genug Essbares auf meinem Teller hatte, und sah mich nach einem geeigneten Platz um. Aber es war nirgends auch nur eine einzige freie Sitzfläche zu sehen. Die wenigen Stühle waren alle besetzt, und auf der langen Bank saßen die Leute zusammengepfercht wie Hühner auf der Stange. Nur drinnen in der Trattoria hielt sich niemand auf. Ich konnte mich dort an einen der Tische setzen und in Ruhe essen. Wenn ich's mir recht überlegte, erschien mir das ganz günstig, da ich eh keine Lust hatte, mich unter die Leute zu mischen. Zumal nun auch Paps wie vom Erdboden verschluckt war.

Mingo sah mich unschlüssig an. Ich schlängelte mich zwischen den Leuten hindurch Richtung Trattoria. Mingo folgte mir einfach. Ich klemmte meine Handtasche fest unter den Arm. Man konnte nie wissen. Jenny hatte uns ja extra gewarnt.

Drinnen war es recht dämmrig, aber gemütlich. Nur zwei Kellner saßen schwatzend in einer Ecke, doch sie schenkten uns keine Aufmerksamkeit. Ich zog einen Stuhl heran und setzte mich an den Tisch, der dem Ausgang zum Hinterhof am nächsten war. Ich wollte alles im Auge behalten, falls Domenico doch noch irgendwo auftauchen würde ...

Mingo blieb neben mir stehen und starrte schüchtern auf mich runter.

«Kann ich mich neben dich setzen?», fragte er zögernd. «Weißt du, mit mir redet sonst keiner. Haben alle Angst vor mir! Gehen alle weg, wenn ich komme!»

Kein Wunder, so wie er aussieht!, dachte ich und rückte mit meinem Stuhl ein wenig zur Seite. «Klar, komm nur!»

Irgendwie schien Mingo nicht so auf dem Damm zu sein, denn als er einen zweiten Stuhl heranzog und sich setzte, rutschte ihm der Teller aus der Hand, und alles, das Tiramisu und die Plätzchen, verteilte sich auf dem Fußboden.

«Mann, bin ich doof!», brummte er. Ich konnte auf einmal nicht mehr anders und fing lauthals an zu lachen. Es tat mir gut zu wissen, dass ich nicht die Einzige war, der dauernd solche Missgeschicke passierten. Mingo grinste auch, doch als ich seine kaputten Zähne sah, hörte ich auf zu lachen. Sie waren teilweise richtig schwarz und abgebrochen.

«Hast du noch 'ne Serviette?», fragte er. Ich reichte ihm meine letzte. Er tauchte unter den Tisch und versuchte die Bescherung zusammenzuwischen, doch ich merkte bald, dass er nicht sonderlich geschickt darin war. Ich stand auf, presste meine Handtasche fest an mich und ging zum Tresen, um weitere Servietten zu holen. Dann kroch ich zu ihm unter den Tisch und half ihm. Beim Aufwischen fiel mein Blick auf seine zerstochenen Arme. Die Einstiche sahen aus wie Schürfwunden. Ich schüttelte mich. Die Vorstellung, sich jeden Tag mit einer Nadel dieses schreckliche Gift unter die Haut zu spritzen, war beinahe zu viel für mich.

«Jetzt muss ich 'nen neuen Teller holen …», murmelte Mingo, als wir wieder auftauchten. «Wahrscheinlich gibt's nun keine Plätzchen mehr vorne …»

Wir setzten uns wieder hin, und ich benutzte Mingos leeren Teller als Abfallkorb für die schmutzigen Servietten. Dann schob ich meinen eigenen Teller in die Mitte.

«Hier. Du kannst was von mir abhaben, ich glaube, ich schaffe eh nicht alles», sagte ich. Mingo starrte mich an.

«Wirklich? Ich darf von dir was nehmen?»

«Natürlich, nimm dir, was du möchtest!»

Er nahm sich eines der Plätzchen und biss hinein. «Wir haben nie so Geburtstag gefeiert, Nic und ich», mampfte er zwischen zwei Bissen. «Gab's bei uns nich, weißt du. Unsere Alte hat's immer vergessen. War nie da. Haben uns immer selber was geschenkt, Nic und ich. Komisch, was?»

«Echt?» Ich fand es ziemlich schwierig, darauf eine einigermaßen kluge und tröstende Antwort zu geben. «Das tut mir leid. Ihr habt im September Geburtstag, nicht wahr?»

«Hmmm!» Er nickte mit geschlossenen Augen. «Am vierzehnten. Glauben wir jedenfalls. Die Alte hat's ja selber nich gewusst. Nic hat's mal auf 'nem Zettel oder so gesehen. Bescheuert, nich? Wir wissen nich mal richtig, wann wir Geburtstag haben!»

«Steht das nicht in eurem Pass oder so?»

«Pass? So was haben wir doch nich … ist irgendwie im Chaos verloren gegangen.»

«Aber wie seid ihr ohne Pass über die Grenzen gekommen? Einmal müsst ihr doch kontrolliert worden sein!»

«Durchgeschmuggelt!» Er grinste mich schief an.

«Puh, abenteuerlich! Aber sag mal, euer Vater ist doch Deutscher, nicht wahr? Das hat mir Nicki mal gesagt.»

«Vater?» Er sah mich an, als hätte er dieses Wort noch nie gehört. «Was faselt Nic dauernd für'n Blödsinn rum? Vater! Wir haben keinen Vater. Auch keine zweite Mutter. Nic hat doch 'nen Knall mit seinen komischen Träumen. Schleicht da in dieser Schule rum, weil er glaubt, dass unsere Mutter 'ne Nonne war! Krank, was?»

«Meine Lehrerin hat mir erzählt, dass euch eine Nonne die ersten sieben Jahre aufgezogen hat, weil eure Mutter noch zu jung war.»

«Stimmt doch alles gar nicht!» Mingo nahm einen letzten Bissen und schob mir dann den Teller wieder hin. «Da, ich mag nich mehr. Hab gestern schon gekotzt, weil ich zu viel gegessen hab!»

Ich steckte mir eine Pastete in den Mund. Wie konnte man nach eineinhalb Plätzchen schon satt sein?

«Ich vertrag das nich mehr, weißt du. Kaputte Leber. Hatte Gelbsucht letztes Jahr. Weißt ja Bescheid wegen mir, was?» Er nestelte umständlich in seiner Hosentasche und brachte eine Zigarette zum Vorschein. Bevor er sie anzündete, streckte er mir einfach seinen Arm hin.

«Schau mal, ist alles vereitert!»

«Ich ... ich sehe es!» Ich legte mein Plätzchen beiseite, weil mir der Appetit vergangen war. Die Einstiche waren teilweise so stark entzündet, dass sie an einigen Stellen zu richtig dicken Klumpen geschwollen waren.

«Das sind Abszesse. Die müsste man aufschneiden und den Eiter rausholen», sagte ich leise. «Und da sollte unbedingt Wundsalbe drauf!» Ich deutete mit dem Finger zögernd auf die Narbe an seiner Wange. Er zog seinen Arm wieder zurück und starrte mich mit glänzenden Augen an. Seine Pupillen sogen mich regelrecht auf. Ich rutschte unbehaglich mit dem Stuhl zur Seite. Er bemerkte es sofort.

«Gehste nun auch weg?»

«Nein ... natürlich nicht», sagte ich ratlos.

«Kannste ruhig ehrlich sagen. Du findest mich eklig, weil ich 'n Junkie bin, was?»

«Nein, Mingo, wirklich nicht, nur ...» Wenn er mich bloß nicht so unverwandt anstarren würde! «Ich weiß einfach nicht, wie ich damit umgehen soll», fiel mir endlich die richtige Antwort ein. «Ich kenne das nicht.»

Er zuckte mit den Schultern und zündete seine Zigarette an, während ich ihn heimlich aus den Augenwinkeln beobachtete. Dabei fiel mir auf, dass am untersten seiner Ohrringe ein weiterer winziger Totenkopf hing. Ich war fast erleichtert, als sich in dem Moment tief aus seiner Hosentasche ein Handy meldete. Er kramte es hervor und runzelte ratlos die Stirn. Schließlich hielt er es mir unter die Nase.

«Guck mal, ist 'ne SMS von Nic! Kannste das lesen?»

Ich nahm das schmutzige Handy in die Finger. Ich hatte ein wenig Mühe, mich auf dem unbekannten italienischen Display zurechtzufinden; doch irgendwie fand ich raus, wie ich die Nachricht öffnen musste. Ich sah nichts weiter als eine sonderbare Zeichenkombination; ein W mit drei Fragezeichen dahinter. W???

«Was soll das denn heißen?», fragte ich und gab ihm das Handy zurück.

«Warte ...» Er steckte sich die Zigarette in den Mundwinkel und kramte erneut in seiner Hosentasche. Diesmal brachte er ein kleines gefaltetes Briefchen hervor und legte es vor sich auf den Tisch. Neugierig rückte ich ein Stück näher an ihn heran, um erkennen zu können, was es war. Er faltete es umständlich auseinander und schob es mir zu. Ich sah lauter undefinierbare Zeichen darauf.

888. TT3. TT2. TT1. SSZZSS. Und so weiter. Seltsame Codes, hinter denen jeweils eine kleine Zeichnung war.

«Ist das eine Geheimsprache?», fragte ich.

«So ähnlich», antwortete Mingo und nahm den kleinen Zettel wieder an sich. «Nic hat das wegen mir gemacht. Ich krieg das mit dem Lesen nich auf die Reihe, weißt du. Bin Legi-Dingsbums, oder wie das heißt.»

«Legastheniker», sagte ich.

«Is voll Kacke. Ich krieg kein Wort zusammen. Nic muss mir immer alles vorlesen! Ich schaff das nich. Alles, was ich grad noch hinkrieg, ist mein Name. Aber nur Mingo. Richtig heiß ich ja Michele. Michele Domingo. Aber so viel Buchstaben kann ich mir nich merken. Siehste mal, bin sogar zu doof, um meinen Namen zu schreiben ...»

«Ach, Mingo ...» Ich kramte aus meiner Handtasche einen Stift und nahm ihm behutsam das Papier aus den Händen.

«Gib mal her!»

Er beugte sich neugierig zu mir rüber, so dass seine Schulter meine berührte. Mit großen Buchstaben schrieb ich unter die Zeichen seinen Namen. *MICHELE DOMINGO.*

«Was heißt'n das?»

«Das ist dein Name. Michele Domingo.» Ich gab ihm das Blatt zurück. Er starrte es ungläubig an.

«Dein Name klingt wirklich cool», sagte ich. «Im Gegensatz zu meinem ...»

Mingo sah von dem Blatt hoch. «Wieso, ich find Maya schön», sagte er. «Es klingt so lieb!»

«Lieb? Ach, du weißt doch ... heute brauchst du einen coolen Namen!»

«Mingo ist auch nich cool!» Er lächelte verlegen. Auf seinen Wangen erschienen zwei kleine Grübchen.

«Wieso habt ihr beide eigentlich italienische *und* spanische Vornamen?», fragte ich. Ich hatte darüber schon mehrere Male gebrütet, denn Domenico hatte es nie geschafft, mir eine vernünftige Antwort darauf zu geben. Er selbst hieß in Wirklichkeit Domenico Manuel.

Mingo schüttelte nur den Kopf. «Frag mich so was nich! Nic behauptet natürlich, die Nonne hätte uns die Namen gegeben, aber das ist Sciocchezza, Quatsch! Da, guck du mal, was Nic meint, bei mir dauert's immer ewig, bis ich das rausfinde!» Mingo hielt mir das Blatt wieder unter die Nase. Ich nahm sein Handy und verglich die Codes mit denen auf dem Zettel, und innerhalb weniger Augenblicke hatte ich den richtigen gefunden. Hinter dem seltsamen W??? waren zwei identische Strichmännchen, die vermutlich Zwillingsbrüder darstellten. Ich tippte mit dem Finger darauf.

«Das da. Was bedeutet es?»

«Phhh ... ist doch bescheuert. Ich glaub, Nic will einfach wissen, wo ich stecke!» Mingo drückte endlich den Zigarettenstummel im Aschenbecher aus, den er die längste Zeit in seinem Mundwinkel vergessen hatte.

«Und was antwortest du ihm nun?»

«Weiß nich!» Er spielte ratlos mit den Knöpfen seines Handys, bis seine Augen auf einmal ihre Starre verloren und für einen kurzen Moment wie Tautropfen funkelten.

«Ey, wir könnten ihn doch 'n bisschen veräppeln!» Er grinste mich mit seinen kaputten Zähnen an.

«Wie denn?», fragte ich nicht sehr begeistert.

«*Du* schreibst 'ne Antwort für ihn. Mit richtigen Wörtern!»

«Du meinst, dann wundert er sich, warum du auf einmal schreiben kannst?», durchschaute ich seine Idee sofort.

«Genau!»

«Ich weiß nicht so recht …»

«Bitte! Nur einmal! Ich will ihn mal wieder richtig necken! Hab ich schon lang nicht mehr gemacht …» Die Grübchen in seinen Wangen erschienen wieder, und ich konnte ihm nicht mehr widerstehen.

«Na gut! Du musst mir aber genau sagen, was ich schreiben soll!»

«Okay, schreib … warte mal … nee, du musst ja italienisch schreiben, sonst checkt er gleich, dass *du* das warst. Wart mal … Mist, brauch 'ne Zigarette, sonst kann ich nich denken», murmelte er und kramte in seinen Hosentaschen. «Also … jetzt hab ich's. Schreib: *Sonno nella Trattoria!*»

Ich hatte keine Ahnung, was ich da schrieb, aber im Grunde war es ja egal. Dann wählte ich *Rispondere li SMS*, weil ich annahm, dass es die Antwort-Taste war, und schickte die SMS ab. Mingo hatte offensichtlich einen Heidenspaß an der Sache. Ach ja … er hätte in dem Moment so normal wirken können, wenn mein Blick nicht auf das Messer unter seinem Armband gefallen wäre. Es war wohl das Beste, wenn ich langsam nach Paps Ausschau hielt.

Mingo spürte, dass ich aufstehen wollte.

«Was haste denn?», fragte er.

«Oh … nichts. Gar nichts!»

«Doch. Du willst, dass ich weggehe!»

«Nein … nein, überhaupt nicht …»

«Musst es nur sagen …», murmelte er leise. «Ich will mich nich aufdrängen …»

Auf einmal spürte ich, dass jemand neben uns an der Tür stand und uns beobachtete, und ich vergaß einen Moment zu atmen, denn ich wusste ganz genau, wer es war! Als ich meinen Kopf hob, schaute ich geradewegs in Domenicos Augen, die mit einem eisigen Grau auf Mingo gerichtet waren.

«Leva ti, Mingo!», zischte er drohend.

Mingo sprang auf und fauchte seinen Bruder mit einer zornigen Antwort an. Ich hielt ängstlich den Atem an. Domenico packte Mingo barsch am Arm und stieß ihn von mir weg.

«Ich hau ja schon ab, Mann!», brüllte Mingo auf Deutsch, wobei seine Zigarette zu Boden purzelte. «Bist ja eh der Stärkere. Ich bin nur dein Junkie-Bruder!» Er zerrte an seinem Lederarmband und ging mit hängenden Schultern davon.

Domenico stand lässig an die Wand gelehnt da und blickte auf mich herab. Seine Augen regneten geradezu Feuerpfeile, und ich wagte nicht, mich zu rühren. Ich saß wie festgenagelt auf meinem Stuhl, starrte zu ihm hoch und wusste einfach nicht, was ich sagen sollte.

«Komm mit, Maya!» Er streckte mir seine rechte, verbundene Hand hin, und ich zog mich daran hoch. Als ich vor ihm stand und mein Gesicht ganz dicht vor seinem war, glaubte ich zu fühlen, wie schnell sein Herz raste. Er war so groß geworden! Er überragte mich nun um mindestens zehn Zentimeter.

Er packte meine Hand noch fester und führte mich stillschweigend raus aus der Trattoria zu den anderen. Um den anderen Arm hatte ich fest meine Handtasche geschlungen. Domenico drehte sich mit verkniffenen Augen nach mir um.

«Er hat dir hoffentlich nichts geklaut?»

«Nein», sagte ich schnell.

«Pass auf bei ihm. Er ist ziemlich krank im Kopf. Er ist gefährlich. Darum hab ich dich auch weggeholt.»

Als wir wieder inmitten der Partygäste standen, ließ er behutsam meine Hand los und stahl sich wortlos davon. Mein Herz krampfte sich wütend zusammen. Ließ er mich nun einfach ganz allein hier stehen? Was sollte ich jetzt machen? Hunger hatte ich keinen mehr, und Paps ... Ich reckte meinen Kopf nach allen Seiten. Komisch. Paps verschwand doch nicht einfach, ohne mir Bescheid zu sagen!

Ich beobachtete Jenny, die mit ein paar kleinen Mädchen eine Art Völkerball spielte. Unter ihnen war auch Bianca. Ihr pechschwarzes Haar wehte wie ein Schleier hin und her, während sie die anderen Altersgenossinnen entschieden ins Abseits drängte. Irgendwie kam mir das sehr bekannt vor ... Ihre Art zu kämpfen hatte sie definitiv von ihrem großen Bruder gelernt!

Chicco und ein paar Jungs saßen ganz in der Nähe und machten eindeutig spöttische Faxen in Jennys Richtung. Nur Speedy wirkte, als wäre er im Sitzen eingepennt. Ich war empört. Was lief denn da ab? Konnten die Leute denn nicht einfach respektvoll miteinander umgehen?

Da sah ich auf einmal Mingo wieder. Er schlurfte auf die ballspielenden Mädchen zu, und wie auf Kommando kreischten die Mädchen auf und stoben wild auseinander. Mingo verzog keine Miene und ging direkt auf Bianca zu, die ihrem großen Bruder sofort entgegenstürmte und sich liebevoll an ihn hängte. Er nahm sie bei der Hand und verschwand mit ihr in einem schmalen Durchgang zwischen zwei Häusern.

Ziemlich orientierungslos setzte ich mich schließlich auf einen freigewordenen Stuhl. Meine Uhr zeigte kurz vor halb acht. Aus den Musikboxen dröhnte nun eine italienische Schnulze. Ich schloss die Augen und wippte mit den Füßen zum Takt.

Minuten vergingen, Stunden, Ewigkeiten.

Bis ich auf einmal ein surrendes Geräusch neben mir hörte und die Augen wieder öffnete. Vor mir stand Domenico. Er trug ein frisches schwarzes T-Shirt, das ziemlich neu sein musste, und hatte seine Haare mit Gel etwas zur Seite gestrichen, bis auf die wilden Fransen, die er ins Gesicht fallen ließ. Er sah so toll aus, dass ich das Gefühl hatte, einen

Meter tief in der Erde zu versinken. Neben sich schob er das blaue Motorrad, das ich in der Küche gesehen hatte.

«Ich fahr'n bisschen ans Meer», sagte er.

«Okay», meinte ich achselzuckend.

Er hantierte an dem Motorrad rum und sah mich dann an.

«Kannst ja mitkommen, wenn du willst!»

Ich fühlte mich, als würde in mir drin alles zu feinem, zartem Gold gesponnen.

«Wirklich?», krächzte ich ungläubig und ärgerte mich, dass meine Stimmbänder gerade jetzt den Geist aufgaben.

«Wenn es dir nichts ausmacht, auf diesem abgewrackten Ding zu fahren ...» Er lächelte ein bisschen. Ich warf einen Blick auf das Motorrad; an mehreren Stellen war die Farbe ganz rostig, und der Sattel war ziemlich zerfetzt und teilweise mit Klebeband abgedichtet. Ich prüfte, ob die Blume in meinem Haar noch richtig saß. Domenicos scharfe Augen verfolgten meine Handbewegung, und auf seinen Wangen erschienen die gleichen Grübchen wie vorher bei Mingo.

«Sieht übrigens total hübsch aus», sagte er.

Wegen dir habe ich diese Blume ja auch ins Haar gesteckt!, dachte ich. Aber das sagte ich nicht, sondern: «Ich muss erst meinen Vater suchen und ihn fragen, ob ich mitdarf!»

«Okay, ich warte hier so lange auf dich.» Er lehnte sich an die Hausmauer, legte den Kopf schief, so dass ihm das Haar noch mehr in die Augen fiel, und steckte sich eine Zigarette zwischen die Lippen.

Ich stürmte davon. Als ich Jenny am mittlerweile schon ziemlich geplünderten Buffet stehen sah, ging ich sofort auf sie zu, bevor sie wieder von der Menge verschluckt wurde.

«Hey, da biste ja!», rief sie aufgeregt. «Ick hab dich überall jesucht! Sag ma, haste vorhin mit dem Totenschädel jequatscht?»

«Wenn du damit Mingo meinst, ja! Warum?»

«Der war richtig *nett* vorhin! Ick dachte, det jibt's ja nich. Sonst blafft er eenen ja nur an, wenn man ihm zu nahe kommt!» Sie kicherte glucksend. «Was haste denn mit dem jemacht?»

«Nur geredet», sagte ich achselzuckend.

«Vielleicht is er ja in dich verknallt!» Jenny prustete noch mehr. «Haha, det wär ja zum Schreien! Der Totenschädel und du, det jäb en Traumpaar!» Jetzt lachte sie schallend.

«Jenny, das finde ich völlig geschmacklos!», rief ich hitzig. «Nenn ihn nicht Totenschädel. Das ist grässlich! Wer kommt bloß auf so abartige Ideen?»

«Ach, nimm det doch nich so ernst. Meinste, det kümmert den? Ist ja selber schuld, wenn er immer mit solchen Klamotten rumrennt! Komm, der findet det doch cool!»

«Es ist trotzdem grässlich. Sag mal, hast du meinen Vater gesehen?»

«Deshalb hab ick dich jesucht. Er war janz verzweefelt, als er dich nich mehr jefunden hat, und dann haben wir dich drinnen in der Trattoria jesehn. Wir dachten, dass du mit Nico quatschst, und da sachte deen Vatta, na jut, dann lass ick se ma, sie hat sich det ja so lange jewünscht, und ick soll dir ausrichten, dass er die alte Signora Lombardo untersucht und in etwa 'ner halben Stunde zurück is. Ick hab jetzt erst hinterher jecheckt, dass det jar nich Nico war, mit dem du jeredet hast, sondern der andere. Die sehen sich ja so ähnlich!»

Allerdings, dachte ich. In einer halben Stunde erst? So lange konnte ich Domenico doch nicht warten lassen ...

«Die Leute hier fahren voll auf deenen Vatta ab!», schwärmte Jenny. «Ick wünschte, meener wäre ooch so jewesen! Du wirst ja ooch ma so 'ne Ärztin, wa?»

«Mal sehen», sagte ich ausweichend.

«Mann, ick wär auch jern so schlau wie du», sagte Jenny sehnsüchtig und blickte zu mir hoch. Ihre bunte Schminke war ziemlich verschmiert, und mit ihren komischen Haaren sah sie aus wie eine zerrupfte Vogelscheuche. Ihr Armstumpf baumelte kläglich an ihrem Rock herab. In diesem Moment tat sie mir richtig leid. Arme Jenny. Ich erkannte plötzlich, dass es nicht in Ordnung war, was ich vorhatte. Sie war doch mit Domenico zusammen … Und da wollte ich einfach mit ihm allein ans Meer fahren … Das war nicht fair!

«Du, Jenny, Nicki … Nico will mit mir ans Meer fahren!»

«Wat?» Sie riss ihre Kulleraugen auf.

«Ja. Er hat sein Motorrad geholt und wartet auf mich!»

Zu meinem größten Erstaunen erschien auf ihren Lippen ein keckes Lachen. «*Du* darfst mit ihm fahren? Cool!»

«Macht dir das nichts aus?», fragte ich verwundert.

«Wieso sollte mir det denn wat ausmachen? Et is echt geil, mit Nico zu fahrn! Wie der sich in die Kurve lejen kann! Wirste schon sehn! Bist 'n Riesenglückspilz. Die andern stehen Schlange, nur um bei ihm mitfahrn zu dürfen! Er is voll beliebt!»

«Oh …» Ich fand ihre Antwort reichlich merkwürdig. Jenny sah die Sache ja wirklich sehr locker. Na gut, immerhin hatte ich es ihr gesagt …

«Kannst du es meinem Vater ausrichten?», fragte ich. «Wir werden nicht lange bleiben!»

«Mach ick, klar doch!», versprach Jenny. «Nu jeh schon und jenieß et!»

Mein Herz überschlug sich beinahe vor Übermut, als ich überglücklich davonstürmte. Mit Domenico auf dem Motorrad ans Meer fahren! Wow, ich hätte mir nichts Romantischeres wünschen können! Ich musste mich ganz schön zusammenreißen, um nicht laut aufzujauchzen.

11. Mit dir bis ans Ende der Welt

Domenico stand immer noch an die Hausmauer gelehnt da und rauchte seine Zigarette zu Ende, cool wie immer, in seiner typischen James-Dean-Haltung. Mister Universum. Der Junge mit dem Motorrad, bei dem die Mädchen offenbar Schlange standen. Und derselbe Junge, der mir einst bei der Laterne ewige Freundschaft und Liebe versprochen hatte … Ich seufzte bei dem Gedanken. Wie ernst konnte ich das alles noch nehmen?

«Na, hast du deinen Vater gefunden?» Domenico nahm seine Zigarette aus dem Mund und hielt sie von sich weg, damit der Rauch nicht in mein Gesicht trieb.

«Nein. Er kümmert sich um kranke Leute!»

«Oh, das ist gut, davon gibt's hier viele», sagte er ernst. «Die haben kein Geld für den Arzt oder so. Und was machst du jetzt wegen deinem Alten? Sorry … ich meine, deinem Vater?»

«Hmm, ich werde ihm später eine SMS schreiben.»

«Wir müssen ja nicht lange bleiben …» Er sah mich an, fast so, als hätte er Angst, dass ich es mir anders überlegen würde. Aber das hatte ich natürlich nicht vor!

«Komm!» Er rollte sein Motorrad von der Hausmauer weg, und ich folgte ihm. Wir benützten denselben Durchgang auf die Straße, durch den ich vorher Mingo und Bianca hatte verschwinden sehen. Domenico stieg auf das Motorrad und sah mich erwartungsvoll an. Ich zögerte. Ich war noch nie auf einem Motorrad mitgefahren.

«Keine Angst, Maya!», sagte er sanft. «Es ist ganz easy. Du musst dich nur gut an mir festhalten und deine Füße hinter meine stellen!»

«Aber wir brauchen doch einen Helm!», fiel mir auf einmal ein. «Wir dürfen nicht ohne losfahren!»

«Ach, die sind da nicht so streng!» Er lachte und schnickte seine Zigarette auf die Straße.

«Aber was ist, wenn wir einen Unfall haben?»

«Wir haben keinen Unfall. Vertrau mir!» Er lächelte und reichte mir die Hand.

Vorsichtig stieg ich hinter ihm auf den Sattel, wickelte mir den Lederriemen meiner Handtasche fest um den Oberarm und platzierte sie zwischen meinen Beinen. Dann zögerte ich, bevor ich meine Hände auf seine Schultern legte. Aber er packte behutsam meine Handgelenke, zog meine Arme runter und schlang sie sich fest um den Körper.

«Gut festhalten, ja?»

Ich presste mich eng an ihn und konnte seine Rippen spüren. Er zuckte zusammen. «Hey, nicht kitzeln!»

«Sorry!», hauchte ich und verrutschte meine Finger.

Er startete den Motor. Die Maschine spuckte und knatterte beängstigend. Der Sitz unter mir begann heftig zu vibrieren.

Als wir losfuhren, hatte ich das Gefühl, keinen anderen Halt mehr zu haben außer Domenico, um nicht vom Motorrad zu fallen. Schon bei der ersten Kurve schwankte ich bedrohlich, und mir war klar, dass das Ganze einen gewaltigen Balanceakt erfordern würde. Meine Beine verkrampften sich, und ich traute mich nicht, sie auch nur um einen Millimeter zu verschieben. Ich verstärkte meinen Griff um Domenicos Körper, krallte mich so sehr an ihm fest, dass ich überzeugt war, ihm wehzutun. Doch er sagte nichts. Er zuckte nicht mal mehr zusammen. Der Fahrtwind blies mir sein Haar ins Gesicht, das im Sonnenlicht wie leuchtendes Kupfer glänzte. Und allmählich begann sich mein Körper zu entspannen. Langsam hatte ich den Dreh raus, wie ich mein Gewicht verlagern musste, wenn wir um eine Kurve bogen und sich das Motorrad leicht neigte.

Domenico schien das Fahrzeug wirklich zu beherrschen, und es war, als würde er für mich jede Kurve mit besonderer Behutsamkeit meistern. Und obwohl wir während der Fahrt nicht miteinander sprachen, fühlte ich dasselbe wie damals bei der Laterne. Diese tiefe Verbundenheit, das Gefühl, ihn schon ewig zu kennen ... Ich konnte es einfach nicht erklären. Es war, als wären wir miteinander verschmolzen, als würde ich ihm in dem Moment all meine Geheimnisse zuflüstern. Geheimnisse, die bei ihm besser aufgehoben waren als bei jedem anderen ...

Wir fuhren raus aus der Stadt, bis wir auf der Autobahn waren. Ich wusste nicht, wohin wir fuhren. Ich las etwas von Acireale und Taormina, aber es war mir egal. Von mir aus hätte er mit mir bis ans Ende der Welt fahren können. Ich wollte nicht an die verschiedenen Ermahnungen denken, die mir durch den Kopf jagten. Das Meer zog blaugolden an uns vorüber, die sich neigende Sonne funkelte im Wasser. Ich ließ mich von ihm forttragen, in eine andere Welt, in *seine* Welt, und jede Sekunde dieses Moments war wertvoller als alles andere.

Sehr vorsichtig legte ich meinen Kopf auf seinen Rücken und spürte den Motor durch seinen Körper hindurch vibrieren. Ich fühlte seine starken Schultern, die Kraft, die in seinen Armen war. Meine Hände lagen gekreuzt über seinem Bauch und ... ja, sie lagen direkt dort, wo seine Narben waren. Ein Schauer durchfuhr mich. So oft hatte ich dieses Bild in mein Gedächtnis zurückzuholen versucht, dieses Bild, wie sie ihn damals im Schwimmbad ohnmächtig in den Sanitätsraum getragen hatten und der Bademeister sein T-Shirt hochgezogen hatte ... Dieser Schock, als ich all die Narben gesehen hatte; Messerschnitte, die schlecht verheilt waren. Die Geschichte, die mir Frau Galiani später über diese Narben erzählt hatte, war so erschütternd gewesen wie kaum etwas, das ich je gehört hatte.

Domenico verlangsamte das Tempo und fuhr eine kleine Ausfahrt hinunter. Die Straße führte Richtung Meer. Bei einer mit dürrem Gras und Bäumen bewachsenen Klippe brachte er das Motorrad zum Stehen. Ich löste mich von ihm und fuhr mir mit den Händen durch mein windverwehtes

Haar, um zu ertasten, ob die Blume noch da war. Er drehte sich zu mir um.

«Du ...», begann er heiser, doch seine Stimme versagte und wurde von einem Hustenanfall verschluckt. Er presste die Hand auf die Brust, und ich sah für einen Moment, wie Furcht in seinen Augen aufleuchtete, ja, mehr als Furcht. Es war Panik. Schmerz. Ich spürte, dass ihm jeder Hustenstoß Schmerzen bereitete. Er holte tief Luft und versuchte ein Grinsen, doch es sah kläglich aus.

«Die schlechte Luft in der Stadt ... das reizt halt die Lungen, weißt du», sagte er heiser und sah mich an, als erwarte er von mir eine Bestätigung. Aber das konnte ich nicht. Das war nicht von der schlechten Luft. Ich wusste die Antwort nicht. Er musterte mich schweigend, klappte den Ständer runter, zog schließlich den Schlüssel raus und steckte ihn in seine Hosentasche.

«Hier parke ich immer», sagte er, und seine Stimme klang wieder fester. «Ich fahre oft hierher. Manchmal allein, und manchmal auch mit Mingo und Bianca.»

Er stieg ab und reichte mir die Hand, um mir zu helfen. Meine Beine kribbelten, als wären sie voller Ameisen, und ich konnte kaum mehr den einen Fuß vor den anderen setzen. Und prompt knickte ich mit meinem Knöchel um und kippte aus der Sandale. Doch bevor ich stürzte, packte Domenico mich um die Taille und hielt mich fest, so dass ich meinen Fuß wieder in den Schuh reinbalancieren konnte. Dabei fiel mein Blick auf den Saum meines Rocks. Er war ganz schwarz gefärbt.

«Mist!» Er sah es und verzog das Gesicht. «Dein schöner Rock. Ich hätte es wissen müssen! Diese alte Schrottmühle!» Er warf einen abschätzigen Blick auf das Motorrad. «Kann man das wieder reinigen?»

«Na ja, meine Mutter wird es hoffentlich wieder hinkriegen», sagte ich. «Aber Motoröl ist ziemlich hartnäckig ...»

«Ich weiß! Guck dir Mingos Hände an. Er hat diese Mühle selber zusammengebaut. Aus lauter Schrottteilen!»

«Mingo hat das zusammengebaut?»

«Ja, er ist enorm gut in solchen Sachen», meinte Domenico. «Wenn du irgendein kaputtes Teil hast, Stereoanlage, Kühlschrank, Fernseher oder so, ich schwör dir, der kriegt das Ding wieder hin! Hat schon als Kind immer gern Sachen auseinandergenommen und wieder zusammengeflickt ...»

Ich dehnte mich im Sonnenlicht. Domenico hielt mich immer noch fest. Vor uns erstreckte sich das unendlich weite Meer, und weiße Schaumkronen tanzten wie kleine Streusel auf dem Wasser. Ein paar wenige Wolken zogen durch den sanften Wind über uns vorbei. Wie schön musste es sein, so nahe am Meer zu leben ... Für einen Moment beneidete ich Domenico.

Er musterte mich mit seinem Grübchenlächeln. Die Angst aus seinen Augen war nun wieder ganz verschwunden. «Ich wusste, es würde dir gefallen. Komm mit!»

Er legte den Arm um meine Schultern. Die glitzernden Wellen blendeten mich richtig, und ich hätte in sie versinken können. Zusammen mit ihm. Eintauchen in das Gold des Sonnenlichts.

Er führte mich zu einem stillen Platz am Strand, der etwas abseits von der Straße und all den Strandbars lag, und zog mich in eine kleine Mulde zwischen zwei Oleandersträuchern, von wo aus man einen besonders schönen Blick auf das Wasser hatte. Ich machte es mir bequem und rutschte ganz nahe an den Strauch heran. Domenico ließ sich neben mir nieder. Ich wollte so vieles sagen, aber jetzt, wo ich mit ihm zusammen war, hatte ich das Gefühl, dass jedes Wort diesen zarten Moment nur zerstört hätte. Also lauschte ich einfach den Geräuschen um uns herum, dem sanften Wind, der in den Sträuchern rauschte, den Wellen, die leicht an die Boote klatschten, und sogar den Autos, die in der Ferne an uns vorbeirasten. Ich sog alles in mich auf, jeden Duft, jede Farbe, das Sonnenlicht und besonders Domenico, der neben mir saß. Schließlich war er es, der das Schweigen brach.

«Manchmal komme ich ganz früh am Morgen hierher,

bevor ich nach Hause fahre, und gucke zu, wie die Sonne da hinten über den Bergen aufgeht und ihre ersten Strahlen ins Meer taucht. Und manchmal bin ich auch nachts hier. Dann leuchten die Lichter von dort drüben ins Wasser rein», sagte er leise.

«Das muss sehr romantisch sein», erwiderte ich.

«Hmm.» Er lächelte verträumt und kramte gedankenverloren in seiner Hosentasche nach einer Zigarette, die er sich in den Mund steckte.

«Warst du schon mal in Taormina?», fragte er.

«Nein, noch nie ...»

«Das würde dir gefallen. Nachts, wenn du mit der Funivia rauffährst, sieht es aus wie 'ne Märchenstadt mit ganz vielen Lichtern und so. Taormina liegt nämlich auf 'nem Berg!»

Er nahm die Zigarette wieder aus dem Mund. «Bist du zum ersten Mal hier auf Sizilien?»

«Ja ... ich mach Urlaub mit meinem Vater.» Ich wurde ganz rot. Sollte ich Domenico sagen, dass ich extra seinetwegen gekommen war? Wie würde er das finden? Ich war so unsicher. Sein merkwürdiges Verhalten im «Da Vincenzo» saß mir noch immer in den Knochen. Es hatte nicht so ausgesehen, als ob er sich wirklich gefreut hätte, mich zu sehen ...

«Wir ... es war ein besonders günstiges Reiseangebot», log ich mit noch röterem Kopf. Verflixt, warum tat ich das?

«Wirklich? Und da ... treffen wir uns ausgerechnet wieder?», meinte er fassungslos. «Das find ich ja krass!»

«Ja, voll krass ...», murmelte ich und war froh, dass er damit beschäftigt war, sein Feuerzeug zu suchen.

«Und deine Mutter? Ist sie nicht mitgekommen?»

«Die muss zu Hause die Praxis hüten.»

«Das heißt, sie muss schuften, während ihr hier Ferien macht?» Seine Lippen verzogen sich zu einem mitleidigen Lächeln.

«So ungefähr.» Ich gewann wieder an Fassung und betrachtete seine Zahnlücke und den abgebrochenen Zahn, der vom vielen Rauchen ganz graugelb verfärbt war. Er wandte sein Gesicht von mir ab und versuchte, seine Zigarette anzuzünden, aber sein Feuerzeug funktionierte nicht.

«Verflixt, es ist kaputt.»

«Tja, ich hab auch keins ...»

«Weiß ich», sagte er und steckte sich die Zigarette hinters Ohr. Dann rutschte er ein bisschen nach vorne, legte sich auf den Rücken und verschränkte die Arme hinter seinem Kopf. Mein Blick fiel auf das verschlungene Tattoo-Armband an seinem Oberarm.

«Hat das Tattoo eine bestimmte Bedeutung?», fragte ich.

«Nee, das ist bloß Fantasy-Zeug. Ich hab die Vorlage selbst gezeichnet. Roby hat mir dann das Tattoo gespritzt. Weißt ja noch, der Typ in dem Laden, wo du die Ohrringe hast stechen lassen.» Er blinzelte im Sonnenlicht.

«Selbst gezeichnet?»

«Ja. Mingo will die ganze Zeit, dass ich ihm einen Totenkopf tätowiere, aber das kann er sich abschminken. Das mach ich nicht.»

Mingo ...

«Er kommt nicht mehr weg von den Drogen, was?»

Domenico ließ gedankenverloren ein paar Steinchen durch seine Finger rieseln. «Er hatte die erste Zeit in Palermo fast nichts mehr gespritzt und nur noch geraucht. Aber hier ist er leider wieder voll abgestürzt. Ich konnte halt nicht dauernd auf ihn aufpassen ...» Er zuckte mit den Schultern, doch ich sah, wie sich seine Augen verdunkelten.

«Machst du dir keine Sorgen um ihn?»

«Doch, und wie, aber was soll ich machen? Ich hoff, dass er wenigstens wieder von der Spritze wegkommt. So lange er das Zeug nur raucht, kann ich damit leben, obwohl auch das bescheuert ist. Aber dann muss ich wenigstens nicht dauernd Angst haben, dass er mal 'ne Überdosis erwischt.»

Ich nickte düster. Ich hatte ja mittlerweile in meinen Büchern genug über Drogenabhängigkeit gelesen ...

«Sag mal, was hat er dir vorhin eigentlich so alles erzählt?»

Er richtete sich auf, und eine gewisse Schärfe lag auf einmal in seiner Stimme. «Hast ja lange mit ihm geredet, was?»
«Nichts. Er hat sich bloß einsam gefühlt und so.»
Er verzog sein Gesicht. «Ja, das kenn ich ... aber sei bitte vorsichtig, ja? Mingo ist total unberechenbar.»
«Ich finde, du warst vorhin ganz schön hart zu ihm!»
«Ja, ich weiß. Tut mir leid. Aber du kennst ihn nicht ... Ich wollte einfach nicht, dass du Ärger kriegst.»
«Er war aber sehr nett zu mir!»
«Schon klar. Das ist auch nicht das Problem.»
«Was dann?»
«Er ist einfach ziemlich wirr im Kopf. Und er kann ganz schön ausrasten. Er geht mit dem Messer auf andere los, und hinterher weiß er es gar nicht mehr.»
«Aber mir würde er doch nichts antun?»
Domenico hob die Schultern. «Okay ... *dir* wahrscheinlich nicht. Aber man weiß halt nie bei ihm. Jenny hat er auch schon mehrmals bedroht.»
«Was? Hat er das wirklich?», fragte ich ungläubig, aber er gab keine Antwort mehr. Stattdessen legte er sich wieder zurück und schloss die Augen. Der Wind spielte mit seinem Haar und blies ihm eine seiner langen Strähnen ins Gesicht. Während er die ganze Zeit über meistens einen harten und angespannten Ausdruck gehabt hatte, sah er jetzt richtig sanft und friedlich aus.

Palermo. Er hatte es vorhin erwähnt. Würde er mir die Wahrheit sagen? Würde er mir erzählen, was in jener Stadt vorgefallen war?

«Wieso seid ihr denn von Palermo weggegangen?» Ich versuchte, den lauernden Tonfall in meiner Stimme zu unterdrücken.

«Nur so ... Catania ist weniger gefährlich!» Er gähnte und lag mit geschlossenen Augen da. Nichts in seinem Gesicht deutete auf das hin, was gerade in ihm vorging. Ich gab es auf, bevor ich wieder zu tief in gefährliches Terrain eindrang.

«Was denkst du?», fragte er auf einmal, ohne die Augen zu öffnen.

«Oh. Nichts!»

«Tust du doch. Du starrst mich ja an. Du denkst über mich nach, stimmt's?»

Wie konnte er durch die geschlossenen Augen sehen, dass ich ihn anstarrte?

«Na ja ... du sagst halt nie, was mit dir los ist und so», sagte ich. «Du versteckst deine Vergangenheit vor mir.»

«Du weißt ja 'ne Menge, oder etwa nicht?»

«Frau Galiani hat mir viel erzählt, aber längst nicht alles ...»

Er öffnete für eine Sekunde die Augen, um mir einen seiner durchdringenden Blicke zuzuwerfen.

«Ich rede einfach nicht gern darüber», sagte er.

«Du verdrängst die Dinge. Das ist nicht gut!»

«Ich will doch bloß nicht mehr an den ollen Mist denken! Das ist jetzt vorbei. Ich hab hier ein neues Leben.» Er lächelte sanft und berührte vorsichtig meinen Arm. «Leg dich doch neben mich, Maya! Dann können wir besser quatschen!»

Mein ganzes Inneres schmolz dahin wie Wachs, als er das sagte, während der Boden unter mir gleichzeitig zu einer schwebenden Wolke wurde. Seine Finger, die nun zärtlich meinen Arm streichelten, jagten elektrische Stromstöße durch meinen ganzen Körper. Doch ich zögerte. Die süßen Gefühle wurden auf einmal von einem Schwall ermahnender Gedanken weggespült. *Das ist nicht richtig ... er hat doch eine Freundin ... Jenny!*

Als er mein Zögern bemerkte, richtete er sich auf und zog seine Hand zurück.

«Sorry, Maya.»

«Wofür?»

«Ich hab nicht nachgedacht. Du bist ... anders als die anderen. Ich darf das nicht tun ...»

«Oh ... äh ...», stotterte ich.

«Schon gut, du musst nichts erklären.» Er starrte auf das

glitzernde Wasser. Die untergehende Sonne tauchte alles in ein zartes pastellfarbenes Licht. Er griff nach der Zigarette, die mittlerweile irgendwo zwischen den Steinen lag, und drehte sie geistesabwesend in seinen Fingern.

«Willst du nicht aufhören mit dem Rauchen?», fragte ich und dachte an seinen Husten.

Er zuckte mit den Schultern. Ich wusste, dass er dieses Thema hasste und ich so was eigentlich nicht fragen durfte. Wir saßen so nahe beieinander, dass sich unsere Schultern berührten. Mein Herz hämmerte bis hinauf in meinen Kopf. Do-dong. Do-dong. Do-dong. Ich spürte Domenicos harte, sehnige Oberarme, die sich spannten, während er mit der Zigarette spielte. Schließlich lehnte er seinen Kopf an mich, ganz, ganz vorsichtig. Sein weiches Haar fiel in meinen Nacken, und jede Faser meines Körpers pulsierte. Behutsam zog ich meine Schulter etwas hoch, damit sein Kopf bequem lag, während ich ein schüchternes Gebet zum Himmel sandte, mit der Frage, ob das, was ich hier tat, richtig war ...

Domenicos Atem wurde ruhig, und mein Blick fiel auf seine rechte Hand. Um den Daumen trug er einen breiten, silbernen Ring. Woher hatte er ihn? Und was hatte er zu bedeuten? Meine Gedanken formten all die unausgesprochenen Worte, die mein Herz ein ganzes Jahr lang beschäftigt hatten.

Woran denkst du, Nicki, wenn du nachts hierher kommst und die Lichter anschaust? Denkst du noch an mich und an unsere Laterne? Gibt es mich noch in deinem Leben?

Ich fühlte, dass er die Augen noch immer geschlossen hatte. Die Wellen plätscherten leise gegen den Felsen. Ich dachte schon, er sei an meiner Schulter eingeschlafen, als er sich plötzlich rührte und etwas murmelte.

«Was?», fragte ich.

«Du bist so hübsch, Maya! Viel hübscher, als ich dich in Erinnerung hatte.»

«Was?», wiederholte ich ungläubig. Er richtete sich auf und musterte mich eingehend.

«Du hast dich verändert. Es ist so, glaub mir. Du bist irgendwie stark und reif geworden!»

«Ich? Stark und reif? Findest du wirklich?» Mein Gesicht glühte wie heißes Eisen.

«Wenn ich es sage! Und ich, hab ich mich auch verändert?»

«Du bist gewachsen», sagte ich sofort.

In sein Gesicht trat ein stolzes Lächeln. «Ich weiß», sagte er. «Ich hab's langsam echt satt gehabt. Für mein Alter war ich viel zu klein. Ich war ja damals kaum größer als du, erinnerst du dich?»

Ich nickte. Und ob ich mich erinnerte!

«Aber weißt du, was gemein ist? Mingo ist genau einen halben Zentimeter größer als ich!»

«Jetzt komm aber, das sieht man doch überhaupt nicht!»

«Ich schon! Aber warte nur, ich hole ihn wieder ein!»

«Hauptsache, ich hole dich nicht wieder ein!», scherzte ich.

«Das wird bestimmt nicht passieren ...» Er rutschte ganz dicht ans Wasser heran und tauchte seine Hand ein. Ich rückte ihm nach und tat das gleiche. Das Wasser war angenehm kühl.

«Du willst eigentlich gar nicht Ärztin werden, stimmt's?», fragte er nach längerem Schweigen und berührte sachte meine Finger.

«Wie kommst du darauf?», erwiderte ich perplex. Ich hatte ihm doch gar nichts davon erzählt!

«Du machst es deinem Vater zuliebe. Im Grunde hast du die Penne ziemlich satt, hab ich Recht?»

«Also ... woher ... weißt du das?», stammelte ich.

Er blinzelte verschmitzt. «Ich hab also Recht?»

Recht? Er hatte ins Schwarze getroffen!

«Woher ... weißt du das?» Einen Moment lang war mir das richtig unheimlich. Er hatte einfach die Gabe, in mich hineinzusehen. Es war enorm!

«Hab dich halt beobachtet. Ich seh doch, was in deinem

Gesicht abgeht. Ist ein bescheuertes Gefühl, was? Wenn man Dinge tun muss, die man nur tut, weil es andere von einem erwarten. Ich kenn das», sagte er hart.

«Hmmm». Diesmal blieb ich ihm die Antwort schuldig.

«Lass dir bloß nix vorschreiben! Tu das, was *du* tun willst», sagte er. Aber da war etwas in seiner Stimme, eine Art Stachel, der mir überhaupt nicht gefiel.

«Tja, ich fürchte, so einfach geht das nicht. Wir müssen doch aufeinander Rücksicht nehmen ... Niemand kann nur das tun, was ihm gerade in den Kram passt ...»

Er verzog beinahe arrogant sein Gesicht. «Meinst du? Ich nehm jedenfalls auf niemanden mehr Rücksicht.»

Ich zog meine Hand aus dem Wasser und versuchte mein Entsetzen über diese Aussage zu verbergen. *Was redest du da, Nicki ...!*

«Ich lass mir nix mehr vorschreiben», sagte er hitzig. «Mich kriegt keiner mehr in die Penne zurück noch sonst in irgend 'ne Anstalt!»

«Nicki ...»

«Sorry, Maya ... ich will nicht mehr daran denken!»

«Ich ... ich hatte schon Angst, dass du ...»

Wir sahen uns sprachlos in die Augen, und dann schienen seine harten Gesichtszüge auf einmal wieder zu schmelzen, als er plötzlich zu lachen anfing.

«Nicki ...?»

Er grinste und beugte sich vor, um mir neckisch einen Schwall Wasser ins Gesicht zu spritzen.

«Spinnst du?!», kreischte ich.

«Komm, sei doch nicht so ein Spießer, Maya!»

Ich brauste auf. «Bin ich nicht! Na warte!» Auch ich tauchte meine Hand wieder ins Wasser und bespritzte ihn mit einer ordentlichen Ladung Meerwasser. Er sah mich total verblüfft an, mit triefenden Haaren und patschnassem Gesicht.

«Sorry, Nicki, das war ein bisschen zu viel.»

«Quatsch! Das war super!», lächelte er anerkennend.

«Du bist unmöglich, Nicki», seufzte ich.
«Und du bist viel zu ernst. Genieß das Leben!»
«Das tu ich doch ...»
«Du kannst nicht nur für die Schule pauken!»
«Hör auf! Ich möchte überhaupt nicht an die Schule denken. Aber du ... Wie willst du ohne Schulabschluss überhaupt einen Beruf erlernen?»
«Muss ich das?»
«Na klar, das muss doch jeder!»
«Du meinst so 'n Beruf, wo ich jeden Tag von morgens bis abends in 'nem öden Kabuff sitzen und malochen muss?», fragte er angewidert. «Nee, danke!»
«Aber wovon willst du denn später mal leben?»
«Phhh ... Malen ... und 'n bisschen nebenbei jobben. So wie jetzt. Aber immer nur so, wie ich gerade Bock hab!»

Ich konnte es nicht fassen. Bei mir war alles streng geregelt. Die Schule presste meinen Tag in einen straffen Stundenplan, ich musste büffeln, ich hatte Pflichten im Haushalt, und die Freizeit war begrenzt.

«Das Leben kann so cool sein», sagte er. «Sieh doch nur mal das Meer an. Wär doch schade, all das zu verpassen. Ich will frei sein. Einfach nur frei. Keine Schule, kein Heim, niemand, der mich irgendwo einsperrt! Ich will am Meer rumhängen, Partys feiern, mit dem Motorrad rumdüsen, malen ...»

Ich schüttelte bloß den Kopf. Mit ihm war einfach nicht vernünftig über so was zu reden.

«Du machst es dir ja schon sehr leicht ...», sagte ich, noch immer ein bisschen beleidigt, dass er mich vorhin Spießer genannt hatte. Er kam näher an mich heran und strich mir versöhnend über die Wange. Der Verband an seiner verletzten Hand war nun ganz nass von unserer Spritzerei.

«Hey ... Süße ...»
«Ich bin nun mal streng erzogen worden!»
«Ich weiß ...», sagte er sanft. «Ist ja auch besser so. Du hast immerhin 'ne Mutter, die für dich sorgt ...»

Er stand auf und starrte aufs Meer. Ich erhob mich ebenfalls und stellte mich neben ihn. In der Ferne war der Ätna mit seiner Rauchwolke zu sehen. Die Sonne war nun fast ganz untergegangen, nur noch eine rötliche Glut leuchtete übers Wasser. Domenico starrte auf die Zigarette, die vorhin durch unsere Spritzerei ins Wasser gefallen war.

«Die können meinetwegen die Fische rauchen!», murmelte er.

«Nicki ...»

«Ich will nicht über meine Vergangenheit reden, okay?», bat er mich.

«Okay ...»

Er stand da wie eine reglose Statue aus Porzellan, genau wie in meinem Traum. Der rötliche Sonnenstrahl glänzte in seinem Haar. Ich hätte am liebsten meine Arme ganz fest um ihn geschlungen, aber das ging nicht. Ich durfte es nicht.

«Du, Nicki ... kann ich ein Foto von dir machen?»

«Ein Foto?» Er wandte sich zu mir um. «Nee ... lieber nicht!»

«Warum nicht?»

«Weil ich es nicht mag. Ich hasse Fotos von mir.»

Ich dachte an das Foto, das ich von ihm besaß. Vermutlich war es eines der wenigen, die überhaupt von ihm existierten.

Auch die letzte rötliche Glut war nun verschwunden. Domenico strich sich die Haare aus dem Gesicht und blickte in Richtung Motorrad.

«Wir sollten nun langsam zurück, was?», meinte er. «Sonst bin ich bei deinem Vater ganz unten durch!»

Ich blickte auf die Uhr. Es war kurz vor halb zehn.

12. Pechsträhne

Wir schlenderten zurück zu Domenicos Motorrad, das hinter der Hecke auf uns wartete. Mittlerweile hatten sich noch weitere Motorräder dazugesellt, und einige Meter vor uns sahen wir ein paar Jungs Richtung Klippe spazieren.

«Augenblick», murmelte Domenico und löste sich von mir. Mit seinem gekonnt lässigen Gang schlenderte er zu den Jungs rüber, ließ sich von ihnen Feuer geben und kam mit einer brennenden Zigarette im Mund zurück. Er setzte sich auf das Motorrad, und ich stieg hinten auf. Diesmal raffte ich meinen Rock besser zusammen, um eine weitere Berührung mit dem Schmieröl zu vermeiden.

Domenico nahm sich keine Zeit, die Zigarette fertig zu rauchen, sondern steckte sie einfach in seinen linken Mundwinkel und startete den Motor. Ich schlang meine Arme um ihn. Langsam rollte das Motorrad an, und er lenkte es geschickt Richtung Autobahn.

Diesmal brauchte ich nicht mehr so verkrampft zu sitzen, da ich nun wusste, wie ich das Gleichgewicht halten musste. Dafür wurde mir nun allmählich bewusst, dass mir eine ziemlich heftige Auseinandersetzung mit Paps bevorstehen würde, weil ich einfach ohne seine Erlaubnis weggefahren war. Meine Lunge krampfte sich derart zusammen, dass ich mich beinahe mit meinem ganzen Gewicht auf Domenico abstützen musste.

Am Telepass war ein kleiner Stau. Domenico schlängelte das Motorrad vorsichtig durch die wartenden Autos. Die stinkenden Abgase reizten meine Nase, und ich spürte, wie Domenico seine Brust zusammenzog und die Luft anhielt, um einen weiteren Hustenanfall zu unterdrücken.

Endlich fuhren wir in die Stadt rein. Meine Nervosität wegen Paps stieg langsam ins Unermessliche. Mit Vollgas brausten wir die Corso Sicilia runter und wurden erst langsamer, als wir uns der Piazza Stesicoro näherten. Die Straßenbeleuchtung brannte inzwischen. Eine Menge junger

Leute waren mit ihren Motorrädern unterwegs, fast alles Jungs, die auf dem Sozius ein Mädchen rumkutschierten. Das Nachtleben hatte begonnen! Domenico fuhr langsam neben ihnen her, ließ sich von einem der Jungs Feuer für die nächste Zigarette geben und grüßte mal hier und mal dort jemanden. Wie schaffte er es bloß, immer so beliebt zu sein? Er hatte es einfach ziemlich gut drauf, überall den Star raushängen zu lassen.

«Nico! Nico!», grölten ein paar der Jungs im Chor und ließen die Motoren ihrer Maschinen laut aufröhren. Ein gewaltiger Junge mit blondem, langem Haar und einem muskulösen Oberkörper, gegen den selbst André wie ein Eichhörnchen aussah, fuhr mit seiner fetten Maschine um Haaresbreite an uns vorbei und machte das Siegeszeichen. Domenico murmelte etwas und zog sein Motorrad haarscharf nach rechts. Ich taumelte und krallte mich voller Schreck an ihm fest.

«Sorry, Maya ... aber ich hab keinen Bock, mich mit Fabio und seinen hirnverbrannten Idioten anzulegen», sagte er.

Genauso wie Domenico ein Talent hatte, sich überall beliebt zu machen, schien er auch ein Talent zu haben, sich überall Feinde zu schaffen. Diesmal war es anscheinend dieser blonde Hüne mit seiner Motorrad-Bande. Die Jungs machten auf kleinstem Raum eine Kehrtwende und fuhren zurück auf uns zu, wobei sie schadenfroh johlten und lachten. Panisch klammerte ich mich noch stärker an Domenico fest. Das hier war überhaupt nicht nach meinem Geschmack!

«Keine Angst, dir passiert nichts, wenn du mit mir zusammen bist», sagte Domenico äußerst selbstsicher. «Halt dich einfach sehr gut an mir fest, okay?»

Ich nickte und presste mich bebend an ihn. Die Jungs kreisten uns ein und fuhren links und rechts an uns vorüber, und ich zuckte zusammen, als einer von ihnen sogar mein Bein betatschte. Domenico fluchte und gab Gas.

«Ich mach sie fertig!», knurrte er. «Meine Maschine ist eh schneller als ihre. Mingo hat ganze Arbeit geleistet, ey!»

«Nicki ...», wimmerte ich und schloss die Augen. Ich

konnte nur noch fühlen, wie wir die Corso Sicilia zurückrasten, mit einer Geschwindigkeit, wie wir sie nicht mal auf der Autobahn hingelegt hatten. Der Motor röchelte und spuckte, als läge er in den letzten Zügen. Ich hatte riesige Panik und flehte zu Gott, dass das hier bald vorbei sein möge.

Plötzlich bremste Domenico so heftig ab, dass ich beinahe das Gleichgewicht verlor und vom Motorrad gefallen wäre. Ich hörte ganz deutlich eine Polizeisirene und öffnete entsetzt die Augen. Ein Streifenwagen kam direkt auf uns zugefahren.

«Verflixt!», murmelte Domenico und brachte die Maschine ganz zum Stillstand. Der Streifenwagen hielt neben uns an. Zwei uniformierte Beamte stiegen aus und stellten sich vor uns auf. Der Ältere zückte sein Protokollheft, während der andere um uns herumging und unser Motorrad mit einem missbilligenden Kopfschütteln inspizierte.

«Was ist los?», fragte ich Domenico ängstlich.

«Tja, zu schnell gefahren halt», murmelte er zerknirscht.

Ich verfolgte mit wachsender Besorgnis, wie die beiden Polizisten ein paar Worte miteinander wechselten und sich dann an Domenico wandten. Domenico hörte ihnen erst zu und protestierte dann hitzig. Ich verstand nicht genau, worum es hier ging, doch Domenicos Stimme wurde ziemlich aggressiv, als einer der Beamten nun auf mich zeigte. Sie machten deutliche Handzeichen, dass wir vom Motorrad runterkommen und zu ihnen ins Auto steigen sollten. Domenico wandte sich geschlagen zu mir um und reichte mir die Hand.

«Was nun? Nicki, was ist hier los?», fragte ich entsetzt.

«Wir müssen mit auf die Wache», erklärte er tonlos. «Keine Angst, ich versuch dich da rauszureden.»

«Nur weil wir zu schnell gefahren sind?»

«Nicht nur deswegen ... ich erklär's dir nachher. Komm!»

Er half mir beim Absteigen. Als wir im Auto saßen, kamen mir plötzlich die Tränen. Die Aufregung wegen Papas bevorstehender Schelte und diese bescheuerte Situation, das war einfach zu viel. Domenico sah mich an, dann rutschte er zu mir rüber und schlang schützend seine Arme um mich.

«Nicki ... was geschieht nun mit uns?», schluchzte ich.

«Schscht ... wein nicht, Maya. Ich bin ja bei dir. Es wird alles gut! Dir passiert nix», flüsterte er zärtlich in mein Ohr.

«Stecken sie uns nun in den Knast?»

«Dich bestimmt nicht.» Er grinste ein bisschen.

«Und du?»

Er lachte trocken. «Es ist nicht das erste Mal, dass ich auf 'ner Polizeiwache lande. Mal sehen!»

«Aber was werden sie mit uns machen?»

«Nehme mal an, sie werden deinen Vater anrufen.» Er packte meine Hand und drückte sie.

«Oh Gott!», stöhnte ich. «Paps wird durchdrehen!»

Nicki senkte die Augen. «Ich ... ich weiß. Sorry, Maya ... Ich ... ich hätte es wissen müssen. Die kurven hier ständig rum. Was meinst du, was hier im Zentrum alles abgeht. Aber ich wollte nicht, dass dieser Fabio dich blöd anmacht ...» Er ließ meine Hand wieder los. «Mann, mir ist ja selber total übel ...»

Ich spürte, dass er mir etwas *nicht* sagen wollte.

Als das Auto langsam in die Zufahrtsstraße zur Wache einbog, murmelte er: «Ich hab ihm dauernd gesagt, dass er den Mist nicht machen soll!»

«Was denn? Wovon redest du? Von wem?»

«Mingo. Er hat das Nummernschild verhökert, weil er Kohle brauchte. Er sagte, er würde bald wieder 'n Neues auftreiben, aber das hat er doch schon längst wieder verschlampt ...»

«Wir sind ohne Nummernschild gefahren?» Ich war einigermaßen schockiert.

Er nickte knapp. «Ja, die glauben nun natürlich, dass das Motorrad gestohlen ist.»

«Und, ist es das?»

«N-nein ... nicht wirklich ...»

Ich schaute ihn scharf an. Er wich meinem Blick aus. «Mingo hat es mitgebracht und umgebaut. Es lag angeblich auf dem Schrottplatz. Ich weiß nicht, woher er es hat, und ich frage auch nicht, kapiert? Ich will nicht immer alles wissen, was er so treibt, sonst dreh ich durch.» Er holte tief Luft, was bei ihm einen kleinen Hustenanfall verursachte.

«War Mingo denn hier schon im Knast?» Ich erinnerte mich an das Foto, das Carlo Bonti uns gezeigt hatte.

«Na ja, er ist bei der Polizei registriert. Sie haben ihn zwei, drei Mal festgenommen und verhört wegen Verdacht auf Drogenbesitz, aber sie konnten ihm nichts nachweisen. Ich hab ihm so eingeschärft, dass er aufpassen soll! Er hängt halt dauernd hier im Zentrum rum und fällt überall auf mit seinen Klamotten und dem Messer und so. Aber wenn die jeden Junkie in den Knast stecken würden, hätten sie 'ne Menge zu tun. Sind ja nur kleine Fische, im Gegensatz zur Mafia ...»

Das Auto hielt vor der Wache. Ich schwieg. Domenico brauchte absolut nicht zu wissen, dass ich schon hier drin gewesen war und nach ihm gefragt hatte.

Der jüngere Polizist öffnete uns die Wagentür und ließ uns aussteigen. Obwohl es immer noch schwül war, fröstelte ich ein bisschen. Die Vorstellung, was Paps zu all dem sagen würde, lag jenseits von Gut und Böse. Seine einzige Tochter auf der Polizeiwache – wahrscheinlich würde er meine Geburtsurkunde zerreißen oder so was in der Art.

Wir betraten zwischen den beiden Polizisten das Gebäude, und einen Augenblick lang hoffte ich, dass Carlo Bonti Spätschicht hatte. Am Empfang saß ein hagerer Typ mit aschfahlem Gesicht, der eine gewisse Ähnlichkeit mit einer Krähe aufwies und auf dessen Namensschild ich Federico Scuderi las. Er rauchte eine Zigarette und musterte uns mit kühlen Augen. Nur ein schwaches Neonlicht erleuchtete das Innere der Wache.

«Ausgerechnet Scuderi», murmelte Domenico.

Man wies uns in die Warteecke hinter der Glaswand, dorthin, wo auch das Bild mit dem hässlichen Geigenspieler hing.

Ich holte mein Handy aus der Handtasche und prüfte das

Display, während Domenico mit dem Rücken zu mir stand und an die Wand starrte. Mein Handy zeigte drei unbeantwortete Anrufe von Paps. Au wei! Ich hatte vergessen, die Stummschaltung rauszunehmen.

Dann wurden wir wieder zum Empfang gerufen. Scuderi sah nicht besonders freundlich aus. Um seine Mundwinkel hatte er ungeduldige Furchen. Wahrscheinlich hatte er absolut keine Lust, sich zu dieser späten Stunde mit zwei dummen Teenagern abzugeben, die wegen einer waghalsigen Motorradfahrt festgenommen worden waren. Die anderen beiden Beamten standen rechts und links daneben, als müssten sie den Empfang bewachen.

Scuderi knöpfte sich zuerst Domenico vor, der seine Fragen ziemlich kühl und kurz angebunden beantwortete und dabei sehnsüchtig auf Scuderis immer noch qualmende Zigarette im Aschenbecher starrte. Scuderi überprüfte mit einem kurzen Nicken die Akten und richtete seine Krähenaugen schließlich auf mich. Domenico stieß mich in die Seite.

«Hey, du musst Name und Adresse von dir und deinem Alten – sorry, deinem Vater – angeben!»

«W-was?», stammelte ich.

«Mach's besser, der Typ hier kennt sonst keine Gnade», sagte Domenico mit finsterem Gesicht. «Mit dem hab ich schon ein paar Mal Zoff gehabt wegen Mingo!»

Ich nickte ängstlich, und Domenico übersetzte meine stammelnden Antworten. Scuderi verlangte Paps' Handynummer. In meinem Magen braute sich etwas ganz Übles zusammen, als er den Telefonhörer nahm und auf die Tasten tippte.

«Ruft ... ruft der jetzt meinen Vater an?», fragte ich mit blutleerem Gesicht. Domenico nickte matt. «Sieht so aus.»

«Oh Gott!», stöhnte ich. «Das gibt ein Desaster!»

«Na ja, aber immerhin kommt dein Alter dich holen und du kannst weg. Ich kann hier versauern, weil bei mir keiner auftaucht ... Er wird dich ja nicht verprügeln, oder?»

«Das nicht ... aber er wird sehr enttäuscht von mir sein.»
Domenicos Gesicht zuckte ein wenig, und er schob seine Finger zwischen meine. «Komm, setzen wir uns!»
Während Scuderi telefonierte, führte Domenico mich zurück zu den Wartestühlen. Je länger Scuderi mit Paps telefonierte, umso heftiger brodelte es in meiner Magengegend. Es musste schwierig sein, Paps die Situation verständlich zu machen, da Paps kaum Italienisch konnte und Scuderi kein Deutsch.
Wir nahmen Platz, und Domenico lehnte sich mit seinem Kopf an mich. Die Luft hier in der Warteecke roch schal und nach kalter Asche. Außerdem lief die Klimaanlage wieder auf Hochtouren. Ich fror richtig. Das einzig Warme war Domenicos Hand, an die ich mich so stark klammerte, dass der Metallring an seinem Daumen mich drückte. Der miesepetrige Geigenspieler schaute mich mit seinen deprimierten Augen an, während ich innerlich ein leises Gebet sprach, dass Gott uns da doch heil wieder rausbringen möge.
«Voll schräg, was?», fragte Domenico plötzlich leise.
Seltsamerweise wusste ich gleich, dass er das Bild meinte.
«Ich kann nicht verstehen, wie man so was Hässliches malen kann», sagte ich.
«Ich auch nicht. Guck dir mal dem seine Fresse an! Ich würde mich umbringen, wenn ich so eine Nase hätte!»
Trotz der widerwärtigen Situation mussten wir beide auf einmal kichern, was uns einen strengen Blick aus Scuderis Krähenaugen bescherte. Er zündete sich eine neue Zigarette an und fixierte uns aufmerksam.
«Dabei steht hier ein Rauchverbotszeichen», sagte Domenico und zeigte auf ein leicht verblasstes Schild an der Glaswand. «Ey, ich fall auch gleich vom Hocker ...»
Wir warteten und warteten. Domenico löste den von der Spritzerei am Wasser völlig lose gewordenen Verband von seiner Hand und untersuchte die Schnittwunde. Seine Finger zitterten leicht dabei.
Paps musste jeden Augenblick auftauchen. Ich versuchte,

mir die schlimmste Variante *nicht* vor Augen zu malen, nämlich dass Paps für den Rest der Ferien nicht mehr mit mir reden würde.

«Kannst du nicht für mich beten, dass ich zu Bonti komme?», bat Domenico mich plötzlich sehr leise. «Der nimmt die Dinge viel lockerer. Ich hab keinen Bock, hier drin zu übernachten!»

«Klar», sagte ich, und diesmal war ich es, die seine Hand drückte. Ich fühlte, dass er Angst hatte. Nicki hatte tatsächlich Angst!

Endlich ging die Tür auf, und durch die Glasscheibe sah ich Paps hereinkommen. Und fast im selben Augenblick erschien im dunklen Flur die massige Gestalt von Carlo Bonti. Scuderi winkte uns mit einem Nicken zu sich. Ich wusste, dass unsere Wege sich nun trennen würden, mein Weg Richtung Paps, Domenicos Weg Richtung Bonti. Wir folgten der Aufforderung und warfen uns einen letzten Blick zu. Domenico winkte mir mit einer schüchternen Handbewegung.

Die Begegnung mit Paps' Augen sagte alles, und von mir aus konnte er sich jede weitere Bemerkung sparen. Paps füllte ein Formular aus, das Scuderi ihm reichte, und schwieg dabei, und er schwieg auch, als er fest meine Hand packte und mich durch die Glastür hinaus zum Auto führte, das vor der Zufahrt wartete.

Ich hatte das Gefühl, mich übergeben zu müssen, als ich einstieg und mich auf dem Beifahrersitz verkroch. Die Blume in meinem Haar hing nur noch schief herab. Paps stieg auf der anderen Seite ein, und dann saß er einfach da und wartete. Ich zitterte am ganzen Leib, und mein Rock sah erbärmlich aus; der Saum war zerrissen und voll von diesem Motoröl.

Ich wusste nicht, wie lange wir dasaßen und uns anschwiegen, aber ich wusste, dass Paps nicht losfahren konnte, solange er innerlich derart erregt war. Er trommelte nervös mit seinen Fingern aufs Lenkrad, so lange, bis ich es nicht mehr aushielt.

«Tschuldigung, Paps!», murmelte ich kleinlaut.

Paps zog hörbar die Luft ein. «Das hilft doch jetzt auch nichts mehr!»

«Es war ... Domenico wollte nicht ...»

Paps schnaubte und startete den Motor. Und da sah ich Domenico mit gesenktem Gesicht aus dem Gebäude kommen. Anscheinend hatte Bonti kurzen Prozess gemacht.

«Paps, bitte ... sei nicht böse ...», stammelte ich.

Paps fuhr ein paar Meter, dann hielt er wieder an, so dass wir mitten im Schein des grellorangen Lichtkegels einer Straßenlampe standen. Er schaltete den Motor wieder aus und trommelte erneut mit seinen Fingern aufs Lenkrad. Domenico überholte uns und blickte zur Seite, als er an mir vorbeiging. Ich sah ihm hinterher, wie er langsam über die Straße schlurfte und dabei einen Passanten um Feuer bat.

«Du bist mein einziges Kind, Maya», kam Paps' schmerzbeladene Stimme. «Ich weiß nicht, was ich dazu sagen soll. Ich habe dich nie bestraft. Ich habe dir nie eine Ohrfeige gegeben. Aber vorhin hätte ich es am liebsten getan!»

Ich brach endgültig in Tränen aus. «Oh Paps ...»

«Du fährst, ohne mir Bescheid zu sagen, auf einem gestohlenen Motorrad und *ohne* Helm mit einem Jungen weg, der ... Sieh ihn dir doch an, Maya!» Paps machte eine verzweifelte Geste in Domenicos Richtung, der jetzt in seiner gespielt coolen James-Dean-Pose an einer Hauswand stand und uns beobachtete.

«Er ist ein Vagabund, ein Herumtreiber. Er geht ja nicht mal zur Schule! Donnerwetter, gibt es denn keinen vernünftigen Jungen in deinem Leben, der dich interessiert?» Er schüttelte resigniert den Kopf. «Ich hätte diese Reise nicht erlauben sollen! Das war ein Riesenfehler.»

Er seufzte und startete abermals den Motor. Ich kauerte mich zusammen und fing Domenicos stechenden Blick auf, der mich mitten ins Herz traf. Und dann, gerade noch rechtzeitig, bevor wir richtig losgefahren waren, löste er sich von der Hausmauer und kam zurück über die Straße auf uns zugestürmt.

«Paps, warte!», rief ich unter Tränen. Paps bremste ruckartig. Domenico stolperte vors Auto, stützte sich auf der Kühlerhaube ab und klopfte an Paps' Seite der Windschutzscheibe.

Paps kurbelte das Fenster herunter. «Was willst du?», fragte er ungehalten.

«Ey ... sorry ... ich muss reden ... ich muss mit Ihnen reden!», keuchte Domenico und warf seine Zigarette zu Boden. «Sie kann nichts dafür! Sie dürfen nicht mit ihr schimpfen!» Seine Lippen bebten, als er und Paps sich in die Augen schauten.

«Na ja ... das war's, was ich sagen wollte ...» Domenico trat wieder vom Fenster weg und hob flehend seine Arme. «Ich schwör's, ich mach ihr keinen Ärger mehr!»

Paps startete den Motor zum dritten Mal und schaltete ihn gleich darauf wieder ab. Domenico hatte sich bereits wieder von uns abgewendet und schlenderte zurück Richtung Straße.

Da streckte Paps den Kopf aus dem Fenster.

«He, du da, bleib stehen!»

Domenico drehte sich um.

«Steig ein. Wir müssen mal Klartext miteinander reden!»

Domenico blieb mitten auf der Straße stehen und starrte Paps ungläubig an. Erst als sich ein Auto näherte, setzte er sich endlich in Bewegung und kehrte zu uns zurück. Paps lehnte sich nach hinten und öffnete ihm die Tür, und Domenico kletterte auf den Rücksitz. Ein leichter Geruch nach Zigarettenqualm haftete an ihm. Paps kräuselte die Nase und fuhr endgültig los.

13. Domenicos Geständnis

Ich war so erschöpft, dass ich beinahe vom Stuhl fiel, als wir uns in ein kleines Straßencafé in der Nähe der Piazza Stesicoro setzten, das um diese Uhrzeit noch offen hatte. Es war mittlerweile weit nach elf Uhr. Paps bestellte uns etwas zu trinken. Domenico behauptete allerdings, keinen Durst zu haben, und vermied es, mich anzusehen. Er spielte gedankenverloren mit dem geschmolzenen Wachs einer brennenden Kerze und hustete leise.

«So, und nun möchte ich gern hören, was da genau passiert ist!», verlangte Paps, nachdem das Mineralwasser auf dem Tisch stand.

Mit tränenerstickter Stimme erzählte ich ihm alles: von unserem kleinen Ausflug ans Meer, von der Motorradbande, die uns regelrecht gejagt hatte, und schließlich von der Polizei, die uns aufgegriffen hatte. Domenico schwieg die ganze Zeit und schien sich am liebsten in Luft auflösen zu wollen.

Paps' Stimme klang zum Glück nicht mehr ganz so erzürnt, als er wieder sprach: «Du weißt, worüber wir vor den Ferien gesprochen haben, Maya. Ich will, dass du endlich wieder mit einem klaren Kopf durchs Leben gehst!»

«Das will ich ja auch, Paps», sagte ich kleinlaut.

«Und du ...» Jetzt wandte sich Paps an Domenico, der mit gesenktem Kopf dasaß und gegen einen mittlerweile stärker aufkommenden Hustenanfall kämpfte.

«Über dich höre ich nur schlimme Dinge. Geklaute Motorräder, Prügeleien, Rauchen, Drogen und dauernd andere Mädchen! Was denkst du dir eigentlich dabei?»

Paps hatte gerade alle Tabu-Themen auf einen Schlag gebrochen. Domenico holte tief Luft, aber sein Atem stockte. Seine Augen waren trocken, aber ich war mir fast sicher, dass er innerlich genauso heulte wie ich.

«Ich ... nehme keine Drogen», sagte er heiser.

«Da habe ich aber anderes gehört», sagte Paps.

«Ich nicht. Ich hab nie harte Drogen genommen!»

«Es gibt da aber die Geschichte, wie du unter Drogeneinfluss vom Zehner gesprungen bist!» Paps beugte sich zu ihm vor. Domenicos Augen waren von dunklen Schatten umgeben.

«Ach, das. Okay, das war 'ne Pille. Ja, ich hab früher manchmal gekifft und Trips geschmissen, Ecstasy und so, aber nie Eitsch und das ganze harte Zeug, das mein Bruder nimmt. Aber seit wir hier auf Sizilien sind ...» Er wurde plötzlich von einer starken Hustenattacke unterbrochen, die ihm fast Tränen in die Augen trieb. Er sprang auf und presste sich die Hand vor den Mund. «Sorry, bin gleich zurück!», murmelte er, und ehe ich etwas erwidern konnte, stürmte er davon. Ich saß wie vom Donner gerührt da. Dieser Husten ... irgendwas stimmte da einfach nicht!

«Das gefällt mir aber ganz und gar nicht», sprach Paps meine Gedanken aus und blickte in die Richtung, in die Domenico verschwunden war. «Das muss ich mir nachher unbedingt mal ansehen.» Er wandte sich wieder mir zu.

«Nun, Maya ... mir liegt wirklich nichts daran, ständig dein strenger, schimpfender Vater zu sein. Ich möchte doch nur, dass du gut durchs Leben kommst und wieder Boden unter die Füße kriegst», sagte er deutlich betrübt.

«Ich weiß, Paps ...»

«Es war einfach gefährlich, was du gemacht hast! Was meinst du, was ich für Ängste ausgestanden habe, als Jenny mir erzählte, dass du allein mit diesem Jungen unterwegs bist. Dreimal habe ich vergeblich versucht, dich auf dem Handy zu erreichen!»

«Ich hab's nicht gehört», sagte ich, und das stimmte ja auch – wegen meiner Vergesslichkeit. Doch ich verstand sehr wohl, wie die Sache aus Paps' Sicht aussah.

«Nun ... wie gesagt, ich möchte jetzt nicht weiter mit dir schimpfen. Wir werden mit Mama und auch mit Frau Galiani darüber reden. Aber ich möchte, dass du mir versprichst, nie mehr ohne meine Erlaubnis mit diesem Jungen wegzugehen. Hast du verstanden?»

Ich nickte. Minutenlang herrschte Schweigen zwischen uns. Ein leichter Wind ließ die Kerzenflamme flackern. Die warme Luft roch nach gebratenem Fisch und Abgasen – pfui bah! Domenico war seit beinahe zehn Minuten fort, und meine Sorge um ihn begann ins Unerträgliche zu wachsen.

«Ich glaub, wir sollten mal nach ihm sehen ...», sagte ich, doch genau in dem Moment erschien Domenico wieder. Er war entsetzlich blass und hielt in der Hand die leere Zigarettenschachtel, die er mit wütendem Gesicht zusammenknüllte.

«Nicki, was ist mit dir los?», fragte ich gepresst.

«Nichts. Alles okay», brummte er finster.

«Aber mir gefällt das ganz und gar nicht. Diesen Husten möchte ich mir genauer ansehen!» Paps öffnete seinen Koffer und holte seinen Diagnoseblock heraus. Domenico starrte Paps an, als käme er von einem anderen Stern. Er hatte Schimpfe erwartet, eine ordentliche Standpauke, aber nicht, dass Paps sich für seinen Husten interessierte.

«Hast du was dagegen, wenn ich dir ein paar Fragen stelle?»

«N-nein ... okay ...», zögerte Domenico.

Paps zückte seinen Kugelschreiber und schrieb oben auf den Block das heutige Datum hin. «Wie lange ist dieser Husten schon da?»

Domenico hob seine Schultern. «Weiß nicht. Drei Jahre vielleicht. Zweieinhalb. Keine Ahnung.»

«Ich dachte, seit du damals im Schwimmbad ins eiskalte Wasser gesprungen bist?», warf ich dazwischen.

«Nee, damals im Sommer war ich ihn für 'ne kurze Zeit los. Aber ja, nach dem Schwimmbad kam's wieder zurück.»

Paps notierte sich etwas.

«Wann ist es denn am schlimmsten?», fragte er.

«Nachts!» Das kam wie aus der Pistole geschossen.

«Wie fühlt es sich an? Hast du ein Stechen in der Brust? Ein Brennen?»

«Ein ziemliches Stechen, würd' ich sagen.»

«Und bei körperlicher Anstrengung fühlst du es auch?»

«Na ja, wenn ich viel renne und so ...»

Paps schrieb weitere Dinge auf. «Und seit wann rauchst du?»

«Weiß nicht ...»

«Ungefähr?»

«Zwei Jahre ...»

Das glaubte ich ihm nicht. Aber ich schwieg.

«Und wie viel pro Tag?»

«Weiß nicht ... ich zähl sie doch nicht!», knurrte Domenico abweisend. Paps schrieb ein Fragezeichen auf den Zettel.

«Hattest du schon mal eine Lungenentzündung?»

«Ja ... ich glaub jedenfalls, dass es eine war.»

«Du glaubst? Haben dich deine Eltern nicht zum Arzt geschickt, um das abzuklären?»

«Meine *Eltern*?»

«Paps ... seine Eltern haben sich doch gar nicht um ihn gekümmert! Seinen Vater kennt er ja nicht mal.»

«Ach ja, stimmt, Mayas Lehrerin hat mir so was gesagt. Ja, aber ... deine Mutter muss doch irgendwas ...»

«Meine Alte kam doch mit so was gar nicht klar. Die Schule hat 'nen Arzt vorbeigeschickt», sagte Domenico hart.

«Und was hat der Arzt gesagt?»

«Nicht viel. Gab mir Medikamente, und ich musste drei Wochen lang im Bett bleiben. Mein Bruder ist halb durchgedreht vor Panik, weil es mir so mies ging. Der ist fast nicht von meinem Bett gewichen. Ist schon 'ne Weile her ...»

«So-so. Und letzten Herbst, als ihr noch in Monreale wart, warst du nochmals krank, hab ich gehört?»

Sofort erstarrte Domenicos Blick. «Woher wisst ihr das?»

Mein Kopf wurde ganz heiß. Oh Paps, warum musstest du das bloß ausplaudern!

«J-Jenny hat's mir erzählt ...», log ich und schämte mich dafür.

«Also, ich kann einfach nicht glauben, dass deine Mutter sich nicht um deine Krankheit gekümmert hat!», sagte Paps empört. «Wie ist so was möglich?»

Domenico zuckte die Schultern und schaute an uns vorbei.

«Das ist grobe Vernachlässigung!», schimpfte Paps.

Domenico knibbelte mit seinem Finger an dem Kerzenwachs rum und schwieg.

«Hast du gar nichts dazu zu sagen?»

Domenico schüttelte den Kopf. «Will nicht darüber reden. Und damit Ende der Durchsage!»

Seine Augen waren fest auf die Flamme gerichtet, als sähe er darin etwas Besonderes.

«Ja, aber wie sollen wir dir dann helfen?», fragte Paps verzweifelt. Da hob Domenico seinen Kopf.

«Ich brauch keine Hilfe, Mann. Nee, ehrlich. Ich bin okay. Das ist jetzt vorbei. Ich krieg mein Leben geregelt. Lasst mich einfach in Ruhe. Ich will weder in ein Heim noch in irgend 'ne Pflegefamilie noch sonst irgendwo hin!»

«Aber davon redet doch niemand», wandte ich hilflos ein. Doch er schnitt mir barsch das Wort ab: «Und ich bin auch nicht krank. Den blöden Husten krieg ich schon wieder weg. Braucht halt Zeit ...»

«Also, das überlass lieber mal mir!», sagte Paps grimmig. «Jetzt stell dich neben mich und atme tief ein und aus, ich will das mal abhorchen.» Er bückte sich und holte sein Stethoskop aus dem Koffer. Domenico wagte nicht zu widersprechen. Er stand zögernd auf und stellte sich gehorsam neben Paps hin. Paps steckte sich die Bügel ins Ohr und drückte den kleinen Schalltrichter gegen Domenicos Brust.

«Hmm», murmelte er skeptisch, nachdem er ein paar von Domenicos Atemzügen abgehorcht hatte. Er schrieb wieder etwas auf und hieß seinen Patienten, sich wieder hinzusetzen. «Also, das hört sich schon nicht sehr gut an. Ich muss mir das durch den Kopf gehen lassen, wie wir dir helfen können. Aber noch mal zurück zu deiner Mutter ... Das finde ich ziemlich bedenklich. Kannst du mir das bitte noch etwas genauer beschreiben?»

«Ich will nicht darüber reden, Mann. Hab ich doch schon gesagt!» Domenico verschränkte trotzig seine Arme und funkelte Paps wütend an.

«Nicki ... bitte! Es ist sehr wichtig», bat ich leise.

«Du weißt doch schon Bescheid, Maya! Willst du den Mist nochmals hören?», fauchte er mich an und sprang auf.

«Mein Vater kennt die Geschichte doch gar nicht!», erwiderte ich heftig. «Und ich glaube, ihr zwei würdet euch besser verstehen, wenn du ein bisschen offener wärst.»

Anscheinend zeigten meine Worte Wirkung. Domenico schleuderte seine leere Zigarettenschachtel auf den Boden und starrte die Tischplatte an. Ich spürte den zornigen Kampf, der in ihm tobte. Er mahlte regelrecht mit seinen Zähnen vor Wut.

«Na schön!», knirschte er. «Seit ich klein bin, muss ich selber sehen, wie ich zurechtkomme. Ich kenn das nicht, dass zu Hause 'ne Mutter auf einen wartet, die kocht oder so. Gab's nicht bei uns. Unsere Alte war ein totales Wrack. Die lag manchmal völlig besoffen rum, wenn wir nach Hause kamen. Oder sie war gar nicht erst da, manchmal tagelang nicht, und kam dann irgendwann mit 'nem wildfremden Kerl heim. Unser Stiefvater hat uns manchmal windelweich geprügelt, als wir noch bei ihm gewohnt haben. Mein Bruder hat 'nen Schaden, weil wir bei der Geburt fast erstickt wären. Irgendwas ist bei dem einfach kaputt. Der kann nicht mal ein paar Buchstaben lesen! So, genug gehört? Wollt ihr noch mehr Horrorgeschichten?»

«Das bei der Geburt war aber kein Unfall ...», sagte ich leise, aber da killten mich Domenicos Augen beinahe. Noch nie zuvor und auch nie wieder danach hat er mich so messerscharf angesehen. Seine Augen standen in Flammen. Ich wankte und wäre fast vom Stuhl gefallen. Ich hatte Angst vor ihm, richtig Angst. Diese Geschichte von der Geburt der Zwillinge und was dort passiert war ... Domenico hatte es mir nie gesagt, aber ich wusste es von Frau Galiani!

Paps stocherte mit seinem Kugelschreiber auf dem Diagnoseblock herum und ließ schließlich seine Hand sinken.

«Also gut, mir scheint, du hast ziemlich Schweres durchgemacht, Domenico. Ich ... nun, ich muss zugeben, dass mir solche Dinge fremd sind. Ich bin Arzt und kenne mich vor allem mit Krankheiten aus. Ich kann dir nur bei deinem Husten helfen. Mit psychischen Problemen habe ich nicht viel am Hut. Das muss ich meiner Frau und meiner Tochter überlassen.»

Beinahe musste ich lächeln.

«Komm, setz dich wieder. Was genau ist mit deinem Bruder los?»

Domenico setzte sich wieder. «Drogenprobleme.»

«Hmm ... damit kenne ich mich leider viel zu wenig aus.» Ich spürte, wie Paps dieses Thema vorsichtig beiseite schob.

«Wie alt bist du denn nun genau?»

«Sechzehn.»

«Und ... du nimmst wirklich keine Drogen mehr?»

Domenico schüttelte den Kopf.

«Und was ist mit dem geklauten Motorrad?»

«Ich hab nix damit zu tun, ehrlich. Mingo hat das Ding angeschleppt und zusammengebaut. Ich frag ihn nicht jedes Mal, woher er das Zeug hat. Das hab ich längst aufgegeben.»

«Weißt du, ich möchte einfach nicht, dass meine Tochter in solche Sachen verwickelt wird. Verstehst du mich?», fragte Paps ernst.

«Klar, das will ich ja auch nicht ...», beteuerte Domenico.

Paps seufzte, und für eine Weile versanken wir in Schweigen. Das Café war nun beinahe leer. Der helle Mond leuchtete direkt über uns. Paps' Blick fiel schließlich auf die entzündete Schnittwunde an Domenicos Hand.

«Was ist mit dem Verband, hast du ihn verloren?»

«Er ist nass geworden, hat sich dann gelockert ...»

«Na gut, zeig mal her!»

Domenico streckte seine Hand aus, und Paps schmierte ihm Wundgel drauf und versah das Ganze mit einem großen Pflaster. Dabei fiel sein Blick auf das Tattoo an Domenicos rechtem Oberarm. Er verkniff sich eine Bemerkung. Ja, ich wusste, dass in Paps noch immer ein Konflikt tobte. Ich wusste, dass es nicht leicht war für ihn, meine Freundschaft zu Domenico zu akzeptieren, aber er gab sich große Mühe. Und etwas Neues war geschehen: Paps hatte Domenico zum ersten Mal seit langer Zeit beim Namen genannt!

Lärmende, lachende und teilweise betrunkene Stimmen schallten uns entgegen, als wir wieder in den Hinterhof von Luigis Trattoria traten. Mittlerweile leuchteten überall die bunten Lämpchen, in den Bäumen, an den Hauswänden und über dem beinahe ratzekahl geleerten Buffet. Es sah herrlich aus.

Obwohl es schon nach Mitternacht sein musste, waren nicht weniger Leute da als am Nachmittag. Die Feier war in vollem Gange. Ein paar Frauen, die ich vorher nicht gesehen hatte, strahlten, als sie Paps erblickten, und stürmten sofort auf ihn zu.

«Buona sera, Dottore!» Offenbar hatte es sich rumgesprochen, dass Paps Arzt war. Paps sah ziemlich müde und mitgenommen aus, doch die Frauen zogen ihn erbarmungslos mit an den Tisch und schenkten ihm ein Glas Wein ein. Paps wehrte zwar höflich ab, doch das wurde wohlwollend ignoriert.

Domenico grinste. «Sieht so aus, als hätte sich dein Vater ein paar Verehrerinnen angelacht!»

«Was hat eigentlich Bonti zu der Sache gesagt?», fragte ich unvermittelt.

«Nicht viel. Er weiß schon Bescheid wegen uns, wegen mir und Mingo. Er hat einfach gesagt, ich soll schauen, dass es nicht wieder vorkommt, und besser auf meinen Bruder aufpassen. Das war alles ...»

Mehr wollte er anscheinend nicht dazu sagen.

Da kam Jenny auf uns zugestolpert. Ihr Haar war komplett zerzaust, die Schminke verschmiert, und sie schien ordentlich beschwipst zu sein.

Domenico lächelte und wuschelte ihr durchs Haar. «Na, du kleine Vogelscheuche, wie ist die Party?»

«Ultrageil!» Ihre Zunge stieß ziemlich an beim Sprechen, und sie verlor beinahe das Gleichgewicht. Domenico streckte seine Hand aus und hielt sie sanft fest.

«Jen, pass auf, dass du nicht umfällst!»

Sie gluckste und kicherte. Ich hatte für einen Moment ganz vergessen, dass sie ja seine Freundin war, doch nun wurde es mir wieder schmerzhaft bewusst.

«Hast du Mingo und Bianca gesehen?», fragte Domenico.

«Ja, der sucht dich überall ...» Jenny rollte genervt mit den Augen. «Is voll am Durchdreh'n! Hat keen Eitsch mehr! Er braucht dringend det Motorrad!»

Domenico stöhnte. «Na toll, das haben die Bullen!»

Jenny riss die Augen auf. «Wat? Is wat passiert?»

Er gähnte und ließ sich auf einen freien Stuhl sinken. «Nix weiter! Mann, ich bin ganz schön müde, war echt heavy, der Tag. Das ganze Zeug hier aufbauen ...»

«Hast *du* das alles aufgebaut? Die Lichter und all das?», fragte ich fassungslos.

Er nickte. «Hmm ... nicht allein, Mingo hat mir geholfen.»

«Es ist total schön!»

Er drehte sich mit einem Lächeln zu mir um. Von seinem Zorn war nun nicht mehr die Spur zu sehen. «Hey, Maya, möchtest du morgen 'nen Ausflug mit uns machen? Ans Meer, baden und so.»

Ich starrte ihn überrascht an.

«Natürlich mit deinem Vater zusammen ...»

«Oh ja, riesig gern. Wenn Paps einverstanden ist!»

«Oh ja, 'nen Badeausflug!» Jenny schnippte mit den Fingern. «Fahrn wir nach Taormina? Ick will mit der Seilbahn fahrn!»

«Mal sehen», sagte Domenico ausweichend.

«Taormina? Ist das der Ort, von dem du mir erzählt hast?», fragte ich.

«Ja, genau! Mingo und ich waren mal dort. Er fand es hammermäßig geil. Allerdings gibt es da nicht unbedingt die besten Strände ...»

«Det is doch ejal! Baden kann man überall!», meinte Jenny.

«Ist auch wieder wahr ...»

«Um welche Zeit denn?», fragte ich.

«Gegen elf, würde ich sagen», schlug Domenico vor. Aber da brach Jenny in quietschendes Gelächter aus.

«Hahaha, wer's gloobt, wird selig! Du wirst eh nich vor een Uhr wach!»

«Ach, halt die Klappe, Jen!»

«Is doch wahr!»

«Ich schlafe nachts eben immer spät ein.»

«Ja, weil du dauernd in Acireale rumhängst!»

«Das geht dich nix an. Außerdem bin ich nur am Wochenende dort. Also, elf Uhr!»

«Det schaffste nich!»

«Du nervst, Jen!» Er verdrehte die Augen und knuffte sie in die Seite. Ich wurde daraus nicht schlau. Wieso hing Domenico ohne seine Freundin in Acireale rum? Das ging doch nicht!

«Ey Niiiiic!» Eine heulende Stimme drang durch den Partylärm. Mingos blasses, hohlwangiges Gesicht, das in dem Häuserdurchgang auftauchte und vom gedämpften Licht der Lämpchen beschienen wurde, sah einen Moment einem Totenkopf nicht mal unähnlich. Die spitzen Krallen an seinem Hals funkelten wie Messerschneiden. Er kam auf uns zugetorkelt und hatte seine beiden Arme um seinen Körper geschlungen. Er schlotterte am ganzen Leib. Hinter ihm tauchte Biancas dunkler Haarschopf auf. Ich sah ihr Gesicht kaum hinter den langen Haaren.

«'stu bastardo!», brüllte er. «Er hat mir das Zeug geklaut,

diese miese Ratte! Ey Nic, ich brauch das Motorrad! Dringend! Ich muss noch mal weg!»

Domenico blieb ganz ruhig. «Setz dich hin, Mingo. Arrivo subito!» Mingo ging in die Knie und krümmte sich zusammen, als hätte er furchtbare Schmerzen. Er fluchte und stöhnte abwechselnd. «Non ce la faccio più, Nic ... bitte komm endlich!»

«Was ist los?», fragte ich beklommen.

«Er ist auf dem Affen», sagte Domenico müde.

Ich schaute den leidenden Mingo tief betroffen an. Entzug! Das war heftig! Mir war klar, dass ich diesen Anblick für den Rest meines Lebens nicht mehr vergessen würde.

«Es ist typisch, er glaubt immer, Speedy würde ihm sein Zeug klauen. Aber ich kenne doch meinen Bruder. Der hat's selber schon weggedrückt und erinnert sich einfach nicht mehr dran. Jetzt muss ich sehen, dass wir uns ein Motorrad leihen können!» Domenico stand auf und zog Mingo wieder auf die Beine. Jenny schaute schweigend zu. Domenico legte den Arm um seinen zitternden Bruder und brachte ihn zum Ausgang. Vorher wandte er sich nochmals zu Jenny um.

«Jen, kannst du Bianca ins Bett bringen? Ich will nicht, dass sie jede Nacht bis um drei Uhr aufbleibt.»

Jenny nickte, und ich sah zu, wie die Zwillinge in dem dunklen Durchgang verschwanden. Domenico hatte sich nicht mehr von mir verabschiedet, aber er war jetzt auch vollkommen mit anderen Dingen beschäftigt.

Als ich mich umdrehte, stand Paps neben mir.

«So, jetzt aber endlich ab ins Hotel, ich bin müde. Es tut mir leid, Maya, dass es so lange gedauert hat.»

«Macht nix. Paps, fahren wir morgen mit Domenico und Jenny ans Meer? Bitte!»

«Oh bitte, bitte, Dottore, sag Ja!», bettelte Jenny.

«Na gut, von mir aus. Wann denn?»

«Um elf Uhr», sagte ich.

«Nee, lieber um eens! Nico verpennt jarantiert!», warf Jenny vorlaut ein.

«Dann sagen wir mal gegen Mittag», schlug Paps vor.

Nachdem wir die Party mit all ihren Lichtern hinter uns gelassen hatten und durch die Trattoria auf die Straße gingen, sahen wir die Zwillinge auf ein Motorrad steigen, das sie offenbar von jemandem ausgeliehen hatten. Domenico saß vorne und hantierte mit dem Zündschlüssel, während Mingo sich bebend an ihn klammerte. Ihre Gesichter waren blassgelb im Schein der Straßenlaternen, und wenn Mingo nicht dieses Totenkopf-Hemd getragen hätte, hätte ich die beiden in der Dunkelheit kaum auseinanderhalten können.

Domenico schien mich nicht wahrzunehmen. Er startete den Motor. Die Maschine fuhr langsam an, rollte an uns vorbei und verschwand mit einem gespenstischen Aufheulen in der dunklen Nacht.

«Kommst du, Maya?»

Ich drehte mich zu Paps um und stieg ins Auto. Drinnen holte ich mein Handy aus der Handtasche. Das Display zeigte eine Nachricht von einer mir unbekannten Nummer.

> Hallo maya, wie geht es dir? Lässt du dich mit einer guten pizza verwöhnen? Hier ist das wetter leider sehr schlecht. Gruß leon.

Leon? Leon hatte mir eine SMS geschrieben? Wie um alles in der Welt war er an meine Nummer gekommen? Etwa durch Delia oder Manuela? Na, so was! An Leon hatte ich nun wirklich überhaupt nicht mehr gedacht.

14. Ausflug ans Meer

Ich träumte die ganze Nacht von Domenico und einem einsamen Strand, der voller bunter Lämpchen war, dann träumte ich von Polizisten, die uns in einer Seilbahn verfolgten, von Leon, der meine Telefonnummer geklaut hatte, und schließlich von Mingo, dessen Gesicht wie das eines Totenkopfes aussah. Schweißgebadet schreckte ich am Morgen hoch und setzte mich im Bett auf.

Paps war schon wach und hatte seinen Laptop auf dem kleinen Tisch aufgebaut. Als ich ihn begrüßte und ihm über die Schulter blickte, sah ich, was er schrieb.

«Wie lautet der Nachname deines Freundes?», fragte er.

«Di Loreno. Domenico di Loreno. Schreibst du einen Arztbericht über ihn?»

«Hmm, ja, ich notiere mir hier ein paar Fakten über seinen Krankheitsverlauf. Es beunruhigt mich ziemlich.»

«Wovon, denkst du, könnte sein Husten stammen?»

«Das weiß ich leider nicht. Es kann verschiedene Ursachen haben. Die Lungenentzündung, Rauchen, Asthma oder ...»

«Etwas Schlimmeres?»

«Das will ich nicht hoffen ...»

Ziemlich aufgewühlt zog ich mich an und sammelte meine Badesachen zusammen. Paps war auch fertig und klappte seinen Laptop zu. Es war schon fast zehn Uhr, und wir mussten uns beeilen, wenn wir noch was zum Frühstück bekommen wollten. Paps verlor kein Wort mehr über die Sache vom Vortag, und ich war sehr dankbar dafür und sorgsam darauf bedacht, das heikle Thema auf keinen Fall anzuschneiden.

Ziemlich genau um zwölf Uhr parkten wir vor der Trattoria. Die Straße wirkte wie am Vortag ausgestorben, nur aus dem zweitletzten Haus waren Fernseh- und Radiogeräusche zu hören. Auf dem Balkon standen zwei Mädchen. Jenny, die natürlich schon von weitem an ihrer knallroten Mähne zu erkennen war, hängte gerade ein paar Klamotten über die Leine. Ich staunte, wie flink sie trotz ihrer einen fehlenden Hand war. Das zweite Mädchen erkannte ich auch gleich, es war die Kellnerin, deren Namen ich immer noch nicht kannte. Ihr pechschwarzes Haar glänzte in der Sonne. Sie trug ein ziemlich kurzes Top, was ihre pummelige Figur nicht besonders gut zur Geltung brachte. Trotzdem fand ich sie hübsch. Sie war viel zarter als ich. Richtig süß.

«Hey!» Jenny winkte uns stürmisch. «Ihr seid viel zu früh! Wat hab ick jesacht? Der pennt noch, der elende Langschläfer!»

«Aber es ist doch schon Mittag!» Paps sah entsetzt auf seine Uhr. Für ihn als Frühaufsteher war das absolut unbegreiflich.

«Och, det is typisch! Die sind ja ooch erst um fünf Uhr morgens zurückjekehrt. Keene Ahnung, wat die immer so lange treiben. Angelina wartet ooch schon uff ihn!»

Angelina hieß sie also ... Aber was wollte sie bloß von Domenico? Sie musste ihn doch nicht etwa zur Arbeit abholen? Nur das nicht ...

«Kannst du ihn nicht wecken?», fragte ich Jenny.

«Ick hab ja schon jebrüllt wie 'ne Wahnsinnige, aba den kriejste nicht wach am Morgen! Kommt doch erst ma rinn, ick mach euch Kaffee! Er wird schon irjendwann uffstehn.» Sie verschwand im Inneren und stand einen Augenblick später bei uns vor der Haustür.

Und einen weiteren Augenblick später fragte ich mich, wie Domenico bei *diesem* Krach in der Wohnung überhaupt schlafen konnte! Es war «Full House»: Speedy, Nonno und Chicco waren da, einer brüllte in sein Handy, das Radio und der Fernseher liefen auf voller Lautstärke, und Nonno fummelte mit lautem Gefluche an einem weiteren abgewrackten Fernseher rum, der ganz offensichtlich nicht richtig funktionierte. Paps hielt sich gequält die Ohren zu. Das hier war ein ziemlich scharfer Kontrast zu Mozart und Mamas sanften Klaviertönen.

«Oh, der Fernseher! Wir haben den jestern neu bekommen. Det heißt, *ick* hab ihn bekommen, von Luigi zum Jeburtstag», sagte Jenny. «Aber diese Deppen hier kriejen det Ding eh nich zum Loofen! Na, wat soll's!»

Mingo würde ihn bestimmt hinkriegen, dachte ich.

«Aber ihr habt doch schon mehrere Fernseher?», fragte Paps verständnislos.

Mein Blick fiel auf Angelina, die soeben durch die Balkontür reinkam. Sie füllte sich eine Tasse mit heißem Kaffee und setzte sich dann stillschweigend in eine Ecke.

«Sag mal, arbeiten die hier überhaupt?», fragte Paps mit einem skeptischen Blick auf Speedy, Nonno und Chicco.

«Ach, die jobben ma hier und dort 'n bissken, aber die meeste Zeit hängense nur rum», sagte Jenny.

«Und wer bezahlt die Miete?»

«Brauchen wir nich. Det Haus steht eijentlich leer, aba wir dürfen trotzdem hier wohnen. Et jehört 'nem Typen namens Paolo, der handelt mit Immobilien oder so. Na ja, so lange er et nich braucht, hat er nix dajegen, wenn wir hier hausen. Nicos Bruder hat sogar den Strom anjezapft. Manchmal is der Totenschädel echt zu wat nütze. Sogar Wasser haben wir im Keller, falls die Mafia den Hahn nich abdreht. Irjendwann werden wir sicher ma umziehen müssen, aba ... Jetzt reicht's mir! Nico!!!», brüllte Jenny durch den Lärm. «Steh endlich uff, du Penner! Maya und ihr Vatta sind hier!»

Es kam keine Antwort. Jenny seufzte, kramte ein paar Tassen aus der Kiste und füllte sie mit dem restlichen Kaffee, der noch im Krug war.

«Tja, müsst ihr euch halt auffn Boden pflanzen, wir haben nur drei Stühle», grinste sie und drückte uns die heißen Tassen in die Hand. Ich schaute mich etwas angewidert um. Der Fußboden war noch immer voller Schmieröl, obwohl das Motorrad weg war.

«Niiiiiico! Wach endlich uff!!!», brüllte Jenny so laut, dass die zarte Angelina sich gequält die Ohren zuhielt. Schließlich stampfte Jenny wütend in ihr Zimmer, und ich lief ihr mit dem Kaffee in der Hand nach wie ein Hündchen.

«Nico!!!»

Endlich bewegte sich der Vorhang, und ein ziemlich verschlafenes Gesicht guckte heraus.

«Was brüllst'n so rum, Jen?»

«Na endlich! Wir wollten doch ans Meer fahren! Maya und Paps sind da! Du hast jesagt, sie sollen um elfe kommen, und jetzt isset schon halb eens!»

«W-was? Oh, sorry. Komme gleich!» Er gähnte und zog seinen Kopf wieder zurück.

Wir setzten uns auf Jennys Sofa. Paps rutschte etwas steif hin und her und fingerte an seinem Koffer rum. Jenny stopfte noch ein paar Dinge in ihre bereits überfüllte Badetasche.

Nach einer Weile erschien Domenico wieder in knielangen Jeans-Shorts und dem üblichen schwarzen T-Shirt. Zwischen seinen Lippen brannte schon die erste Zigarette. Hinter ihm folgte Bianca, in roten Shorts und einem ziemlich knappen Oberteil.

«Brauch erst mal 'n Espresso!», murmelte Domenico.

«Dann mach ma hinne, mach ma vorwärts, du Pennbruder!», fauchte Jenny und scheuchte ihn aus dem Zimmer. Domenico grinste. Im Vorbeigehen lächelte er mich an und berührte mein Haar. Mir wurde ganz warm im Bauch. Er verschwand in der Küche und zog die Tür hinter sich zu. Wir warteten, aber er kam nicht mehr zurück. Und so beschloss ich, ihm zu folgen. Hinterher wünschte ich oft, ich hätte es nicht getan.

Ahnungslos stieß ich die Tür auf und wollte auf ihn zugehen, doch meine Beine blieben wie angewurzelt auf der Schwelle stehen. Was ich da sah, traf mich wie ein Blitz, so dass ich mich regelrecht am Türrahmen festhalten musste.

Domenico hielt in der einen Hand seine Tasse, während er mit der anderen zärtlich über Angelinas seidiges Haar streichelte. Sein Kopf war zu ihr hingeneigt, und ein verträumtes Lächeln umspielte seine Lippen. Doch als er mich hörte, wandte er sich erschrocken zu mir um und zog schnell seine Hand zurück.

Aber es war zu spät. Der Schmerz, der durch mein Inneres jagte, fühlte sich an, wie wenn ich auf etwas Kaltes gebissen hätte. Er starrte mit finsterem Blick an mir vorbei, während alles in mir steif und starr wurde und sich anfühlte wie ein toter Fisch. Ich wollte zurücktreten und die Tür wieder schließen, doch ich stolperte rückwärts über ein Kabel und stieß direkt mit Mingo zusammen, der hinter mir in die Küche schlurfte.

«Ey ...!», fauchte er. Seine Augen waren ganz rot unterlaufen. Mit einem Gesicht reglos wie eine Maske zog ich mich zu Paps und Jenny zurück. Ich würde keine Tränen zeigen. Diesmal nicht!

Paps untersuchte gerade Jennys Warzen an den Füßen.

«Ick bin 'ne richtije Hexe, wa?», kicherte sie. «Fehlt nur noch, dass mir 'ne Warze auffe Nase wächst!»

«Na, na!», schmunzelte Paps und träufelte ein bisschen Tinktur drauf. «Das wollen wir nun nicht hoffen!» Er schaute zu mir auf. «Was ist denn nun, ist er endlich so weit?»

«Weiß ich nicht», sagte ich eiskalt. In der Küche wurden Stimmen laut.

«Der Totenschädel is ooch schon wach!», seufzte Jenny. «Jetzt fetzen die sich wieda, hörste det?»

«Nenn ihn nicht Totenschädel!», fuhr ich sie heftig an.

«Ach, komm, Maya, der is doch schon halb tot. Der liegt oft tagelang nur rum und is zujedröhnt. Und manchmal is er so aggressiv, dass er Nico sogar schlägt, wenn er ihn zum Uffstehen bewejen will. Nico würd' det niemals zujeben, aba ick hab's ja selbst jesehen!»

In dem Moment wurde die Tür aufgeschlagen, und Mingo kam ins Zimmer zurückgestürmt. Domenico folgte ihm und versuchte ihn an der Schulter zu packen. «Hey!»

«Sei malizioso!», brüllte Mingo. «Du bist oberfies!» Er sah

aus, als wolle er gleich losheulen, doch seine Augen waren nur merkwürdig blank.

«Es ist kein Platz mehr im Auto, darum!», schrie Domenico aufgebracht zurück und wechselte wieder ins Italienische, und die Zwillinge lieferten sich ein hitziges Wortgefecht.

«Hört ihr nu endlich uff?», brüllte Jenny dazwischen.

Ich hielt mir die Ohren zu. Das Chaos war ja nicht auszuhalten! Paps war aufgestanden, nahm Jennys Tasche und seinen Koffer und ging entschlossen Richtung Ausgang.

«Entweder er kommt nun mit, oder wir fahren allein!», sagte er ungeduldig.

«So jeht det beenahe jeden Tach!», stöhnte Jenny. «Komm, Maya! Mir reicht's! Jeh'n wir!» Sie zerrte mich an der Hand mit raus, und ich wehrte mich nicht.

Als wir den Kofferraum mit Jennys Sachen beluden, erschien Domenico endlich, im Schlepptau Angelina und Bianca.

«Sorry!», meinte er zerknirscht.

«Na ja ... kommst du nun mit oder nicht?», fragte Paps leicht säuerlich.

«Ich ... äh ... kann ich sie mitnehmen?» Domenico nickte zu Angelina rüber.

«Also, deinen ganzen Harem kannst du hier nicht mitnehmen!», brummte Paps. «Drei Leute haben auf dem Rücksitz Platz, mehr ist verkehrswidrig!»

«Nein, nein, meine Schwester muss eh bei meinem Bruder bleiben. Ich meinte nur Angel da!»

«Also schön!» Paps schien langsam der Geduldsfaden zu reißen. «Dann legt eure Sachen in den Kofferraum, und dann rein mit euch!», befahl er kurz angebunden. Domenicos Sachen bestanden nur aus seinen Badehosen. Angelina hatte überhaupt nichts dabei. Es war wohl auch nicht geplant gewesen, dass sie mitkam.

Angel. *Engel.* So nannte er sie also. Ja, in der Tat, ihr Gesicht war so zart wie das eines Engels. Ich biss mir auf die Lippen.

Jenny bettelte darum, vorne neben Paps sitzen zu dürfen. Angel, Domenico und ich quetschten uns auf den Rücksitz, Domenico in der Mitte. Mir war die Lust an diesem Ausflug komplett vergangen. Ich saß steif wie ein Brett da und hatte das Gefühl, als würde jemand meine Lungen ganz fest mit einem Band zuschnüren. Angel schmiegte sich eng an Domenicos Schulter, und er streichelte ab und zu ihre Hand.

Ich war komplett verwirrt. Ich konnte einfach nicht glauben, was ich da sah. Der tote Fisch in mir verwandelte sich langsam in heißes, kochendes Öl. Es war also wirklich wahr, was alle von ihm behaupteten. Er war nichts weiter als ein gewiefter Casanova, ein herzloser Herzensbrecher, der einfach jedes Mädchen um den Finger wickeln konnte. Ich verstand nicht, wie Jenny sich das gefallen lassen konnte! Oder war es einfach normal? War Jenny es gewohnt, dass er mit mehreren Mädchen gleichzeitig rumhing? Oder merkte sie gar nicht, was da gerade hinter ihrem Rücken abging? Sie war ja so sehr damit beschäftigt, Paps vollzuquatschen. Ausgerechnet Paps, der sich beim Autofahren doch immer so konzentrieren musste.

Wir hatten mittlerweile die Stadt verlassen und überquerten den Telepass. Ich spürte, wie Domenico mich mit einem Seitenblick streifte. Eigentlich hatte ich vorgehabt, eisern zu schweigen, doch ich hielt es nicht lange aus.

«Wieso hast du eigentlich nicht Mingo oder Bianca mitgenommen?», fragte ich und verlieh meiner Stimme absichtlich eine gewisse Schärfe. Er sollte nur wissen, dass mir sein Verhalten ziemlich zuwider war!

«Weil ich Mingo deinem Vater nicht zumuten kann. Und weil er durchdreht, wenn nicht wenigstens Bianca bei ihm bleibt», erklärte er knapp. Doch schon krallte sich Angel wieder an ihm fest, warf mir einen misstrauischen Blick zu und schmiegte sich eng an seine Schulter. Ich wandte mein Gesicht ab und blickte zum Meer hinaus.

Jenny war soeben dabei, Paps unseren Hotelprospekt, den

sie im Handschuhfach gefunden hatte, abzubetteln. Sie wollte ihn sich als Souvenir über ihr Sofabett hängen.

«Von mir aus», sagte Paps leicht genervt, und ich bezweifelte, dass er wirklich mitbekommen hatte, was Jenny ihn gefragt hatte, weil er nämlich gerade dabei war, das Auto in eine enge Parklücke zu zwängen.

Wir stiegen aus und reckten uns im warmen Sonnenlicht. Jenny schien im Gegensatz zu mir bester Laune zu sein. Sie hob ihre Arme in die Höhe und tanzte ausgelassen vor Papas Füßen herum. Ein paar Passanten starrten betroffen zu ihr rüber. Mit ihrer fehlenden Hand sah sie schon ein wenig mitleiderregend aus, aber sie schien es nicht mal zu merken. Domenico grinste und kitzelte sie, als sie gerade eine Pirouette drehte.

«Ah! Du spinnst ja wohl!» Sie sackte zusammen wie ein Ballon, aus dem man die Luft rausgelassen hatte. Aber Domenico ging bereits mit Angel weiter. Ich blickte echt nicht mehr durch!

Vor uns erstreckte sich der weite Strand; gelbe und blaue Sonnenschirme standen wie Soldaten in Reih und Glied. Es war gerammelt voll mit Leuten, aber um diese Jahreszeit durfte man ja auch nichts anderes erwarten. Jenny riet uns, genügend Badetücher mitzunehmen, da der Strand ziemlich steinig und die Liegestühle horrend teuer waren.

Im Schatten einer von Palmen umgebenen Strandbar fanden wir noch einen einigermaßen netten Platz. Paps mietete trotz der hohen Preise zwei Liegestühle. Jenny ließ ihre Tasche plumpsen und förderte ein riesiges Badetuch zutage, das voller Brandlöcher war, vermutlich das Resultat von abgebrannten Zigarettenkippen.

Ich blickte mich nach Domenico und Angel um. Sie waren weitergegangen und ließen sich abseits von uns in der prallen Sonne am Wasser nieder. Na, das war ja nett! Weil sie beide kein Badetuch hatten, setzten sie sich auf die blanken Steine. Domenico steckte zwei Zigaretten an, eine für sich und eine für Angel. Ich schnaubte vor Wut. Nicht nur, dass er mit den Mädchen spielte, wie es ihm passte, nein, er hatte nicht mal einen Funken Anstand im Leib, mir wenigstens zu erklären, was er hier trieb. Was dachte er sich eigentlich dabei?

«Na, was soll denn das jetzt bedeuten?», brummte Paps ungehalten in Domenicos Richtung und sprach damit genau das aus, was ich dachte.

Jenny hüpfte vor mich hin und hielt mir ihre Sonnencreme unter die Nase. Sie hatte sich inzwischen umgezogen und trug einen schwarzen Bikini. Wie zierlich sie war! Ihre Haut war so hell und durchsichtig, dass die Adern überall durchschienen. Ich begann ihr den Rücken einzucremen und stellte ihr dabei die Frage, die mich beinahe zum Platzen brachte: «Sag mal, macht es dir denn gar nichts aus, dass Nico mit dieser Angel rumhängt?»

Jenny wandte sich ganz erstaunt zu mir um. «Wieso? Angel is doch dem seene Freundin!»

«Was?» Jetzt ging das Licht ganz aus in mir. «Ich dachte die ganze Zeit, *du* seist mit ihm zusammen!»

«Wer hat det denn behauptet?»

Ja, *wer* eigentlich? Ich grübelte nach. War es nicht Pasquale gewesen, den ich auf dem Markt getroffen hatte? Oder hatte ich möglicherweise diese Vermutung einfach als Tatsache angenommen, weil Jenny so oft mit Domenico zusammen war?

«Also, wir verstehen uns ja echt jut, Nico und ick, aba ick würde niemals dem seene Freundin sein wollen, ooch wenn alle Mädchen auf ihn abfahrn», sagte sie ernst.

«Wieso denn nicht?»

«Weil der dauernd den Stress hat mit seenem blöden Zwillingsbruder. Ick bewundere Angel, dass die det aushält! Ständig jibt's Ärjer. Nico räumt dem aba ooch wirklich jeden Mist hinterher! Nee danke, ick hab ja ooch 'nen Knall, aba dat jeht zu weit!»

«Hmm», machte ich, weil ich nicht wusste, was ich darauf antworten sollte.

«Nächstes Jahr will er sie übrijens heiraten», sagte Jenny und tippte sich an die Stirn. «Voll durchjeknallt, echt!»

«Was?» Ich konnte nicht glauben, was ich da hörte.

«Heiraten? Ist das nicht ein wenig früh?», fragte Paps, der unserem Gespräch zugehört hatte und ziemlich erleichtert wirkte.

«Ach, die heiraten hier unten früher als in Deutschland!» Jenny zuckte die Schultern. «Angels Eltern machen natürlich voll Terror deswejen, die wollen ja nicht, dass Angel mit so 'nem Penner rumhängt. Aba Angel is ja so verknallt in Nico! Außerdem willse scheinbar so rasch wie möglich von zu Hause weg! Na ja, ick meen ... sie is ja ooch wirklich nett!»

Nett. Ich musste meinen Blick abwenden, wenn Paps und Jenny meine Tränen nicht sehen sollten. Irgendwie hätte ich es weggesteckt, wenn Jenny Domenicos Freundin gewesen wäre. Aber das mit Angel war ein harter Schlag für mich. Dabei wusste ich doch ganz genau, dass ich mir nichts vormachen durfte. Wie konnte ich auch erwarten, dass Domenico noch an all das dachte, was zwischen uns gewesen war; dass er das Versprechen bei der Laterne noch ernst nahm, zumal er ja den Kontakt zu mir total abgebrochen hatte. Aber es schmerzte dennoch. Und am meisten schmerzte es mich, dass er mir am Vortag überhaupt nichts davon gesagt hatte. Ganz im Gegenteil. Er war mir sehr nahe gekommen, viel zu nahe. Und ich dumme Nudel hatte es ohne weiteres zugelassen.

Jetzt war mir alles klar. Unser gemeinsamer Motorradausflug war nichts anderes gewesen als eine weitere Trophäe für seine Mädchensammlung. Mehr nicht. Und stellte sein Verhalten zudem nicht seinen Respekt vor den Gefühlen anderer und überhaupt seinen ganzen Charakter total in Frage?

Meistens verliert der angehimmelte Junge seinen Glanz, wenn er in greifbare Nähe rückt!

Jenny versetzte mir einen unsanften Rippenstoß.

«Hey, wat'n los?»

Ich zuckte zusammen. «Nichts ... Ich glaub, ich schlafe ein bisschen», sagte ich und streckte mich auf dem Liegestuhl aus, in der Hoffnung, die Quasselstrippe Jenny würde wenigstens mal für fünf Minuten den Mund halten.

«Na schön!» Jenny rutschte zu Paps rüber und hielt ihn gleich darauf erfolgreich davon ab, seine ersehnte Zeitung zu lesen.

Ich schloss die Augen und sah lauter Seifenblasen vor mir zerplatzen, und in jeder war ein Gedanke drin.

Wach auf ...
Er ist es nicht wert, dass du ihm eine Träne nachweinst.
Er hat nur mit dir gespielt.
Er hat zu viele Probleme und Geheimnisse.
Und er hat die Laterne längst vergessen.
Außerdem gibt es auch noch andere nette Jungs, die es ehrlich mit dir meinen.
Leon zum Beispiel ...

«Hey!» Ein paar Wasserspritzer trafen mich mitten ins Gesicht. Ich öffnete die Augen. Über mir stand Domenico mit einem zerknirschten Lächeln, sein Haar und sein T-Shirt trieften vor Nässe. Er war ganz allein, ohne Angel. Er setzte sich vorsichtig zu mir auf den Rand des Liegestuhls und blinzelte mich an.

«Hey, Nico, haste schon wieder dein T-Shirt zum Baden an?», quakte Jenny dazwischen.

«Halt die Klappe, Jen!», fauchte er und sah mich mit einem unsicheren Blick an. Gerade als er etwas sagen wollte, sah ich Angel von der Strandbar her auf uns zukommen. Er erhob sich wieder und schlenderte so nah an mir vorüber, dass er mit seiner Hand mein Haar berührte.

Ich drehte mich sofort weg. Was erlaubte er sich eigentlich? Glaubte er im Ernst, ich würde noch länger auf sein falsches Spiel reinfallen?

Angel warf Domenico ein soeben gekauftes Päckchen Zigaretten zu, und er fing es geschickt mit einer Hand auf. Dann verzogen sie sich wieder zu ihrem Platz am Wasser.

«Also, ick versteh eenfach nich, warum der dauernd in seenem T-Shirt baden jeht! Als ob er Angst hätte, 'nen Sonnenbrand zu kriejen!», murmelte Jenny kopfschüttelnd.

Ich schwieg und ließ Domenico und Angel nicht aus den Augen. Angel, die ja keinen Badeanzug mitgenommen hatte, setzte sich auf einen Stein und ließ ihre Füße im Wasser baumeln, während Domenico mit kräftigen Schwimmzügen auf einen Felsen zuschwamm, der etwas weiter draußen im Meer aus dem Wasser ragte. Ich sah ihm zu, wie er diesen Felsen hinaufkletterte und sich auf die Klippe stellte, um gleich darauf mit einem perfekten Kopfsprung wieder im Wasser zu landen. Beim zweiten Mal drehte er einen Salto. Trotz meiner bitteren Enttäuschung holte ich meine Kamera hervor und knipste ihn heimlich, weil ich wusste, dass es die einzigen Bilder waren, die ich von ihm machen konnte.

Auch Paps blickte ihm besorgt nach. «Ist das nicht ziemlich gefährlich, was er da macht?», fragte er skeptisch.

Jenny winkte ab. «Det kratzt *den* doch nich!»

Ich verkniff mir eine Bemerkung. Domenicos ständiger Zwang, andere zu beeindrucken, hatte mich oft genug Nerven gekostet.

«Also, ein bisschen sollte er wirklich an seine Gesundheit denken!», murmelte Paps grimmig. «Ich habe keine Lust, ihn am Schluss noch ganz mit Verbänden zu mumifizieren!»

Das war zu viel für Jenny, sie kugelte sich beinahe vor Lachen. Ich stand auf. Mir war überhaupt nicht zum Lachen. Ich sah, wie sich mittlerweile ein paar bewundernde Zuschauer rund um Domenico eingefunden hatten, die nun eifrig versuchten, es ihm nachzumachen. Angel, der es wohl ziemlich zum Hals raushing, allein am Strand rumzusitzen und Domenico anzuhimmeln, kam langsam zu uns rübergeschlendert. Ich beschloss, dass es jetzt endlich Zeit war, ins Wasser zu gehen.

«Ich gehe ein bisschen schwimmen!», verkündete ich. Paps blickte von seiner Zeitung auf, die auf der Fußballseite aufgeschlagen war. Paps und Fußball? Da stimmte doch was nicht. Jenny hatte ihm offensichtlich so die Ohren vollgequasselt, dass er beim Blättern ganz durcheinander gekommen war.

«Schwimm aber nicht zu weit raus, Maya, ja?», mahnte Paps.

Die Wassertemperatur war sehr angenehm und das Wasser so klar, dass ich die kleinen Fische um meine Beine wuseln sehen konnte. Ich richtete meinen Blick auf den Felsen und auf Domenico, der dem Publikum gerade einen perfekten Rückwärtssalto vorführte. Ich merkte mir die Stelle, an der er wieder auftauchte. Wenn ich mich beeilte, würde ich nach seinem nächsten Sprung genau dort auf ihn warten.

Aber ich irrte mich. Diesmal begnügte sich Mister Universum mit einem gewöhnlichen Kopfsprung und tauchte daher etwa drei Meter von mir weg wieder auf.

«Hi, Walfisch!», rief ich ihm zu. Er schüttelte sich das nasse Haar aus dem Gesicht und grinste mich an.

«Hi, Maya!» Ehe ich etwas erwidern konnte, tauchte er blitzschnell wieder unter und zog mich plötzlich am Bein, so dass ich erschrocken aufschrie. Da schoss er lachend neben mir aus dem Wasser.

«Nicki, du bist ...»

«... unmöglich! Das wolltest du doch sagen, was?» Er lächelte und kam näher an mich heran.

«Allerdings», murmelte ich. «Ist es nicht gefährlich, von diesem Felsen zu springen?»

«Kann sein», meinte er gleichmütig.

«Und wieso schwimmst du eigentlich mit deinem T-Shirt?» Natürlich wusste ich genau Bescheid, aber ich war gespannt, was er mir darauf antworten würde. Ich wollte ihn prüfen.

«Nur so», murmelte er und tauchte wieder kopfvoran unter Wasser. Er blieb lange Zeit unten, erstaunlich lange, und als ich schon anfing, mir Sorgen zu machen, tauchte er schließlich wieder auf.

«Schau mal, ist für dich», sagte er und drückte mir eine kleine Muschelschnecke in die Hände.

«Danke», sagte ich und betrachtete sie. Es war eine von der Art, wie er sie an der Kette um seinen Hals trug. Das zartrosa Perlmutt schimmerte wunderschön im Sonnenlicht, doch ich konnte mich nicht wirklich darüber freuen.

«Ich finde, du solltest sie lieber deiner Freundin schenken!», sagte ich streng und gab sie ihm zurück. Offenbar merkte er, dass ich verärgert war, denn sein Gesicht nahm einen bestürzten Ausdruck an und zuckte leicht.

«Hey, Maya … hey … es tut mir leid …»

«Was tut dir leid?», platzte ich raus und schwamm ein paar Meter von ihm weg. «Dass du mit mir rumflirtest und deine Freundin betrügst?»

«Hey … hau doch nicht ab!» Er schwamm mir hinterher und holte mich sofort wieder ein. Aber diesmal bestimmte *ich* die Spielregeln!

«Ja, ich finde, *das* sollte dir leidtun, Nicki!»

«Hey … warte doch … es ist nicht, wie du denkst!»

«Das sagst du jedes Mal! Erinnerst du dich? Dasselbe hast du gesagt, als du das Geld vom Biedermann geklaut hast. *Es ist nicht, wie du denkst!* Ich kann's nicht mehr hören. Spiel mir doch nicht dauernd was vor, Nicki! Du bist echt ein totales Mysterium!» Die letzten Worte hatte ich beinahe hysterisch herausgebrüllt, und als ich nun in seine Augen sah, war da wieder dieser Ausdruck, den ich mittlerweile so gut kannte und der mich immer an einen felsigen Abgrund erinnerte.

«Ich spiele dir nichts vor …», knirschte er und schlug wütend mit der Hand aufs Wasser. Ich seufzte, weil ich einfach nicht wusste, was ich dazu noch sagen sollte. Und offenbar kapierte er, denn er schwieg und schwamm nun langsamer, um einen gewissen Abstand zwischen uns zu bringen. Ich biss mir schmerzhaft auf die Lippe. Warum liebte ich diesen Jungen so sehr? Was war an ihm so besonders, dass ich einfach nicht aufhören konnte, an ihn zu denken?

Ich watete aus dem Wasser und drehte mich nicht mehr nach ihm um, bis wir wieder bei den anderen waren. Paps, Jenny und Angel waren mit einem Kartenspiel beschäftigt, das Jenny mitgenommen hatte.

«Na, ihr Wasserratten?», kicherte Jenny. «Hey, Nico, ick bin übrijens am Jewinnen, siehste det?»

«Schön für dich», meinte Domenico matt und ließ sich neben Angel nieder. Sie lehnte sich zu ihm rüber und schmiegte sich schnurrend an seinen Hals. Er flüsterte ihr ein paar zärtliche Worte auf Italienisch zu.

«Na, wie ist das Wasser?», fragte Paps.

«Angenehm», sagte ich. «Man kann gut schwimmen.»

«Nun, vielleicht werde ich später auch noch ein paar Runden drehen ... vorausgesetzt, Jenny lässt mich weg!» Er nickte ihr mit einem etwas geplagten Schmunzeln zu.

«Mann, Nico, du machst hier allet nass!», schimpfte Jenny, als Domenico sich mit seinen tropfnassen Klamotten rüberlehnte, um sich die Zigarettenschachtel zu angeln. Er achtete allerdings gar nicht auf sie, sondern zündete sich und Angel eine Zigarette an.

«Kannste nich dein blödes T-Shirt ausziehen?», wetterte Jenny weiter. «Det nervt, wenn du hier allet nass machst!»

«Nein», sagte Domenico nur und rutschte vom Badetuch weg. Er hustete leise und hielt sich die Hand vor den Mund. Angel wandte sich besorgt zu ihm um und klopfte ihm sachte auf den Rücken.

«Ja, du solltest unbedingt so weitaqualmen ...», tadelte ihn Jenny, und zu Paps gewandt sagte sie: «Der sollte wirklich ma zum Arzt mit diesem ollen Husten. Den hatter schon ewig, weißte!»

Paps ließ seine Karten sinken und nahm Domenico ins Visier. «Jawohl, junger Mann, Jenny hat ganz Recht: Du solltest absolut nicht mit diesem nassen T-Shirt herumlaufen, und vom Rauchen ganz zu schweigen!»

Domenicos Augen verengten sich zu zwei Schlitzen.

«Hast du keine trockenen Klamotten?», fragte Paps weiter.

Domenico schüttelte den Kopf. Sein Blick war gefährlich geladen.

«Der hat 'n totalen Spleen mit diesem doofen T-Shirt!», stöhnte Jenny. «Als ob er wat zu verberjen hätte!»

Sie ahnte nicht, wie sehr sie damit ins Schwarze traf ...

«Na gut!» Paps legte seine Karten beiseite und stand auf. «Ich gehe rasch zum Auto!»

Jenny warf ihre Karten ebenfalls auf ihr Badetuch und wühlte in ihrer Tasche, um gleich darauf einen zerquetschten Kuchen zu Tage zu fördern.

«Will jemand?»

Angel und ich schüttelten den Kopf. Domenico schwieg.

«Du, Nico? Du liebst doch Süßet!»

«Fahr mit deinem ekligen Kuchen ab!», fauchte er und drehte sich brüsk um.

«Miese Laune heute, wa?», ballerte sie zurück und biss herzhaft in ihren matschigen Kuchen. Domenico stand auf und setzte sich etwas abseits von uns auf einen leeren Liegestuhl, wo er mit trotzigem Gesicht seine Zigarette zu Ende rauchte.

Schließlich kam Paps mit einem hellblauen Hemd zurück, ging damit direkt zu Domenico rüber und hielt es ihm vor die Nase.

«Hier, zieh das bitte an. Ich kann es nicht mit ansehen, wie du mit deinem Husten hier in diesen tropfnassen Klamotten herumsitzt.»

Domenico hob seinen Kopf und starrte Paps an. Dann nahm er ihm das Hemd wortlos aus der Hand und ging damit davon. Paps kam ohne weiteren Kommentar an unseren Platz zurück und nahm seine Spielkarten wieder auf.

Als Domenico nach einer sehr langen Weile wieder auf der Bildfläche erschien, hätte ich ihn um ein Haar nicht wiedererkannt. Ich hatte ihn noch nie in einer anderen Farbe als in Schwarz gesehen, und das hellblaue Hemd stand ihm richtig gut. Auch Jenny staunte ihn mit offenem Mund an.

«Mensch Nico, sowat sollteste öfter tragen!», meinte sie

versöhnlich. Er gab ihr keine Antwort, setzte sich wieder zu Angel und schaute uns beim Spielen zu (diesmal ohne Zigarette), bis Jenny auf einmal ihre Karten sinken ließ.

«Hey, ick hab keen Bock mehr uff det Spiel. Wollen wir nich nochen bisskan nach Taormina rufffahrn?»

«Ist das weit von hier?», wollte Paps wissen.

«Nee, wir müssen eenfach bis Taormina Mazzarò fahrn, und dort jibt's 'ne Seilbahn, die nach Taormina hochjeht!»

«Was meinst du, Maya?», wandte sich Paps an mich.

«Von mir aus», sagte ich gleichgültig. Meine Stimmung war so auf Tiefflug, dass ich eh zu nichts mehr Bock hatte.

«Klasse! Und ihr zwee?», bestürmte Jenny Domenico und Angel. Domenico zog Angel zu sich heran und flüsterte ihr etwas ins Ohr, dann schüttelte er den Kopf.

«Geht ihr ruhig rauf, wir bleiben lieber hier unten, Angel und ich!»

«Wat? Wieso det denn nu?», protestierte Jenny. «Et hat euch doch letztet Mal so jut jefallen, dir und Mingo, weeßte noch?»

«Ich komme nicht mit, Jen», sagte er schlicht.

«Also, det versteh ick echt nich!» Sie warf wütend ihre Spielkarten in die Tasche.

«Ihr könnt ja allein gehen, ich warte hier unten», sagte Domenico genervt.

Jenny stöhnte ungeduldig auf. «Du und deene Probleme!»

Domenico funkelte sie zornig an. «Nee, *du* hast ein Problem! Ich hab doch gesagt, geht allein! Ich warte hier unten.»

«Jetzt entscheidet euch gefälligst!», verlangte Paps.

«Ick will rufffahrn», sagte Jenny.

«Und ich bleibe hier!», beharrte Domenico.

«Und du, Maya?» Jenny wandte sich zu mir um.

«Ich ... ich glaube, ich will lieber nach Hause», murmelte ich. Ich hielt das keine Sekunde länger aus!

«Also, wenn ihr euch nicht einig seid, dann fahren wir doch besser ein andermal nach Taormina», meinte Paps gereizt. Jenny brummte verdrießlich. Sie und Domenico zankten sich noch eine Weile, dann packten wir endgültig unsere Sachen zusammen und gingen zurück zum Auto. Ich hätte zu gern gewusst, was der mysteriöse Grund dafür war, dass Domenico nicht nach Taormina mitkommen wollte. Hatte er dort oben etwa eine Bank ausgeraubt oder so was in der Art? Hätte mich ja alles nicht mehr gewundert ...

Auf der Rückfahrt starrte ich nur aus dem Fenster und sprach kein Wort. Angel hatte ihren Kopf wieder auf Domenicos Schulter gelegt, und er streichelte sie gedankenversunken und hustete zwischendurch. Sein Blick sah aus, als wäre er nahe daran, jeden Moment loszuflennen.

Sogar die Quasselstrippe Jenny war ausnahmsweise still, und Paps schien froh zu sein, dass er sich ungestört auf den Verkehr konzentrieren konnte.

15. Bittere Enttäuschung

Die Siesta-Zeit war gerade vorbei, als wir vor der Trattoria hielten. Ein paar Leute saßen draußen vor ihren Häusern rum. Luigi streckte seinen Kopf zur Tür heraus, und als er Paps erkannte, leuchteten seine Augen sofort wie zwei Vollmonde.

«Buona sera, Dottore!» Er ließ Paps kaum Zeit zum Aussteigen und redete wie ein Wasserfall auf ihn ein. Paps wandte sich hilfesuchend nach Domenico um.

«Er fragt, ob Sie nach seiner Mutter sehen könnten», übersetzte Domenico. «Geht ihr nicht so gut ... er sagt, sie hat ziemlich heftige Schmerzen im Bein ... ist geschwollen und so ...»

«Oh, selbstverständlich. Sag ihm, ich komme gleich!», sagte Paps, und Domenico wandte sich wieder an Luigi.

«Möchtest du mich begleiten, Maya?», fragte Paps. Ich verzog missmutig das Gesicht. Als Kind hatte ich Paps gern zu Hausbesuchen begleitet, aber in all den Jahren hatte ich davon mehr als genug gesehen. Jenny hakte sich schnell bei mir ein.

«Kannse nich nochen bisskenn mit mir ruffkommen und quatschen?», drängelte sie.

«Na gut», meinte Paps. «Es dauert sicher höchstens eine halbe Stunde.» Er holte seinen Koffer aus dem Auto und folgte Luigi.

Später, als wir in der Küche waren, machte Jenny uns eine Tasse Kaffee Latte. Ich hätte mich gerne irgendwo hingesetzt, aber hier war alles so schmutzig, dass es mich richtig ekelte. Obwohl außer uns niemand da war, dudelten Fernseher und Radio einfach vor sich hin.

«Mensch, Nico, nu sach doch deenem bescheuerten Bruder, dass er seene Schmiererei ma wegwischen soll!», schimpfte Jenny, die bemerkt hatte, dass ich vergeblich nach einer Sitzgelegenheit Ausschau hielt. Aber Domenico gab ihr keine Antwort, sondern verzog sich wortlos hinter seinen Vorhang. Offenbar durfte nicht mal Angel da rein, denn sie blieb bei uns, obwohl sie doch sonst wie eine Klette an Domenico hing.

«Ick sach dir, so jeht det die janze Zeit», sagte Jenny leise. «Manchmal is er total jut druff, und manchmal möcht ick ihn nich mit 'ner Kneifzange anfassen. Und die janze Zeit müssen wir det Chaos hier ertragen!»

Ich schwieg, und in meinem Magen drückte es, als wüchse dort ein Tumor. Der Kaffee schmeckte bitter wie Wermut.

Angel stand allein da und nippte mit gesenktem Blick an ihrem Kaffee. Unsere Augen trafen sich kurz. Offenbar merkte sie, dass hier irgendwas nicht stimmte, aber ich wusste nicht, ob sie verstand, was es war.

Als ich mich wieder zur Tür umwandte, sah ich Domenico dort stehen. Er hatte sich umgezogen und trug nun ein schwarzes T-Shirt mit einem ziemlich hässlichen grünen Skelett auf einer Harley-Davidson-Maschine. Er kam zu mir und drückte mir Papas Hemd in die Hand.

«Da, nimm das, und sag deinem Vater danke von mir!» Er sah mich nicht an.

«Schick!», foppte ihn Jenny und zeigte auf das grüne Skelett.

«Das sind Mingos Sachen», sagte Domenico nur. Ich spürte die Gefahr in seiner Stimme. Sie erfüllte den ganzen Raum. Aber Jenny merkte es anscheinend nicht. Sie schaute Domenico neckisch an.

«Komm, Nico, nu sag endlich, warum du dein T-Shirt nie ausziehst!» Sie trat auf ihn zu und tänzelte um ihn rum. «Willste uns deenen Superbody nich zeijen?»

Domenico schwieg und goss sich ebenfalls eine Tasse Kaffee ein. Er trank ihn schwarz, ohne Milch. Jenny grinste und zerrte spielerisch an seinem T-Shirt. «Komm, nu hab dich doch nich so!»

Und in dem Moment hatte sie einen Schlag weg, so dass

sie rückwärts auf den Fußboden knallte! Zuerst checkte keiner von uns, was passiert war, sie selbst am allerwenigsten. Sie rappelte sich mühsam auf. Ihre Lippe war aufgeplatzt und blutete ziemlich. Angel stand mit schockiert aufgerissenen Augen und zitternden Lippen da.

«Mensch, Nico, spinnste eijentlich?», heulte Jenny und presste sich die Hand auf den Mund, doch das Blut sickerte durch ihre Finger.

Domenico schaute sie eisig an, und in seinem Blick war keine Spur von Mitleid. Das Blaugrau in seinen Augen sah aus wie kalte Asche, hart und ohne Leben; mir war, als würde ich innerlich erfrieren. Das letzte bisschen Gold in mir löste sich immer mehr in Nichts auf, als ich in diese unberechenbaren, zornigen Augen starrte. Er drehte seinen Kopf zur Seite und ging an mir vorbei, zurück hinter seinen Vorhang.

Jenny stöhnte kläglich, ihre Lippe war dick und leuchtete wie eine rote Erdbeere. Ich suchte in meiner Handtasche ein Papiertuch und reichte es ihr.

«Ick wollte ihn nur en bissken necken ...», jammerte sie.

«In dem Fall versteht er keinen Spaß», sagte ich. Angel stand nur da und kaute an ihren Nägeln rum; ihre Augen glänzten verdächtig. In dem Moment tat sie mir richtig leid. Ob sie über Domenicos Probleme Bescheid wusste? Was er ihr wohl alles über sich erzählt hatte? Nichts, vermutlich ...

«W-weeßte eijentlich, warum er det doofe T-Shirt nie ausziehen will?», fragte Jenny mit bebenden Lippen.

«Ja», sagte ich und holte tief Luft.

«Hat er denn ... irgendwat ... 'ne Verletzung oder wat Hässliches, det er nich zeijen will?»

Ich legte meinen Finger an die Lippen.

«Psst, nicht so laut ...» Ich warf einen ängstlichen Blick Richtung Vorhang, aber dort war alles ruhig.

«Sachst du et mir?», flüsterte Jenny leise. Angels braune Augen waren sehnsüchtig auf uns gerichtet. Ich sah ihr an, dass sie so gern verstanden hätte, worüber wir redeten. Doch dann, als es mir schon beinahe auf den Lippen lag, schüttelte ich den Kopf.

«Jenny, ich glaub, ich darf darüber nicht reden.»

«Wieso nich?», fragte sie bestürzt.

«Es ist nun mal *sein* Geheimnis!» Ich reichte ihr ein weiteres Taschentuch.

Sie nickte resigniert und tupfte sich das Blut von ihren Lippen, das nicht aufhören wollte nachzusickern.

«Det is en Jeburtsfehler», sagte sie schließlich.

«Wie?» Von einem Geburtsfehler war nie die Rede gewesen, Domenico hatte doch gar keinen ... Doch dann begriff ich, dass sie nicht von Domenico sprach.

«Det mit meener Hand», sagte sie kleinlaut und streckte mir ihren Armstumpf hin. «Det waren keene Piraten!»

«Schon gut, Jenny. Aber was –»

«Ick mein nur. Nico braucht sich nich so anzustellen. Wir haben alle unsere Sachen.» Ihre Augen füllten sich auf einmal mit Tränen. «Ick bin von meener Mutta hierher nach Sizilien zu meener Großmutta jeschickt worden, weil sie mit mir nich klarkam. Meene Mutta meinte immer, ick wär 'ne Plage für sie und sie wär glücklicher, wenn es mich nicht jäbe. Also kam ick hierher. Aba meene Oma war 'ne richtije Hexe, und ick hab det dort nicht lange ausjehalten. Eenes Nachts bin ick dann abjehau'n und per Anhalter durch halb Sizilien jetrampt.»

Sie schniefte und lächelte unter Tränen.

«Dann hab ick Nico jetroffen, und weil wir beede aus Deutschland warn, haben wir uns gleich super verstanden. Er hat mich nie ausjelacht wejen dem hier!» Sie hob ihren Armstumpf wieder in die Höhe. «Er hat jesacht, dass ick bei ihnen wohnen kann, und als die andern zuerst jemotzt haben, hat er ihnen jedroht. Er hat mich immer beschützt, und nun traut sich keener mehr, über mich zu lachen. Wir hätten et alle so prima hier, wenn nur sein chaotischer Bruder nich wär. Aba ick sach ja nix mehr, ick jeh ihm eenfach aus'm Weg. Na ja ... und det vorhin ... ick wollte ihn doch nur necken. Er braucht mich doch deswejen nich zu schlagen!»

«Ach, Jenny!», seufzte ich.

«Ick wünschte mir, du würdest nie mehr abreisen», sagte sie und schaute wehmütig zu mir hoch.

«Das geht leider nicht, Jenny ...» Ich blickte mich um und ging zum Balkon, um das Fenster aufzumachen. Mein Kopf tat weh; der schale Geruch nach kalter Zigarettenasche tat noch ein Übriges. Ich hatte das immer unangenehm gefunden, aber jetzt fand ich es regelrecht widerlich.

«Ick zeig det deenem Vatta», sagte Jenny und deutete auf ihre mittlerweile blaubeerfarbene Lippe. «Vielleicht hat er 'ne Salbe oder so.»

«Das sieht schlimmer aus, als es ist», sagte ich. «Die Haut an den Lippen ist dünner und viel stärker durchblutet. So lange er dir keinen Zahn ausgeschlagen hat, wäre ich froh ... na ja ..., wenn Paps nichts davon erfahren würde. Sonst verbietet er mir vielleicht, euch weiterhin zu besuchen.»

«Warum det denn?»

«Mein Vater ist nicht sonderlich begeistert über meine Bekanntschaft mit Domenico», sagte ich leise. «Es gab ein paar schlimme Geschichten, als wir damals zusammen zur Schule gingen. Jenny, hast du was dagegen, wenn ich draußen vor dem Haus auf Paps warte? Ich ... ich wäre wirklich froh, wenn er das mit deiner Lippe nicht sehen würde. Außerdem brauch ich dringend frische Luft!»

«Ooch ... na jut», sagte sie ein bisschen gekränkt.

Ich umarmte sie zum Abschied. Ihr Haar roch nach Sonnenöl und Haarspray. Dann, nach einigem Zögern, reichte ich Angel die Hand. Sie schlug ein, und ihre Finger waren ganz kühl und so samtweich wie die eines Babys.

Und so verließ ich die Wohnung, stieg über Motorradschrott, Zigarettenkippen, Schuhe, Gerümpel und alte Bierflaschen zur Haustür und war froh, als ich draußen an der Sonne war. Ich setzte mich auf den kleinen Absatz vor der Haustür, legte den Kopf auf meine Arme und benetzte sie mit den Tränen, die ich den ganzen Tag mühsam zurückgehalten hatte. Es war, als würde ich auf einer Welle reiten, die mich weit weg ins Ungewisse spülte, an einen Ort, von dem ich nicht gewusst hatte, dass er existierte.

Nicki konnte mir gestohlen bleiben! Zum ersten Mal in meinem Leben dachte ich, dass er mir echt gestohlen bleiben konnte. Ich wollte eigentlich aufhören zu weinen. Ich wollte nicht, dass Paps, der jeden Augenblick zurückkommen musste, meine Tränen sah, aber ich konnte sie nicht verhindern. Und je mehr ich weinte, umso mehr hämmerte mein Kopf; der Schmerz pochte durch meine Schläfen und ballte sich in meinem Magen zu einem scheußlichen Übelkeitsgefühl zusammen. Zudem brannte die Sonne auf meinen Nacken. Ich hatte fürchterlichen Durst, als hätte ich eine endlose Wüste durchlaufen.

Leise Schritte pirschten heran, und ich seufzte resigniert. Das war's, nun musste ich Paps irgendwie erklären, warum ich hier wie ein Schlosshund heulte. Aber mir fiel nichts Vernünftiges ein, und ich hob geschlagen den Kopf ...

Doch statt in Paps' bärtiges Gesicht blickte ich in ein bestürztes Jungengesicht mit stechend schwarzen Pupillen und glänzenden Piercings. Ich erschrak zutiefst und hatte das Gefühl, in der Hitze zu schmelzen.

Mingo starrte mich einfach an und paffte an seiner Zigarette, als würde er daran sein Lebenselixier aussaugen. Hinter ihm tauchte Bianca auf. Sie hatte sich die Augen unheimlich stark mit schwarzer Farbe geschminkt. Ich hatte beinahe Angst vor ihr.

«H-hallo!», stammelte ich schüchtern.

Mingo kam langsam näher. Bianca blieb hinter ihm.

«Weinst du?», fragte er, und seine Stimme war ganz tief und weich.

«Nein ...»

«Doch, du weinst! Sieht man ja wohl!» Seine Hand zuckte, als er ein letztes Mal an seiner Zigarette zog und sie dann wegkickte.

«Nein ... nein, ich hab nur Durst», sagte ich schnell.

«Durst? Warte, ich kann dir was holen!» Er kam noch näher, ohne auf seine Schwester zu achten. «Wir haben seit kurzem nämlich sogar 'nen Kühlschrank! Was willste denn haben?»

«Oh ... eine Cola vielleicht. Oder auch eine Fanta», stammelte ich.

«Okay. Bin gleich wieder da! Warte auf mich, ja?» Er wandte sich zu Bianca um und streckte ihr die Hand entgegen. Sie folgte ihm mit ausdrucksloser Miene. Ich legte meinen Kopf wieder auf meine Knie. Meine Schläfen hämmerten unaufhörlich, und vor lauter Angst, mich übergeben zu müssen, wagte ich mich kaum zu rühren.

Auf einmal spürte ich etwas Eiskaltes im Nacken. Ich erschrak, aber es war richtig angenehm. Vor meinen Augen flimmerte es, und ich öffnete sie nun ganz und blickte hoch.

«Guck mal, was ich dir gebracht hab!» Mingo stand grinsend neben mir und hielt mir zwei kalte Flaschen unter die Nase, eine Cola und eine Fanta. «Hab dir beides gebracht. Vielleicht hast du ja noch mehr Durst!»

«Du meinst es ja gut mit mir!» Ich nahm ihm dankend die Flaschen ab. Die Fanta stellte ich neben mich auf den Boden, während ich die Cola zu öffnen versuchte. Der Deckel war verklebt. Ich konnte ihn nicht aufdrehen.

«Gib her!» Mingo beugte sich zu mir runter und nahm mir die Flasche aus der Hand. Mit einem Ruck öffnete er sie, wobei er sie mit dem linken Arm fest an seinen Körper presste. Mit einem schüchternen Lächeln gab er sie mir zurück, und ich trank sehnsüchtig ein paar Schlucke. Die kalte Cola fühlte sich an wie eine herrlich erfrischende Quelle.

«Das tut gut», sagte ich. «Ich hab mega Kopfschmerzen!»

«Echt? Das ist voll übel! Musst dir die kalte Flasche auf den Nacken pressen. Das hilft. Hat mir mal jemand gezeigt. Schau mal, so!» Er setzte sich vorsichtig neben mich auf den Absatz, nahm die Fantaflasche und drückte sie mir fest in den Nacken. Ich schloss die Augen und fühlte einen angenehmen Schauer durch meinen Körper rieseln. Ich spürte Mingos Schulter neben mir. Sein T-Shirt roch ganz frisch nach einem starken, blumigen Waschmittel.

«Haste Kummer wegen Nic oder so?», fragte er leise.

«Ich ... ich weiß nicht.» Ich sehnte mich danach, mit jemandem zu reden, jemandem, der mir half, Klarheit in meine Gedanken zu bringen. Aber ich wusste nicht, ob Mingo die richtige Person dafür war, obwohl es mit Sicherheit niemanden gab, der Domenico besser kannte als er.

«Mach dir nix draus», murmelte Mingo, «mein Bruder hat ziemliche Probleme!»

«Was denn für Probleme?»

«Phhh ... psychisch verknackst irgendwie!»

Tja, so langsam wusste ich echt nicht mehr, wer hier der Verknackstere war, Domenico oder Mingo ...

«Der dreht manchmal voll durch. Wegen ihm mussten wir abhauen. Hat einfach den Typen da vor der Schule verprügelt und ihm den Schlüssel geklaut, weil der ihn nicht reinlassen wollte. In Monreale war das. Nur wegen seinem beknackten Traum von unserer Mutter. Das ganze Fantasy-Zeug halt, das er in seinem Schädel hat. Voll krank, so was!» Mingo nahm die Flasche vorsichtig wieder von meinem Nacken weg. «Besser? Oder soll ich weiter draufdrücken?»

«Ist okay, danke! Was sagst du da? Es war Nicki, der ...» Ich schlug mir schnell auf den Mund. Mingo brauchte genauso wenig wie Domenico zu wissen, dass ich bereits in Monreale nach ihnen gesucht hatte.

«Der sollte besser mal wieder zum Seelenklempner mit seinen komischen Träumen!», brummte er. «Der kann nachts gar nich mehr richtig pennen, weißt du. Faselt dauernd im Schlaf und hustet und wälzt sich wie 'n Idiot auf der Matte rum. Manchmal steht er auch auf und geistert in der ganzen Bude rum, und ich geh dann und hol ihn zurück, und dann motzen mich die andern wieder an am nächsten Morgen wegen dem Krach!»

Ich sagte besser nichts mehr. Das alles war zu deprimierend und verwirrend. Domenicos Jähzorn war einfach jenseits der Welt, die mich umgab. Ich konnte und wollte mich nicht damit identifizieren.

«Na ja, sag ihm bloß nich, dass ich dir das erzählt hab!», beschwor Mingo mich und knibbelte an einer Kruste an seinem Arm rum, bis sie zu bluten anfing. «Ich darf so was eigentlich nich erzählen. Aber Nic schnallt's einfach nich ... Wir waren fast immer zusammen, weißt du, haben den ganzen Mist zusammen durchgemacht, aber jetzt will er nich mehr so viel mit mir rumhängen. Er sagt, ich mach nur Ärger!» Er zog seine Nase hoch und wischte sich den blutigen Arm mit dem T-Shirt ab.

«Ich mein, Nic ist immer noch besser drauf als ich, hat Freunde und hängt in Acireale in der Disco ab. Mich will er nie mitnehmen ...»

«Er will dich nicht mitnehmen?», brauste ich auf. Ich schüttelte nur noch den Kopf. Ich konnte es einfach nicht glauben.

«Ihr wart heut in Taormina, was?», sagte Mingo bitter.

«Nein», antwortete ich. «Er wollte ja nicht rauffahren!»

«Was?» Mingo starrte mich ungläubig an. «Echt wahr? Er ist nicht ohne mich raufgefahren?»

«Nein ...»

«Ich schnall ja ab ... er ist wirklich nicht ohne mich mit der Seilbahn gefahren?»

Ich verneinte wieder. Mingos Augen sahen für einen kurzen Moment aus, als hätte jemand Licht gemacht.

«Mann, weißt du, ich war den ganzen Tag voll mies drauf, weil ich so gern mitgekommen wär ... und nun ...»

«Ich hätte dich gern mitgenommen», sagte ich, und das stimmte ja auch.

Er blinzelte. «Echt? Du ... du wolltest ...?»

«Natürlich! Ich ... ich hätte so gerne Fotos von euch gemacht. Von dir und Nicki!»

«Ach, der lässt sich eh nich gern fotografieren ...»

«Ich weiß. Aber du schon?»

«Weiß nich ... hab noch nie 'n Foto von mir gehabt!»

«Soll ich eins machen?» Ich zog schnell meine Kamera aus der Tasche, bevor er es mir ausredete.

«Lächle mal!» Ich richtete den Sucher auf ihn. Mingo verzog seinen Mund zu einem zaghaften Lächeln, und ehe er sich's versah, hatte ich abgedrückt. Meine Hände zitterten, und ich hoffte, dass das Bild nicht verwackelt war. Schnell verstaute ich die Kamera wieder. Mingo hatte vor Aufregung ganz rote Wangen.

«Voll wahr? Wär's dir echt nich peinlich gewesen, mich mitzunehmen?»

«Nein», sagte ich, fügte nach kurzem Nachdenken jedoch hinzu: «Okay, das Messer hättest du aber zu Hause lassen müssen ...»

Er grinste schwach und drehte seinen Arm um, so dass ich das Messer sehen konnte. Seine Haut war auf der Handfläche, wo die Messerspitze lag, ganz vernarbt. Offensichtlich kümmerte ihn das nicht mehr.

«Findest du das denn so cool?»

Seine Augen zuckten. «Das ist nich cool. Das ist 'ne Waffe!», meinte er.

«Wozu brauchst du denn eine Waffe?»

«Weiß nich. Um Bianca zu beschützen. Oder Nic. Oder ... dich!»

«Ach ... das brauchst du nicht, mir tut niemand etwas ...»

«Also, wenn *dir* jemand was tun würde, den würd ich sofort umlegen, das schwör ich!» Er zog das Messer aus dem Armband und hielt es vor sein Gesicht. Es war rostig und ziemlich schmutzig. Sein manischer Blick machte mir richtig Angst. Schnell sprang ich auf.

«Ich ... muss los, Mingo. Mein Vater kommt gleich!» Ich wandte mich zu ihm um und rang mir ein Lächeln ab. Er würde doch nicht im Ernst jemanden umlegen, oder?

«Ciao, Mingo, bis bald! Und danke für die Cola!»

«Ciao!», sagte er und lächelte mich mit seinen kaputten

Zähnen an. Ich beeilte mich, die Straße runterzurennen bis zur Trattoria. Ich rannte Paps geradewegs in die Arme.

«Maya! Da bist du ja! Es hat etwas länger gedauert! Was ist mit dir? Dein Gesicht ist ja ganz rot!»

«Mir ist so heiß», murmelte ich.

«Na schön, dann fahren wir jetzt ins Hotel zurück, ja? Ich möchte noch ein paar Berichte schreiben. Vielleicht möchtest du ja auch noch ein bisschen lernen.»

«Hmm!» Vielleicht würde das Lernen mich jetzt tatsächlich am besten ablenken. Ich fühlte mich, als würde ich auf einer Welle reiten, die mich mal hierhin und mal dorthin spülte. Mein Kopf drehte sich und fühlte sich irgendwie leer und dumpf und hohl an.

Aber die Kopfschmerzen waren verschwunden.

Bevor ich ins Bett ging, entdeckte ich auf meinem Handy schon wieder eine SMS von Leon.

> Hallo maya, wie gehts denn so? Ich sitze auf der veranda, gucke in den sternenhimmel und denke an dich. Gruß leon.

Sternenhimmel? Leon?

Ich schloss die Augen. Alles um mich herum fühlte sich auf einmal so leicht und hell an. Mein Körper entspannte sich und wurde ganz warm, als würde ein Sonnenstrahl ihn streicheln.

Vielleicht würde die Welle, auf der ich ritt, mich ja irgendwann an einen neuen Strand spülen. Noch war dieser Strand weit weg, aber vielleicht würde er hell und klar sein, voller Palmen, ohne Abfälle und trübes Wasser.

16. Ein böser Verdacht

In dieser Nacht träumte ich von Leon. Ich träumte, ich sei bei ihm zu Hause, und alles war schneeweiß, selbst die Möbel. Es war alles sauber, schön und rein, und ich fühlte mich richtig wohl. Ich saß mit Leon draußen auf der Veranda in einer weißen Schaukel. Auf einmal wollte er sich eine Zigarette anstecken, doch ich sagte: «Halt, das ist nicht richtig, du rauchst doch überhaupt nicht!»

«Stimmt», sagte er und löschte die Zigarette schnell wieder aus. «Hier darf man auch gar nicht rauchen, sonst wird ja alles gelb!»

Da wachte ich auf. Es war bereits hell draußen, aber ich wollte am liebsten überhaupt nicht aufstehen. Denn sobald ich aufstand, würde mich eine neue Welle erfassen und hin und her schleudern. Darum wollte ich einfach unter meiner Decke bleiben und die Augen wieder schließen.

Paps stand in der Tür und war bereits fertig angezogen.

«Guten Morgen, Maya!»

«Morgen, Paps», sagte ich matt.

«Was ist mit dir? Geht es dir nicht gut?»

«Doch, schon ...»

«Was möchtest du denn machen heute? Wollen wir zusammen etwas Schönes unternehmen?»

Ich konnte Paps schlecht sagen, dass ich am liebsten nur schlafen wollte. Ich schüttelte den Kopf.

«Willst du mir nicht sagen, was los ist?»

Domenico, Mingo, Leon ... Wie sollte ich mit Paps über all das Chaos in meinem Kopf und meinem Herzen reden? Ich biss die Zähne zusammen und schwang mich aus dem Bett. Paps schenkte mir ein aufmunterndes Lächeln.

«Also, dann komm. Machen wir doch einen schönen Ausflug! Du kannst deine Schulsachen für heute mal weglegen.»

Er gab sich ja so viel Mühe. Ich durfte ihn nicht enttäuschen. Außerdem lösten sich meine Probleme ja auch nicht, wenn ich einfach im Bett blieb.

Wir setzten uns ins Auto und fuhren Richtung Acireale ans Meer. Die Sonne strotzte wie immer vor Kraft, und der klare Himmel schenkte dem Meer eine besonders kräftige türkisblaue Farbe. Es war erst zwei Tage her, seit ich mit Domenico hier rausgefahren war. Und in diesen zwei Tagen hatte sich so vieles verändert ...
Paps führte mich ins beste Fischrestaurant aus. Obwohl ich sonst sehr gern Meeresfrüchtesalat aß, schmeckte es mir diesmal überhaupt nicht. Ich starrte an Paps vorbei Richtung Ätna, dessen Gipfel wie meistens in eine leichte Dunstwolke gehüllt war. Aus den Musikboxen in der Küche erklang eine wehmütige sizilianische Schnulze.

«Maya, irgendwas stimmt doch nicht mit dir. Du isst ja gar nicht!» Paps legte seine Gabel beiseite und sah mich besorgt an. Ich stocherte lustlos in meinen Meeresfrüchten rum.

«Ich krieg wohl meine Tage oder so», murmelte ich.

Paps seufzte hilflos. «Ich weiß ja, dass ich das nicht so gut kann wie Mama, aber ich bin doch immerhin dein Vater! Kann ich dir denn gar nicht helfen?»

Helfen? Was würde es verändern, wenn ich mit Paps reden würde? Konnte er Domenicos Lügen ausradieren? Konnte er den Scherbenhaufen wieder aufbauen? Konnte er den eiskalten Zorn auslöschen, mit dem Domenico die arme Jenny niedergeschlagen hatte? Konnte er Mingo aus seinem Drogensumpf retten? Mein Herz verkrampfte sich zu einem schmerzhaften Klumpen, als ich Paps' Blick erwiderte.

«Ich meine, vielleicht solltest du mir eine Chance geben, Maya.»

Chance? Damit Paps am Ende sagen konnte: *Ich hab's dir ja gesagt, Maya! Ich hatte doch Recht! Der Junge ist gefährlich!*

Ich wollte das nicht hören. Ich war in die Irre gelaufen, hatte mich im Labyrinth verstrickt. Ich hatte mein Leben auf einer Sandburg aufgebaut, die in sich zusammengestürzt war ...

«Schimpf aber nicht mit mir ...», bat ich beschämt.

«Also, ich gebe mir wirklich Mühe, versprochen!» Paps sah mich aufmunternd an, doch ich wusste nicht recht, wie ich anfangen sollte.

«Ich nehme mal an, dein Kummer betrifft deinen Freund Domenico?», kam Paps mir zu Hilfe. Ich nickte und legte die Gabel beiseite. Ich schaffte meinen Teller nicht mehr. Paps hob fragend seine Augenbrauen.

«Er ... er hat mir verschwiegen, dass er eine Freundin hat», quetschte ich schließlich heraus.

«Aber das wusstest du doch, oder etwa nicht?»

«Schon, aber ...»

«Ich meine, wir wissen ja, dass der Junge offensichtlich ein Problem hat, eine feste Beziehung einzugehen.» Paps schob sich seinen letzten Bissen in den Mund. «Wir wissen das von diesem Mike, von Frau Galiani ...»

«Schon, aber er ...» Oh Mann, Paps würde gleich durchdrehen, wenn ich ihm das sagte! Aber es half nichts ...

«Er war zärtlich zu mir!» Jetzt war es raus!

«Zärtlich? Was heißt das?», fragte Paps streng.

Ich errötete und wischte mir schnell mit der Serviette über den Mund, damit ich mein Gesicht senken konnte.

«Na ja ... er ... er hat mich ein bisschen berührt und so!», stotterte ich.

«Berührt?» Paps' Stimme klang noch alarmierter.

«Nichts Schlimmes ... nur ... Händchen gehalten. Aber ... das tut man doch nicht, wenn man eigentlich eine Freundin hat, oder?»

Ich spürte, wie Paps darum rang, die Beherrschung nicht zu verlieren. Er knallte seine Serviette mit einer gewissen Heftigkeit auf den Tisch. Ich zog den Kopf zwischen meine Schultern.

«Paps, bitte nicht schimpfen ... du hast es mir doch versprochen!»

«Entschuldige ... nein, natürlich will ich nicht schimpfen. Also, erzähl bitte weiter, Maya!»

«Ich ... ich wusste, dass er dauernd andere Freundinnen hat. Aber nicht, dass er sogar mit mehreren Mädchen gleichzeitig rumhängt», seufzte ich.

«Was hab ich gesagt!» Paps schnaubte durch die Nase und schüttelte dann leise den Kopf. «Na gut. Lassen wir das. Er hat ein Problem in dieser Hinsicht, so viel ist klar. Das ist ziemlich übel! Und auch schade.»

«Wie meinst du das?»

«Na ja, weil ich ... eigentlich langsam angefangen habe, mich an ihn zu gewöhnen.»

«Du ... du magst ihn?», fragte ich hoffnungsvoll.

«Nun ja, ich denke, irgendwo hat er schon einen guten Kern, obwohl ich nicht ganz schlau aus ihm werde. Allerdings merkt man deutlich, dass er keine Erziehung hatte. Aber da kann er ja eigentlich nichts dafür. Ich meine, was soll auch aus einem Jungen werden, der keinen Vater hat, der ihm zeigt, wie er sich als Mann verhalten muss, und keine Mutter, die sich um ihn kümmert, nicht mal dann, wenn er eine schwere Krankheit hat? So ein Junge muss doch einen psychischen Schaden haben!»

Ich nickte bitter. Dabei wusste Paps noch nicht mal über Domenicos neusten Jähzornanfall Bescheid. Doch das behielt ich lieber für mich. Und über Mingo hatten wir überhaupt noch nicht geredet. War Paps eigentlich klar, dass es da ein noch größeres Problem gab?

«Ich denke», sagte Paps nun wieder mit gefasster Stimme, «es ist gut, dass wir hierher gekommen sind und du jetzt die Wahrheit gesehen hast. Das ist gewiss heilsam, auch wenn es hart sein mag. Auf der anderen Seite würde ich Domenico wirklich gerne helfen, aber das ist sehr schwierig, wenn er hier auf Sizilien lebt und wir in Deutschland.»

Wir hüllten uns beide für mehrere Minuten in Schweigen. Eine kleine Wolke schob sich über die Sonne und warf einen

Schatten auf das tiefblaue Meer. Auf einmal seufzte Paps. Es klang so schwermütig, dass ich erschrocken aufblickte.

«Was ist los, Paps?»

«Ich habe mir gerade etwas überlegt. Es ist leider kein schöner Gedanke, und ich weiß nicht, ob ich es dir überhaupt sagen soll ...»

«Bitte, Paps. Ich ... ich will die ganze Wahrheit wissen!»

«Nun, da wäre die Frage, wie viele Freundinnen Domenico wirklich hatte und was er mit ihnen alles getrieben hat ...»

Ich stieß die Luft aus. «Aber Paps ...!»

«Lass mich bitte ausreden. Ein Junge, der mit so vielen Mädchen zusammen war ... vielleicht sogar mit ihnen Geschlechtsverkehr hatte ... wer kann wissen, was er da alles aufgelesen hat?»

«Was aufgelesen?»

«Krankheiten zum Beispiel.»

Ich zuckte zusammen. «Du meinst ... Aids und so?»

«Es ist nur eine Überlegung, Maya. Rein theoretisch. Bitte nimm das nicht –»

«Oh Gott, Paps ...!» Jetzt addierten sich auf einmal einzelne Gedankenfetzen zusammen, und ich konnte es nicht stoppen. Ich wollte nicht darüber nachdenken, aber es zwängte sich regelrecht in meine Gedanken hinein.

«Paps, du willst mir doch nicht etwa sagen, dass sein Husten ... seine Lungenentzündung, die er hatte ...»

«Aids ist eine Immunschwäche, und Lungenentzündung ist ein häufiges Symptom ...» Paps sprach den Rest nicht aus. «Doch das ist nur eine ganz vage Vermutung. Aber vielleicht ein doppelter Grund für dich, vorsichtig zu sein.»

«Aber ... dann ist wirklich alles aus!» Ich starrte Paps mit bebenden Lippen an.

«Das ist doch noch gar nicht gesagt! Befürchte nicht gleich das Schlimmste, wir haben ja noch keine Beweise.»

Doch zu viele Einzelheiten, auch solche von damals, ergaben auf einmal ein so logisches und erschütterndes Bild, dass ich fast nicht anders konnte, als so zu kombinieren. Die Schatten unter seinen Augen. Dass er so dünn war. Sein Husten, der sich nicht bessern wollte. Seine offensichtlichen Schlafstörungen. Das hohe Fieber damals nach seinem Sprung ins kalte Wasser. War das vielleicht sein größtes Geheimnis? Das Geheimnis, das er mir nie mitgeteilt hatte? Ich ahnte nämlich, dass es da immer noch etwas gab – dass ich längst noch nicht alle seine Geheimnisse kannte. War das am Ende sogar der Grund gewesen, dass er den Kontakt zu mir abgebrochen hatte, weil er wusste, wie schlimm es um ihn stand?

«Oh Paps!», flüsterte ich voller Entsetzen.

«Ganz ruhig, Maya. Ich versuche ihm ja zu helfen. Ich werde einen Arzttermin für ihn organisieren. Vielleicht ist ja alles halb so schlimm. Aber du ... vielleicht ... solltest du einfach versuchen, nicht mehr so sehr in ihn verliebt zu sein. Es reicht doch, wenn ihr einfach nur Freunde bleibt. Was meinst du?»

Paps hatte sich damit wirklich sehr behutsam ausgedrückt. Aber ich wusste, dass er Recht hatte. Ich wusste es, auch wenn ich es am liebsten nicht wahrhaben wollte.

Paps bezahlte, und später gingen wir runter an den Strand. Ich zögerte, bevor ich vorsichtig meine Hand in die von Paps schob. Das hatte ich lange nicht mehr getan. Wir schauten aufs Meer hinaus, sahen den badenden Leuten zu, den Booten, die an- und ablegten, und den Fischern, die mit ihren Netzen auf Fang gingen. Die einzige Wolke am Himmel hatte sich inzwischen wieder aufgelöst. Der Boden unter meinen Füßen schien zu schwanken.

«Paps, da ist noch sein Zwillingsbruder ...», sagte ich leise.

«Hmm ...» Paps war mit seinen Gedanken ganz woanders. Ich schloss die Augen. Mingo war noch ein ganz anderes Thema. Ein Thema, das völlig an Paps abprallte. Ein Kapitel, das mich beunruhigte, weil ich keine Lösung dafür sah.

17. Mingos Geschichte

Als wir wieder zurück im Hotel waren, war es erst halb vier. Ich wusste nicht, was ich mit diesem angebrochenen Tag anfangen sollte. Am liebsten hätte ich einfach geschlafen, doch dazu war es viel zu heiß. Paps wanderte nachdenklich hin und her und setzte sich dann an den kleinen Tisch.

«Ich würde gerne noch ein paar Dinge erledigen», sagte er.

«Erledigen? Was denn?»

«Nun, ich wollte für Luigi Lombardos Mutter noch ein paar Arzneimittel besorgen. Ich möchte gerne nochmals nach ihr sehen, die können sich ja sonst keinen Arzt leisten. Und wenn ich dann mal dort bin, kommen alle anderen auch noch angestürmt und wollen was von mir!» Er schmunzelte. «Schade nur, dass ich so schlecht Italienisch kann, ich kann mich fast nur mit Handzeichen verständigen. Vielleicht … hmm … frage ich Domenico mal, ob er mich als Dolmetscher begleitet. Ach, übrigens, möchtest du mitkommen?»

Ich grübelte kurz. Ich konnte Jenny besuchen, aber ich wusste nicht, ob ich es ertrug, Domenico zu sehen. Außerdem sehnte ich mich danach, allein zu sein. Ich musste Gott mein Herz ausschütten. «Ich möchte am liebsten hierbleiben», murmelte ich deshalb.

«Ganz allein hierbleiben?»

«Ja. Ich … ich muss nachdenken», sagte ich.

Paps hob seine Schultern und nickte schließlich.

«Na gut. Wenn du meinst, dass es dir hilft. Ich bin ja bald wieder da. Weißt du, diese alte Dame … Es steht wirklich nicht gut um sie. Sie hat eine schwere Thrombose im Bein, und es ist kaum Geld für einen Arzt vorhanden. Es ist mir wirklich ein Anliegen, ihr zu helfen.»

«Du solltest hier deine Praxis aufmachen», sagte ich.

«Hmm, Ärzte gibt es hier genug. Aber das Problem ist, dass viele Leute ziemlich arm sind.» Paps schloss seinen Koffer, nachdem er ihn mit neuen Verbänden aufgefüllt hatte.

«Also, ich denke mal, dass ich in zwei, drei Stunden wieder zurück bin, falls die mich überhaupt wieder gehen lassen. Möchtest du so lange allein sein?»

Ich nickte und gab Paps einen Abschiedskuss. Kaum war er weg, warf ich mich aufs Bett, wo ich erst mal eine Weile damit verbrachte, vor mich hin zu weinen. Ich heulte in mein Kissen und bombardierte Gott mit Fragen über all das, was ich in den letzten Tagen erfahren hatte. Ich weinte mich leer und stumpf, bis es einfach nicht mehr ging und die Tränendrüsen fürs Erste trocken gelegt waren.

Dann stand ich auf und setzte mich mit meinem Handy auf den Balkon. Die Sonne brannte auf meinen geschwollenen Augen. Ich tippte lustlos auf den Tasten rum. Leons SMS ... Was sollte ich ihm zurückschreiben? Dass ich Friede-Freude-Eierkuchen-Ferien mit meinem Vater machte? So ein Quatsch. Leon. Ich wusste ja kaum was über ihn. Aber wenn ich an ihn dachte, hatte ich das Gefühl, in der gleichen Situation wie Domenico zu sein, wenn er *mich* ansah.

Oder sollte ich vielleicht Mama anrufen? Oder Patrik? Aber was sollte ich ihnen erzählen? Dass ich von Domenico enttäuscht war? Dass unsere Laterne erloschen war?

Ach, Domenico! Ich strich mit meinen Fingern über das rote Herz an meiner Kette, das sich auf einmal anfühlte wie ein kalter Fremdkörper, der mich gemein piekste und folterte.

Fast wie von selbst wanderten meine Finger aufwärts zum Verschluss und öffneten ihn vorsichtig. Als ich die Kette in den Händen hielt und das rote Herz betrachtete, das ich über ein Jahr lang getragen hatte, sah ich einen Teil meines Gesichts darin spiegeln, und es sah aus wie das Gesicht einer Fremden. Ich schloss meine Faust darum.

Mein Brustkorb zitterte, als ich tief Luft holte. Es war nicht so, dass ich bewusst diesen feierlichen Entschluss fällte. Ich tat es einfach. Ich stand auf und kramte mein schönstes Kleid aus dem Schrank. Danach ging ich ins Bad und kämmte meine Haare. Ich schlüpfte in meine Sandalen, nahm meine Handtasche und legte die Kette in mein Sonnenbrillenetui. Dann verließ ich das Hotelzimmer. Es war ungefähr fünf Uhr.

Obwohl es brütend heiß war, rannte ich beinahe den ganzen Weg zum Bellini-Park. Motorräder mit jungen Pärchen rollten an mir vorüber. Die Siesta war vorbei, und die Stadt erwachte wieder zum Leben. Ich klemmte meine Tasche fest unter den Arm. Hinter mir hörte ich ein rasendes Dröhnen. Ich wandte mich um und sah den blonden Hünen Fabio und seine Gefolgsleute an mir vorbeibrausen. Ausgerechnet die! Das passte mir ganz und gar nicht. Die mussten natürlich überall auftauchen, wo etwas lief, und wahrscheinlich trieben sie während der Sommerzeit nichts anderes, als mit ihren Motorrädern durch die Straßen zu flitzen. Ich ging erst wieder weiter, als von ihnen nur noch eine Staubwolke zu sehen war.

Die Leute strömten regelrecht in den Park: Familien mit Kindern, Jugendliche und alte Männer, die sich auf einen gemütlichen Schwatz trafen. Die grünen Parkbänke beim Eingang waren alle besetzt. Der Eismann kam kaum nach mit Kugeln formen, weil eine Traube hungriger Kinder seinen Stand bestürmte. Vor dem Eingang stand eine Gruppe verlassener Motorräder. So viele Leute ... und nirgendwo ein einsames Plätzchen. Aber ich kannte keinen anderen Ort, wo ich tun konnte, was ich tun musste.

Ich ging auf den Brunnen zu und blieb abrupt stehen. Auch das noch! Dort unter den erfrischenden Fontänen räkelten sich Fabio und seine Gefolgschaft in der Sonne. Warum hingen die jetzt ausgerechnet da rum, wo ich hinwollte? Vielleicht sollte ich doch besser wieder umkehren ...

Ganz unerwartet fiel mein Blick auf einen Jungen, der etwas abseits von den Leuten im Schatten einer Palme stand und sich etwas vor die Nase hielt. Sein Körper war nach vorne gebeugt und zuckte; seine langen Haare hingen ihm in die Augen. Ich blieb stehen und schaute ihn an. Seine Beine waren so dünn, dass ich dachte, er würde demnächst zusammenklappen. Er warf ein Stück Alufolie auf den Boden und löste sich von der Palme, und erst da erkannte ich ihn. Mingo! Sein Haar war ganz zerzaust und verschwitzt, und er trug das T-Shirt mit dem grünen Skelett. Ich bemerkte, wie ein paar Leute sich verstohlen und angewidert nach ihm umschauten. Dann sah ich noch eine Gestalt hinter der Palme hervortreten. Bianca.

«Mingo ... he, Mingo!» Ich winkte ihm zu.

«Maya ...» Er kam schwankend auf mich zu. Sein Gesicht sah aus, als täte ihm etwas weh, als hätte er Schmerzen. «Is gut, dass du hier bist ... kannst du mir 'n bisschen Geld leihen? Kriegst es nachher wieder. Brauch's für'n Taxi!»

Ich zögerte. Ich wusste, dass man einem Drogenabhängigen kein Geld geben sollte. Auf der anderen Seite wollte ich so gern nett zu ihm sein.

«Ich hab nicht viel ...», sagte ich.

«Macht nichts!» Er schaute mich mit bebenden Lippen an. «Auch wenn's nur 'n Euro ist. Is echt egal! Ich krieg den Rest schon zusammen!»

«Du kaufst dir doch nur Drogen damit, hab ich Recht?»

Er zuckte mit den Schultern und grinste matt.

«Ich will nicht, dass du dir Drogen kaufst, Mingo!», sagte ich.

«Ey, was soll's, ich komm eh nich mehr weg von dem Zeug!» Er presste klappernd die Zähne aufeinander. «Gott, Maya, bitte ... hilf mir!»

Ich öffnete seufzend meine Handtasche und zog meinen Geldbeutel raus. Wer wusste, was er sonst alles anstellen würde! Außerdem hatte ich einen Riesenrespekt vor seinem Messer. Ich hatte noch einen Fünfziger und ein bisschen Kleingeld. Er reckte seinen Hals und starrte den Schein sehnsüchtig an.

«Da!» Ich drückte ihm schnell eine Münze in die Hand. «Mehr kann ich dir leider nicht geben.»

Im selben Moment strich sich Bianca ihre Haare aus dem Gesicht, und ihre schwarzen Augen trafen mich.

Mingo wollte schon davonstürmen, doch dann drehte er sich nochmals nach mir um: «Bin gleich wieder da ...

Möchtest du auf mich warten? Können nachher etwas quatschen und so!»

«Ich kann nicht lange bleiben ...», rief ich ihm zu, doch da war er schon weg. Bianca heftete sich dicht an seine Fersen. Ich blieb stehen und schloss einen Moment die Augen. Ich musste unbedingt mit Paps über Mingo reden. Es musste doch irgendeine Hoffnung geben, ihn von den Drogen wegzubringen, ehe er ganz vor die Hunde ging!

Aber zuerst galten nun meine Gedanken der Mission, die ich ausführen wollte. Fabio und seine Jungs hatten sich allerdings hartnäckig vor dem Brunnen eingenistet. Zu fünft lagen sie da und relaxten vor sich hin. Neben ihnen stapelten sich leere Bierflaschen. Fabios Muskelpakete glänzten in der Sonne. Wahrscheinlich ölte er sie fünfmal täglich ein. Na toll. Das konnte ja heiter werden. Doch andererseits ... sie pennten ja. Wahrscheinlich würden sie mich nicht mal bemerken ...

Ich ging entschlossen um den Brunnen herum und setzte mich auf der anderen Seite vorsichtig an den Rand. Die Fontänen waren gerade ausgeschaltet worden. Das Wasser flimmerte ruhig und grün vor meinen Augen. Das Becken war nicht sehr tief. Ich öffnete die Handtasche und fischte die Kette aus dem Brillenetui. Ich zögerte. Es schmerzte. Es schmerzte ungeheuer. Doch ein letztes Mal betrachtete ich nun mein Spiegelbild in dem roten Herz, dann tauchte ich meine Hand ins Wasser. Das Herz funkelte in der Sonne wie ein Blutstropfen, der aus mir herausfloss. Ich biss fest auf die Zähne und spreizte die Finger auseinander, so dass die Kette hindurchgleiten konnte. Dann schaute ich zu, wie sie sich langsam auf den Grund senkte und dort liegen blieb. So lange, bis vielleicht ein anderes Mädchen sie finden würde. Oder ein Junge, der sie seiner Freundin schenken würde. Mir gehörte sie nun jedenfalls nicht mehr. Es war vorbei, und ich richtete mich wieder auf. Nicki sollte wissen, dass ich nicht mit mir spielen ließ!

Eine Weile blieb ich auf dem Brunnenrand sitzen, bis ich auf einmal hinter mir Gelächter hörte. Ich drehte mich um und blickte geradewegs in Fabios grinsendes Gesicht. Hatten die mich also doch beobachtet! Beschämt schnappte ich meine Handtasche und eilte mit schnellen Schritten davon. So ein dummer Kerl!

Ich streifte ziellos zwischen den Leuten umher. Sollte ich nun wirklich auf Mingo warten? Aber wer wusste schon, wie lange der brauchte, bis er sein Zeug besorgt hatte. Vielleicht hatte er längst vergessen, dass ich hier war ...

Ich entschied mich dafür, einen Spaziergang zum Pavillon hinauf zu machen, und als ich dort oben war, beschloss ich, mir den hinteren Teil des Parks anzusehen. Als ich wieder auf dem Vorplatz stand, war es schon nach sechs Uhr. Ich setzte mich auf eine endlich frei gewordene Sitzbank neben dem Eingang, lehnte mich zurück und schloss erschöpft die Augen. Ich öffnete sie wieder, als ich spürte, dass plötzlich jemand neben mir stand. Ich konnte es kaum fassen, als ich sah, wer das war. Ich setzte mich auf und schaute direkt in Biancas dunkle Rehaugen. Ihr Gesicht war so nah vor mir, dass ich ihren Atem spürte.

«Hallo!», sagte ich in der Hoffnung, endlich ihre Sympathie gewinnen zu können. Doch sie antwortete nicht, sondern strich ihr dichtes Haar beiseite und schaute mich mit ihren durchdringenden Augen an.

«Möchtest du ein Eis haben?», wagte ich einen Versuch.

Sie verzog keine Miene und bohrte ihre schwarzen Augen weiterhin in mich rein. Langsam wurde das unheimlich. Hatte sie vor, mich zu verhexen, oder etwas in der Art?

Und dann hob sie wie einen Flügel ihren Arm und hielt ihn mir vor die Augen, und ich fühlte, wie mir zwei Bonbons in die Hand gedrückt wurden. Ehe ich realisierte, wie mir geschehen war, war sie bereits davongestürmt. Vergeblich schaute ich mich nach ihr um und steckte die beiden Bonbons schließlich ein. War das jetzt eine Art Versöhnungsgeschenk? Etwa, weil ich Mingo vorhin Geld gegeben hatte?

Ich seufzte resigniert. Was wusste ich schon! Ich hatte eh längst den Durchblick verloren. Das Beste war wohl, endlich wieder ins Hotel zurückzukehren. Ich stand auf und wollte zum Ausgang gehen, als ich das grüne Skelett und Mingos rötlichen Haarschopf wieder erblickte. Er stand an eine Palme gelehnt da und schien Mühe zu haben, die Augen richtig offen zu halten. Ich ging auf ihn zu.

«Mingo ... da bist du ja!», sagte ich. «Ich dachte, du würdest gar nicht mehr zurückkommen.»

«Diese Ratte hat mich warten lassen!», knurrte er. Er rieb sich über die Augen. Zumindest stand er nun etwas fester auf den Beinen als vorhin.

«Wo ist deine Schwester?», fragte ich. «Sie hat mir vorhin Bonbons geschenkt.»

«Die? Is nach Hause. Nic wollte ja, dass sie um fünf zu Hause ist.» Er klaubte eine Zigarette aus seiner Hosentasche und zündete sie an. Dann spießte er mich mit seinen stecknadelgroßen Pupillen auf.

«Und? Bleibst du noch 'n bisschen zum Quatschen hier, oder musst du schon gehen?»

«Also, für ein Eis reicht es noch, aber dann muss ich wirklich zischen», sagte ich. «Sonst krieg ich Ärger mit Paps.»

Er inhalierte den Rauch mit geschlossenen Augen. Seine Hand mit dem Messer zuckte. Mir war das unheimlich. Ich trat einen Schritt von ihm weg.

«Möchtest du auch ein Eis?», fragte ich zögernd. «Ich lad dich ein!»

«Echt?» Seine Augen schienen zu erwachen, und seine Lippen verzogen sich zu einem matten Lächeln. «Du lädst mich ein?»

«Na klar! Los, komm!» Ich wollte ihn am Arm Richtung Eisstand ziehen, doch er machte sich von mir los.

«Ey, ich warte besser hier, okay? Du brauchst nich mit mir ...»

«Na schön, ich bring dir eins. Was willst du denn haben?»

«Hmm ... Cioccolata!»

«Nur Schokolade?»

Er nickte und setzte sich neben der Palme auf den Boden,

während ich mich ans Ende der Schlange stellte. Ich wurde etwas nervös, weil sich vor mir ein dickes Mädchen nicht entscheiden konnte, was für ein Eis es haben wollte, und seine Mutter fast zum Wahnsinn trieb. Als es sich endlich für ein Erdbeereis entschieden hatte, fasste ich in meine Handtasche und kramte nach meinem Geldbeutel.

Der Verkäufer wartete mit dem Eislöffel in der Hand: «Prego?»

«Uno momento», sagte ich und grub tiefer in meiner Tasche, und dann realisierte ich langsam, was los war. Mein Geldbeutel war fort! Das durfte einfach nicht wahr sein! Der Verkäufer wartete, doch ich wandte mich von ihm ab und sah mich nach Mingo um. Nein! Nur das nicht! Er konnte es nicht getan haben, oder? Bitte nicht! Nicht Mingo!

Er hat deine fünfzig Euro gesehen! Du weißt, dass er für Drogen alles klauen würde!

Ich sah Mingo wie einen dunklen Schatten unter der Palme sitzen und mit stumpfem Blick seine Zigarette zu Ende rauchen. Noch mehr Enttäuschung, noch mehr Trauer krochen in mir hoch. Was sollte ich tun? Oh Mingo!

Ich biss mir auf die Lippen und ging langsam auf ihn zu.

«Jemand hat meinen Geldbeutel geklaut», sagte ich und versuchte das erregte Zittern in meiner Stimme zu unterdrücken. Mingo blinzelte und blickte verständnislos zu mir hoch.

«Ich hab kein Geld mehr! Es ist alles weg.» Ich schluchzte vor Wut, ich konnte einfach nicht mehr anders.

Er ließ die Hand mit seiner glimmenden Zigarette sinken. «Dein Geld ist weg?»

«Jemand hat es mir aus der Tasche geklaut!» Jetzt heulte ich endgültig.

«Kacke!», knurrte Mingo. Seine Augen veränderten sich. Wütende Glut leuchtete darin auf, als er langsam aufstand und anfing, Fabio und seine Jungs beim Brunnen zu fixieren.

«Warst vorher bei denen drüben am Brunnen, ja?»

«Ja!», schniefte ich. Da fiel mir wieder ein ...

«Musst ganz krass aufpassen hier! Die dort machen so

Sachen!» Er saugte das letzte bisschen Nikotin, inklusive Teer und sonstigen Schadstoffen, aus seiner Zigarette und warf sie dann weg.

«Ja, sie haben mich angepöbelt ...!»

Trotz meiner Verzweiflung war ich erleichtert, dass es eine andere Erklärung gab. Ich hätte es irgendwie nicht verkraftet, wenn Mingo dafür verantwortlich gewesen wäre.

«Ich hab's überhaupt nicht gemerkt ...», sagte ich.

«Das geht so schnell, das kriegste gar nich mit», meinte er.

«Und was mach ich jetzt?»

«Du wartest hier!», sagte Mingo mit grimmiger Entschlossenheit. «Ich werd's dir zurückholen. Die werden was erleben. Ich leg sie um und hol dir das Geld!»

In mir begann eine Alarmglocke zu klingeln. «Aber sie sind doch zu fünft –»

«Ist mir egal. Ich leg sie um!», knurrte er, ohne mich zu beachten. «Ich schwör dir, ich mach sie fertig!» Langsam zog er das Messer aus seinem Armband.

Ich packte ihn entsetzt am Arm.

«Warte, Mingo, das ist nicht dein Ernst –»

Aber er schüttelte meine Hand ab und hielt sich die Klinge vor die Augen. Etwas Wildes leuchtete für kurze Momente in seinem Blick auf, als er sie anstarrte, und ich bekam echt Angst. Da stimmte was nicht ... Seine Augen ... dieser besessene, schon fast irre Ausdruck ...

«Leg das Messer weg, Mingo!», beschwor ich ihn voller Panik. «Bitte. Die Leute gucken schon!»

Aber er rührte sich nicht. Er stand da, mit dem Messer in der Hand, und richtete seine trüben Augen auf Fabio.

«Das Geld ist doch nicht so wichtig. Vergiss es! Es sind nur fünfzig Euro! Bitte!» Ich zerrte verzweifelt an seinem Arm, doch Mingo war stark; seine Faust hatte das Messer so fest umklammert, dass seine Muskeln ganz hart waren und zitterten.

«Mingo ... komm zu dir, bitte! Du hast Drogen genommen. Du weißt gar nicht, was du tust!»

Er sah mich ausdruckslos an, und seine Pupillen schienen

einfach wegzusacken. Ich konnte ihn nicht aufhalten. Es war, als wäre er einfach in eine andere Welt hinübergeglitten, in der weder ich existierte noch sonst etwas, sondern nur das Messer in seiner Hand. Wie in Trance ging er damit auf Fabio zu, der träge in die Sonne blinzelte.

«Mingo, bleib hier!», kreischte ich.

«Leva ti, bastardo!», schimpfte Fabio verächtlich und sprang sofort auf seine Füße. Seine Kumpels stellten sich links und rechts von ihm auf. Ich krallte zitternd die Hände zusammen. Bitte, Gott ... nur das nicht! Nicht schon wieder!

Mingo blieb direkt vor Fabio stehen, packte ihn mit einem beinahe raubtierartigen Knurren am Kragen und legte ihm das Messer an die Kehle. Die anderen Typen wichen einen Schritt zurück.

Ich schrie: «Mingo! Nein! MINGO! Komm zurück!», aber Mingo drückte das Messer erbarmungslos gegen Fabios Kinn. Er war total durchgedreht ... krank im Kopf ... genau wie Domenico gesagt hatte. Fabio stand einen Moment lang die nackte Angst ins Gesicht geschrieben. Obwohl Mingo um einiges kleiner war als er, schien er sich vor ihm zu fürchten. Die anderen Jungs wirkten alle wie festbetoniert, keiner von ihnen wagte offenbar einzugreifen. Mir war klar, dass dieses Messer Mingo eine ungeheure Macht verlieh. Sein hilfloses Ringen nach dem letzten bisschen Überlegenheit, das ihm sein vermasseltes Leben noch bot ... Das allein war der Grund, warum er es mit sich herumtrug. So lange er es in der Hand hatte, war er am längeren Hebel. Ich schlug die Hände vor die Augen. Ich konnte nicht mehr hinsehen. Ich wollte nicht wissen, was jetzt geschah! Ich konnte ja doch nichts tun ...

Durch ein lautes Klirren und Fluchen wurde ich jäh wieder aufgeschreckt. Mit einem markerschütternden Gebrüll wurde eine zweite Flasche nach Mingo geworfen. Durch deren Aufprall geriet Mingo ins Torkeln und taumelte halb betäubt von Fabio weg, das Messer immer noch fest in der Hand. Eine dritte Flasche, und Mingo stürzte zu Boden. Eine vierte zerschellte direkt neben seinem Kopf, und eine lange Blutspur floss hinter seinem Ohr den Hals hinab. Er versuchte aufzustehen, doch seine Beine schienen ihm nicht zu gehorchen. Entsetzt sah ich, dass die Jungs mit der fünften Bierflasche nach ihm zielten. Mingo hatte keine Chance mehr.

Obwohl ich eigentlich kaum noch zum Denken fähig war, übernahm nun mein Körper die Führung, und wie von selbst rannten meine Füße los, während mein Gehirn an Ort und Stelle blieb. Meine Hände packten Mingo und zogen ihn auf die Beine, zerrten ihn schleunigst weg von Fabio und den anderen. Ich blickte nicht mehr zurück. Ich rannte einfach. Stolperte und rannte weiter. Zog Mingo mit mir. Rannte hierhin, dorthin, ohne zu wissen, wohin eigentlich. Raus aus dem Park, auf die Straße, in irgendeine Richtung. Einfach nur weg. Ich krümmte mich vor Übelkeit, und dann war es plötzlich Mingo, der die Führung übernahm und mich mit sich zog. Die Welt drehte sich, und es schien, als würden wir im Kreis rennen, während wir uns gegenseitig zogen und liefen und liefen und liefen …

Irgendwann konnte ich nicht mehr und hielt keuchend inne. Meine Lungen schmerzten. Ich taumelte und fiel gegen Mingo; er fing mich auf, und wir taumelten gemeinsam und sanken zu Boden. Ich lehnte mich an eine Hausmauer und schloss die Augen; ich atmete ein und presste die Luft wieder raus. Meine Lungen quietschten wie ein ausgeleierter Ballon, und mein Gesicht glühte vor Anstrengung.

Als ich langsam zu mir kam, merkte ich, dass ich immer noch halb auf Mingo lag, und rutschte schnell ein Stück von ihm weg. Sein langes Haar war noch zerzauster als vorhin und voller Blut; seine Augenlider zuckten unkontrolliert. In der Hand hielt er immer noch sein Messer und stöhnte leise.

Ich zwang meine Gedanken zur Ruhe. Ruhig, Maya, ganz ruhig. Nachdenken. Einfach nur nachdenken. Was machst du jetzt? Wo bist du überhaupt? Ich kannte die Straße nicht, in der wir uns befanden. Sie wirkte unscheinbar, eine dunkle Seitenstraße mit verlassenen Häusern und fast ohne Passanten. Ich hatte ja nicht aufgepasst, wohin wir gerannt waren. Ich holte tief Luft, doch mein ganzer Körper kribbelte, als wäre er voller Ameisen. Das Bild vor meinen Augen wirkte auf einmal grünlich und körnig, wie ein schlechter Fernsehempfang. Ich presste die Hände vors Gesicht und atmete ein und aus, immer wieder. Das Messer ...

«Mingo, bitte tu das Messer weg», sagte ich leise und schaute ihn flehend an. Seine Faust zitterte und öffnete sich schließlich. Das Messer fiel zu Boden. Er beugte sich vor und hob es auf, um es unter sein Armband zu stecken.

«Ich muss nach Hause», sagte ich. Er nickte zögernd und tastete nach der Wunde an seinem Hals.

«Ich kenne mich aber hier nicht aus. Weißt du, wo wir sind?»

«Mhmm!» Er nickte wieder.

«Kannst du mich zurück zum Hotel bringen?» Ich rappelte mich vorsichtig auf und wartete, bis auch er auf den Beinen stand. Dann folgte ich ihm einfach. Was blieb mir übrig? Ich hatte ja nicht mal Geld für ein Taxi.

Es war ein ziemlich mieses Gefühl, neben einem blutbeschmierten Jungen mit einem grünen Skelett auf dem T-Shirt herzulaufen und die Blicke der vorübergehenden Leute über sich ergehen zu lassen. Ich hielt die ganze Zeit den Kopf gesenkt und schaute niemandem ins Gesicht. Das Einzige, was mir nun zu hoffen blieb, war, dass Paps noch nicht zurück war.

Wir erreichten das Hotel ohne weitere Zwischenfälle. Woher Mingo wusste, zu welchem Hotel er mich bringen musste, würde mir wohl immer ein Rätsel bleiben. Er war schlauer, als ich dachte ... viel schlauer vermutlich.

Er wandte sich zu mir um und sah mich fragend an.

«Ist schon gut, Mingo. Ich warte jetzt auf meinen Vater. Danke für deine Hilfe. Geh nach Hause. Ich komme schon klar!»

Aber er rührte sich nicht. Ich spürte, dass er mir etwas sagen wollte und es nicht schaffte. Das machte mich nervös.

«Was ist denn?»

«Ich hab dein Geld nich geklaut ...»

«Das weiß ich doch!»

«Nee, du denkst, dass ich es war, das weiß ich!» Seine Stimme klang, als würge ihn jemand. «Aber ich war's nich!»

«Aber nein, das denke ich doch gar nicht ...»

«*Dir* würde ich doch nie was klauen, ey!» Er sah mich an, als wolle er gleich losheulen. «Ich wollte dir bloß helfen. Ich wollte das Geld für dich zurückholen.»

«Ist ja gut ...»

Seine Hände ballten sich wütend zu Fäusten. «Ich ... ich hab's total vermasselt ... ich ... ich wollte, dass du mich gut findest, wenn ich dir das Geld wieder besorge ... a-aber ich hab ...»

«Mingo ... ich ... ich finde es nicht gut, wenn du mit dem Messer auf andere losgehst, hörst du? Das war wirklich schlimm! Checkst du überhaupt, was du da machst?»

Er starrte mich mit flackernden Augen an, und ich fühlte mich ziemlich hilflos. Ich wusste nicht, wie ich reagieren musste, zumal mir der Schreck noch tief in den Knochen saß.

«Sie können dich deswegen ins Gefängnis sperren!»

«Kommt doch eh nicht mehr drauf an, oder?», sagte er mit verzerrtem Gesicht. «Ich bin eh nur Müll.»

«Schscht ... so darfst du nicht reden!»

«Phhh, ich kratz doch eh bald ab! Werde keine achtzehn mehr, glaub ich. Dann haben die alle ein Problem weniger.»

Wie konnte er nur so etwas sagen! Ich stöhnte und ließ mich einfach am Straßenrand auf den Asphalt sinken. Die brütende Hitze erschlug mich fast. «Ach, Mingo ...»

«Sie nennen mich ja alle Totenschädel!», brüllte er plötzlich. «Ich hasse diesen Namen. Ich *hasse* ihn!»

«Psst, nicht so laut!» Ich legte den Finger auf meinen Mund. Was sollte ich tun? Wie konnte ich ihm helfen?

«Ich würde dich nie so nennen, Mingo ...»

Er hob seinen Kopf, als hätte ich Balsam über ihm ausgegossen. «Echt nich?»

«Nein. Ich weiß nicht, wer sich so was Geschmackloses ausgedacht hat. Aber warum rennst du auch dauernd mit solchen Klamotten rum, wenn du den Namen doch so hasst?»

Er blickte an sich runter und presste die Augen zusammen. «Weil sie mich sonst fertigmachen!»

«Aber nein ... das ist doch Quatsch ...»

«Doch. Die warten alle drauf, dass ich endlich abkratze. Ich hab gehört, wie sie das gesagt haben!» Er rieb sich über die Augen. «Ich mach nur Stress. Sagt Nic ja auch immer.»

«Hör auf! Das stimmt nicht, Mingo! Du weißt genau, dass Nicki unheimlich an dir hängt. Ihr seid mehr als Brüder. Ihr seid Zwillinge! Nicki wäre sehr, sehr traurig, wenn er dich nicht mehr hätte. Und Bianca ebenso!»

Er zuckte mit den Schultern.

«Ich übrigens auch», fügte ich leise hinzu.

Er sah mich an, und in seinen verzerrten Blick kam Leben.

«Du? Du wärst traurig, wenn ich abkratzen würde?»

Ich dachte darüber nach. Ja, das wäre ich wirklich. Er sah mich fassungslos an.

Obwohl ich nicht wollte, dass Paps mich mit Mingo zusammen sah, rutschte ich ein wenig zur Seite, und Mingo setzte sich neben mich auf den Boden.

«Du darfst nicht so schlecht von dir denken, okay?» Und fast automatisch streckte ich meine Hand nach ihm aus und berührte seine Wange. «Tu das nicht, Mingo!»

Er zuckte zusammen, als hätte er einen Stromschlag bekommen. Erschrocken zog ich meine Hand wieder zurück.

Er suchte nach einer Zigarette, und nachdem er sie angezündet hatte, schien er ein wenig ruhiger zu werden. Der Rauch trieb mir mitten ins Gesicht, und ich wedelte ihn von mir weg. Mingo schien es nicht zu bemerken. Wie er wohl wäre, wenn er keine Drogen nehmen würde?, überlegte ich. Aber seine Probleme hatten ja schon viel früher angefangen. Schon bei der Geburt, als er fast erstickt war, weil seine Mutter ...

«Sag mal, Mingo ... weißt du etwas von deiner Geburt? Weißt du, was da passiert ist mit euch?»

Er schüttelte apathisch den Kopf. «Nee, keine Ahnung. Nur manchmal träum ich nachts, dass ich ersticke, und dann weckt mich Nic ...»

Das kann man nicht mehr kitten, dachte ich betrübt, als er wie hypnotisiert vor sich hinstarrte. Mit sechzehn schon so am Ende ... dabei hatte sein Leben doch erst angefangen. Ich durfte gar nicht mehr weiterdenken ...

«Und kannst du dich denn wirklich nicht mehr an deine Kindheit erinnern? An die Nonne, die wie eine Mutter zu euch war? Weißt du, so wie Nicki gewisse Erinnerungen hat?»

Er dachte nach und schüttelte traurig den Kopf.

«Was ist denn deine früheste Erinnerung? Erzähl doch mal, komm!»

«Weiß ich doch nich mehr ... Dass ich traurig war, als Nic seine erste Freundin hatte.»

«Nein, ich meine, noch viel, viel früher!»

Er schwieg und zog lange an seiner Zigarette.

«Dass sie Nic und mich getrennt haben in der Schule, weil er lesen konnte und ich nich», sagte er schließlich.

«Noch früher. Viel früher!»

Er vergrub den Kopf in seinen Händen und dachte nach.

«Dass wir uns unter'm Bett verkrochen haben, weil der Typ ständig rumgebrüllt hat ...»

«Welcher Typ hat rumgebrüllt?»

«Der Kerl, mit dem unsere Alte zusammen war ... unser Stiefvater.»

«Und was war vorher? Bevor ihr bei eurem Stiefvater wart?», fragte ich hoffnungsvoll. Vielleicht würde es mir gelingen, zumindest eine winzige Erinnerung in ihm wachzurufen. Es war ganz nah, ich spürte es ...

«Weiß nich ...»

«Denk nach!»

Er schloss die Augen und lehnte sich an die Hausmauer. Und ich wartete geduldig. Und auf einmal kam es leise von ihm: «Ich seh 'ne Frau vor mir ... sie bindet mir die Schuhe. Und zieht mir 'ne Jacke an. Und dann gehen wir raus. Nic ist auch dabei ... Er grinst mich an und packt meine Hand. Die Frau passt auf uns auf. Wir gehen irgendwie ans Meer. Ich glaub, wir spielen dort. Und dann ruft sie meinen Namen. Michele ruft sie, nicht Mingo. Ich renne zu ihr hin. Sie ist groß. Oder vielleicht bin ich auch klein. Sie hebt mich hoch und wischt mir irgendwas im Gesicht weg. Dann renne ich zurück zu Nic, und er wartet auf mich ... Jetzt hören die Bilder auf ...» Er öffnete die Augen wieder und blinzelte, als würde er aus einem Traum erwachen.

«Das ist gut, Mingo. Du erinnerst dich also doch. Ihr habt am Meer gespielt. Und die Frau, das war bestimmt die Nonne, die euch aufgezogen hat und wie eine Mutter zu euch war!»

«Meinst du wirklich? Nic erzählt ständig solche Sachen. Hat versucht, ihr Gesicht zu zeichnen. Ist fast durchgedreht dabei ...»

Das Bild, das mir die Professoressa in Monreale gegeben hatte ... Es lag immer noch bei mir im Hotelzimmer!

«Habt ihr je etwas über sie herausgefunden?», fragte ich. «War sie wirklich dort an der Schule in Monreale?»

«Weiß ich doch nich. Nic faselt ja so Zeug, ich hab keine Ahnung. Kann sein, dass sie dort war. Wir haben sie nich gefunden. Darum ist Nic ja so ausgerastet. Manchmal macht er schon echt krasse Sachen. Aber er ist immer noch besser drauf als ich. Ist nicht drogenabhängig ...» Mingo starrte versonnen auf seine glühende Zigarettenspitze und stützte den Kopf mit seiner Hand auf. Er hatte sogar an seiner Hand Einstichwunden.

«Warum hast du eigentlich angefangen, Drogen zu nehmen?», fragte ich vorsichtig.

«Weiß nich ... Nics Ex-Freundin hatte welche dabei. Wollte einfach mal probieren ... die andern haben's ja auch gemacht. Und dann ... kann mich noch genau erinnern ... ich fühlte mich zum ersten Mal ganz krass gut. So richtig stark, weißt du. Hatte keine Angst mehr vor den andern. Wollte eigentlich nur ein einziges Mal davon nehmen ...» Er senkte seine Augen. «Aber wenn du's einmal probiert hast, willst du immer mehr davon!»

«Hast du denn nicht gewusst, dass es gefährlich ist?»

«Doch, schon. Klar, die reden ja in der Schule dauernd davon, die Lehrer und so. Aber es war halt stärker ... ich wollte irgendwie auch gar nich aufhören ...»

«Und jetzt?»

«Jetzt?» Er rauchte seine Zigarette fertig und schnipste sie weg. «Is eh zu spät. Is halt irgendwie alles, was ich hab ...»

«Warum versuchst du es denn nicht wenigstens?»

«Will ich ja ... Nic versucht ja für mich so 'n Methadon-Programm zu kriegen. Weißt du, was das ist?»

«Ja, eine Ersatzdroge, die kontrolliert abgegeben wird.»

«Hmm», nickte er. «Aber das ist so schwierig hier ...»

«Vielleicht könnte dir mein Vater helfen.»

«Meinst du?»

«Wenn ihr wieder nach Deutschland kommen würdet, wäre vieles einfacher ...», sagte ich.

Er schüttelte den Kopf. «Nee, glaub ich nicht. Nic hatte 'ne mega Psychokrise in Deutschland. Er lebt lieber hier, glaub ich.»

«Und du? Wo möchtest *du* denn am liebsten leben?» Ging denn alles nur nach Nickis Kopf?

«Is mir egal ... Gefällt mir schon ganz gut hier ... das Meer und so ...» Über sein Gesicht glitt auf einmal ein sehnsüchtiger Ausdruck, etwas, das in seinen sonst so verschleierten Augen selten vorkam. «Manchmal ... na ja, manchmal würd ich gern in Taormina leben.»

«In Taormina?»

Er nickte. «Hab die Großstadt satt! Die Leute, der Mief und all das ... ich häng hier halt dauernd rum ...» Seine Stimme fing an zu beben. «W-weißt du ... es stimmt schon, was alle sagen. Dass ich Sachen klaue und so ... b-brauch das Geld halt für Eitsch ... a-aber i-ich ... ich würde nie ... *dir* würde ich nie was klauen!» Er schaute mich an, als fürchte er, dass ich jeden Moment aufstehen und wegrennen würde.

«Das weiß ich doch», sagte ich mit Nachdruck, damit er endlich ein für allemal beruhigt war.

«Nic hat früher auch 'ne Menge geklaut», erzählte er weiter. «Er hat doch das Ding bei eurem Hausmeister gedreht. Aber irgendwie is bei ihm etwas anders geworden. Seit wir hier sind, hat er fast nix mehr geklaut. Der ist richtig brav geworden ... liest sogar ab und zu in dieser Bibel, die du ihm gegeben hast, wenn er nachts nicht pennen kann!»

«Was?» Meine Kinnlade klappte runter. «Er hat sie noch?»

«Ja, liegt neben seinem Bett. Ist zwar total kaputt, das Ding ... aber er guckt da immer wieder mal rein. Weiß nich, vielleicht ist er deswegen besser drauf als früher.»

Ich strahlte Mingo richtig an. «Ach, Mingo, du glaubst nicht, wie sehr mich das freut ... Ich hab fast nicht geglaubt, dass er sie noch hat. Sie hat mir als Kind viel bedeutet. Ich hab sie ständig mit mir rumgetragen.»

«Echt? Warum das denn?»

«Weil ich dachte, dass Gott mir dann irgendwie näher ist.» Ich lächelte. «Na ja, heute muss ich sie nicht mehr dauernd mit mir rumschleppen, um das zu glauben! Ich weiß es auch so. Aber weil Nicki mir so viel bedeutet hat, wollte ich ihm etwas geben, das mir wichtig war ... fast ein *Teil* von mir ...»

Mingo musterte mich mit einem neugierigen Ausdruck.

«Was heißt das denn, was du vorne mit Filzstift reingeschrieben hast?»

«Oh ... ich hab geschrieben: *Ich liebe dich.*» Mein Gesicht lief rot an. «Und dass Jesus es gut meint mit ihm.»

Mingo wischte sich mit dem Finger über seine blutverschmierte Wange. «Jesus? Glaubst du das wirklich? Glaubst du echt, dass es 'nen Gott gibt, der es gut mit uns meint?»

«Ja, das glaube ich.»

«Nic glaubt das auch irgendwie. Hat auch schon für mich versucht zu beten und so. Aber das nützt wohl nix ... Ich glaub nich, dass Gott mit so 'nem Junkie wie mir noch was anfangen kann. Ich bin doch eh nur Müll ...»

«Hör auf!», rief ich aufgebracht. «Ich kann so was nicht mehr hören. Das ist nicht wahr! Du bist nicht Müll, Mingo! Du lebst, weil Gott dich gewollt hat. Da bin ich ganz sicher.»

Er wischte sich über die Augen.

«Mann, hör auf, Maya, sonst muss ich gleich losflennen ...»

«Tu dir keinen Zwang an ...»

«Ich kann nich.»

«Was kannst du nicht?»

«Weinen. Krieg keine Tränen mehr raus. Schon lange nicht mehr. Ist alles dicht bei mir. Kommt vom Eitsch, weißt du.»

«Ach, Mingo ...»

Er rieb sich noch mehr über die Augen. «Mann, wieso ist denn alles so bescheuert, wenn Gott es so gut mit uns meinen soll? Das versteh ich einfach nich.»

Ich überlegte. Mama konnte so was immer viel besser erklären als ich. Aber nur mit schönen Sätzen ließ sich das alles auch nicht so einfach ausdrücken.

«Weil der Mensch nicht mehr nach Gott fragt und dauernd sein eigenes Ding drehen will», sagte ich endlich.

«Echt? Und wieso fragt dann keiner mehr nach Gott?», fragte Mingo und sah mich an, als wüsste ich alle Antworten der Welt.

«Weil ... na ja, ich denke, weil sie nicht glauben, dass es ihn gibt. Oder weil sie denken, dass er ihnen keinen Spaß gönnt. Oder weil sie einfach nicht begreifen, wie sehr er sie liebt.»

«Und wieso kann Gott dann nich einfach alles wieder in Ordnung bringen? Wieso kann er nich einfach machen, dass es keine Drogen mehr gibt und keinen Krieg mehr und keine bösen Menschen und so?»

«Uff ... weil er sonst ja die ganze Welt auslöschen müsste», sagte ich. Eine schlauere Antwort fiel mir nicht ein. «Und das will er doch nicht. Weil er uns Menschen eben liebt. Aber er hat uns als freie Wesen erschaffen. Er will so gern unser Freund sein. Aber er will, dass wir freiwillig zu ihm Ja sagen und nicht aus Zwang. Von ihm kommt nichts Böses, nur Gutes! Du kannst mit ihm reden wie mit einem Freund.»

Mingo neigte seinen Kopf zur Seite und schüttelte sein verklebtes Haar. «Nee, dazu bin ich nich gut genug ...»

«Du brauchst dazu nicht gut zu sein. Du redest mit ihm, so wie du hier mit mir redest! Mir ist es auch egal, ob du gut oder schlecht bist. Ich rede gern mit dir!»

Seine Augen ließen mich nicht los. Lichtreflexe spielten in seinen Pupillen. Wie hübsch er aussah, trotz Narben und Blut, wenn sein Blick so klar war wie jetzt. «I-ich ... ich wünschte, ich könnte auch mal in diesem Buch lesen ...», murmelte er.

«Kann dir Nicki nicht daraus vorlesen?»

«Hab ihn noch nie gefragt ...»

«Er würde es bestimmt tun.»

Mingo hob die Schultern. «Der geht doch lieber auf Partys, als mit mir rumzuhängen.»

«Bist du sicher?»

«Weiß nich. Ich darf ja nie mitgehen. Er hängt dort lieber mit Mädchen ab und so ...»

Ich schüttelte leise den Kopf. «Das kann nicht wahr sein», murmelte ich. «Was denkt denn seine Freundin darüber?»

«Ach, der kriegt's irgendwie nie geregelt ...» Mingo sah mich mit traurigen Augen an. «Dem rennen die Mädchen halt massenweise nach. Weiß auch nicht, wie er das macht. Na ja, sieht ja auch verflixt gut aus! Wenn ich so aussehen würd ...»

Trotz allem musste ich auf einmal schmunzeln. «Aber du siehst doch genauso aus, du Schafskopf!»

Mingo starrte mich verwirrt an. «Was?»

«Du bist doch sein Zwillingsbruder!»

«Schon ... aber ... findest du echt, ich ... ich seh irgendwie gut aus?» Er wurde ganz rot im Gesicht.

«Natürlich, mal abgesehen von deinen Klamotten ...»

Da lächelte er auch ein wenig und legte seinen Kopf schief. Aber dann wurde sein Blick wieder trüb und düster.

«Nee ... guck doch mal meine Zähne an. Ich trau mich gar nicht mehr zu lachen, weil die so schlecht aussehen. Sieh mal!» Er öffnete seinen Mund und zeigte auf eine Zahnlücke an der Seite. «Da. Der ist mir einfach rausgefallen. War schon ganz schwarz. Kommt halt von den blöden Drugs. Der andere hier wackelt auch schon. Findest du es schlimm?»

Ich schloss die Augen. Was sollte ich darauf antworten? Die Wahrheit? Die Wahrheit war, dass es wirklich schlimm war. Und dabei war er noch so jung ...

«Deine Zähne könnte man doch eines Tages reparieren, wenn du mit den Drogen aufhören würdest», sagte ich.

«Meinst du?»

«Ich denke schon. Ich bin zwar kein Zahnarzt ... Aber auf jeden Fall ... du bist wirklich hübsch, Mingo!»

Er lächelte zweifelnd und wurde noch röter. «Das hat mir noch nie 'n Mädchen gesagt ...», murmelte er. «Ich ... ich hatte noch nie 'ne Freundin, obwohl ...» Er wandte verlegen sein Gesicht ab.

«Obwohl was?»

«Obwohl ich gerne wissen würde, wie das ist! Ein Mädchen zu küssen und so», murmelte er mit beinahe dunkelrotem Kopf.

Ich holte tief Luft und setzte mich gerade hin.

«Sorry, Maya. Vergiss es. Ich hätte das nich sagen sollen», murmelte er total verlegen. Ich schwieg, während sich meine Gedanken ein heißes Duell lieferten, ob es nun richtig oder falsch war. Aber dann beschloss ich, nicht mehr darüber nachzugrübeln, sondern einfach zu tun, was ich glaubte tun zu müssen. Ich streckte meine Hände aus und zog Mingos Kopf vorsichtig an mich heran. Er schien überhaupt nicht zu kapieren, wie ihm geschah, als ich erst sachte seine Stirn, seine Nasenspitze und schließlich sehr vorsichtig seinen Mund küsste. Dann ließ ich ihn los und zog mein Gesicht schnell wieder zurück.

Mingo sah mich an und fuhr sich mit den Fingern ungläubig über die Stellen, auf die ich ihn geküsst hatte. Seine Lippen zitterten. Beinahe ehrfurchtsvoll streckte er seine Hand nach mir aus und berührte meine Wange, als würde er Porzellan anfassen. Ich vergaß beinahe zu atmen. Und auf einmal legte er seine Arme um meine Schultern, erst den einen, dann den andern, und drückte mich an sich, wie jemanden, den er verloren und wiedergefunden hatte.

Ich wartete eine kleine Weile, dann versuchte ich mich sanft aus seiner Umarmung zu befreien. Doch das ging nicht. Er klammerte sich an mir fest wie ein Ertrinkender, der sich an einen Strohhalm klammert. Aber ich war doch kein Strohhalm, ich trieb ja selber noch auf dem offenen Meer. Ich spürte das harte Messer und die spitzen Nieten seines Lederarmbandes an meinem Schulterblatt. Er vergrub den Kopf an meiner Schulter, und seine Haare kitzelten meinen Hals.

«Mingo ... du musst mich jetzt loslassen, okay?» Ich versuchte ihn sanft von mir wegzuschieben.

«Willst *du* nich meine Freundin sein, Maya?», murmelte er leise. «Ich weiß, ich bin nur 'n Junkie ... Ich bin nur ... Aber ich würde alles für dich tun. Ich schwör's! Alles!»

«Mingo ...» Ich glaubte ihm ja. Aber mich in einen Drogenabhängigen zu verlieben, der so weit runtergekommen war wie Mingo – nein, das ging zu weit!

«Das geht nicht! Ich kann nicht.»

«Ich würde sogar mit dir nach Deutschland zurückkommen ... Vielleicht könnte ich sogar mit dem Eitsch aufhören.»

«Schon ... aber ich kann nicht in dich verliebt sein. Ich hätte die Kraft nicht dazu, ganz ehrlich.»

«Ich würde wirklich alles für dich tun ...», murmelte er.

«Ja, ich glaube dir, aber lass mich jetzt bitte los ... Wir reden später darüber, okay?» Wann «später» sein würde, wusste ich nicht, aber ich wollte, dass er mich endlich freigab. Doch sein Kopf lag auf meiner Schulter, und er schien alles, was ich ihm geben konnte, aus mir rauszusaugen. Sein Atem ging schwer. Ich konnte das nicht. Ich konnte diesem Jungen nicht geben, was er sein Leben lang vermisst hatte. Ich war doch nicht Gott!

«Du darfst nie Drogen nehmen, Maya!», murmelte Mingo wie in Trance. «Nie. Versprich mir das. Schwör mir das. Sie machen dich nur kaputt!»

«Wie kommst du denn darauf? Ich würde doch nie ...»

«Ich passe auf dich auf. Du darfst nie ...»

Lange Zeit blieb ich einfach sitzen und hielt ihn fest. Was sollte ich tun? Ich konnte einfach nur warten und beten. Und das tat ich auch: Ich begann zu beten. Mir war heiß, alles an mir klebte. Da hörte ich ein Auto in die Straße einbiegen. Ich wusste es, ohne aufzublicken. Paps.

Ich schüttelte Mingo wieder. «Mein Vater kommt. Bitte ...!»

Das Auto hielt direkt vor uns an, die Tür öffnete sich und Paps stieg aus. Er trat sofort auf uns zu und blickte auf uns runter. Ich zerrte noch immer an Mingos Hand und versuchte, ihn von mir zu lösen.

Da machte Paps einen Schritt auf uns zu und packte Mingo am Kragen. Er zerrte ihn hoch und schüttelte ihn. «Was machst du da mit meiner Tochter?» Seine laute und zornige Stimme hallte durch die ganze Straße. Mingo blinzelte, er war wie weggetreten.

«Ich rede mit dir!»

«Paps!» Ich sprang auf. «Er hat mir nichts getan. Er hat nichts ...»

Paps' Blick fiel auf mich, und er erstarrte vor Entsetzen.

«Maya, du meine Güte! Wie siehst du denn aus?»

Ich blickte an mir runter. Am Kragen, wo Mingo seinen Kopf draufgelegt hatte, war mein Kleid voller Blutflecken.

«Was hat er mit dir gemacht?», schrie Paps. «Hat er dir was getan?» Er schüttelte Mingo wieder, der nur noch schlaff und mit hängendem Kopf in seinem Arm hing.

«Nein! Es war ganz anders, Paps. Er wollte mir mein geklautes Portemonnaie zurückholen! Er hat ein paar Typen angehauen, und die haben ihn mit einer Flasche beworfen. Deswegen blutet er am Hals. Er hat mich bis hierher begleitet. Ich wollte ihn nur ein wenig trösten, weil er traurig war. Aber dann ist er irgendwie an meiner Schulter eingeschlafen.»

«Moment mal. Also, da blicke ich jetzt gar nicht durch!» Paps war nun richtig böse. «Wer hat dein Portemonnaie geklaut? Wo warst du eigentlich?»

«Im Park», gestand ich kleinlaut.

«Aber es war doch ausgemacht, dass du im Hotel auf mich wartest!» Er schüttelte schnaubend den Kopf. «Ich weiß langsam wirklich nicht mehr, was ich machen soll! Und du ...» Er schüttelte Mingo wieder. «Dich sollte man wirklich einsperren oder in ein Heim stecken!», knurrte er. «Los, ins Auto. Dich bringe ich jetzt auf die Polizeiwache! Und du steigst vorne ein, Maya. Wir reden später darüber.»

«Nein, Paps!», flehte ich. «Bitte tu das nicht! Bitte bring ihn erst mal nach Hause zu Domenico!»

«Maya, dieser Junge gehört eingesperrt! Er trägt ein Messer mit sich rum! Er ist gefährlich, das weißt du genau.»

Ich fing an zu heulen.

«Paps, Domenico wäre am Boden zerstört, wenn Mingo eingesperrt werden würde. Das weißt du! Sie sind Zwillinge! Sie sind mehr als nur Brüder. Es würde alles noch viel schlimmer machen! Und Domenico weiß am besten, wie man mit ihm umgehen muss.»

Paps zögerte und stieß Mingo unsanft auf den Rücksitz.

«Steig bitte ein, Maya!»

Ich sagte nichts mehr. In mir drin sah alles nur noch aus wie nach einer großen Überschwemmung. Mingo saß auf dem Rücksitz, sein Kopf sank gegen die Fensterscheibe. Paps ließ den Motor an und fuhr los. Er sagte nichts mehr, und ich schwieg ebenfalls. Doch bald stellte sich heraus, dass er doch nicht den Weg zur Polizeiwache einschlug, sondern tatsächlich zu Domenico fuhr. Es war acht Uhr, als wir vor der Trattoria parkten. Hoffentlich war Domenico überhaupt da!

Paps zerrte Mingo aus dem Auto und schleifte ihn hinter sich her durch die Gasse. Domenico stand gerade auf dem Balkon und hängte ein T-Shirt über die Leine. Ich war erleichtert, als ich ihn sah, doch mir kam sofort die ganze schreckliche Sache wegen Papas Aids-Verdacht in den Sinn. Bevor ich seinen Namen rufen konnte, wandte Nicki sich um und blickte auf uns runter. Seine Augen trafen mich wie brennende Pfeile.

«Maya, du? Ich ... ich dachte ...!» Er war ganz erstaunt und fast ein wenig verlegen. Er trug ein neues schwarzes T-Shirt mit der silbrigen Aufschrift *DJ*. Seine Haare waren mit etwas Gel vorne aufgerichtet. Es sah aus, als hätte er sich für eine Party gestylt.

«Nicki, wir haben Mingo nach Hause gebracht!»

«Mingo?» Domenicos Blick fiel auf meinen blutbeschmierten Kragen, und seine Augen weiteten sich vor Entsetzen. «Himmel, Maya, wie siehst du denn aus?»

«Oh ... nichts weiter ...!»

Hinter Domenico tauchte Biancas Kopf auf. Sie sah wie eine starre Maske auf uns herab, ganz in Schwarz gekleidet.

«Wartet, ich komm raus!» Domenico verschwand in der Küche, und eine halbe Minute später stand er an der Tür. Paps trat vor und zog Mingo mit sich, der wie eine leblose Puppe in seinem Arm hing.

«Der hier hat meine Tochter belästigt!», sagte Paps mit grimmiger Miene.

«Er hat bitte was?» Domenicos Mund blieb offen stehen.

«Er hat mich nicht belästigt!», sagte ich schnell. «Er wollte bloß, dass ich ihn tröste.»

«Er hat sie festgehalten und nicht mehr losgelassen», sagte Paps.

«Ey, Mingo, bist du bescheuert, oder was?», brüllte Domenico und packte seinen Bruder am Kragen. Mingos Augen waren nur noch zwei schmale Schlitze. Er starrte teilnahmslos vor sich hin.

«Bist du nun komplett durchgedreht, Mann?! Ich glaub das einfach nicht mehr!»

«Aber er hat mir doch gar nichts getan!», rief ich verzweifelt. Wieso glaubte mir das denn keiner?

«Komm, Maya, mein Bruder tickt doch nicht mehr richtig!» Domenico schob Mingo vor sich her in die Wohnung und stieß ihn grob in die Küche, wo er ihn gegen die Wand drückte. Paps und ich folgten ihnen.

«Lass ihn los, Domenico!», befahl Paps. «Das bringt nichts. Wir müssen vernünftig miteinander reden.»

Domenico sah meinen Vater mit zuckendem Gesicht an, dann ließ er Mingo vorsichtig los und trat einen Schritt von ihm weg. Mingo rappelte sich mühsam auf und wankte mit hängendem Kopf durch die Küche ins Zimmer hinter den Vorhang. Bianca folgte ihm lautlos.

Domenico fuhr sich mit der Hand nervös durch die Haare. «Mann, es tut mir leid! Es tut mir so leid, dass das passiert ist!»

Paps schwieg und fuhr sich mit den Fingern übers Kinn. Er ging auf und ab, wie immer, wenn er über etwas so entsetzt war, dass er keine Worte fand. Domenico wandte sich zu mir um und packte mich mit festem Griff um die Schultern.

«Warum bist du so voller Blut, Maya? Bitte sag mir, was passiert ist! Hat er dich angegriffen?» Seine Augen glühten vor Zorn und wanderten langsam hinab zu meinem nackten Hals, wo vorher der Herzanhänger gewesen war. Für eine Sekunde flackerte etwas in Nickis Blick auf. Ich starrte zu Boden.

«Jemand hat mir im Park das Portemonnaie geklaut», sagte ich verschüchtert. «Mingo wollte mir helfen und hat sich mit ein paar Jungs angelegt. Sie haben ihn mit einer Flasche traktiert. Eine Scherbe hat ihn am Hals verletzt. Nachher hat er mich zurück zum Hotel begleitet.»

«Aber Maya, was hast du denn im Park gemacht? Du solltest doch im Hotel warten! So war es ausgemacht», mischte sich Paps ein, und beide, er und Domenico, sahen mich fest an. Domenico fuhr misstrauisch mit seinem Finger über den eingetrockneten Blutfleck an meinem Kragen. Wie sollte ich ihm erklären, dass ich seine Kette im Brunnen versenkt hatte und all das im wahrsten Sinne eine katastrophale «Kettenreaktion» ausgelöst hatte?

«Ich ... ich kann es nicht sagen», flüsterte ich.

Domenico senkte die Augen.

Er weiß Bescheid!, dachte ich. Ich kann ihm nichts vormachen.

«Und was hat Mingo gemacht? Ist er wieder mit dem Messer auf jemanden losgegangen?», fragte er heiser.

«Ja ... Es war ... der Blonde ... Fabio», stotterte ich.

Domenico knurrte irgendetwas, das wie ein Fluch klang.

«Wie bitte?» Paps kam nicht mehr mit.

«Mingo ist mal wieder total beknackt ... Wir kriegen wieder voll den Ärger! Dabei sag ich ihm dauernd, dass er aufpassen soll, Mann!» Er lehnte sich gegen die Wand und schloss erschöpft die Augen. Dann drehte er sich um und ging langsam in sein Zimmer. Paps und ich folgten ihm auf leisen Sohlen. Domenico ließ sich auf Jennys Sofa fallen und zog müde die Beine an. Der Vorhang bewegte sich. Er war einen Spalt breit offen, und ich konnte Mingos Auge sehen, das uns beobachtete.

«Also, ich weiß wirklich nicht, was ich dazu sagen soll», ließ sich Paps vernehmen. «Ich bin schlicht und einfach schockiert!»

«Klar», sagte Domenico bitter. «Kann man ja nicht anders, wenn man uns sieht, was?» Er lehnte sich zurück, verschränkte die Arme hinter dem Kopf und sah Paps herausfordernd an.

«Dieses ganze Durcheinander hier – hat euch denn niemand Ordnung beigebracht?» Paps schaute sich in dem Zimmer um. «Wie könnt ihr denn so leben?»

«Kenn nix anderes ...»

Paps ging weiter auf und ab. «Da muss man doch was unternehmen ...»

«Na klar, aufräumen ...», sagte Domenico wütend.

«Nein, ich rede von deinem Bruder. Da muss man doch etwas machen!»

«Kann man nix machen!»

«Aber was soll aus ihm werden?»

«Ich weiß es nicht», sagte Domenico traurig. «Ich weiß nicht, was aus ihm werden soll.»

«Er ist eine Gefahr. Für uns alle. Für dich. Für sich selbst!» Paps setzte sich zu Domenico aufs Sofa. Domenico rutschte unbehaglich zur Seite und zog seine Beine noch mehr an.

«Was treibt er denn sonst noch so?», fuhr Paps fort. «Was ist, wenn er eines Tages so aggressiv wird, dass er eine Kanone nimmt und alle abknallt? Hast du dir das schon mal überlegt?»

Domenico schwieg. Da trat Mingo langsam aus dem Schatten des Vorhangs. Seine Augen waren pechschwarz, voll finsterer Wut. Er stieß einen erstickten Schrei aus, der klang, als würde ihn jemand erwürgen. Er krallte seine Hand in den Vorhang, und sein Blick irrte verloren hin und her. Ich bekam richtig Angst. Was, wenn Paps Recht hatte? Wenn Mingo wirklich auf uns losgehen würde?

«Ey, ich weiß schon, was aus mir werden wird. Bin eh bald tot! Ihr nennt mich ja alle Totenschädel. Ich hasse diesen Namen!», brüllte er und wankte, so dass er sich noch stärker am Vorhang festhalten musste. «ICH HASSE IHN!»

«Ey Mingo, *ich* hab dich nie so genannt, das weißt du», erwiderte Domenico und sprang sofort auf. «Und wenn ich je wieder höre, dass dich einer so nennt, mach ich ihn fertig!»

Mingos Augen flackerten noch wilder. Seine zitternde Hand umklammerte das Lederarmband mit dem Messer. Ich hielt den Atem an. Paps' Mund stand offen. Domenico reagierte blitzschnell, stürzte sich auf Mingo und packte seine Handgelenke. Doch Mingo hatte das Messer schon in der Hand.

«Metti via 'stu cuteddu, du Idiot!», zischte Domenico.
«Lass mich!» Mingo schlug wild um sich, und Domenico musste seinen Griff verstärken.
«Steck dieses Messer weg, hab ich gesagt!»
«Lasciami, Nic! Lass mich doch los, Mann!»
«Erst wenn du das bescheuerte Messer wegsteckst!»
Aber Mingo riss seine Hand mit aller Kraft los und versetzte Domenico dabei einen so heftigen Schlag, dass sie beide taumelten und zusammen zu Boden fielen. Domenico warf sich sofort auf Mingo und packte seinen Arm.
«Du legst jetzt dieses Messer weg! Subito!», befahl er scharf. Ich drückte mich voller Angst in die hinterste Ecke des Zimmers. Paps stellte sich schützend vor mich.
«Lass mich los, Nic! Du hasst mich doch eh!», jaulte Mingo auf und versuchte seinen Arm loszureißen.
«Das ist nicht wahr!» Domenico drehte Mingos Arm auf den Rücken. Er war um einiges stärker als sein Bruder, das konnte ich sehen.
«Gegen dich bin ich eh nur Schrott! Du willst mich ja nie dabeihaben. Du bist doch froh, wenn du mich los bist!»
«Das stimmt nicht!» Ich hörte Domenicos Tränen. «Du bist mein Zwillingsbruder! Ti vògghiu bene, Mingo! Das weißt du genau. Ich liebe dich mehr als alles andere!»
Ich sah, wie ihn die Kraft verließ und wie er langsam Mingos Hand freigab. Und wie Mingos Arm in die Höhe schnellte und das Messer Domenicos rechte Wange streifte. Domenico stöhnte auf und drehte blitzschnell seinen Kopf zur Seite, doch die Wunde war tief in seine Haut geritzt, direkt unterhalb seines Auges.
Und da sprang Paps ein. Er warf sich regelrecht auf Mingo, drückte ihm den Arm zur Seite und zerrte an dem Messer. Mingos Hand zitterte; seine Finger öffneten sich schließlich und ließen das Messer fallen. Paps wandte sich nach mir um und streckte es mir entgegen. «Maya, bitte tu das irgendwo hin, wo keiner drankommt!» Ich überlegte schnell und verstaute es dann in Papas Arztkoffer.

Domenico und Paps wechselten einen Blick und drückten Mingo gemeinsam vorsichtig zu Boden. Dann, als Mingo langsam ruhiger zu werden schien, ließen sie ihn sachte los. Und Mingo blieb einfach liegen, mit geschlossenen Augen.

Rote Tränen liefen über Domenicos Wangen; Tränen, die sich mit dem Blut der Schnittwunde vermischten.

«Er meint es nicht so ...», sagte er leise und hustete. «Er ist ... Mann, er hat es so schwer gehabt ...»

«Maya, reich mir bitte blutstillende Watte und Desinfektionsmittel aus meinem Koffer», bat Paps. Ich gehorchte. Paps benetzte ein Gazetuch mit dem Mittel und wischte die Schnittwunde unter Domenicos Auge vorsichtig sauber.

«Ein kleines Wundpflaster, bitte!»

Ich reichte ihm auch das. Er presste es sorgfältig zusammen mit der Watte auf die Schnittwunde. Dann ließ er von Domenico ab und kauerte sich vor Mingo nieder, der sich nicht mehr rührte. Paps nahm vorsichtig Mingos rechten Arm und strich mit seinem Finger über die Abszesse, aber da zuckte Mingo zusammen und schlug so heftig mit dem Arm aus, dass Paps gerade noch seinen Kopf wegziehen konnte, um nicht von den spitzen Metallnieten an Mingos Lederarmband getroffen zu werden.

«Kannst du hier kein Licht machen?», wandte sich Paps an Domenico. Domenico erhob sich wortlos und ging zum Lichtschalter. An der Decke baumelte eine farbige nackte Glühbirne, die ein schummriges Licht abgab.

«Das ist ja alles vereitert und entzündet», murmelte Paps mit einem Blick auf Mingos Arm. «Das muss man dringend behandeln!» Er versuchte erneut, sich über Mingo zu beugen, musste aber einem weiteren zuckenden Schlag ausweichen. Mingo stöhnte und drehte seinen Kopf zur Seite.

«Er lässt keinen an sich ran», sagte Domenico. «Ich bringe ihn am besten ins Bett.» Er zog Mingo am Arm, richtete ihn vorsichtig auf und schleppte ihn hinter den Vorhang, während Paps und ich erst mal aufatmeten. Als Domenico schließlich wieder zu uns trat, setzten wir uns hin und schauten uns ratlos an.

«Kennst du hier eine gute Klinik?», fragte Paps schließlich.

«Klinik?», fragte Domenico mit ablehnendem Gesicht.

«Wir können deinen Bruder unmöglich weiter in diesem Zustand herumlaufen lassen. Das wäre verantwortungslos.»

Domenico sprang auf und funkelte Paps zornig an.

«Niemand bringt meinen Bruder in 'ne Klinik!»

«Aber er braucht professionelle Hilfe!»

«Ja, und dann sperren sie ihn für immer in die Irrenanstalt!»

«Aber nein, Nicki ...», warf ich dazwischen.

«Außerdem gibt es hier, soviel ich weiß, kaum Kliniken», knurrte Domenico barsch. «Die sind in Rom oder in Milano, dort, wo die Leute Kohle haben.»

Paps holte tief Luft und dachte nach. Auf einmal kam mir ein Gedanke. «Paps!» Ich zupfte ihn am Ärmel. «Könnten wir Mingo nicht mit nach Deutschland nehmen?»

«Nach Deutschland?» Domenico feuerte einen bitterbösen Blick auf mich ab. Ich duckte mich unwillkürlich.

Paps dachte eine Weile nach. «Im Grunde wäre das gar keine schlechte Idee. Ich hätte dort sicher Möglichkeiten, ihm zu helfen.»

«Niemals!», sagte Domenico hart.

«Aber Nicki, das ist doch nicht für immer!» Ich stand ebenfalls auf und schaute ihm in die Augen. «Er könnte doch nachher wieder zu dir zurückkommen.»

Domenicos Augen gefroren zu zwei Eiszapfen.

«Mein Bruder ist nicht mehr ganz richtig im Kopf, kapiert? Sie werden ihn nicht mehr freilassen. Sie werden ihn für immer einsperren, ich weiß es. Und ich werde ihn nie mehr wiedersehen!»

«Nein, Nicki, das ist nicht wahr! Übrigens hat Mingo gesagt, dass er gern mit mir nach Deutschland kommen würde.»

«So, hat er das?» Domenico trat auf mich zu, und seine

Augen schnitten mich beinahe wie Messerklingen entzwei.

«Das glaube ich dir nicht.»

«Aber es ist wahr!» Ich wich einen Schritt vor ihm zurück. «Es ist wirklich wahr.»

«Du Lügnerin!»

«Nicki ...»

«Ich lass mir keine Märchen auftischen, capito? Fahrt doch endlich ab und lasst uns in Ruhe! Das hier geht euch einen feuchten Dreck an!»

«N..., N...» Ich konnte kaum noch sprechen und fühlte mich taub am ganzen Körper.

Ich hoffe, dass die Reise nicht zu einer Enttäuschung wird!

Ich spürte Paps' Hand sanft an meinem Arm. Er trat vor mich und baute sich mit strenger Miene vor Domenico auf.

«Junger Mann, das hier ist nicht die feine Art!» Ich hörte seiner Stimme an, dass er sich ziemlich beherrschen musste, um Domenico nicht zu packen und zu schütteln. «Ist dir eigentlich klar, was meine Tochter wegen dir letztes Jahr durchgemacht hat? Ich musste extra mit ihr hierher reisen, um dich zu suchen, damit es ihr endlich wieder besser geht!»

Oh Paps! Ich stand da und fühlte mich wie jemand, den man nackt ausgezogen hat. Domenico erstarrte und sah mich mit einem unbeschreiblichen Blick an. Ich errötete und wischte mit meinem Arm hastig über mein schweißnasses Gesicht.

«So, und was hast du nun dazu zu sagen?», fragte Paps streng.

«I-ich ... warum hast du mir das nicht gesagt?», stotterte Domenico heiser und sah mich an. «D-du hast bloß gesagt, dass du hier zufällig Urlaub machst!»

«Ein ziemlich arger Zufall, was?», sagte Paps trocken.

«Aber wie ... Ihr konntet doch gar nicht wissen, wo ich bin?» Domenico fuhr sich mit seiner Hand nervös durch die Haare.

«Nun, wir haben deinem sauberen Kumpel hundertfünfzig Euro für deine Adresse bezahlt!», schnaubte Paps.

«Was? Das kann ich einfach nicht glauben ...»
«Glaub es», sagte ich bitter.
«A-aber ich dachte, du hättest mich längst vergessen!» Seine Wangen glühten. Unsere Gesichter waren nur wenige Zentimeter voneinander entfernt. Ich hätte ihm gerne so vieles gesagt, aber nicht jetzt. Nicht in Papas Gegenwart. Ich weiß nicht, wie viele Sekunden wir uns einfach nur in die Augen starrten.
Das Licht der Laterne flackerte!
Ich würde Paps nie vergessen, was er nun tat. Er räumte still und leise seine Sachen zusammen und nahm seinen Koffer auf. Als er an der Tür stand, wandte er sich zu uns um.
«Ich werde noch ein paar Besorgungen machen. Die Läden haben ja hier länger offen», sagte er und sah dabei besonders Domenico an. «Ich lasse meine Tochter nicht gern allein hier, nach all diesen Geschichten! Aber ... nun ja ... wenn das hier zwischen euch nicht endlich geklärt ist, kommen wir ja nie weiter. Kann ich mich also auf dich verlassen, dass du auf sie aufpasst?»
Domenico nickte zögernd.
«Ich will nicht, dass dein Bruder sich nochmals an ihr vergreift, hast du verstanden?»
Domenico nickte wieder.
Paps' mahnender Blick glitt nun zu mir hinüber. «Ich bin ungefähr in einer Stunde wieder zurück. Ihr bleibt hier, ist das klar? Keine spontanen Ausflüge mehr, Maya!»
Ich versprach es ihm, und Domenico, der immer noch dicht bei mir stand, nickte zum dritten Mal. Paps wandte sich um und verließ das Zimmer. Ich wusste, wie viel Überwindung ihn diese Entscheidung gekostet hatte. Das war etwas ganz Besonderes. Und ich wollte Paps nicht wieder enttäuschen.

18. Die Wahrheit

Wir standen nun allein in dem düsteren Zimmer, Domenico und ich. Eine ganze Weile lang hörten wir nur unsere Atemgeräusche, die seinen schwer und gepresst, meine flach und hastig. Er schielte zu mir rüber, wenn er glaubte, dass ich wegschaute, und umgekehrt war es genauso.

«Ich muss Angel anrufen und ihr sagen, dass ich später komme», sagte er schließlich. «Ich bin ja eigentlich mit ihr verabredet ...» Er zog sein Handy aus der Hosentasche und wählte eine Nummer. Ich stand abwartend da und hörte zu, wie er ein paar sanfte italienische Worte in den Hörer murmelte und sich dann leise verabschiedete.

«Alles okay?», fragte ich etwas steif.

«Mhm. Komm, wir gehen raus.»

Er zog mich am Arm mit sich aus der Wohnung. Die Sonne war gerade dabei, hinter den Hausdächern unterzugehen. Ich wollte mich auf den Treppenabsatz vor dem Eingang setzen, doch Domenico zog mich weiter, bis wir ganz zuhinterst in der Sackgasse standen. Er deutete auf eine verfallene Hintertreppe, die ich zuvor noch gar nicht gesehen hatte. Schweigend folgte ich ihm. Die Treppe führte uns auf eine kleine, verlassene Terrasse. Die Fensterläden waren verrammelt, und ein dunkler Schacht führte neben der Treppe in die Tiefe. Vergessene, ausgetrocknete Blumenkisten standen überall herum. Zwischen den eng stehenden Häusern hatte man einen kleinen Ausblick auf die Straße vor uns. Ein beißender Geruch zog aus der Kanalisation herauf.

Domenico schwang sich auf das Geländer und ließ seine Beine außen hinabbaumeln. Er blickte hinauf zu der untergehenden Sonne, während ich meine vielen Gedanken im Kopf sortierte und überlegte, womit ich anfangen sollte. Schließlich kam er mir zuvor.

«Jetzt erzähl mir mal, wie du mich gefunden hast», meinte er heiser.

Ich erzählte ihm von Mike, der Professoressa Castiglione, Salvatore, Paolo, Pasquale und schließlich Jenny. Domenico hörte aufmerksam zu, während er eine Zigarette rauchte.

«Das fass ich einfach nicht!», murmelte er, nachdem ich meine Story beendet hatte. «Dabei haben wir mit Mike, Salvi und Paole 'nen Deal geschlossen, dass sie vor allen dichthalten ...»

Ich sagte nichts; von solchen Deals hatte ich ja überhaupt keine Ahnung.

«Aber scheinbar haben sie nicht gecheckt, dass ich mit *allen* wirklich *alle* meinte, und nicht nur die Bullen oder das Jugendamt oder Biancas Vater ...», murmelte er.

«Nun ja ...», setzte ich gekränkt an.

«Hey, dich meine ich doch damit nicht, Maya! Echt nicht! Aber du weißt ja, dass wir in Deutschland ziemlich Ärger mit den Behörden hatten ... Paole soll uns vor ihnen schützen!»

«Paole? Ist das Paolo Rigatori? Sag mal, ist er eigentlich ein Mafioso?»

Er schnippte die Asche von seiner Zigarette. «Ach, Maya ... das läuft hier nun mal so.»

«Ich frag ja nur. Ich find's einfach merkwürdig ... Weißt du, sein Cousin, Salvatore ... er hat mich angestarrt, als würde er mich kennen. Richtig unheimlich. Was hat das zu bedeuten, Nicki?»

«Salvi? Er ... oh!» Er wurde ein wenig rot und zündete sich an der noch glühenden Spitze seiner alten eine neue Zigarette an, um sein Gesicht abwenden zu können. «Nichts. Vergiss es!»

Eine Weile herrschte herzklopfende Stille zwischen uns, doch dann hielt ich es einfach nicht mehr aus.

«Sag mal, Nicki ... hast du ... hast du ... jemals noch an mich gedacht?», fragte ich bebend.

Er verschluckte sich beinahe beim Inhalieren des Rauchs und hustete heftig, aber er gab mir keine Antwort.

«Sag doch was», bat ich.

«Frag doch nicht so blöde Sachen!», knurrte er.

«Ich frag keine blöden Sachen», brauste ich auf. «Ich will es wissen!»

Er sah zu den verfallenen Dachgiebeln hoch.

«Ich verstehe einfach nicht, wie du mit Angel zusammen sein und gleichzeitig mit mir rumflirten kannst», sagte ich streng. «Warum tust du das? Warum bist du so? Ich finde das unfair.» Meine Stimme klang eindringlicher, als ich es eigentlich vorgehabt hatte, dabei wollte ich doch cool bleiben, genauso wie er den Coolen markierte. Er schwieg.

«Mensch ... Nicki ...»

«Verflixt ... Maya ... es ist nicht so, wie du denkst!»

«Und wie ist es dann?» Es gelang mir nicht, den Groll in meiner Stimme zu verbergen. Er sah so gut aus, selbst jetzt mit dem Pflaster auf seiner Wange. Und er wusste das und nützte es schamlos aus. Warum machte ich mir denn bloß immer noch so viel aus ihm?

«Was ist mit all den andern Mädchen, die da in deiner Küche waren bei Jennys Feier?», fuhr ich fort, nun um einiges mutiger. «Hast du die alle auf Partys angeflirtet oder wie?»

Er knirschte leise mit den Zähnen. «Hör auf, Maya. Ich bin ...» Seine Zigarette purzelte in den Schacht runter. «Ich bin mit Angel zusammen, okay? Angel ist meine Freundin!» Seine rechte Hand ballte sich unwillkürlich zu einer Faust.

«Und warum hast du mich dann dauernd angemacht? Händchen gehalten und so?»

«Es war ein Fehler ...», murmelte er.

«Ach ja, ein Fehler?» Ich erschrak selber über mein bitteres Auflachen. Ja, es war ganz richtig gewesen, dass ich seine Kette im Brunnen versenkt hatte.

Er schloss die Augen. «Bitte glaub mir ... es ist echt nicht so, wie du denkst! Es ist nicht ...»

«Dann sag doch endlich, wie es ist!»

«Ich kann es dir nicht sagen!», fuhr er mich heftig an und fluchte leise. Ich wich erschrocken zurück.

«Warum nicht, Nicki? Warum kannst du mir nicht endlich die Wahrheit sagen?» Ich warf alles über Bord, meine Ängstlichkeit, meine Behutsamkeit und auch das letzte bisschen Geduld.

«Ich hab versucht, es zu vergessen», knirschte er, und seine Augen flackerten vor Zorn. Er setzte sich cool hin, so cool, wie eben nur er es konnte, und steckte sich die nächste Zigarette an. Aber das zog bei mir nicht mehr. Ich trat wieder einen Schritt näher.

«Siehst du das?» Ich zeigte auf meinen nackten Hals. «Siehst du, dass ich deine Kette nicht mehr trage? Ich habe mit der Sache abgeschlossen, siehst du das? Du kannst also ruhig ehrlich zu mir sein und mir sagen, dass du ein Mädchenaufreißer bist und deinen Spaß damit hast!»

Ich hasste seine Verklemmtheit, seine ewige Geheimnistuerei. Er sah mich mit zuckendem Gesicht an; ich sah gelbe Flecken in dem Blaugrau seiner Augen. Sein Blick war mitten auf mein Herz gerichtet. Es war, als ob meine braunen Augen sich in seinen blaugrauen spiegeln würden und umgekehrt. Ich bekam richtig Gänsehaut. Ich stand nicht mehr wirklich auf dem Boden, sondern wirbelte durch die Luft; als ich die Augen schloss, spürte ich meine Füße nicht mehr, und als ich die Augen wieder öffnete, fühlte ich mich wie eine Feder, die von der Luft getragen wurde. Ich konnte mir dieses Phänomen nicht erklären. Ich verstand nicht, was los war.

«Du kennst die Geschichte mit meinen Narben, nicht wahr?», fragte er sehr leise, und sein Gesicht zuckte noch mehr.

«Ja», sagte ich, darüber verwundert, dass er dieses brisante Thema von sich aus anschnitt.

Er blinzelte, doch er hielt meinem Blick stand. «Und?»

«Ich weiß, dass du dich selber verletzt hast. Mit einem Messer!»

«Schockierend, was?» Er lachte schmerzhaft auf.

Ich nickte zaghaft.

«Ich bin nicht der Supertyp, für den mich alle halten.»

«Das erwartet doch auch keiner.» Ich verstand immer noch nicht, worauf er hinauswollte.

«Ich bin genauso abgedreht wie mein Bruder!»

«Was willst du damit sagen?»

Sein Gesicht verwandelte sich für einen Moment in eine ausdruckslose Maske. «Dass es nicht einfach ist, mit mir zusammen zu sein.» Er zog seine Beine über das Geländer und drehte sich zu mir um. Einen Moment verlor er dabei beinahe das Gleichgewicht auf dem schmalen Sims, doch er fing sich gerade noch rechtzeitig auf. Dafür musste er auch diese Zigarette opfern, die der vorherigen in den dunklen Schacht folgte.

«Wenn du so aufgewachsen bist wie wir, bist du froh, wenn du alles noch einigermaßen auf die Reihe kriegst. Und wenn du ein Mädchen hast, das mit all dem klarkommt ...»

Mein Blick fiel auf die verarztete Stelle unter seinem linken Auge, dann auf das Pflaster an seiner Hand und schließlich auf die Lederbändchen an seinem Handgelenk. Genau genommen hatte ich ihn kaum je ohne Schrammen gesehen.

«Kommt denn Angel damit klar?»

Er antwortete mit einem Schulterzucken.

«Wie lange bist du mit ihr zusammen?»

«Weiß nicht. Drei Monate ungefähr.»

«Und mit wem warst du vorher zusammen?»

«Mit ... einer anderen. Aber nur kurz!»

«Und davor?»

«Davor hatte ich andere Probleme. Wir wohnen erst seit Januar hier.»

«Ja, weil ihr vorher in Monreale wart. Und dann seid ihr von dort abgehauen, weil du einen verprügelt und mal wieder einen Schlüssel geklaut hast!»

«Sag mal, hat Mingo dir das erzählt?», fragte er scharf.

«Ich ...»

Er packte meinen Arm. «Sag es mir!»

«Halt dich fest, sonst fällst du runter!»

«Das ist mir egal!» Er krallte seine Finger in meine Haut. Ich biss mir auf die Lippe, weil es wehtat. Als er das sah, zuckte seine Hand zurück, als hätte er sie verbrannt. «Sorry», sagte er heiser. «Das wollte ich nicht.»

Ich rieb mit der anderen Hand über die gerötete Stelle.

Er schlug seine Augen nieder, als er endlich anfing zu erzählen: «Na gut, du weißt ja das mit der Nonne, von der ich immer träume, oder? Hab ich dir ja erzählt. Der Typ an der Pforte wollte mich nicht reinlassen in die Schule. Er nannte mich einen Verrückten ... einen Durchgeknallten ... einen Psycho. Darauf ... na ja ... es war, als ob in mir etwas zerreißen würde.» Er presste die Hand auf seine Brust. «Wenn du dir so sehr 'ne Mutter wünschst und weißt, dass du nie eine haben wirst ...»

«Und glaubst du das? Glaubst du, dass sie tot ist?»

Die Sonne, die kurz ein letztes Mal hinter einem Häuserspalt hervorgekommen war, bevor sie endgültig versank, warf ihm von der Seite einen rötlichen Strahl ins Gesicht.

«Ich hab versucht, ihr Gesicht zu zeichnen», kam seine Stimme wie aus weiter Ferne. «Sie hat uns aufgezogen. Sie hat uns geliebt wie eine Mutter. Ich weiß es! Mingo glaubt es nicht, aber ich bin mir sicher.»

Ein eigentümlicher Glanz lag auf seinen Augen, und seine Stimme klang ganz erstickt, als er weitersprach: «Ich weiß, dass wir dort gelebt haben als Kinder. Ich habe die Straßen wiedererkannt. Eines Tages werde ich dorthin zurückkehren. Ich werde sie finden, das schwör ich!»

Ich berührte seinen Arm. «Nicki ...»

Nach einer langen Weile, in der er sich die vierte Zigarette anzündete und ich darüber nachdachte, ihm die Zeichnung zurückzugeben, die ich von der Professoressa bekommen hatte, wechselte er auf einmal abrupt das Thema.

«Was habt ihr eigentlich gemacht, du und Mingo?»

«Nichts ... Besonderes», wich ich aus.

«Er hat dich angefasst. Du bist voller Blut.» Er fuhr mit dem Finger über meine Schulter. «Und da übrigens auch. Alles voll!» Seine Hand berührte meine rechte Wange. «Ihr habt doch nicht etwa geknutscht oder so?»

«I-ich hab ... na ja ... er wollte doch nur wissen, wie es ist, ein Mädchen zu küssen ...», stammelte ich, weil ich befürchtete, dass er es sowieso von Mingo erfahren würde.

«Mein Bruder lässt sich von dir küssen? Du hast ihn voll geküsst? Ey, ich fass es nicht!», knurrte er zornig.

«Ich konnte es einfach nicht mehr mit ansehen, wie er dauernd ausgeschlossen wird, wenn du in Acireale mit den Girls rumhängst ...»

Das saß. Er sah mich an, als hätte ich ihm eine Ohrfeige gegeben. Ich wusste selber nicht, woher ich den Mut genommen hatte, ihm so was entgegenzuschleudern. Doch als ich jetzt sah, wie sein Gesicht wieder schmerzhaft zuckte, bereute ich meine Worte sofort.

«Mingo ausschließen? Du hast keine Ahnung! Du kannst dir einfach nicht vorstellen, wie es ist, wenn du zusehen musst, wie dein Zwillingsbruder langsam, aber sicher vor die Hunde geht. Wenn du jeden Morgen Panik haben musst, dass er irgendeinen Mist baut und du ihn noch ganz verlierst. Wenn du ihm beistehen musst, wenn er sich vor Schmerzen krümmt, oder wenn er ausrastet oder bewusstlos rumliegt. Ich kann manchmal nicht mehr, verstehst du? Ich halte es manchmal nicht mehr aus und sehne mich danach, mit normalen Leuten zusammen zu sein! Acireale ist der einzige Ort, wo ich mal feiern und Spaß haben und den ganzen Schrott vergessen kann. Ich würde alles für Mingo tun. Alles! Ich würd sogar für ihn in den Knast gehen, wenn's sein müsste. Aber ich will nicht irgendwann noch ganz durchdrehen. Das Einzige, was ich tun kann, um wenigstens ein bisschen normal zu bleiben, ist ab und zu mal ein wenig Abstand zu haben, okay? Kapierst du das?»

Ich nickte zaghaft. Seltsam, wie Dinge aus zwei verschiedenen Sichtweisen total gegensätzlich aussehen konnten.

«Schon vom ersten Tag an, als Mingo Eitsch probierte, wusste ich, dass ich meinen Bruder verloren habe», sagte er leise. «Und nun siehst du ja, was von ihm noch übrig ist. Na, immerhin hast du seine nette Seite auch noch kennen gelernt ...»

«Vielleicht ...» Ich nahm meinen ganzen Mut zusammen. «Vielleicht könnten wir ihm wirklich helfen in Deutschland!»

«Vergiss es. Er kommt doch gar nicht klar ohne mich!»

«Und warum kommst du nicht mit?»

Er schüttelte den Kopf. «Ich kann nicht ...»

«Das verstehe ich nicht. Du kannst doch mitkommen, bis es ihm wieder besser geht, und dann könnt ihr zurückgehen.»

«Nee ... du vergisst, dass uns in Deutschland Ärger am Hals steht. Ich ... ich will nicht ... eingesperrt werden!»

«Bist du denn sicher, dass sie das tun würden?»

«Weiß nicht. Überhaupt ... ich würde das nicht mehr aushalten dort. Ich könnte dort nicht mehr leben. Ich fühle mich dort die ganze Zeit nur mies, weil wir aus diesem Siff kommen, aber hier sind die Leute ganz anders drauf, viel lockerer, und ich muss mich nicht dauernd verstellen. Ich wollte eigentlich schon längst zurück nach Sizilien, weißt du. Darum habe ich ja das blöde Geld von eurem Hausmeister geklaut ... aber dann ...» Er brach ab und wich hastig meinem Blick aus. Ich fühlte, wie die Hitze in mir anstieg.

«Außerdem ...», fuhr er verlegen fort, «... weiß ich gar nicht, ob ich's wirklich aushalte, länger als einen Monat von Mingo getrennt zu sein. Wenn er in 'ner Klinik ist ...» Er holte tief Luft und starrte an mir vorbei an die kahle Hausmauer. «Wir waren ja schon mal getrennt, als ... na, egal. Das war noch in Deutschland. Das war meine schlimmste Zeit. Da hab ich ... da ist das mit den Narben passiert.»

Ich fasste behutsam an die Lederbändchen, die um sein Handgelenk gebunden waren. Er zog seinen Arm nicht weg.

«Hier hast du auch Narben, stimmt's?»

Er verzog sein Gesicht.

«Keine Angst, ich sag's niemandem!»

«Schon okay. Es ist ... ich war allein zu Hause ... Ich dachte, Mingo komme nie mehr aus dem Knast raus. Ich hatte so 'ne Wut ... ich hasste mich selber ... ich kann das nicht erklären. Ich wollte in dem Moment nur noch sterben und so. Ich nahm das Messer ... und d-dann h-hab ich einfach ... Na, ist ja egal. Ich will's gar nicht so genau erzählen ... Irgendwann kam *sie* nach Hause. Ich war schon fast weg ... bewusstlos ... alles war voller Blut, der ganze Teppich und so. Sie hat gekreischt wie verrückt, und dann ist der Typ von oben gekommen und hat mich sofort ins Krankenhaus gebracht. Dann weiß ich nichts mehr ...»

«*Sie* ... meinst du damit deine richtige Mutter?»

Er winkte verächtlich ab.

«Du hast ziemlich viel Glück gehabt ...», stellte ich fest.

«Hmm!» Er nickte nachdenklich. «Aber ich hasse es, diese Narben zu sehen.»

Wir schwiegen lange Zeit, weil ich nicht wusste, was ich zu all dem sagen sollte, und weil er anscheinend auch nicht weiter darüber reden wollte. So verharrten wir eine ganze Weile, während er die Zigarette zu Ende rauchte und ich über die Sache nachdachte, über die ich mit meinem Vater geredet hatte. Es half nichts, ich musste ihn fragen. Ich musste es wissen, auch auf die Gefahr hin, dass diese Frage ihn ziemlich aus der Fassung bringen würde.

«Du, Nicki ... äh ... weiß, ist 'ne blöde Frage, aber ich mach mir da ein bisschen Sorgen ...» Ich ließ mich nicht von seinen Augen beeindrucken, die sich schon wieder zu schmalen Schlitzen verengten. «Das mit deinen vielen Freundinnen ... wie war das genau?»

Er lachte gequält auf.

«Was willst du genau wissen?»

«Ich will ... ich will wissen, ob du mit ihnen allen ... nun ja, du weißt schon ...»

«Du meinst, ob ich mit ihnen allen im Bett war oder so was?», fragte er ziemlich aufgebracht.

Ich nickte beschämt.

Er wandte verärgert sein Gesicht von mir ab, und ich hörte, wie er wütend mit den Zähnen knirschte.

«Hältst du mich wirklich für so einen Typen?», fragte er schließlich sehr leise und scharf. «Für einen, der mit jeder gleich ins Bett hüpft? Hältst du mich für so jemand, der sich einen Dreck um die Gefühle von anderen schert?»

«Ich weiß ehrlich gesagt nicht mehr, was ich darüber denken soll», seufzte ich.

Jetzt wandte er sein Gesicht wieder mir zu und sah mir direkt in die Augen. «Welches Mädchen will schon mit seinem Freund schlafen, wenn er im Bett sein T-Shirt anbehält?»

Wie bitte? Was sagte er da?

«Ey, ich hab dir doch gesagt, dass ich nicht der Supertyp bin! Guck mich doch nicht so an», sagte er heiser. «Oder meinst du, ich will das hier allen zeigen?» Er legte die Hand auf seinen Bauch. «Du kannst dir nicht vorstellen ... wie ... wie bescheuert das aussieht.»

Oh doch, ich wusste, wie es aussah! Ich hatte die Narben ja damals im Schwimmbad gesehen, als er bewusstlos gewesen war. Mein Kopf wurde ganz heiß. Das durfte er auf keinen Fall wissen!

«Das heißt nicht, dass ich noch nie ... na ja. Das war noch, bevor ich die Narben hatte. Aber danach ... immer, wenn es zur Sache kam, hab ich irgendwie 'nen Rückzieher gemacht.» Er wurde ganz rot.

Ich hatte das Gefühl, als hätte jemand meinen Brustkorb um einiges ausgeweitet. «Wir dachten schon, dass du vielleicht Aids aufgelesen hast und dass das der Grund für deinen dauernden Husten ist», gestand ich ihm zerknirscht.

Er guckte mich mit großen Augen an. «Das habt ihr voll gedacht? Also nee, das glaub ich wirklich nicht ... Das mit dem Husten, tja ... das kommt wohl eher von meiner dauernden Qualmerei.» Er sah mich mit verzerrtem Blick an und fügte leise hinzu: «Wenn man eben mit neun Jahren unbedingt schon cool sein will ...»

«Echt? So früh? Mit neun Jahren?»

«Mhm. Ich wollte unbedingt der Stärkste in der Klasse

sein. Ich wollte es allen zeigen, weißt du. Wir wurden ziemlich fertiggemacht in der Schule. Kennst du ja. Mingo hat unheimlich gelitten, weil er nicht lesen konnte.»

«Hat Mingo auch schon so früh geraucht?»

«Nicht so viel wie ich, das kam erst später. Er hing erst mit den Punks rum und rutschte dann in die Drogenszene rein ...»

«Denkst du, er hat noch eine Chance, jemals wieder von den Drogen wegzukommen?»

Er zuckte mit den Schultern. «Ich weiß nicht. Ich glaub, er kann sich ein Leben ohne Drogen gar nicht mehr vorstellen. Er sagt zwar ständig, dass er aufhören will, aber ich weiß nicht, wie ernst er's wirklich meint. Ich versuch jetzt wenigstens ein einigermaßen gutes Leben für uns aufzubauen. Außerdem kann Paole uns vielleicht Methadon besorgen, dann kommt Mingo zumindest von der Nadel weg ...»

«Maya, Domenico, seid ihr hier?» Paps' Stimme klang auf einmal irgendwo zwischen den Häusern hervor.

«Ja, wir kommen!», rief ich zurück. Domenico verzog den Mund zu einem verschmitzten Grinsen, und ich erschrak, als er sich einfach rücklings über das Geländer kippen ließ, die unteren Gitterstäbe packte und einen kleinen Überschlag machte, bis er schließlich auf einem Treppenabsatz landete.

«Komm», sagte er grinsend. «Ist 'ne Abkürzung!»

«Aber ich kann doch da nicht runterspringen! ...» Ich blickte runter; es waren fast zwei Meter. Außerdem ging es direkt neben dem Treppenabsatz diesen Schacht runter.

«Hey, ich fang dich auf!» Er breitete seine Arme aus und sah lächelnd zu mir hoch. Ich schluckte, stieg über das Geländer und sprang hinunter, direkt in seine Arme. Für einen Moment waren sich unsere Gesichter ganz nah, und er hielt mich fest.

«Maya, Domenico!», rief Paps erneut. «Wo seid ihr denn?»

«Wir sind hiiiiiier!», rief ich gellend zurück. Domenico hatte seine Arme immer noch um mich geschlungen. Die glühende Hitze in seinem Körper schlug mir entgegen. Dann ließ er mich schnell los, und wir spurteten die letzten Stufen runter. Paps kam uns mit einer großen Plastiktüte in der Hand entgegen.

«Na hallo, wo seid ihr denn gewesen?»

Ich wollte gerade antworten, aber Domenico war schneller. «Hab Maya die Terrasse da oben gezeigt! Ist schöner als in der miefigen Bude.»

«Ach so!» Paps hielt die Plastiktüte hoch. «Ich habe hier für euch ein paar Sachen besorgt. Für dich und deinen Bruder.»

«Für ... uns?», fragte Domenico ungläubig.

Paps setzte sich auf die staubige, verfallene Mauer, die die beiden letzten Häuser voneinander abgrenzte, und zog zwei große Schachteln aus der Tüte.

«Das eine hier ist ein Antibiotikum. Hier steht genau drauf, wie du es einnehmen musst. Und zusätzlich kannst du dieses Hustenmittel einnehmen. Es sollte zumindest nachts deine Hustenkrämpfe lindern. Aber ihr beide, du und Mingo, ihr solltet unbedingt zu einem Arzt gehen. Ich kann die Ursache deines Hustens ohne die nötigen Utensilien leider nicht abklären.» Paps sah Domenico ernst an, der schon im Begriff war zu widersprechen. «Die Rechnung kannst du an mich schicken lassen! Hier ist meine Visitenkarte!»

Und bevor Domenico protestieren konnte, hatte Paps ihm seine Karte in die Hand gedrückt und griff ein weiteres Mal in die Tüte. «Das hier ...», er holte eine große, flache Schachtel hervor, «sind Nikotinkaugummis. Versuch das mal, sie sollten dir helfen, weniger zu rauchen, was ich dir dringend empfehlen würde. Und hier ...», jetzt brachte Paps eine sehr große, orangefarbene Schachtel zum Vorschein, «habe ich euch Vitaminsaft besorgt. Das ist sehr sehr wichtig, hörst du? Wenn du bereits zweimal so einen starken Infekt hattest, ist es unbedingt nötig, dass du dein Immunsystem aufbaust. Und gib deinem Bruder bitte auch davon ab, ja?»

Domenico hörte Paps überwältigt zu und wusste nicht,

was er sagen sollte. Ich war ganz begeistert. Paps hatte echt an alles gedacht. Schließlich war er ja nicht umsonst einer der besten Ärzte weit und breit!

«Dein Bruder ...», seufzte Paps. «Ich weiß ehrlich gesagt nicht, was ich machen soll. Ich kann es im Grunde nicht verantworten, dass hier nicht eingegriffen wird!» Seine Stimme klang ziemlich streng, vielleicht strenger, als er es beabsichtigt hatte. Ich sah, wie Domenicos Augen bereits wieder gefährlich loderten.

«Ich will mich jetzt mal erkundigen, ob wir nicht doch irgendwo eine gute Klinik für ihn finden, wo er einen Drogenentzug und eine Therapie machen könnte. Ihr seid beide noch minderjährig; ihr könnt unmöglich allein mit so etwas klarkommen. Überhaupt, dass da die Fürsorge noch nie eingegriffen hat! Ich kann mir nicht vorstellen, wie man in Deutschland so was durchgehen lassen konnte!»

«Die haben schon eingegriffen, keine Angst!», knurrte Domenico. «Mehr als einmal.»

«Gut, immerhin. Aber warum hat sich dann nichts geändert an eurer Situation?»

Das war ein Schritt zu weit in Domenicos Territorium; das war mir sofort klar, obwohl ich voll und ganz mit Paps einverstanden war. Domenico sagte nichts, aber ich spürte, wie es in ihm kochte. Paps ließ sich jedoch nicht beeindrucken und öffnete die Tüte erneut.

«Ich habe noch weiteres Verbandzeug und Salben gekauft. Ich würde gern die Entzündungen an den Armen deines Bruders behandeln. Er läuft sonst Gefahr, eine Blutvergiftung zu kriegen.»

«Das geht nicht», erwiderte Domenico rau. «Sie haben ja gesehen, dass er niemanden an sich ranlässt.»

«Na, ich werde ihn schon nicht beißen», sagte Paps ganz trocken.

«Ey, ich weiß, wovon ich rede!», wehrte Domenico ab. «Der tobt rum. Lassen Sie mich das machen mit der Salbe.»

«Aber du weißt doch gar nicht, wie das geht. Man muss es

richtig und professionell machen», sagte Paps bestimmt. «Man muss die Wunden wahrscheinlich aufschneiden und den Eiter rausholen. Aber wenn er sich nicht von mir behandeln lässt, kann ich leider nicht helfen ...»

«Er hat diese Eiterdinger schon lange», sagte Domenico bekümmert. «Die werden immer größer, und ich kann nichts machen ... Er gibt's ja nicht zu, aber ich glaub, dass ihn die Dinger ziemlich schmerzen ...»

Paps seufzte ratlos. Minutenlang schwiegen wir einfach, während Domenico mit sich ringend zu Boden starrte und meine Gedanken immer engere Kreise um etwas ganz Bestimmtes zogen. Es war die einzige Möglichkeit ...

«Ich könnte es machen», sagte ich schließlich leise.

Beide, Paps und Domenico, schauten mich an, als hätte ich gesagt, dass ich mich ans Steuer von Paps' Auto setzen wollte.

«*Was* könntest du machen?», fragte Domenico ungläubig.

«Ich könnte Mingos Wunden behandeln. Ich weiß, wie man das macht. Ich habe Paps und Mama oft genug zugeschaut. Und von *mir* lässt sich Mingo anfassen, das weiß ich!»

Auf meine Worte folgte eine weitere Stille. Paps räusperte sich, während Domenico mich zutiefst erstaunt musterte.

«Das stimmt», sagte er schließlich leise.

«Also, ich weiß nicht ...» Paps blickte mich skeptisch an.

«Maya würde er niemals was antun», sagte Domenico bestimmt. «Er mag sie. Mehr als das ...»

«Na ja, aber du hast das doch noch gar nie gemacht, Maya! Da ist sehr viel Fingerspitzengefühl vonnöten. Außerdem weiß ich nicht, wie tief dieser Eiter sitzt. Womöglich muss man das Ganze erst lokal betäuben, sonst wird es bestimmt zu schmerzhaft.»

Domenico schüttelte den Kopf. «Ach, Mingo kann einiges aushalten, den haut das nicht so leicht um!»

«Ich *kann* das, Paps!», sagte ich selbstbewusst. «Ich bin mir ganz sicher. Zumindest würde ich es gern probieren. Wenn es nicht geht, kannst du mir ja immer noch helfen.»

Paps zögerte noch immer, doch Domenico und ich bombardierten ihn mit bittenden Blicken.

«Also ... na gut, versuchen wir es. Immerhin haben wir deinem Bruder das Messer abgenommen. Ich schlage vor, wir schauen uns das morgen Früh an!» Paps erhob sich von der Mauer. «Es wird langsam dunkel, und wir brauchen besseres Licht als eure funzelige Glühbirne!»

«Ich hab 'ne Taschenlampe», sagte Domenico fast flehend. «Ich ... ich glaub, wir sollten es besser jetzt gleich machen ... ich weiß nicht, wie Mingo morgen drauf ist.»

«Na schön», gab sich Paps geschlagen. «Also kommt!» Er nahm die Plastiktüte mit den Medikamenten und folgte uns.

Die Wohnung war dunkel und verlassen. Nur im Zimmer der Zwillinge brannte noch die Glühbirne. Paps stellte seinen Koffer auf den Boden und bereitete die Utensilien vor, während Domenico hinter dem Vorhang verschwand. Ich setzte mich inzwischen auf Jennys Sofa und lauschte; ich hörte leise Stimmen und sah, wie hinter dem Vorhang eine Taschenlampe an- und wieder ausgeknipst wurde. Schließlich erschien Domenico wieder und zog seinen halb weggetretenen Bruder am Arm mit sich raus, während er in der anderen Hand die Taschenlampe hielt. Doch als Mingo Paps erblickte, riss er sich sofort von Domenico los und wollte sich wieder hinter dem Vorhang verstecken.

«Ma rimani qua, du Esel!», herrschte Domenico ihn an und hielt ihn am T-Shirt fest, aber Mingo rammte ihm so fest den Ellbogen in die Seite, dass Domenico sich zusammenkrümmte und seinen Bruder losließ.

«Stellt der sich wieder an!», stöhnte er und wandte sich zu Paps und mir um. «Ich glaub, das wird nix.»

«Es sieht wohl fast so aus, als müsste ich draußen warten», brummte Paps und stand auf. «Meinst du, du schaffst es ohne mich, Maya?»

«Ja, Paps», sagte ich fest. «Ich schaffe es!» Die Glühbirne über unseren Köpfen surrte und zuckte ein wenig, als ob sie in den letzten Zügen läge.

«Also schön. Ich warte in der Küche. Wenn etwas ist, kannst du mich rufen», entschied Paps und wandte sich zur Tür. Doch vorher warf er nochmals einen Blick über seine Schulter zu Domenico: «Aber wenn dein Bruder meiner Tochter auch nur ein Haar krümmt, rufe ich die Polizei, ist das klar?»

«Er wird ihr nichts tun», versprach Domenico und übergab mir wortlos die Taschenlampe, dann startete er einen erneuten Versuch, seinen Zwillingsbruder hinter dem Vorhang hervorzuzerren. Offensichtlich wollte Mingo alles andere, als sich die Eiterbeulen aufschneiden zu lassen, denn ich hörte, wie hinter dem Vorhang eine ziemlich heftige Diskussion ausbrach, bei der die Jungs fast ausschließlich Italienisch redeten.

Einen Moment war ich versucht, aufzuspringen und einfach den Vorhang beiseite zu ziehen. Aber das Wissen, dass es nichts gab, was Domenicos Spielregeln mehr verletzen würde als das, drückte mich fest aufs Sofa und ließ mich geduldig ausharren, bis Domenico seinen Bruder endlich mit Gewalt wieder hervorbrachte. Mingo versuchte sich loszureißen, doch Domenico packte ihn noch fester und bugsierte ihn neben mich aufs Sofa.

«Hey, Mingo!», sagte ich schüchtern, doch er starrte mit glasigen Augen an mir vorbei, immer noch voller Blutkrusten im Gesicht und am Hals. Domenico beugte mit kräftigem Griff Mingos Arm auseinander und leuchtete mit der Taschenlampe auf die Innenseite. Mingo fluchte und versuchte seinen Arm wegzuziehen, aber Domenico ließ nicht locker.

«Sieh mal, da auf der Innenseite ist alles vereitert! Kannst du da was machen?»

«Wenn ... wenn er stillhält ...», sagte ich zaghaft und fühlte, wie in mir eine gewisse Furcht aufstieg. War das wirklich derselbe Junge wie der, mit dem ich mich vor ein paar Stunden vor dem Hotel so schön unterhalten hatte? Es kam mir vor, als würde Mingo mich gar nicht kennen. War er so durcheinander, oder hatte er in der Zwischenzeit schon wieder Drogen genommen? Er versuchte immer noch, sich aus Domenicos Griff zu befreien, doch nicht mehr so gewaltsam wie vorhin.

«Stai fermo, Mingo!», befahl Domenico scharf. «Sie will dir doch nur helfen, checkst du das denn nicht? Ich scheuer dir eine, wenn du nicht stillhältst, capito?»

«Es ... es wird vielleicht ein bisschen wehtun ...», sagte ich und streifte vorsichtig ein Paar Gummihandschuhe über. «Ich muss ein wenig was aufschneiden, damit der Eiter rauskommt.»

Mingo stöhnte, und seine Augen zuckten, doch allmählich wurde er ruhig. Domenico hielt seinen Arm weiterhin fest, während ich die Entzündungen erst vorsichtig desinfizierte und schließlich mit Betäubungsmittel besprühte. Ich war ziemlich nervös und hätte mir Papas Beistand gewünscht. Aber ich wusste, dass das hier ganz allein mein Ding war. Es bedeutete enorm viel, dass Domenico mich überhaupt so weit in seine Welt reinließ. Ich drückte vorsichtig auf die Wunden, um die Stellen zu finden, wo ich aufschneiden musste. Mingo zuckte ein bisschen zusammen. Ich holte tief Luft. Was nun kam, fiel mir ganz und gar nicht leicht.

«Nimm das kleine Skalpell, Maya!», kam Paps' leise Stimme von der Küche her. Ich wandte mich um und konnte sehen, wie sein Kopf eben wieder hinter der Tür verschwand.

Ich gehorchte und versuchte meine zitternden Hände zu beruhigen, als ich drei kleine Schnitte in die Haut machte, überall dort, wo der Eiter meiner Meinung nach am dicksten war. Mingo rührte sich kaum; vermutlich hatte er sich selber schon so oft mit der Nadel und dem Messer Schmerzen zugefügt, dass er sich daran gewöhnt hatte. Domenico hingegen verzog das Gesicht, als wäre es sein eigener Schmerz, als er das Blut fließen sah.

Das Schwierigste kam jedoch erst noch: Ich musste an der richtigen Stelle drücken, damit der ganze Eiter rauskam und nicht noch mehr in die Wunde reingepresst wurde. Ich legte einen Stapel Gazen bereit und drückte mit Daumen und

Zeigefinger die Haut behutsam zusammen. Domenico richtete den Lichtkegel der Taschenlampe ein wenig mehr nach links, so dass ich besser sehen konnte. Unsere Köpfe waren so nah beisammen, dass sein Haar meine Stirn kitzelte.

Dann hätte ich beinahe aufgeschrien, als ich sah, wie viel Eiter da rausfloss. Ich biss fest auf die Zähne und hielt die Luft an, um das mulmige Übelkeitsgefühl zu unterdrücken, das sich verstohlen in meinem Magen zusammenbraute.

«Mist!», zischte ich. Es kam so viel Blut und Eiter, dass ich gar nicht mehr gleichzeitig pressen und abwischen konnte. Domenico ließ Mingos Arm los und schnappte sich ein paar Gazen, um mir zu helfen. Mingo ließ das alles reglos und mit halbgeschlossenen Augen über sich ergehen. Nach einer kleinen Ewigkeit schien endlich der ganze Eiter draußen zu sein. Es floss nur noch Blut nach.

«Spül die Wunden mit der NaCl-Lösung aus, Maya!», hörte ich wiederum Paps' leise Stimme. Ich griff nach dem Fläschchen Kochsalzlösung, das Paps bereitgelegt hatte, und wusch die Wunden sauber, während Domenico die herabfließende Wasser-Blut-Lösung mit weiteren Gazen aufsaugte. Dann besprühte ich alles nochmals großzügig mit Desinfektionsmittel, und das war das erste Mal, dass Mingo laut aufstöhnte.

«Tut mir leid. Ich weiß, das brennt fürchterlich», murmelte ich. Zuletzt legte ich wattierte Gazekompressen auf die Wunden und machte einen satten Verband um den Arm.

Ich hielt einen Moment inne, um mir den Schweiß von der Stirn zu wischen, dann nahm ich behutsam Mingos anderen Arm unter die Lupe. Aber da sah es nicht ganz so schlimm aus; außer Einstichwunden hatte er keine größeren Abszesse, und ich begnügte mich damit, ihm ein bisschen Zugsalbe auf die entzündeten Stellen zu streichen.

Und dann, nach kurzem Zögern, strich ich vorsichtig Mingos lange Haare zur Seite, wischte mit einer durchtränkten Gaze das ganze Blut von seinem Hals und prüfte, ob noch eine Scherbe in der Schnittwunde steckte. Doch das schien nicht der Fall zu sein. Mingo hatte den Kopf zur Seite gelegt. Es sah aus, als würde er schlafen, doch ich spürte, dass er jede meiner Berührungen aufsog.

Als wir fertig waren und ich alles wieder in Paps' Koffer verstaut hatte (ich hatte fast alle Gazen und eine halbe Flasche Desinfektionsmittel verbraucht), sah ich beinahe Tränen in Domenicos Augen. Er wirkte so erleichtert, als hätte man eine riesengroße Last von seinen Schultern genommen.

«Maya ... ich glaub, du solltest doch Ärztin werden», meinte er heiser. «Du ... hast das echt toll gemacht. Du glaubst nicht, wie froh ich bin, dass diese Eiterbeulen weg sind.»

Meine Wangen wurden ganz heiß. Das aus Domenicos Mund zu hören war etwas Neues. Tatsächlich fühlte ich einen gewissen Triumph in mir.

Ich sah mich nach Mingo um. Er hatte sich auf dem Sofa zusammengekauert. Just in diesem Augenblick trat Paps wieder zur Tür rein. In seinem Gesicht leuchtete ein Stolz, wie ich es lange nicht mehr gesehen hatte.

«Das war wirklich eine reife Leistung, Maya», sagte er.

«Ich ... ich hab beinahe die ganzen Gazen verbraucht», sagte ich verlegen, weil mir keine bessere Antwort einfiel.

«Das macht doch nichts!» Paps sah nach seinem Koffer. «Du hast das super gemacht! Jetzt muss man die Verbände alle ein, zwei Tage auswechseln.»

«Kann ich ... kann ich etwas von der Gaze und der Salbe haben?», fragte Domenico schüchtern.

«Ich lasse dir dann welche hier, wenn wir abreisen. Aber noch sind wir ja bis Sonntag da», meinte Paps. «Maya kann den Verband morgen oder übermorgen noch mal wechseln.»

«Nein, ich ... es wäre besser ... Mingo macht alles so schnell schmutzig ... na, ihr wisst schon», druckste Domenico rum.

«Na, also bis morgen wird das ja wohl halten, oder?», meinte Paps ziemlich barsch.

Domenico schüttelte stumm den Kopf. Da war etwas ... irgendwas stimmte nicht. Ich spürte es an der Art, wie sich meine Nackenhaare auf einmal aufrichteten.

«Na schön, meinetwegen!» Paps steckte eine Schachtel Gazekompressen, Desinfektionsmittel und Salbe in die Tüte mit den restlichen Medikamenten und reichte sie Domenico.

«Aber verlier das Ganze bloß nicht!»

«Danke!» Domenico nahm die Tüte hastig an sich und warf sie hinter den Vorhang. «Ich bring euch rasch zum Auto!»

Paps und ich folgten seiner unausgesprochenen Aufforderung. Es war nun Zeit zu gehen. Außerdem – und mir wurde bei dem Gedanken ziemlich schwer ums Herz – war Domenico ja eigentlich mit Angel verabredet.

Paps und Domenico traten in die Küche hinaus. Ich aber blieb stehen und drehte mich nochmals zu Mingo um. Es war, als würde mich innerlich etwas festhalten. Ich wusste nicht, warum, aber ich ahnte, dass dies von großer Wichtigkeit war. Ich trat zurück neben das Sofa und starrte den schlafenden Mingo an. Sein Gesicht sah friedlich und still aus. Ein Gebet für ihn stieg aus meinem Herzen auf. Bebend strich ich über seine Haare und seine Wange. Mir war zum Heulen ...

«Ciao, Mingo!», flüsterte ich.

Da bewegte sich der Vorhang. Ich stolperte einen Schritt rückwärts. Biancas dunkle Augen funkelten mich an. Die Botschaft stand deutlich darin geschrieben: *Finger weg von meinem Bruder!*

Bianca! Ich hatte sie ganz vergessen. Hatte sie all das mitbekommen?

«Nicki, deine Schwester!», rief ich.

Domenico kam sofort zurück ins Zimmer geschossen und packte Bianca, bevor sie sich wieder hinter dem Vorhang verdrücken konnte. Er strich ihren schwarzen Haarvorhang zur Seite und schaute sie prüfend an. Dann ließ er sie seufzend los.

«Komm jetzt», sagte er zu mir und reichte mir seine Hand. Ich kapierte mal wieder gar nichts. Was ging da ab?

Draußen war es mittlerweile ganz dunkel, und der Verkehrslärm hatte zugenommen. Ich hatte das Gefühl, je später es wurde, desto mehr Leute kamen aus ihren Häusern heraus.

Domenicos Gesicht wirkte geheimnisvoller denn je. Doch als wir beim Auto waren, wandte er sich etwas schüchtern an Paps: «Kann ich ... kann ich kurz mit Maya allein sein?»

Paps verstaute seine Utensilien im Kofferraum. Nach einer kurzen Überwindungsphase nickte er schließlich. Domenico zog mich in eine Ecke, während Paps sich ins Auto setzte.

«Ich ... ich muss dir was sagen, Maya ...» Domenicos Gesicht war mir ganz nah, und ich spürte seinen warmen Atemhauch auf meiner Stirn.

«Ich ... du hast ... ich bin ...» Er schlug seine Augen nieder, und ich strich ihm vorsichtig die Haarsträhne aus dem Gesicht, die uns in die Quere kam. Er holte tief Luft, und es war, als würde sein ganzer Körper glühen, ja, als würde ein Feuer in seiner Brust lodern. Ich fühlte das starke Verlangen, meinen Kopf auf seine Schulter zu legen. Aber ich wagte es nicht.

Seine Lippen kamen immer näher an meine Nasenspitze, doch im letzten Augenblick wich er wieder zurück. Ich schaute bebend in sein hübsches Gesicht. Doch er gab mir nicht die Antwort, die ich mir so sehnlichst gewünscht hatte. Ich hatte mich geirrt. Das Versprechen bei der Laterne ... es existierte wohl nicht mehr.

«Nicki ...», sagte ich leise. Ich fühlte, wie Wellen der Hitze mir entgegenschlugen, bevor er sich wieder ganz von mir löste und hinter seiner coolen Maske verschwand. Es war vorbei ...

«Maya, ich glaub, ich weiß, wer dein Portemonnaie geklaut hat», sagte er auf einmal mit schwerer Stimme.

«Wer denn?», fragte ich ängstlich. «Doch nicht Mingo, oder?»

«Nein. Bianca. Sie hilft Mingo manchmal, Geld zu beschaffen», seufzte er. «Er schickt sie los, und sie klaut für ihn Geld zusammen. Ich weiß genau, dass es so ist, obwohl er mir immer wieder beteuert, dass es nicht wahr ist. Aber ich bin ja nicht blind. Mingo kennt nix, wenn's um seinen Stoff geht. Er versteckt auch immer alle seine Drogen bei ihr. Wer würde schon ein achtjähriges Mädchen verdächtigen? Und er erlaubt ihr auch jeden Mist, sogar das Rauchen. Deshalb mach ich mir immer Sorgen, wenn die beiden allein rumhängen. Aber er hat ja sonst niemand, und er hängt sehr an ihr. Ich kann ja nicht dauernd aufpassen. Aber … das weißt nur du, okay? Das weiß sonst niemand! Behalt das ja für dich!»

Ich schwieg betroffen, und nun war mir auch klar, warum Bianca mir die Bonbons gegeben hatte.

«Sorry, es ist eine ganz doofe Geschichte, ich weiß. Du findest Bianca bestimmt total unmöglich, aber sie hat mega Panik, weil ihr aus Deutschland kommt. Sie glaubt, dass ihr sie von uns wegholen und wieder zu ihrem Alten zurückbringen wollt. Ihr Alter ist echt so 'ne miese Ratte, dabei sieht man ihm das nicht mal an! Aber das ist wieder 'ne andere Geschichte.»

Ich sah, dass Paps uns ungeduldige Blicke zuwarf. Doch ich wollte noch etwas wissen: «Wie habt ihr sie eigentlich entführt?»

«Auf'm Schulweg … an dem Morgen, als Mingo dir meinen Brief gebracht hat. Da hab ich Bianca abgefangen.» Er verzog sein Gesicht. «Und dann ging's ab nach Sizilien, und ohne die Hilfe von Mike hätten wir es wohl kaum über die Grenze geschafft. Tja, man lernt so einiges, wenn man überleben will …»

«Scheint so …» Es war einfach vollkommen verrückt.

«Ist ja voll nicht leicht mit Bianca, aber was soll ich machen? Ich will doch nicht, dass sie bei diesem elenden

Kerl bleiben muss. Das bring ich nicht übers Herz. Ich ... ich weiß ehrlich gesagt auch noch nicht, was ich mit ihr machen soll. Sie sollte ja eigentlich wieder in die Schule, aber sag das bloß nicht deinem Vater, sonst ruft er wirklich noch die Behörden an!»

Er grinste mich zerknirscht an.

«Nun geh mal lieber, sonst wird dein Vater nervös.»

Ich nickte, zögerte jedoch. Das Gefühl war wieder da, stärker als je zuvor. Es war etwas, das ich schon einmal gefühlt hatte: eine seltsame Vorahnung, wie kriechendes Unkraut ...

«Nicki ... da ist noch was. Mingo wünscht sich, dass du ihm aus der Bibel vorliest, die du von mir hast. Er hat es mir gesagt.»

Er sah überrascht aus. «Oh ... na klar, kann ich machen! Hey ...» Er beugte sich zu mir vor und drückte mir diesmal einen echten, sanften Kuss auf die Wange. «Hab Dank für alles! Du bist 'ne geniale Freundin ...»

Nur eine Freundin?

Sein Kuss brannte auf meiner Wange.

Bevor ich ins Auto einstieg, schaute ich ihm nach, wie er uns winkte und dann langsam davonging, mit einer Zigarette zwischen den Lippen. Wir hatten getan, was wir konnten, Paps und ich. Er musste seinen eigenen Weg finden, das war mir klar. Ich schüttelte schweren Herzens den Kopf. Ach, Nicki ...

Paps und ich saßen an jenem Abend fast bis um Mitternacht auf dem Balkon. Ich hatte eine Kerze im Schrank gefunden und sie angezündet. Wir redeten über die Sache mit Mingo, und ich erzählte Paps ganz genau, wie das alles abgelaufen war. Ich ließ nichts aus, nicht mal den Kuss, den ich Mingo gegeben hatte. Paps hörte sehr aufmerksam zu. So, wie er mir noch nie zugehört hatte.

«Das mit diesem drogenabhängigen Jungen ist wirklich eine Tragödie», schimpfte er, als ich fertig war. «Wie kann es sein, dass Kinder derart im Stich gelassen werden? Was ist eigentlich mit dem Vater der beiden?»

Obwohl das eine der grundlegendsten Fragen war, dachte ich selten darüber nach. Domenico redete nie über seinen Vater. Ich glaubte, dass er in seinen Gedanken nicht mal existierte. Ob ich je mehr darüber rausfinden würde? An das Gerücht, dass der Vater der Zwillinge ein bekannter Sportler war, wollte ich einfach nicht so recht glauben, obwohl Frau Galiani dies nicht für ausgeschlossen hielt. Und so konnte ich Paps' Frage nicht wirklich beantworten.

Nach einer sehr langen Schweigepause sagte Paps: «Nun ja, du verstehst nun hoffentlich, warum ich niemals wollte, dass du dich auf solche Dinge einlässt, nicht wahr? Ich meine, ein Junge, der mit einem Messer herumläuft ...»

«Mingo ist nicht bösartig, Paps.»

«Das habe ich auch gar nicht behauptet. Aber er ist unberechenbar.»

«Er sehnt sich halt nach Liebe und Geborgenheit ...»

«Ja, und genau das ist das Gefährliche. Er hätte dir Gewalt antun können, weil du ihm nicht das geben kannst, wonach er sich sehnt. Er hat sich doch überhaupt nicht unter Kontrolle! Er ist ja sogar auf seinen eigenen Bruder losgegangen ...»

Mir war klar, dass Paps Recht hatte. So ungern ich das auch zugeben wollte. Ja, Mingo war unberechenbar und gefährlich, trotz allem, und niemand wusste, wozu er wirklich fähig war. Niemand wusste, wann die Wut in ihm so explodieren würde, dass er wirklich jemanden umlegen würde, entweder sich selbst oder jemand anderen.

«Denkst du, dass es für Mingo Hoffnung gibt, Paps?», fragte ich beklommen.

«Das weiß ich nicht. Er müsste auf jeden Fall eine Therapie machen, anders geht es nicht. Ich weiß nicht, wie die beiden das in Zukunft regeln wollen. Aber ...» Und jetzt lächelte mein Vater. «Ich muss zugeben, dass ich ziemlich stolz auf dich bin, Maya!»

Das hatte ich schon lange nicht mehr aus seinem Mund gehört, und ich schaute ihn beglückt an.

«Ich finde, du hast diese Operation sehr gut gemacht. Ich habe dir durch die Tür ein bisschen zugeschaut. Ich glaube, aus dir wird später mal eine sehr gute Ärztin!»

«Wirklich?» Mein Herz schlug heftig.

«Obwohl ... du hast ja in deinem Tagebuch erwähnt, dass du lieber nicht Ärztin werden möchtest ...» Paps' Blick ruhte fest auf mir.

«Ach, Paps ... Dinge können sich ändern!»

«Das stimmt.» Paps schmunzelte. «Dinge können sich tatsächlich ändern. Ich will dir in Zukunft wirklich mehr vertrauen. Aber du musst mir auch versprechen, dich nie mehr allein auf solche waghalsigen Abenteuer einzulassen. Ich meine, für etwas sind wir Eltern ja schließlich noch da, oder nicht?» Die Kerze warf einen flackernden Schein auf Paps' lächelndes Gesicht.

19. Hinter dem Vorhang

Am nächsten Vormittag brachen wir sofort auf. Wir hatten nicht darüber gesprochen, was wir konkret unternehmen wollten, aber es war zumindest klar, dass wir zu Domenico und Mingo fahren würden.

Wir hielten wie immer vor der Trattoria und wunderten uns über die Menschenansammlung vor dem Eingang. Luigi und seine Frau standen draußen, außerdem Jenny, Angel, Nonno, Speedy und Chicco. Jenny sah völlig fertig aus; ihre tomatenroten Haare waren in alle Richtungen zerrupft, und ihre Augen wirkten wie milchigblasse Kugeln. Auch Angel sah elend aus; über ihre Wangen flossen kleine Bäche schwarzer Maskaraspuren.

Es herrschte eine Stimmung wie auf einer Beerdigung. Ich konnte das alles nicht einordnen.

Meine Knie zitterten. So schnell mich meine Füße trugen, lief ich zu ihnen. Ihren Gesichtern nach zu schließen musste etwas ganz Schreckliches passiert sein. Etwas Eiskaltes jagte durch mein Inneres. Doch nicht etwa … nein, Gott! Bitte nicht!

«Maya, Paps, endlich!» Jenny stürmte auf mich zu und warf sich mir heulend an den Hals. Ich versuchte sie aufzurichten, damit ich ihr ins Gesicht sehen konnte.

«Jenny! Was ist passiert?»

«Sie sind weg», schluchzte sie. «Allesamt verschwunden. Nico hat mir 'nen Abschiedsbrief hinterlassen!»

«Jenny …» Ich ließ sie zitternd los und schlug die Hände vors Gesicht. Paps legte mir seine Hand auf die Schulter. Ich wollte weinen, aber meine Tränen saßen irgendwie fest. Ich hatte es geahnt! Ich hatte es mal wieder ganz tief drin gewusst. Oh Nicki! Er war nun mal unberechenbar wie der Wind, der von einem Ort an den anderen zog. Man konnte ihn nicht fassen. Er hinterließ überall nur Abschiedsspuren.

«Da, kiek ma!» Jenny kramte schniefend in ihrer Rocktasche herum und hielt mir schließlich mein vermisstes Portemonnaie unter die Nase.

«Er hat mir det hinterlassen für dich ... keene Ahnung ... is det deens?»

«Ja», sagte ich tonlos und nahm es an mich. Ich wollte keine Details wissen ... es reichte einfach, dass ich es wieder hatte.

«Und det hat er mir jeschrieben!» Jenny drückte mir einen zerknitterten Zettel in die Hand. Ich faltete ihn auseinander.

«*Liebe Jenny*», las ich. «*Ferschidene umstende zwingen uns dass wir fon hir weg müssen. Bitte sei nicht traurig fileicht komen wir im herbst zurük. Wir lassen unsre Sachen hir okay? Sag Angel das ich sie liebe. Und sag Maya das sie in mein zimer gehen darf wenn sie will aber sonst lass nimand rein. Bitte gib ihr das portmone. sie weis schon warum. Ciao, alles Gute. Nico.*»

Ich ließ das Blatt sinken und starrte Jenny an.

«J-jeh rinn, Maya!», schluchzte sie. «Jeh in seen Zimmer!»

«Ich weiß nicht ...» Mein Blick fiel auf die schluchzende Angel. Wieso ich und nicht sie?

«Nu mach schon! Wenn er et doch sacht!», drängte Jenny.

Ich zögerte immer noch. Ich konnte meinen Blick nicht von Angel losreißen. Sie wirkte so zerbrechlich, so unglücklich. Sie hatte Domenico wirklich geliebt, das stand fest ... Und da sah ich plötzlich denselben silbernen Ring um ihren Daumen, den auch er getragen hatte. *Sag Angel, dass ich sie liebe.* So war es. Ich seufzte. Chicco knuffte Angel tröstend in die Seite und reichte ihr eine Zigarette, die sie dankend annahm.

Ich senkte die Augen, dann machte ich auf dem Absatz kehrt und stahl mich leise davon. Ich lief bis zum Ende der Straße, bis ich vor dem zweitletzten Haus stand. Die Haustür war nur angelehnt, und bald fand ich mich in der verlassenen Küche wieder.

Es sah so chaotisch aus wie immer, nur hatte jemand das ganze eklige Schmieröl endlich weggewischt. Im Zimmer von Jenny und den Zwillingen flackerte die sterbende Glühbirne. Ich stand erst unschlüssig vor dem dunklen Vorhang, während ich versuchte, meine flatternden Nerven zur Ruhe zu bringen. Dann zog ich den Stoff zur Seite.

Das Erste, was ich sah, waren zwei Matten, die nebeneinander lagen und mit zerlumpten Laken bezogen waren. Mingos Seite war leicht zu erkennen; neben seinem Bett lagen kleine Alufolien-Briefchen, gebrauchte Spritzen mit Blutresten und rußige Löffel. Ich wandte etwas angewidert meinen Blick ab. Um das zu sehen, war ich sicher nicht hergekommen ... Ansonsten standen bloß noch ein kleiner Fernseher im Raum und eine Kartonkiste mit Klamotten und sonstigem Ramsch.

Domenicos Bettseite grenzte an die Wand, und über dem Kopfende hing ein kleines Holzregal. Ich ging mit gemischten Gefühlen näher, und auf den ersten Blick sah darauf alles nur nach unscheinbaren Dingen aus, eine Fahrkarte, ein kaputter Kopfhörer, mehrere Disco-Flyer ... nichts weiter. Ich schob die Flyer zur Seite, und dann sah ich darunter eine Blisterpackung mit Rohypnol liegen. Schlaftabletten. Ich nahm sie in die Hände. Es lief mir kalt den Rücken runter.

Nicki konnte nicht schlafen ... der Husten, der ihn plagte. Sehnsüchtige Bilder von der verschollenen Mutter, die ihn geradezu folterten. Ich sank langsam auf seine Matte und starrte auf die Packung in meinen Händen. Deswegen also seine Schwierigkeiten, am Morgen wach zu werden ...

Wohin würde ihn die Suche nach seiner Mutter wohl noch führen? Würde sie je zu Ende sein? Oder würde er ewig ziellos in der Welt umhertreiben? Ich legte die Tabletten behutsam wieder aufs Regal zurück und streckte mich vorsichtig auf der Matte aus. Das zerlöcherte Bettlaken trug noch immer Nickis Geruch, seinen Geruch nach Zigaretten, Sonne und Meerwasser. Ich sog ihn tief ein. Aber ich konnte immer noch nicht weinen. Mein Blick wanderte wieder auf Mingos Seite hinüber. Sogar auf seinem Bettlaken waren Blutspritzer.

Und Bianca? Wo hatte sie geschlafen? Zwischen ihren beiden Brüdern? Es war ja keine dritte Matte vorhanden ...

Ich drehte meinen Kopf auf die andere Seite, so dass ich die Wand vor mir hatte. Und dann sah ich es. Ich blinzelte und kniff die Augen zusammen. Ich sah vier Bilder an der Wand hängen, direkt neben dem Kopfende. Es waren Zeichnungen, Porträts von Mädchengesichtern. Sie hatten alle große, dunkle Augen. Augen, in die er jede Nacht beim Einschlafen sehen konnte. Aber weil es so düster war in dem Raum, konnte ich die Gesichter nicht richtig erkennen. Ich brauchte unbedingt Licht.

Hatte Nicki seine Taschenlampe mitgenommen? Ich richtete mich auf und sah mich suchend um. Dabei fiel mein Blick auf Mingos Kram neben seinem Bett. Zwischen den Alubriefchen, Löffeln und Spritzen lag ein vergessenes Feuerzeug. Ich fischte es vorsichtig heraus, rutschte wieder an die Wand zurück und richtete die schwache Flamme auf die Bilder. Und dann stockte mir der Atem. Es waren nicht vier verschiedene Mädchengesichter, sondern viermal ein und dasselbe Gesicht. Traurig, nachdenklich, sanft und lachend. Ein Gesicht, das ich nur zu gut kannte; eins, das ich jeden Tag im Spiegel sah. Es war *mein* Gesicht!

Mir wurde schwindlig durch die aufwallenden Gefühle, die in diesem Moment über mir zusammenbrachen und eine einzige Welle bildeten, die mich fortschwemmen wollte. Ich lachte und weinte gleichzeitig; ich streckte meine Hand aus und berührte die Bilder. Sie waren wirklich da, sie waren kein Traum. Wie um alles in der Welt hatte er mein Gesicht so genau zeichnen können? Er hatte nie ein Foto von mir besessen!

Ich schlug die Hände vor die Augen, und die Tränen rannen wie ein Strom durch meine Finger und benetzten Nickis Matte.

Du hast mein Bild in dir getragen. Du hattest es die ganze Zeit in deinem Herzen. Oh Nicki, warum hast du mir das nicht gesagt?!

Nun wurde mir so vieles klar ...
Aber nichts davon war noch von Bedeutung ... Ich hatte ihn gefunden und wieder verloren. Ich hatte seine Kette für immer im Brunnen versenkt und die Laterne ausgelöscht, über die er nie mehr ein Wort verloren hatte. Er war weg, zum zweiten Mal aus meinem Leben entwischt. Für immer? Ich wusste es nicht. Würde ich ihn ein drittes Mal finden, und würde er eines Tages bei mir bleiben? Ich bezweifelte es ...

«Maya?», hörte ich Paps aus der Küche rufen, und ich richtete mich auf. Es war Zeit, die Tränen zu trocknen.

«Ja, ich komme!» Ich warf nochmals einen letzten Blick auf die Bilder. Dieser Anblick brannte sich tief in mein Gedächtnis ein, um dort für immer aufbewahrt zu werden. Dann erhob ich mich, legte das Feuerzeug wieder an seinen Platz zurück und trat durch den Vorhang. Jenny und Paps saßen auf dem Sofa, Jenny immer noch mit tränenverquollenem Gesicht.

«Nun?», fragte Paps. Ich schwieg – ich konnte im Moment nicht darüber reden.

«Du heulst ja ooch!», stellte Jenny mit schiefem Lächeln fest. «Soll ick dir wat sagen? Ick gloobe, der liebt dich immer noch. Hab ja damals jesehn, wie er Bilder von dir jemalt hat. Hab bloß erst jetzt endlich jeschnackelt, dass det deen Jesicht is ...»

Ich bebte und zitterte immer noch. *Nicki ... oh Nicki.*

Jenny wischte sich mit ihrem handlosen Arm über die Augen. «Ick weeß bloß nich, wat ick nu machen soll!», schniefte sie. «Jetzt, wo Nico nich mehr da is! Ick will nich so alleene bei den anderen drei Jungs bleiben. Die möjen mich nich besonders! So lange Nico da war, hat er mich beschützt, und keener hat jewagt, mich zu hänseln. Aba nu ...» Sie schaute auf und blickte Paps mit Jammermiene an. Dann wanderten ihre blassen Augen sehnsüchtig hinüber zu der Wand, wo sie den Prospekt mit unserem Hotel hingepappt hatte.

Ich setzte mich neben sie, immer noch ganz benommen. Es fiel mir schwer, wieder in die Realität zurückzufinden.

«Hmm.» Paps kratzte sich ratlos am Kinn. «Ich würde dir ja gern helfen, Jenny, aber ich weiß ehrlich gesagt nicht, wie. Kennst du niemanden, bei dem du bleiben kannst?»

Sie schüttelte traurig den Kopf.

«Tja, das ist wirklich sehr schwierig. Wir haben es hier mit lauter Problemfällen zu tun, wie mir scheint!»

Jenny hob ihr spitzes kleines Gesicht hoffnungsvoll zu Paps hoch. «Kann ick nich mit euch nach Deutschland kommen und bei euch wohnen?», fragte das sonst so kecke Mädchen mit leiser, bittender Stimme.

«Also ... das ist ...» Paps wischte sich mit einem Taschentuch den Schweiß von der Stirn und sah Jenny an. «Das ist nicht so einfach, weißt du.»

«Warum denn nicht?», fragte ich. Mir gefiel die Idee, Jenny mitzunehmen. «Wir haben doch genügend Platz im Haus!»

«Ja, aber ich kann doch Esther nicht einfach ein fremdes Mädchen zumuten!» Paps hob schockiert die Hände.

«Wir können Mama ja erst mal fragen! *Ich* fände es jedenfalls lustig, Paps. Und ...», ich wandte mich zu der fieberhaft horchenden Jenny um, «... es könnte doch auch nur vorübergehend sein, bis Jenny eine neue WG findet!»

«Jenau!», bekräftigte Jenny. «Ick kann ruhig in 'ner eijenen Bude leben. Kann euch ja jederzeit besuchen kommen, wa? Und in Deutschland könnt ick ooch wieda zur Schule jehn! Det wär so toll! Bitte, bitte, Paps, sag Ja!»

«Tja, das mit der Schule hat was ...», murmelte Paps. Er zupfte sich nachdenklich am Bart. «Gut, ich überlege es mir, Jenny, und wir reden mit meiner Frau darüber.»

«Echt?» Jenny hüpfte mit leuchtenden Augen vom Sofa, als würden wir schon in den nächsten Minuten abreisen.

«Na, na, schön langsam!», schmunzelte Paps. «Noch habe ich nichts versprochen.»

Gleich am Abend telefonierten wir mit Mama und erzählten ihr von unserer Idee, und ich war gar nicht überrascht, dass sie sofort zustimmte. Ich kannte doch Mama! Und auch sie hatte eine Überraschung für mich: Sie erzählte mir von ihrer neuen Bekanntschaft, einer Frau Dr. Thielemann.

«Sie ist wirklich eine sehr nette Frau, und sie hat einen reizenden Sohn. Er würde dir gefallen, glaube ich. Er geht in deine Schule. Vielleicht kennst du ihn ja sogar», sagte sie.

«Leon!» Mama hatte tatsächlich Leon kennen gelernt.

Jenny saß auf meinem Bett und hörte dem Gespräch eifrig zu. Ihr kleines Gesicht sah zum Platzen gespannt aus.

«Nun, Jenny ...» Paps versuchte ernst zu wirken, doch ein verstohlenes Schmunzeln breitete sich über seinem Gesicht aus. Paps ... irgendwie hatte er sich wahnsinnig verändert!

«Du darfst mit uns fahren. Du darfst auch vorerst bei uns wohnen, einfach so lange, bis wir eine WG für dich gefunden haben. Und du darfst auch wieder zur Schule gehen!»

«Jippieh!!!» Jenny sprang wie ein federnder Gummiball hoch und fiel erst Paps stürmisch um den Hals und schließlich mir. Dieses Energiebündel! Nun würde ich also doch ein Andenken aus Sizilien mitnehmen: eine neue Freundin ...

Zur Feier des Tages fuhr Paps mit uns nach Acireale und lud uns zu einem festlichen Abendessen ein. Jenny strahlte wie noch nie zuvor. Sie hatte sich meine Blumenspange für ihr Haar ausgeliehen und plauderte pausenlos wie ein Wasserfall. Sie malte sich die abenteuerlichsten Sachen aus und löcherte mich bis auf die Knochen mit Fragen. Ich erzählte ihr von Mama, der besten Mutter der Welt, und von Patriks großem Piloten-Traum, von Delias manchmal krankhaftem Schlankheitsfimmel und von Manuelas verrückter Frisur mit den vielen Haarklammern. Ja, Mama, Delia, Manuela und Patrik – ich vermisste sie! Ich vermisste sie so sehr ...

Nur einmal, als Jenny und Paps sich gerade über Jennys zukünftige Schule unterhielten, stahl ich mich leise davon und trat an die Balustrade, wo ich weit über das in der Dämmerung pastellfarbene Meer und den rötlichen Himmel blicken konnte. Der mir so wohlbekannte sehnsüchtige Schmerz drang für einen Augenblick an die Oberfläche. *Oh Nicki ... wo bist du jetzt?* Ich holte sein Foto hervor und schaute es an, sehr, sehr lange, und ich versuchte, keine Tränen in die Augen zu kriegen. Denn dass er jemals etwas anderes sein würde als eine Erinnerung, war ziemlich unwahrscheinlich.

Und so ging dieser Urlaub zu Ende. Am zweitletzten Tag holten wir den versäumten Ausflug nach Taormina nach. Ich wollte Domenicos Märchenstadt natürlich unbedingt noch sehen, und Jenny war ganz scharf darauf, mit der Seilbahn zu fahren.

Taormina war der Ort von Sizilien, der mir am meisten im Gedächtnis bleiben sollte. Warum, wusste ich nicht ... Es lag nicht an den Laternen und den verwinkelten Gässchen, es lag auch nicht an der fantastischen Aussicht über die Hügelketten und das Meer von der Piazza IX Aprile aus. Es lag an etwas anderem ...

Es wimmelte von Touristen, und es war nicht immer leicht, sich durch die Menschenmenge fortzubewegen. Als wir nach Einbruch der Dunkelheit mit der Seilbahn wieder zum Parkplatz runterfuhren und ich mich nach den Lichtern auf dem Berg umwandte, floss etwas wie sanftes Gold durch mich hindurch. Unvergesslich ...

Paps hatte es schließlich hingekriegt, für Jenny noch einen Platz in unserem Flugzeug zu kriegen, und Jenny hatte es geschafft, ihren ganzen Ramsch auf drei Koffer zu reduzieren und sogar ihren Ausweis zu finden. Sie verabschiedete sich von ihren Freunden, weinte ein bisschen, blickte jedoch nicht mehr zurück.

Angel sah ich nicht mehr. Als wir am Sonntag früh zum Flughafen fuhren, fing es an zu regnen. Zum allerersten Mal. Es schien für einen Moment, als ob der Himmel weinen würde. Aber das war natürlich Unsinn.

Und so ließen wir Sizilien wieder unter der Wolkendecke zurück.

20. Zurück in Deutschland

Eine Menschenmenge drängte sich durch die Zollkontrolle. Paps, Jenny und ich schoben unsere Koffer millimeterweise vorwärts. Das Schlangestehen war mühsam. Ich war müde und hungrig, obwohl wir im Flugzeug gerade erst gegessen hatten. Als wir endlich durch waren, sahen wir am Ausgang wartende Menschen mit strahlenden Gesichtern. Umarmungen und Küsse wurden verteilt, Handys gezückt, und mittendrin erschien Mamas schlanke Gestalt, die winkend und mit einem Lächeln auf den Lippen auf uns zukam. Doch sie war nicht allein. Neben ihr ging ein blonder, gut aussehender Junge mit einer gelben Rose in der Hand, der mich mit weißen Zähnen anstrahlte. Leon ... Es war tatsächlich Leon!

«Hey!» Mama umarmte erst mich, dann Paps, und schließlich schüttelte sie der aufgeregten Jenny die Hand. «Da seid ihr ja! Herzlich willkommen, Jenny. Ich freue mich sehr, dich kennen zu lernen. Seht mal, wer mich begleitet hat!»

Ich blieb vor Leon stehen. Er drückte mir feierlich und etwas schüchtern die Rose in die Hand. «Hallo, Maya. Ich dachte ... na ja, nachdem ich mich mit deiner Mutter angefreundet habe, würde es dich vielleicht freuen, wenn ich dich persönlich am Flughafen abhole.»

Meine Wangen wurden heiß, als ich die Rose entgegennahm. Jenny starrte Leon unverblümt und fasziniert mit ihren staunenden Kulleraugen an. Ich selbst hatte beinahe vergessen, wie groß und stattlich er war ... größer als Domenico. Und so ein Typ war interessiert an mir?

Leon beugte sich neugierig zu der kleinen Jenny runter.

«Nanu, hast du eine Freundin mitgebracht?»

«Oh, das ist eine lange Geschichte! Leon, das ist Jenny. Ich habe sie auf Sizilien kennen gelernt, aber eigentlich ist sie Berlinerin. Und Jenny, das ist Leon!»

Jenny und Leon gaben sich die Hand, und Leons Gesicht verzog sich mitleidig, als er Jennys handlosen Armstumpf sah. Aber Jenny war offenbar viel zu happy, um sich darüber den Kopf zu zerbrechen.

«Du hast mir jar nischt von ihm erzählt, Maya!», zischte sie mir zu, bevor wir ins Auto stiegen und ich mich zwischen sie und Leon zwängte. «Det is ja 'n dufter Typ!»

Ich knuffte sie verlegen in die Seite, damit sie still war. Was sollte ich darauf antworten? Leons Anwesenheit war auch für mich eine Überraschung. Ich klammerte mich an der Rose fest und schloss die Augen, als Paps losfuhr. Meine Gedanken wanderten zurück in die düstere Kammer hinter dem Vorhang, zurück zu Domenico und Mingo. Ich fühlte Leons warme Schulter neben mir.

Nein, ich wollte keine Tränen. Ich wollte definitiv nicht mehr weinen.

Jenny bekam den Gästeraum neben meinem Zimmer und lebte sich schnell ein. Trotz Juli war das Wetter trüb und kalt, doch das schien ihr nicht im Geringsten was auszumachen. Ihr gellendes Lachen hallte durchs ganze Haus und hielt uns alle auf Trab. Selbst Paps konnte in Jennys Gegenwart nicht ernst bleiben! Sie war wie Balsam für unser Leben. Gott hat wirklich manchmal unverhoffte Wege – und eine besondere Art von Humor!

Ich verbrachte viel Zeit damit, ihr alles zu zeigen, und sie sog ihr neues Leben in Deutschland wie ein neugieriges kleines Kind in sich auf. Am allerliebsten hielt sie sich – wer hätte es auch anders gedacht? – in Papas Arztpraxis auf. Paps erlaubte ihr zwar nicht, ihm bei der Arbeit an seinen Patienten zuzuschauen, aber wenn er zwischendurch Pause hatte, nahm er sich Zeit, um Jennys unendliche Fragen zu beantworten. Und manchmal durfte ihm Jenny auch ein wenig helfen.

Der merkwürdigste Moment war wohl der, als sie gemeinsam den Arztkoffer neu auffüllten, den Paps seit der Geschichte mit Mingo nicht mehr benötigt hatte. Jenny schilderte mir Papas verdutztes Gesicht in allen Facetten, als er auf einmal Mingos Messer in der Hand gehalten hatte. Paps hatte ja keinen Schimmer davon gehabt, dass ich es dort verstaut hatte!

Wenn Jenny in der Praxis war, zog ich mich gewöhnlich in mein Zimmer zurück und schrieb. Das waren dann die wenigen Stunden, die ich für mich allein hatte. Noch waren Patrik, Delia und Manuela nicht aus den Ferien zurückgekehrt, aber ich wusste, dass sie mich nach ihrer Rückkehr mit Fragen nur so bestürmen würden.

Ab und zu kam Leon zum Mittagessen. Ich hatte die vage Vermutung, dass Mama ihn heimlich einlud. Wahrscheinlich weil sie hoffte, mich dadurch auf andere Gedanken zu bringen. Jenny war von Tag zu Tag fasziniertier von ihm.

«Mensch, Maya, det is ja 'n echt toller Typ!», schwärmte sie. «Der sieht ja noch viel besser aus als Nico! Und es scheint, als sei er voll scharf auf dich! Det is doch 'n Riesenglück, findste nich? Mensch, wenn ick du wär, ick würd mir den sofort angeln, det schwör ick dir!»

Solche Sätze hörte ich immer wieder von Jenny. Gewöhnlich erwiderte ich dann: «Ja, ich weiß, aber ich kann mich nicht auf Kommando verlieben!»

Doch das stachelte Jenny umso mehr an. «Ja, aba kiek doch ma, wat du dir da entjehen lässt. So 'nen super Kerl findste nich so schnell wieder. Und dann die hübsche Haarspange, die er dir jeschenkt hat! Also wirklich ...»

Leon brachte mir in der Tat meistens etwas mit, ein Armband, eine Blume oder auch mal Süßigkeiten.

«Und er hat die janzen Psycho-Probleme nich, die Nico hat! Keenen bescheuerten Bruder und keenen Raucherhusten und sicher ooch keene Alpträume ... hey, ick weeß, wovon ick rede, det kannste mir glooben. Ick hab manchmal nächtelang keen Auge zujetan. Sowat würdste nich lange mitmachen, det schwör ick dir!»

Ich seufzte aus den tiefsten Kammern meines Herzens,

wenn Jenny solche Dinge sagte. Denn vermutlich hatte sie Recht. Das vermeintliche Gold hatte offensichtlich noch eine düstere Kehrseite. Die Kluft zwischen Domenicos Leben und meinem war größer als je zuvor. Das Ganze war nichts weiter als ein Traum – bis er von der Realität aufgeweckt wurde. Frau Galiani hatte es ja bereits prophezeit.

Setz nicht seinetwegen deine Zukunft aufs Spiel. Die Realität sieht meistens nicht so rosig aus.

Die Laterne ... solange sie leuchtete, würde ich Nicki nie vergessen. Das wusste ich. Aber ich brauchte einen neuen Strand. Einen Strand mit hellem Sand und klarem, sauberem Wasser.

Leon lud mich drei Tage später zum ersten Mal zu sich nach Hause ein. Die Thielemanns wohnten auf einem stattlichen Anwesen außerhalb der Stadt mit einem großen Tennisplatz und Garten hinter dem Haus und einer Veranda mit Schaukel. Leons Mutter, die sich mir als Ingrid vorstellte, hatte extra einen Kuchen gebacken. Ich saß mit ihr, Leon und seiner zwölfjährigen Schwester Frauke im Salon und ließ es mir schmecken. Dabei nahm ich mir fest vor, den gewaltigen Salon und das Haus samt Drumherum massiv schrumpfen zu lassen, wenn ich meinen Freunden davon erzählen würde. Delia würde nämlich vor Neid platzen, das ahnte ich.

Das gediegene Wohnzimmer war erfüllt von einem frischen Duft. Durch die großen Fenster drang helles Sonnenlicht. Ich atmete tief durch. Kein Zigarettenqualm, kein Chaos, keine bedrückte Stimmung. Lockere Gespräche, bei denen man sich sorglos mitteilen konnte, ohne Angst, in irgendwelchen Wunden zu stochern. Eine ganz normale Familie, in der alles so funktionierte, wie es musste ...

Frauke war nicht nur mit ihren hellblonden Haaren und tiefblauen Augen das völlige Gegenteil von Bianca, sondern auch mit ihrem offenen Wesen. Sie schloss mich gleich in ihr Herz und wollte mich nach dem Tee sofort in ihr Zimmer ziehen, um mit mir über ihre unzähligen Bücher zu quatschen, nachdem sie erfahren hatte, dass auch ich fürs Leben gern las. Leons Vater, Dr. Thielemann, ein sehr ehrgeiziger Mann mit grauen Schläfen und einem auffällig kantigen Gesicht, ließ sich nur einmal kurz blicken, um mich zu begrüßen, und schloss sich unmittelbar danach wieder in seinem Arbeitszimmer ein.

«Dad hat immer sehr viel zu tun», sagte Leon. «Du musst wissen, dass er so ziemlich das oberste Tier ist im Ärzteverband. Na ja, wenn ich mal nur halb so viel erreiche wie er, dann ...»

Irgendwie lief bei ihm alles so ähnlich ab wie bei mir ...

Und dann, als ich Leon in sein Zimmer folgte, verspürte ich ziemliches Herzklopfen, weil ich realisierte, dass meine Welt dabei war, sich in eine neue Richtung zu drehen. Ich wusste nicht, ob es mir gefiel oder nicht, doch ich hatte im Moment nicht die Kraft, irgendetwas aufzuhalten.

Die Wände in Leons Zimmer waren weiß, genau wie in meinem Traum. Alles war hell und edel und sehr hübsch eingerichtet. Und obwohl es ein Jungenzimmer war, standen gelbe Rosen auf der Fensterbank, und selbst die Vorhänge waren geblümt. Vom Fenster aus konnte man direkt in den Garten blicken. Die Bücherregale neben dem Bett waren mit unzähligen Wälzern über Computer, Mathematik, Pflanzen, Medizin und Pharmazie gefüllt.

«Ja, ich weiß, ich bin ein ziemlich närrischer Wissenschaftler», gestand Leon mit einem leicht verlegenen Lächeln. «Ich verschlinge Bücher geradezu!»

«Wie ich ...», sagte ich fasziniert. In den unteren Regalen standen große Sammelordner, die mir irgendwie bekannt vorkamen. Ich ging näher und studierte die Aufschriften, die Leon mit bunten Drucketiketten ausgestattet hatte. *Herbarium 4. Klasse. Herbarium 5. Klasse, 1. Halbjahr ...*

«Tja, und ein Kräutersammler bin ich auch», sagte er, noch immer lächelnd. «Ich sammle für mein Leben gern Pflanzen und presse sie ... willst du mal sehen?»

Ich bejahte, und Leon zog einen der Sammelordner hervor. Und für die nächste halbe Stunde war ich damit beschäftigt, die unzähligen Seiten durchzublättern und Leons großartige Werke zu bestaunen. Es war unglaublich ... Das hier war nicht einfach nur Feinarbeit, das war regelrecht Kunst! Es war das Werk eines Jungen, der einen großen Traum hatte. Leon ... Leon besaß so viel Leidenschaft! Kein Wunder, dass er der Beste in seinem Jahrgang war!

Ich räkelte mich wohlig auf dem kleinen Sofa, während Leon mir eine Tasse Tee einschenkte.

«Ich habe gehört, dass du auch Ärztin werden möchtest. Stimmt das?»

«Mhmmm», nickte ich versonnen. «Ich möchte Ärztin werden ... und ich möchte ...»

Ich brach ab. Es war ein Gedanke, der erst seit kurzem begonnen hatte, in mir Gestalt anzunehmen. Genau genommen, seit ich Mingos Abszesse verarztet hatte. Ich hatte diese Idee noch nie laut ausgesprochen. Ich hatte sie noch keiner Menschenseele mitgeteilt. Leon war der Erste, der es zu hören bekam.

«Ich möchte Papas Praxis übernehmen, aber ich möchte auch ... na ja ... ich möchte auch mehr tun, als einfach nur die üblichen Wehwehchen zu behandeln!»

Leon musterte mich interessiert und setzte sich daraufhin neben mich.

«Wieso Wehwehchen? Als Ärztin tust du einen großartigen Dienst an der Menschheit!», bemerkte er.

«Schon, klar ... Genau das tut Paps ja auch. Aber ich möchte mich auf ... Jugendliche konzentrieren, auf solche, die krank sind, weil ihre Eltern nicht richtig für sie sorgen. Ich möchte was für Kids tun, die in Drogenproblemen stecken oder so ... Vielleicht möchte ich Papas Praxis auch ausbauen und ... eine Art Wohnstätte ... ein Heim schaffen, wo solche Kids einfach hingehen können ...»

Jetzt, wo es ausgesprochen war, hörte es sich irgendwie verrückt an, und ich wünschte mir für eine klitzekleine Sekunde, ich hätte den Mund gehalten. Leon stellte seine

Tasse auf den kleinen Tisch neben dem Sofa und lehnte sich zurück.

«Das klingt sehr spannend und interessant ... Über so was habe ich noch nie nachgedacht. Wie kommst du darauf?»

«Nur so», murmelte ich. «Ein Freund von mir hat Drogenprobleme ...»

«Ein Freund? Ist das dieser ... wie hieß er schon wieder?»

«Spielt keine Rolle mehr ... Nein, nicht er, sondern sein Bruder ... Ich ... es ist egal. Ich habe ... ich habe seine Abszesse am Arm operiert, und ich glaube, in dem Moment wusste ich einfach, dass ...» Ich brach ab. Ich wusste nicht, ob man mit Leon über solche Dinge sprechen konnte.

Leon begann aufmerksam mein Gesicht zu studieren. In seinen hellen Augen tanzten goldene Flecken. Sie wirkten warm und gemütlich. Ruhig und sicher.

«Weißt du was, Maya?», sagte er mit weicher Stimme. «Du bist ein unglaubliches Mädchen!»

«Ich?» Ich fühlte, wie warmer Honig durch mich floss.

«Doch, das denke ich wirklich. Das denke ich schon seit fast einem halben Jahr. Genau genommen, seit du mir zum ersten Mal aufgefallen bist!»

Eine Welle erfasste mich und hob mich empor. Ich wusste nicht, was ich denken, sagen und vor allem fühlen sollte. Und dann stand Leon ganz plötzlich auf und kniete sich vor mich hin.

«Liebe Maya!», begann er voll Inbrunst. «Seit einem halben Jahr gehe ich hier auf die Schule, und ich weiß, dass es viele Mädchen gibt, die ein Auge auf mich geworfen haben. Aber ich wollte immer warten, bis ich die Richtige treffe. Als ich dich vor ein paar Monaten zum ersten Mal mit deinen Freunden sah und in deine sanften Augen blickte, war es, als würde der Himmel mir zulächeln. Aber ich traute mich nicht, dich anzusprechen. Ich Feigling bin dir immer ausgewichen, so lange, bis ich erfuhr, dass du wie ich aus einer Ärztefamilie stammst. Nicht, dass das wichtig wäre. Aber ... ich dachte, es wäre schön, jemanden zu haben, mit dem ich all das teilen könnte, meinen Traum und so ... Tja, und hier sitze ich nun vor dir, und je mehr ich mit dir rede, je besser ich dich kenne ... umso faszinierter bin ich von dir. Du bist einfach wunderbar ... umwerfend ... und ich, Leon Thielemann, Sohn eines Arztes ... sitze hier auf meinen Knien vor dir und ... ich will dich fragen, ob du meine Freundin sein möchtest!»

Meine Beine wurden ganz weich, und ich war froh, dass ich saß, sonst wäre ich vermutlich in Ohnmacht gefallen. Leons stahlblaue Augen sahen aus, als wäre ihm ein riesiger Felsbrocken vom Herzen gefallen. Er erhob sich wieder und schaute mich schüchtern an. Ich hielt meine Hand vor den Mund, um sie gleich darauf wieder wegzunehmen und mit meinem Armband zu spielen.

«Ich ... ich brauche etwas Zeit!», murmelte ich.

«Ich weiß, das kommt alles ziemlich schnell», erwiderte Leon gepresst. «Aber ich musste es dir einfach sagen ... Nur möchte ich ... ach, nimm dir Zeit. Nimm dir alle Zeit der Welt! Es eilt nicht. Ich kann warten. Ich werde dich nicht bedrängen. Und wie du dich auch immer entscheidest, es soll nicht zwischen unserer Freundschaft stehen!»

«Danke», sagte ich heiser. «Ich ... ich werde darüber nachdenken!»

Ich konnte Leons wunderschöne Herbarien nicht mehr vergessen, als ich an diesem Abend nach Hause ging.

21. Grüße aus Taormina

Paps schrieb im «Gesundheitsratgeber» einen Bericht über Domenico und Mingo. Er änderte zwar ihre Namen, aber sonst gab er fast alles genauso wieder, wie es sich ereignet hatte.

Viele Leute reagierten sehr berührt. Es kamen eine Menge Leserbriefe zu uns nach Hause, und ich öffnete sie gemeinsam mit Paps und las sie. Auch die ganzen Fotos, die wir in den Ferien gemacht hatten, schauten wir uns oft an, besonders die von Domenico, wie er seine Kunstsprünge vom Felsen ins Wasser zum Besten gab. Und das Bild von Mingo, wie er auf dem Treppenabsatz saß und schüchtern lächelte ...

Paps hatte mich in den letzten Ferientagen kein einziges Mal mehr zum Lernen gedrängt. Wir hatten lange miteinander geredet, und ich hatte ihm fest versprochen, mich im neuen Schuljahr wieder voll auf die Schule zu konzentrieren und Frau Galianis Nachhilfeprogramm anzunehmen. Sie hatte mir empfohlen, auf jeden Fall noch dieses eine Jahr auf der Realschule zu absolvieren und danach aufs Gymnasium zu wechseln. Ich war mir ganz sicher, dass ich es schaffen würde. Denn ich hatte ja jetzt ein klares Ziel vor Augen. Ich wusste nun wirklich, dass ich Ärztin werden wollte, und es fühlte sich nun nicht mehr an wie der Wunsch meines Vaters, sondern wie mein eigener. Und das war echt gut so.

Auch Jenny war inzwischen für die Schule angemeldet. Sie würde die Hauptschule besuchen; für mehr reichte es leider nicht, aber sie war überglücklich. Sie war ganz närrisch vor Freude und erzählte es jedem, der es hören wollte: den Nachbarn in der Straße (mit denen sie sich ziemlich bald angefreundet hatte), der Kassiererin im Supermarkt, dem Mann an der Bushaltestelle und nicht zuletzt dem Dachdecker, den Paps für ein paar Renovierungsarbeiten bestellt hatte. Auch eine Wohngemeinschaft hatte sie in Aussicht. Es war eine betreute WG für Jugendliche in ihrem Alter, die wie Jenny nicht mehr zu Hause wohnen konnten. Sie freute sich darauf und verschwendete keinen Gedanken daran, dass man sie auch dort vielleicht wegen ihrer fehlenden Hand hänseln könnte. Ich bewunderte ihren unerschütterlichen Frohsinn und Optimismus.

«Jeder hat die Chance, sich zu entscheiden, was er aus seinem Leben macht», sagte Mama einmal. «Egal, aus was für Verhältnissen er kommt.»

Vermutlich hatte sie Recht ... Ach, Mama hatte sowieso immer Recht!

Und dann, kurz vor Ende der Sommerferien, bekam ich einen Brief aus Taormina. Paps brachte ihn mit, als er zum Mittagessen nach Hause kam, und ich öffnete den Umschlag eilig, während Jenny mir neugierig über die Schultern blickte. Drei Karten steckten darin, die alle mit enger Schrift vollgekritzelt waren. Sie waren mit 1, 2 und 3 nummeriert.

«Det ist ja nich zu glooben ...», murmelte Jenny, und nach kurzem Suchen hatte ich den Anfang gefunden:

Liebe Maya du hast dich sicher gefragt warum wir einfach am nexsten tag abgehauen sind ohne das wir uns ferabschidet haben. Obwol dein vader irgendwie echt in ordnung ist hatte ich Angst das er die Jugendemter anruft wenn er noch mehr sieht wie es bei uns abget und das ganze mit Mingo und so. Auser dem gings Mingo übel wegen der sache das dein vader ihn wegen dir geschimpft hat. Ich habe dan an dem abend gedacht das ich mit Mingo und Bianca nach Taormina gehen will weil Mingo hat sichs immer mega gewünscht das wir dorthin gehen. Vincenzo hat mich nemlich rausgeworfen nachdem das passirt ist das wir ineinander gestossen sind. Ist aber nicht deine schuld! Ich hatte schon vorher erger mit dem boss und er hat dan halt gesagt auf mich könne man sich nie ferlassen. Hab das aber nimand erzält. Hier nach Taormina kommen gans fiele touristen und ich kann mit malen geld verdienen, viel mer als in Catania. Ich bin der beste

Straßenmaler von allen und die löite komen alle zu mir. Aber wen die touristen seson forbei ist gehen wir wohl wieder nach Catania bis im nexsten früling.

Ach ja ich mus dich noch fon Mingo grüsen. Dem gez jezt fiel besser er ist gans häpy hier oben und ich glaub das du so nett zu ihm warst hat ihm mega geholfen. Er will das ich ihm jeden abend aus der Bibel vorlese. Er pennt zwar jedes mal ein wen ich lese aber er drengelt trozdem jeden abend dass ich weiterlesen soll. Er fersucht jetzt mit sprizen aufzuhören. Er braucht halt mer dafon wen er's nur schnieft aber mir ist das immer noch liber. Wir haben wieder gans krass fiel spaas zusamen, fast so wie früer. Es ist als hätte ich ein teil von meinem bruder zurük bekomen. Im herbst wird's klappen mit dem Metahdon, Paole hats uns fest fersprochen.

Bianca gefellts auch hier aber sie ist halt immer noch sehr ferschlossen. Hat halt mega panik das sie einer wegholt und zu ihrem alten zurük bringt. Aber im herbst mus ich wirglich schauen das sie entlich in die schuhle komt.

Ich würde gern mer schreiben aber ich schaffs nicht ich hab fast drei tage für diese Karten gebraucht. Ich habe unten die adresse von einem Kumbel hin geschriben wo du uns hinschreiben kanst. Nur fals du Lust hast. Aber ich habe eine grose bitte: Sag keinem wo wir sind. Okay? Sonst werd ich für immer ferschwinden ...

Ciao, Domenico.

Ich drehte die Karten um. Auf allen dreien war dasselbe Bild: eine verschnörkelte Laterne, die an einer abgeblätterten, gelben Hausfassade hing. *Eine Laterne ...! Oh Nicki ...*

Und dann, als ich die Karten sorgfältig wieder in den Umschlag zurückstecken wollte, entdeckte ich ganz unten rechts auf der letzten Karte ein paar ziemlich unbeholfene Buchstaben. Sie waren mit sehr zittriger Hand geschrieben und fast nicht lesbar, doch ich konnte sie gerade noch entziffern:

MICHELE DOMINGO

An jenem Abend besuchten mich Patrik, Delia und Manuela. Ich hatte im Garten ein kleines Picknick vorbereitet. Der Sommer hatte nun endlich doch noch Einzug gehalten und machte der Hitze auf Sizilien geradezu ein wenig Konkurrenz. Alle bis auf Patrik waren braungebrannt, aber Patrik hatte seine Ferien ja auch im Cockpit eines Piloten verbracht, der ein guter Freund seines Vaters gewesen war. Delia war mit ihrer Familie in der Karibik gewesen und rückte mit einer neuen, honigblonden Haartönung und hellblauen Blümchenohrringen an, während Manuela aus Spanien noch mehr bunte Haarklammern mitgebracht hatte.

Es gab ein Riesenhallo mit stürmischen Umarmungen und Küsschen, und Jenny war sofort mittendrin und wurde begeistert aufgenommen. Delia und Manuela fanden ihre knallroten Haare einfach *megacool*, und es war natürlich Ehrensache, dass sie keine Bemerkungen über ihre fehlende Hand machten. Nun ja ... auch sie wurden älter und reifer.

Wir setzten uns mit Badetüchern im Kreis auf den Rasen – in unserer Mitte Berge von Chips und Kuchen – und fingen an, uns gegenseitig vollzuquatschen. Es war natürlich keine Frage, wer am meisten zu berichten hatte. Patrik, Delia und Manuela hingen gebannt an meinen Lippen, und es war sage und schreibe halb elf Uhr, als ich endlich fertig war. Nicht zuletzt dank der Tatsache, dass die Plaudertasche Jenny mich ständig unterbrochen hatte.

«Und nun bist du nicht mehr länger in Nico verliebt?», fragte Delia, nachdem wir alle eine Weile andächtig geschwiegen und die letzten Chips verdrückt hatten.

«Ich weiß es nicht», antwortete ich vorsichtig. Meine Gedanken wanderten zu der dunklen Kammer hinter dem Vorhang zurück und zu den Bildern, die er von mir gemalt und an seine Wand gehängt hatte. Bei dem Gedanken stiegen mir wieder Tränen hoch. Es war eine Erinnerung, die ich für immer fest in meinem Herzen verschließen musste, wenn ich den Boden unter den Füßen nicht mehr verlieren wollte. Denn die Barriere zwischen uns war größer und höher denn je. Ich dachte an seine Probleme und seine Mädchengeschichten, aus denen ich bis heute nicht wirklich schlau wurde.

«Tatsache ist, dass das alles so schwierig ist», sagte ich schließlich. «So hat das ja keine Zukunft. Er lebt auf Sizilien, ich lebe hier, uns trennen Welten. Und ich denke, das weiß auch er ...»

«Nun ja, du musst ja schließlich an dich denken», meinte Manuela ganz vernünftig. «Außerdem hat er sowieso eine feste Freundin ...»

«Wie das mit dem wohl mal endet?», mutmaßte Delia.

«Endet? Wie meinst du das, Deli?», fragte ich ängstlich.

«Na ja, seine ganze Zukunft halt. Dass er gar nicht mehr zur Schule geht und sein Husten und natürlich die Probleme mit Mingo ...»

«Ich weiß es nicht.» Der Gedanke würgte mich beinahe. «Ich hoffe jedenfalls, er geht zum Arzt, so wie mein Vater es ihm verordnet hat. Und ich hoffe, er nimmt regelmäßig die Medikamente ein.»

«Ach, der verjisst det doch wieder!», winkte Jenny ab.

Ich tauschte einen flehenden Blick mit Patrik. Er schwieg, aber sein Blick fing mich auf. Er war immer da, um mich aufzufangen, wenn ich irgendwie taumelte. Das war eben Patrik. Mein Bruder.

Dennoch seufzte ich. Über Domenicos und Mingos Zukunft lag ein schwerer Schatten, und ich würde mehr Gebete denn je für sie zu Gott schicken ...

«Aber nun hast du ja Leon», sagte Delia mit einem Hauch von Bewunderung in ihrer Stimme. «Mensch, Maya, wenn du *den* nicht nimmst, dann bist du echt blöd!»

«Nun lass sie doch, Deli!», schimpfte Manuela.

«Ich sag ja nur. Wenn ich mal so ein Glück hätte ...»

Delia verzog schmollend die Lippen, während Manuela nachdenklich in den sommerlichen Abendhimmel starrte, der noch die letzte Röte des Sonnenuntergangs trug.

«Also, Mingo tut mir echt total leid», sagte sie schließlich. «Ich finde, der ist ganz schön arm dran.»

Wir warfen uns stumme Blicke zu, und auch Jenny, die sich nicht immer freundlich über Mingo geäußert hatte, schwieg dieses Mal. Patriks Gesicht sah besonders mitfühlend aus.

«Wisst ihr, was? Ich glaube, ich schreibe Mingo mal einen Brief!», beschloss Manuela. «Ich werde ihm schreiben, dass es doch so schade ist um ihn und dass er doch aufhören soll, Drogen zu konsumieren. Und dass wir ihn auf jeden Fall mögen! Du hast ja seine Adresse, nicht wahr, Maya?»

«Aber er kann doch gar nicht lesen, du Knalltüte!», sagte Delia und knuffte Manuela in die Seite.

«Nico kann ihm ja vorlesen, du Meckertante!»

«Stimmt ...» Delia machte wieder einen Schmollmund, weil es nicht ihre Idee gewesen war. «Okay ... ich schreibe dann also auch!»

Mir wurde ganz warm ums Herz, und das kam bestimmt nicht nur von der hochsommerlichen Schwüle. Das war wirklich eine gute Idee. Auch wenn wir uns manchmal in die Haare gerieten, so hätte ich meine Freunde um nichts in der Welt eingetauscht.

Die Nacht war nun hereingebrochen, und wir standen auf und gingen ins Haus. Und als meine Freunde sich von mir verabschiedet hatten und ich allein in meinem Zimmer war, schaute ich die Laterne an, die einsam im Wäldchen bei der Villa leuchtete.

22. Das Leben geht weiter ...

Sonntag, den 10. September

Mein liebes Tagebuch, schon wieder hält der Herbst Einzug. Das neue Schuljahr ist anstrengend, aber ich werde es schaffen.

Ich habe Domenico einen ganz langen Brief nach Taormina geschickt. Und Manuela und Delia haben ihr Versprechen tatsächlich gehalten und Mingo zwei ganz schöne Briefe beigelegt. Ich hoffe, dass die Zwillinge all das bekommen haben. Bis jetzt habe ich noch keine Antwort erhalten.

In vier Tagen haben sie Geburtstag. Wenn meine Nachricht bloß pünktlich ankommt ...

So oft frage ich mich, warum es auch dieses Mal wieder so enden musste wie beim ersten Mal. Vielleicht, weil Domenico nun mal nach Sizilien gehört? Ich glaube, er kann einfach nur dort wirklich frei sein. Scheint jedenfalls so.

So viele Gefühle müssen unausgesprochen bleiben. Aber ich weine keine Tränen mehr. Ich werde ihn für immer in meinem Herzen tragen. Aber ich muss meine Gefühle für ihn im Grunde vergessen. Es würde ja doch nie was draus werden. Ich weiß eben nur zu genau, dass er immer wieder aus meinem Leben verschwinden wird.

Mama sagte, es gibt Menschen, die sind in unserem Leben nur auf Durchreise. Aber sie hinterlassen uns etwas, das nie vergehen wird. So ist es mit Nicki.

Heute Abend kommt Leon zu mir. Wir kochen gemeinsam Spaghetti. Nach sizilianischem Rezept. Ich kann's einfach nicht lassen. Habe Paps schon gefragt, ob wir nächstes Jahr wieder nach Sizilien reisen. Er hat nicht Nein gesagt. Mama wollte ja auch schon lange mal dorthin fahren ...

Es müsste viel passieren, dass Nicki eines Tages wieder zu mir zurückkehren würde. Sehr viel, denke ich ...

Fortsetzung folgt

Mein Dank gilt:

Zuerst Gott, der mit diesem Buch auch meinen zweiten Herzenswunsch erfüllte.

Dann meiner Mutter, die mit mir geduldig durch Catania, Palermo und Taormina gestiefelt ist und mit mir an jeder Ecke fürs Buch recherchierte.

Außerdem Aline und Julia, die mir gebannt an meinen Lippen hingen, als ich ihnen die gesamte Story in zwei Stunden erzählte.

Gideon, der mit mir den Plot der Geschichte mehrmals durchging und mir auch ein ehrliches Feedback gab, wenn etwas verbesserungswürdig oder zwingend zu ergänzen war.

Jeannette fürs Zuhören und Mitfiebern und für die gemeinsamen Filmstunden, aus denen ich viel Inspiration schöpfte.

Claudio Stefano für seine ausführlichen Infos über Sizilien. Und Marco für die italienischen Übersetzungen.

Andrea, Mario und Jashnika, die einigen Charakteren zusätzlich Leben eingehaucht haben.

Allen Freunden und Verwandten, die mir geduldig zuhörten, wenn ich mal wieder darüber klagte, dass ich zu wenig Zeit zum Schreiben finde.

Vera für den Berliner Akzent. Und schließlich Christian, der immer dann die zündende Idee hatte, wenn ich irgendwo nicht mehr weiterwusste …